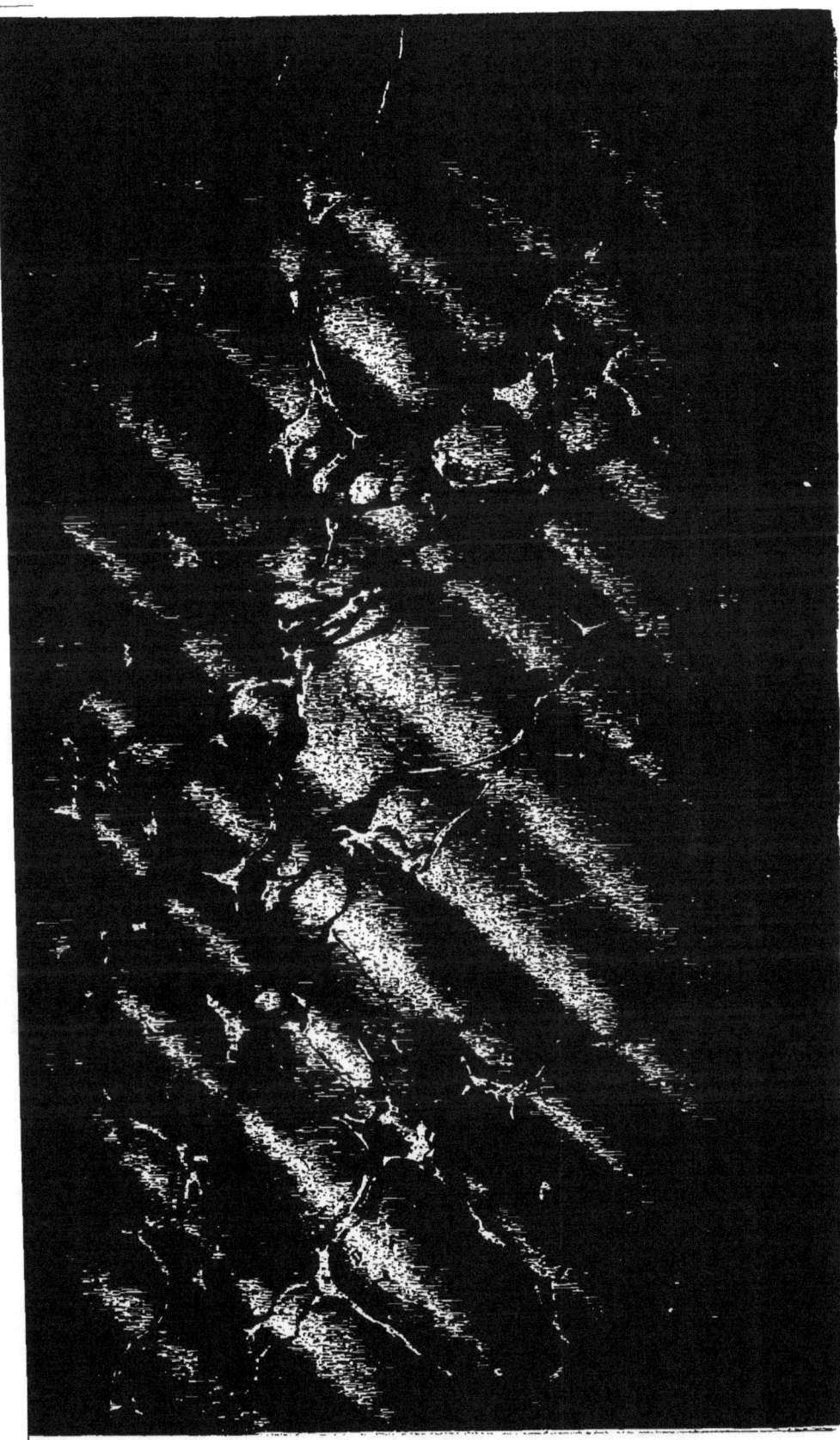

LE CAPITAINE SATAN

I^e. Aureau. — Imprimerie de Lagny.

LE

CAPITAINE SATAN

PAR

LOUIS GALLET

PARIS

A LA LIBRAIRIE ILLUSTRÉE

16, RUE DU CROISSANT, 16

—

1876

LE CAPITAINE SATAN

I

A la nuit tombante, vers la fin d'octobre de l'année 1651, un cavalier franchit la porte du château de Fouge-rolles en Périgord, et s'engagea sur la route de la Dordogne.

Un vent violent le fouettait en plein visage, mais le voyageur n'en avait souci : il recevait bravement les assauts de la bise et s'en allait, droit et roide sur son cheval, comme un paladin emprisonné dans son armure.

A le voir chevaucher ainsi, à pareille heure, sur une route mal hantée, on l'aurait volontiers pris pour un de ces coureurs d'aventures qui vivent sur la bourse du prochain.

Mais il ne songeait, en réalité, ni à se cacher, ni à mal faire.

Au bout d'une heure de marche, le cavalier quitta le grand chemin et prit un sentier qui s'enfonçait entre deux collines, toutes tapissées de genêts et de bruyères, et que bordaient deux files d'arbres à demi défeuillés.

1

Il le traversa lentement, battant du manche de son fouet les branches qui pendaient au-dessus de sa tête et jetant aux échos, d'une voix claire et notablement fausse, ce couplet alors fort nouveau :

> Que c'est une richesse extrême
> D'être sain en la pauvreté !
> Mais c'est bien la pauvreté même
> De n'avoir argent ni santé.
> Un petit grenier est mon Louvre,
> Mon manteau, jour et nuit me couvre.
> On me donne un drap en trois mois ;
> Pour tous rideaux j'ai la muraille
> Avec une botte de paille
> Dessus un matelas de bois.

Quand il eut franchi l'étroit défilé, le chanteur se trouva tout au bord de la rivière, sur une voie de halage qui devait le conduire jusqu'au bac établi en face de Saint-Sernin.

La lune venait de se lever derrière les hauteurs de Gardannes.

A sa lueur, le voyageur remarqua, à quelques pas devant lui, un homme immobile.

Entre les mains de cet homme brillait le canon d'un mousquet.

Au moment où, sans avoir paru s'inquiéter de cette rencontre suspecte, le cavalier se trouva à deux pas de lui, l'inconnu vint se camper au milieu du passage.

— La charité, s'il vous plaît, mon gentilhomme, demanda-t-il.

— Hé, mon maître, riposta la voix gouailleuse du voyageur, te voilà bien lourdement équipé pour un bon pauvre, ce me semble.

Et, du bout de son fouet, il fit sonner le mousquet du mendiant.

— Les routes ne sont pas sûres, monseigneur, objecta l'autre en forme d'excuse.

— Bah! tu n'as rien à perdre, j'imagine!

— Non! mais j'ai tout à gagner.

Sur ce mot, qui dessinait assez nettement la situation, ce fut d'un ton de menace que le mendiant répéta :

— La charité, mon gentilhomme!

— Oui-da! ne dirait-on pas qu'il demande plutôt la bourse ou la vie?

— Si vous préférez cette formule, à votre aise; je n'y regarde pas de si près.

Et le mousquet s'appuya, d'un mouvement rapide, sur la poitrine du voyageur.

— Tu as des arguments magnifiques, ricana ce dernier. — Attends un peu.

En même temps, il releva l'arme qui le menaçait, se jeta hors de selle et sauta à la gorge du bandit.

Puis, quand il le sentit à demi-étouffé sous sa vigoureuse étreinte, quand il vit le mousquet s'échapper de sa main, il le saisit au poignet, et, à coups de fouet, lui administra la plus rude et la plus humiliante correction que jamais écolier en faute ait reçue.

Le voleur cria grâce, en se laissant tomber à genoux.

— Je pourrais te casser la tête, si j'avais l'humeur mauvaise, ou te mener pendre à Fougerolles, fît le gentilhomme, si j'en avais le loisir; rends grâce au diable, ton patron, qui te fait libre cette fois. Pourtant, drôle, regarde-moi bien, afin de gagner au pied, si jamais tu me rencontres. C'est un bon conseil que je te donne.

Le bandit, toujours à genoux, leva ses yeux noirs vers le visage de son vainqueur, et un éclair de haine s'alluma dans sa prunelle, tandis qu'à la clarté blafarde de la lune, il détaillait les traits railleurs du gentilhomme, lequel ne manqua pas, à son tour, de graver en son esprit la face irritée et piteuse, à la fois, du coureur de grands chemins.

— Je vous reconnaîtrai, monseigneur, murmura ce dernier d'un ton étrange. — Laissez-moi aller seulement.

Tandis que le faux pauvre se relevait en se frottant les côtes, le voyageur ramassa le mousquet, le prit par le canon, puis, l'ayant fait tournoyer deux ou trois fois au-dessus de sa tête, il le lança dans la Dordogne.

Après quoi, il remonta à cheval et partit au galop, laissant son agresseur encore tout pantois de sa mésaventure.

Arrivé auprès du bac, le gentilhomme héla le passeur. Dix minutes plus tard, il était sur la rive gauche du fleuve.

Il se haussa sur ses étriers et regarda vers Saint-Sernin.

Une lumière brillait à la plus haute maison du village, et de la cheminée de cette maison montait une belle fumée rousse, une fumée de cuisine, sans aucun doute, dont l'aspect amena sur les lèvres du voyageur un sourire de satisfaction.

Cette maison était celle de Jacques Longuépée. Celui qui portait ce nom belliqueux indiquant un homme de race militaire, avait rompu avec le métier de ses ancêtres.

Il était curé de Saint-Sernin.

Les membres athlétiques de Jacques Longuépée se dessinaient carrément sous sa soutanelle de ratine noire; son visage, largement taillé en pleine chair, s'encadrait d'une barbe touffue : il avait l'air fier, la voix sonore, la vigueur et la souplesse d'un lion; avec cela il était doux et simple comme un enfant.

Pendant que le voyageur franchissait le bac, le curé, dont nous venons d'esquisser le portrait, était debout dans la cuisine du presbytère, talonnant sa gouvernante, qui se démenait à ses fourneaux.

— Jeanne, il est huit heures, disait-il. Votre brochet ne sera pas cuit. Savinien ne peut tarder plus d'un quart d'heure.

— Eh! bon! bon! bon! maugréait la gouvernante, la patience n'est pas seulement vertu de vilain; un gentilhomme peut bien attendre. D'ailleurs, continua-t-elle avec un geste péremptoire, je ne servirai que lorsque tout sera cuit à point, s'il vous plaît.

Une révérence ironique ponctua cette réflexion; Jacques, conscient de son infériorité, baissa la tête et gagna à petits pas la salle à manger.

La table était mise. Une respectable rangée de bouteilles tendaient leurs cols poudreux sur une crédence à portée de la main.

Il ne manquait plus que le convive.

L'horloge de la petite église de Saint-Sernin sonna le quart après huit heures.

Un maître coup de cloche répondit au chant de l'horloge.

— C'est lui! s'écria le curé.

Il se précipita vers la porte, l'ouvrit toute grande et se jeta dans les bras de notre voyageur.

— Par la mort-Dieu, mon frère, fit ce dernier, en se laissant embrasser à pleines joues, ton gîte est bon par ce temps horrible. Il vient de ta cuisine un fumet de truffes et de venaison, qui me semble un avant-goût des jouissances du paradis.

— Soupons, mon cher Savinien, répondit laconiquement l'abbé, comprenant les aspirations de cet estomac excité par une longue course.

Il prit le manteau de son hôte, l'étendit devant le feu de la salle à manger, et, de sa voix de tonnerre, annonça à Jeanne qu'on n'attendait plus que son bon plaisir.

Le gentilhomme s'assit alors en face du curé, et les deux convives s'apprêtèrent à faire honneur aux mets élaborés par la gouvernante, non sans échanger force paroles amicales, car, étant frères de lait, Savinien et Jacques s'aimaient comme s'ils fussent nés du même sang.

— Ça, fit bientôt le gentilhomme en plongeant son couteau dans un pâté tout noir de truffes périgourdines, je ne suis pas venu seulement pour souper. J'ai des affaires très-graves à te confier.

— Je suis à tes ordres, répondit le prêtre. En recevant ta lettre, j'ai bien pensé qu'il se passait quelque chose là-bas. Parle donc.

— Au dessert, mon ami. Confie-moi, je te prie, ce vénérable brochet.

— C'est le triomphe de Jeanne, mon cher Savinien. On ne mange pas de ce poisson-là dix fois en sa vie.

— Peste! c'est donc un animal fabuleux?

— Pas tout à fait. C'est un brochet borgne du lac de Fonta, que l'abbé de Bourdeilles m'a expédié à ton intention.

— A merveille. Borgne ou non, il est divin, et ces champignons égayés de vin blanc lui donnent un ragoût de plus.

Le repas s'acheva gaiement; mais, dès que Jeanne eût enlevé la nappe et posé devant les convives un flacon d'eau-de-vie d'Armagnac et deux verres à patte, portés sur un plateau de cuivre poli, les traits de Savinien devinrent soudainement graves.

Il but quelques gouttes de la vieille liqueur, puis, s'accoudant sur la table, et plongeant ses regards dans ceux de son ami:

— Jacques, dit-il, veux-tu que nous causions sérieusement?

II

Le curé inclina la tête en signe d'assentiment, et son visage se mit à l'unisson de la gravité de celui de son hôte.

— Tu m'as juré, une fois, Jacques, commença ce dernier, que tu serais heureux de consacrer ta vie tout entière à mon service.

— Je suis prêt à tenir ma parole, mon ami.

La main du gentilhomme se tendit vers celle du prêtre, qui la serra avec une vigueur telle, que Savinien ne put s'empêcher de dire :

— Peste ! voilà une main à qui on n'arrachera pas facilement ce qu'elle se chargera de garder !

Et, d'un geste élégant, il secoua ses doigts endoloris par l'étreinte herculéenne du curé.

— Tu as donc un dépôt à me confier ? interrogea Longuépée.

— Un dépôt précieux, qu'il faudra défendre au besoin, comme le dragon de la fable défendait les trésors commis à sa vigilance.

Le regard de Jacques s'alluma, et son geste désigna au jeune homme une longue rapière pendue dans un coin obscur de la salle.

— C'est l'épée des nôtres, prononça-t-il : je sais encore assez bien m'en servir.

— Parbleu ! quand nous étions enfants, l'un et l'autre, tu m'as donné plus d'une fière leçon ! Ah ! que n'es-tu soldat, toi aussi !

— Dieu m'appelait ailleurs, répondit modestement le prêtre, éteignant l'éclair qui avait embrasé sa prunelle, au souvenir du passé des siens. Continue, Savinien.

Le gentilhomme se recueillit un instant.

— J'aurais voulu, reprit-il bientôt, j'aurais voulu t'épargner une tâche dangereuse, — œuvre de soldat et non de prêtre, en somme, — mais où trouver une âme droite et ferme comme la tienne, un cœur vaillant et confiant, capable de l'accepter, cette tâche, sans en demander la raison et le secret ? Je ne devais songer qu'à toi et je suis venu.

— C'est moi que tu as obligé en faisant ainsi, Savinien.

— Écoute : la mission que je vais te confier, je l'ai moi-même acceptée d'un autre homme, auquel j'ai juré d'en assurer les résultats. Tu connais ma vie, livrée aux hasards et aux aventures ? Un de ces matins, une balle peut me coucher sur l'herbe, ou un bon coup d'épée me payer définitivement tous ceux que j'ai donnés en tous pays et en tout temps.

— Dieu te les pardonne ! murmura indulgemment le curé.

— Or, continua Savinien, moi mort, le dépôt que j'ai pris en garde tombe dans des mains étrangères, peut-être indifférentes, peut-être intéressées à sa possession. Voilà ce que je ne veux pas, voilà ce que tu m'aideras à éviter, en mettant à mon service ton intelligence et ta force. Que je disparaisse alors, peu importe au but de l'affaire. Je mourrai tranquille, te sachant tout prêt à me remplacer.

— Est-ce donc ton testament que tu vas me remettre ? dit le curé, surpris de ces déclarations solennelles.

Le gentilhomme sourit.

— Mon testament ! répéta-t-il ; fait-on son testament quand on porte tout son bien avec soi, comme le philosophe Bias ?

— Quoi donc, alors ?

— Je te l'ai dit : c'est la volonté d'un autre homme que j'exécute.

Jacques Longuépée leva un regard curieux et interrogateur sur son ami.

Celui-ci comprit cette muette demande.

Il plongea la main sous son pourpoint et en retira un pli de parchemin, retenu par des lacs de soie verte, lesquels étaient eux-mêmes scellés d'un large cachet, appliqué récemment sans doute, à en juger par le parfum encore pénétrant de la cire.

Ce pli ne portait aucune inscription ; la cachet qui le fermait ne gardait l'empreinte d'aucune armoirie.

On y voyait seulement deux lettres, un C et un B bizarrement entrelacés sur un fond semé d'étoiles.

La première inspection du parchemin n'apprit donc rien au curé de Saint-Sernin.

Savinien mit l'enveloppe aux lacs verts sous les yeux de son ami, et, posant le doigt sur le cachet :

— Jacques, dit-il, il y a là-dedans l'avenir d'un homme, le sort d'une famille, la solution d'un mystère de vie ou de mort.

— Donne, accentua le curé, ému malgré lui.

Il étendit la main et reçut le précieux document.

— Maintenant, — et Savinien se leva en disant ces mots, — voici, mon cher Jacques, ce que j'attends de toi.

— Parle.

1.

— Tu garderas ce pli jusqu'au jour où je viendrai te le redemander ou jusqu'au moment où tu apprendras positivement que je suis mort.

— Et dans ce dernier cas? interrogea Longuépée, tremblant à la pensée de perdre son ami.

— Dans ce dernier cas, tu briseras le cachet et tu trouveras, tracées de ma main, les instructions concernant l'emploi d'un autre écrit, également renfermé dans cette enveloppe, sous un sceau particulier.

— Ces instructions?

— Tu les liras attentivement; elles te serviront à accomplir de point en point ma promesse. Comme tu le vois, mon bon Jacques, tant que Dieu me laissera sur ce globe terraqué, ton métier de dragon ne sera pas bien difficile.

— En effet.

— Par exemple, sourit le gentilhomme, à qui revenait peu à peu sa gaieté habituelle, tu auras une rude besogne à entreprendre si quelque bon compagnon me jette sur le pré, avec six pouces de fer dans le corps.

— Oh! ce bon compagnon-là est encore à naître, j'espère, riposta le curé d'un ton encourageant.

— Qui sait? En tout cas, mes précautions sont prises maintenant.

Et il vida son verre, en homme satisfait d'avoir dénoué une situation difficile.

— Encore un mot, hasarda Jacques. En un cas aussi grave, on ne saurait demander trop d'explications.

— Dis.

— Si jamais quelqu'un se présente de ta part pour réclamer ce dépôt, que ferai-je?

— Celui-là, fût-ce le roi, fût-ce le pape, entends-tu? tu le congédieras comme un imposteur.

— Et s'il veut employer la force?

— Alors, tu le tueras, fit résolûment Savinien, en montrant d'un coup d'œil éloquent la grande épée accrochée à la muraille.

Ce mot n'étonna pas le prêtre. Il était d'une époque où le bréviaire et le mousquet ne juraient point trop à figurer côte à côte sur la tablette d'un homme d'église.

Jacques se contenta de serrer de nouveau la main de son frère de lait; le gentilhomme comprit qu'il venait de se donner là un auxiliaire résolu et qu'il pouvait partir tranquille.

L'horloge de Saint-Sernin sonna la onzième heure. Savinien reprit son manteau et se disposa à se retirer.

— Tu me quittes déjà? demanda Jacques.

— Oui.

— Où vas-tu?

— Là-bas.

A travers le vitrail de la fenêtre, Savinien montra dans le lointain, de l'autre côté de la Dordogne, la masse noire du château de Fougerolles, se profilant sur le ciel alors pleinement illuminé par la lune.

Jacques ne demanda pas d'autres renseignements; il savait sans doute à quoi s'en tenir touchant la cause qui ramenait Savinien au château.

— Te reverrai-je? se contenta-t-il d'ajouter.

— Sans doute.

— Quand?

— Avant mon départ pour Paris, je viendrai t'embrasser encore une fois.

Le cheval du gentilhomme piaffait d'impatience depuis un instant à la porte du presbytère.

Savinien descendit, sauta en selle non sans avoir glissé à l'oreille de son ami une dernière recommandation, et reprit en toute hâte le chemin de Fougerolles.

III

Quand le curé n'entendit plus sur le sol caillouteux le bruit des sabots du cheval, il se retira dans sa chambre et serra soigneusement dans une armoire de chêne, scellée derrière son lit, le pli de parchemin dont il venait d'accepter la garde.

Ensuite il pria longuement, demandant à Dieu de préserver son ami dans les circonstances périlleuses où il allait peut-être se trouver, circonstances d'autant plus redoutables à ses yeux que Savinien, en réclamant son appui, ne lui avait laissé rien deviner de l'intérêt secret qui le faisait agir.

Pendant ce temps, le cavalier se rapprochait rapidement du terme de son voyage. Vers minuit, il arriva devant les fossés de Fougerolles. Malgré l'heure avancée, personne ne semblait reposer dans le château. On voyait des lumières aller et venir le long des grands corridors, des serviteurs s'aborder et causer à voix basse, tandis que d'autres se groupaient, dans de mornes attitudes, à l'entrée des appartements seigneuriaux.

Savinien entra dans la grande cour, jeta les rênes aux mains d'un valet et se dirigea rapidement vers l'escalier du premier étage. Sur les dernières marches, il rencontra l'intendant de Fougerolles.

— Eh bien, maître Caprais ? interrogea-t-il.

— Ah! monsieur, soupira le brave homme, ça va mal, ça va bien mal !

Savinien n'en entendit pas davantage. Il franchit les degrés deux à deux et pénétra dans une chambre pleine de monde.

Au milieu de cette chambre, étendu sur un grand lit de chêne noir aux draperies de soie brochée, se mourait le vieux comte Raymond de Lembrat, seigneur de Gardannes et de Fougerolles. La face émaciée du vieillard se détachait comme de l'ivoire sur la blancheur de ses oreillers; ses bras, croisés sur sa poitrine, semblaient morts déjà ; ses paupières lustrées se fermaient à demi sur son œil atoné ; un léger frémissement des lèvres trahissait seul la présence de l'âme dans ce corps vaincu par l'âge et par la douleur.

Un chapelain était en prières au pied du lit. Debout, près du chevet, se tenait un jeune homme de fière mine et de haute taille. Il était beau, mais d'une beauté en quelque sorte brutale ; son œil restait sec quand il s'arrêtait sur le visage du mourant ; quand il se tournait vers les serviteurs agenouillés dans la chambre, il avait des regards tranchants comme l'acier ; à ses lèvres aux coins arqués, à ses sourcils ramenés souvent l'un vers l'autre, on devinait un maître absolu et impitoyable ; aucune étincelle de ce rayonnement de bonté non éteint sur les traits du vieillard ne se retrouvait dans la physionomie du jeune homme. C'était le fils du comte, c'était l'héritier des vastes domaines de Gardannes, de Fougerolles et de Lembrat.

Lorsque Savinien parut, il quitta sa place et vint au-devant de lui.

— Mon père vous a demandé plusieurs fois, mon cher Savinien, lui dit-il à voix basse.

— J'ai été obligé de quitter Fougerolles pendant quelques heures, répondit Savinien sur le même ton. Le comte peut-il m'entendre ?

— Je l'espère, quoique le mal ait fait bien des progrès depuis votre départ.

— Approchez-vous de lui, Roland, et nommez-moi.

Roland de Lembrat se pencha vers son père et prononça le nom de Savinien. A ce nom, les yeux du vieillard s'ouvrirent ; d'un regard troublé il chercha Savinien, et, l'ayant aperçu, il lui fit signe de venir à lui.

Ce dernier obéit. Le comte lui prit la main et parut rassembler ses forces pour lui parler. A ce moment, il surprit l'œil de Roland attaché sur lui.

— Éloignez-vous, Roland, dit-il d'une voix glacée ; et vous aussi, mon père, je vous prie.

Ces derniers mots étaient à l'adresse du chapelain.

Roland se mordit les lèvres avec dépit, tandis qu'une vive rougeur lui montait au front. Toutefois, il se retira, avec le chapelain, vers le fond de la chambre, laissant Savinien seul auprès de Raymond de Lembrat.

— Écoute, murmura le mourant.

Savinien s'inclina jusqu'aux lèvres du comte.

Quelle confidence suprême sortit de cette bouche flétrie ? Nul ne put le deviner ; mais, quand Savinien se redressa, chacun put voir du moins que les yeux du comte étaient plein de larmes. Il considéra longuement son fils, et Savinien l'entendit murmurer, comme à lui-même :

— Ce sera là pourtant l'héritier des Lembrat ?

Une pression plus vive de la main apprit à Savinien que son vieil ami avait encore à lui parler. Le comte essaya de soulever sa tête appesantie, et, lui montrant Roland de Lembrat d'un mouvement imperceptible pour les assistants :

— Veille sur celui-ci, souffla-t-il à l'oreille de Savinien, mais, — avant tout, — souviens-toi de l'autre !

IV

Les larges tranchées que le Paris moderne pousse à travers les vieux quartiers de la « Grand'Ville » ont mis à jour un vaste édifice, que bien des gens croyaient disparu, et dont la foule assiégea longtemps les abords au temps où Corneille et toute une pléiade de poëtes, aujourd'hui oubliés, se disputaient l'honneur d'y voir se révéler leurs œuvres. Nous voulons parler de l'hôtel de Bourgogne, où les comédiens du roi donnaient leurs représentations, spectacles fort suivis par les raffinés de l'entourage d'Anne d'Autriche, alors régente.

C'est à ce rendez-vous des délicats de la cour et de la ville qu'il faut nous transporter pour retrouver les principaux personnages de ce récit.

On donnait une représentation d'*Agrippine*, tragédie fort discutée par les ergoteurs du temps, lesquels y voyaient de graves attaques contre la religion et la sûreté de l'État. Ce travers est de tous les siècles ; on prête volontiers aux auteurs une malignité dont ils sont ordinairement innocents, et on saisit dans leurs vers des allusions dont ils n'eurent jamais la moindre pensée.

La salle de l'hôtel de Bourgogne était pleine, et sur la foule brillante et tumultueuse passait un souffle belli-

queux. Dans un coin du parterre, deux hommes prenaient une part assez vive à l'événement littéraire de
cette soirée. L'un sifflait avec une constance remarquable tous les vers incriminés. L'autre se contentait de
sourire aux bons endroits et de hausser les épaules lorsque son voisin sifflait. A la fin du troisième acte, celui-
ci éprouva probablement le besoin de faire partager
son indignation à quelqu'un, car, se tournant vers le
silencieux auditeur :

— N'est-ce pas, monsieur, fit-il, que c'est pitoyable ?

— Pitoyable ! répéta l'autre en faisant une légère grimace ; et pourquoi cela, s'il vous plaît ?

— Parce que je ne crois pas qu'il soit possible d'exprimer en aussi méchantes rimes des sentiments aussi
pervers !

— A vous entendre, monsieur, l'auteur serait donc un
grand coupable ?

— C'est un hérétique, monsieur. Il mérite l'excommu-
nication.

— Tant que cela ?

— Eh ! ne dit-il pas des choses outrageantes pour
notre sainte religion ?

— Vous avez mal entendu peut-être. Voici ce qu'il dit.

Et l'interlocuteur de l'homme au sifflet se mit à lui
réciter toute une tirade de la tragédie d'*Agrippine* ; puis
une autre, puis une troisième, s'animant à mesure qu'il
récitait.

— Eh ! monsieur, fit son contradicteur ébahi, comment
avez-vous pu retenir tant de vers ?

— Avouez-vous qu'ils ne sont point mauvais ?

— Je l'avoue.

— Alors pourquoi les siffliez-vous tout à l'heure ?

— Mais, voyez la foule. Bien d'autres personnes sem-
blent être de mon avis !

— Pauvre humanité! Quand un âne se met à braire, les autres le suivent.

— Monsieur, je vous ferai remarquer que vous êtes un insolent.

— Croyez-vous, monsieur?

— J'en suis sûr.

— En ce cas, tant pis pour vous! Mais, voici le quarième acte qui commence, ne faisons pas de bruit.

— Je le veux bien, à la condition que nous reprendrons cet entretien tout à l'heure, et d'autre façon.

— Monsieur arrive de province? demanda d'un ton railleur à son adversaire le déclamateur ainsi provoqué.

— Je suis le marquis de Lozerolles.

— Bonne noblesse de Poitou. Mais, pardon, permettez-moi d'écouter Séjanus.

Les acteurs étaient en scène. L'altercation en resta là. Elle n'avait, d'ailleurs, causé aucun scandale, nos deux personnages ayant échangé leurs raisons avec la plus exquise politesse, comme il convenait entre gens bien élevés.

A la fin du spectacle, l'adversaire du marquis fit signe à un jeune homme qui se trouvait placé à deux ou trois pas de lui et qui s'approcha avec empressement.

— Comte, lui dit-il, voulez-vous être mon second!

— Pour quoi faire?

— Je vais me battre!

— Ce soir?

— A l'instant!

— Encore une querelle! mais vous n'êtes pas sorti de la salle?

— Je n'avais pas besoin de sortir, puisque monsieur était là!

Le marquis de Lozerolles, ainsi désigné salua avec courtoisie.

— Mais quel motif?

— Il est bien simple. Monsieur trouve l'*Agrippine* détestable, moi je la trouve bonne. Cette raison vous suffit-elle?

— Parfaitement.

— Allons, messieurs, intervint le **marquis**, je suis pressé.

Lozerelles requit l'assistance d'un ami, comme l'avait fait son antagoniste, et les quatre hommes gagnèrent une des ruelles obscures qui avoisinaient l'hôtel de Bourgogne. On mit l'épée à la main sans plus attendre.

— Peste! monsieur, fit le marquis, après avoir ferraillé inutilement pour se faire jour, vous êtes un rude joueur.

— N'est-ce pas? Encore est-ce un jeu de province que je vous joue là.

— Bah! en province on n'est pas manchot : voyez plutôt, répliqua le marquis, ripostant à cette raillerie par un coup à fond.

— A Paris non plus, fit l'autre, qui para et fit suivre sa parade d'une botte si imprévue que son épée traversa le bras du marquis sans lui laisser le temps de reprendre la garde.

Le combat était fini.

— Vous êtes plus fort que moi, dit le blessé, tandis que son vainqueur rengaînait tranquillement. Mais, c'est égal, les vers d'*Agrippine* n'en sont pas meilleurs, et je me demande encore pourquoi vous les récitez si bien.

— Parce que j'en suis l'auteur, monsieur le **marquis**!

Et laissant le marquis abasourdi de cette révélation, le poëte qui défendait si bellement ses œuvres à coups d'épée, s'éloigna, appuyé sur le bras de son second.

Ce poëte n'est point un inconnu pour nous. C'est lui que nous avons vu à la table du curé de Saint-Sernin et au lit de mort du comte de Lembrat. Il avait, il faut le dire tout d'abord, car c'est là le trait caractéristique de cette physionomie originale, il avait le nez d'une dimension surprenante, un nez à vive arête, ombrant la bouche, enfin un « nez héroïque », suivant l'expression de l'un de ses biographes. Ce nez remarquable dominait une figure régulière et douce, éclairée par de beaux yeux noirs bien ouverts et pleins de rayons. Les sourcils étaient finement tracés; la moustache, un peu rare, dégageait les lèvres; les cheveux tombaient en masses brunes autour d'un front intelligent. Le tout constituait un assez beau garçon, lequel, en ces temps de folles équipées, eut une place d'honneur parmi les raffinés et les lettrés.

De son nom il s'appelait Savinien de Cyrano. On le connut mieux sous celui de Cyrano de Bergerac, qu'il avait pris pour se distinguer de son frère et de ses cousins.

C'était l'auteur du *Voyage à la Lune*, des *Entretiens pointus*, le poëte d'*Agrippine*, le rimeur de cent œuvres burlesques, le philosophe audacieux; c'était aussi le duelliste endiablé, le héros de toutes les querelles. Il avait vingt surnoms de gloire, il en avait cent : on l'appelait l'Intrépide, le Démon de Bravoure, le Capitaine Satan ; — dans le peuple surtout ce nom lui était resté, et bien des gens ne lui en connaissaient pas d'autres.

Avec tout cela, un cœur d'or, une indépendance à toute épreuve, l'amour du bien, la haine des sots, et de l'esprit! On l'aimait pour cet esprit accommodé au goût de l'époque, pour sa belle humeur, pour sa jeunesse épanouie; chose rare, il a laissé le souvenir d'amitiés durables et de dévouements absolus.

. . . .

Nous avons dit qu'après avoir salué le marquis, Cyrano s'éloigna, appuyé sur le bras de son second. Ce dernier, on le connaît aussi. Le titre de comte que venait de lui donner Bergerac lui appartenait de par la mort du vieux Lembrat; c'était le nouveau seigneur de Fougerolles, ce Roland dont la figure hautaine nous est apparue impassible devant le lit de mort de son père.

Le comte Raymond de Lembrat était mort depuis plus d'un an, et Roland l'avait vite pleuré. Roland avait vingt-cinq ans, il était riche; il avait soif de cette vie ardente de la grande ville dont le vieillard l'avait soigneusement tenu éloigné.

Cyrano de Bergerac, plus âgé et plus expérimenté, était son modèle, et, quoiqu'il ne se sentît pas une très-grande sympathie pour le poëte, sans doute par opposition à la vive amitié que le comte Raymond lui avait toujours témoignée, il le pria de vouloir bien devenir son guide et son parrain dans le monde brillant où il allait entrer.

« On était alors au temps de ces belles aventurières espagnoles et italiennes, voluptueuses et fières créatures, aimant, d'un égal amour, l'or, le sang et les parfums: au temps des balcons escaladés, des échelles de soie, des ballets et des mascarades; de cette galanterie espagnole, grave et folle à la fois, dévouée jusqu'à la niaiserie, ardente jusqu'à la férocité; des sonnets et des petits vers, et des grands coups d'épée, et des grandes rasades, et du jeu effréné (1). »

Tel fut le tourbillon dans lequel Cyrano lança son jeune ami.

Dans ce milieu enivrant, Savinien vivait en poëte et en philosophe : Roland s'y jeta à corps perdu, avide de mordre à tous ces fruits savoureux, de boire à toutes ces

(1) Théophile Gautier, *Les Grotesques*.

coupes capiteuses. En moins d'une année il eut un nom parmi les raffinés. Il avait prodigué l'or, multiplié les fêtes, ébloui les femmes par son luxe, dompté les hommes par son audace; mais il se grisa vite à ce régime. Après l'ivresse vint la lassitude. Il éprouva le besoin d'apaiser sa fougue et de se reposer de lui même.

En ceci encore Cyrano le servit à propos. Ami du marquis de Faventines, qui habitait un vieil hôtel, dans l'île Saint-Louis, et menait un train assez modeste, un long procès ayant considérablement écorné sa fortune, Savinien lui avait parlé du jeune comte de Lembrat et finalement il le lui avait présenté. Roland trouva dans cette maison le port qu'il désirait : — une jeune fille était là, l'unique enfant du marquis. — Elle se nommait Gilberte; elle avait dix-neuf ans; Roland se prit à l'aimer, et, en garçon bien avisé, il ne chercha pas d'autre confident de son amour que le marquis lui-même.

Alors, comme à présent, on ne mariait guère une fille sans dot. Le père reçut ce gendre comme une aubaine miraculeuse, et, en deux mois, ce qu'il appelait « le bonheur » de Gilberte fut résolu. Quant à la jeune fille, consultée pour la forme, elle répondit : Oui, sans trop d'objections, ayant probablement le cœur libre et l'esprit assez bien placé pour ne pas faire fi d'une union aussi avantageuse. Lancées sur cette pente favorable, les négociations marchèrent grand train, et le comte de Lembrat fut solennellement reçu dans l'hôtel de l'île Saint-Louis en qualité de fiancé de la belle Gilberte de Faventines.

C'est dans cette situation enviable que nous allons le retrouver en plein printemps de l'année 1653.

Depuis deux mois Gilberte avait eu le temps de s'habituer à l'idée de devenir comtesse. Elle attendait ce résulat sans le désirer. Pour tout dire, elle aurait volontiers repris sa parole, si l'inaltérable respect auquel ses parents l'avaient habituée ne l'eût impérieusement enchaînée.

V

L'hôtel de Faventines était construit au fond d'un jardin dont la grille s'ouvrait sur le bord de la Seine. On avait là une vue vraiment pittoresque, et Gilberte aimait à venir s'asseoir sur la terrasse dominant la rivière, pour rêver, lire ou causer avec Pâquette, sa femme de chambre et aussi sa confidente, comme on va le voir. Un matin, les deux jeunes filles étaient à leur place favorite, à l'ombre d'un platâne, dont les branches s'étendaient jusque sur le quai. Elles causaient, et leur conversation était fort importante sans doute, car elles parlaient à voix basse et si près l'une de l'autre que les cheveux bruns de Gilberte se mêlaient aux boucles blondes de Pâquette.

Les joues de Gilberte étaient roses comme la fleur du pêcher en avril. Et ces charmantes couleurs s'animaient davantage à mesure que l'entretien se prolongeait.

Si quelqu'un se fût alors caché derrière le vieux platane, voici ce qu'il aurait entendu :

— Y a-t-il longtemps que ce mystère dure, mademoiselle? demandait Pâquette, à la suite d'un long récit que venait de lui faire sa maîtresse.

— Il y a trois semaines.

— En vérité !

— Depuis trois semaines, je trouve, tous les jours, un bouquet sur mon balcon.

— Un bouquet ?

— Et dans ce bouquet, des vers.

— Un bouquet tous les jours ; c'est chose facile à donner, mais des vers ! Ou le galant inconnu est un esprit plus fécond que nos auteurs à la mode, ou bien...

— Quoi ?

— Ou bien, mademoiselle, acheva malicieusement Pâquette, il a une provision de rimes d'amour pour toutes les circonstances.

— Tu es méchante.

— Il faut tout prévoir. — Me permettez-vous d'être curieuse ?

— Pourquoi ?

— Parce que je vous adresserai une question.

— Dis !

— Eh bien ! la main sur la conscience, dans quelle disposition vers et bouquets vous ont-ils trouvée ?

— Je suis, je crois, un peu folle, Pâquette.

— Ce n'est pas répondre, cela.

— Soit. — Sache donc que j'ai été fort irritée de l'audace de l'inconnu.

— Naturellement, — mais... après ?

— Après, je m'y suis accoutumée.

— De sorte que maintenant ?...

— Maintenant, il me semble que je ne puis plus lui en vouloir de ses hommages discrets, les ayant ainsi tolérés.

— Et... vous ne le connaissez pas, vraiment ?

— Je ne le connais pas, je te le jure.

— Vous ne soupçonnez personne ?

— Personne.

2

— Pas même le comte de Lembrat, votre fiancé?

— Lui! Tu n'y penses pas! Il me voit tous les jours; il me parle en toute liberté. Pourquoi m'offrirait-il des vers et des fleurs sans se nommer?

— Une attention délicate.

— Non.

— Une épreuve, peut-être?

— Le comte n'a pas plus besoin de me conquérir que de m'éprouver. Il est sûr de ma loyauté comme de la parole de mon père.

— Alors, tout cela ne doit vous conduire à rien?

— A rien, tu l'as dit; dans un mois je serai mariée. Le souvenir de cette étrange aventure ne me laissera qu'un regret de plus.

— Un regret de plus? Vous le voyez bien, chère maîtresse, vous n'aimez pas M. de Lembrat; vous ne l'aimez pas, et vous vous laissez marier.

— Que veux-tu que je fasse?

— Je veux que vous vous révoltiez, fit Pâquette avec un charmant mouvement de tête, je veux que vous disiez non. Certes! je ne manquerais pas de le faire, moi!

— Toi, ma pauvre enfant, tu es libre. Tu n'as pas l'orgueil d'une famille à ménager, la noblesse d'un nom à sauvegarder.

— C'est vrai. Pourtant...

— Quand bien même je dirais non, continua tristement Gilberte, la volonté de mon père serait plus forte que ma résistance. Ah! tu es heureuse, Pâquette! Tu peux aimer, et cela m'est défendu.

Un bruit de voix se fit entendre dans le jardin. Gilberte se leva toute troublée. Presque aussitôt parut le comte, sur le bras duquel s'appuyait la marquise de Faventines. A sa vue, Gilberte n'avait pu retenir un léger cri.

— Vous ai-je fait peur, mademoiselle? demanda Roland.

— Vous m'avez surprise seulement, répliqua Gilberte en essayant de sourire.

Après avoir baisé la main de sa fiancée, le comte de Lembrat s'était assis à côté de la marquise, sur un banc de pierre qui cerclait le grand platane.

Sur un geste de sa mère, Gilberte prit place auprès de lui. Mais, au lieu de prêter attention à ce qui se passait autour d'elle, ses yeux s'égarèrent bientôt dans l'espace et elle tomba dans une profonde rêverie. Roland la considéra un instant avec une attention inquisitoriale.

— Vous semblez triste, mademoiselle, prononça-t-il enfin ; que vous est-il arrivé, de grâce ?

— Rien, monsieur le comte, répliqua Gilberte ; veuillez m'excuser.

— C'est étrange ! réfléchit tout bas Roland, dont les sourcils se froncèrent imperceptiblement.

Engagée sur ce ton de froideur, la conversation menaçait de s'éteindre tout à coup. Le comte, sentant qu'il fallait sortir vite de ces banalités, se dispensa de répondre aux derniers mots de Gilberte. En revanche, il tira de sa poche un écrin mignon, estampé aux armes de Faventines, et le plaça tout ouvert sous les yeux de la jeune fille. Une gerbe d'étincelles s'en échappa.

— Mademoiselle, risqua alors le comte, je sais que vous vous intéressez aux choses d'art ; daignez accepter ce bijou, que j'ai fait ciseler à votre intention par un maître joaillier florentin.

Gilberte laissa tomber un regard complaisamment admiratif sur la merveille qui lui était offerte.

— C'est fort riche, en vérité, formula-t-elle avec une indifférence non douteuse.

— Eh quoi! s'écria alors la marquise, vous ne remerciez pas M. de Lembrat, Gilberte?

— Laissez cela, madame, intervint Roland avec une nuance d'amertume, je n'attends point de remercîment.

— Ma mère a raison; j'oublie où je suis et devant qui je suis; merci, monsieur, vos attentions me touchent vivement.

Gilberte prononça cette phrase sans que sa main se se tendît vers son fiancé, sans qu'un sourire éclairât son visage.

« Froide comme un marbre! — Suis-je trompé? » pensa Roland en s'inclinant pour dissimuler son dépit.

Un silence pénible suivit cet incident.

Heureusement pour les trois personnages de cette scène, dont Pâquette était restée la muette spectatrice, l'arrivée du marquis vint faire diversion aux pensées qui les agitaient. Le marquis n'était pas seul. Savinien de Cyrano l'accompagnait.

Le gentilhomme s'avança galamment vers les dames, qu'il salua fort bas, en balayant le sol avec la plume de son feutre, comme la mode l'exigeait.

— Hé, monsieur de Bergerac, s'empressa de dire la marquise, heureuse d'échapper à la contrainte qui la dominait, que je suis aise de vous voir! Vous nous avez tenu rigueur durant quinze grands jours, je crois! Étiez-vous malade?

— Oui, fit Cyrano gaiement et saisissant au passage l'occasion d'un de ces jeux de mots qu'il affectionnait, oui, j'étais travaillé de la tierce et de la quarte.

— Ce qui veut dire, expliqua Roladd, que vous vous battiez!

— Oh! bien malgré moi; mes amis ont tort de dire que je suis le premier des hommes, car il y a bien huit jours que je n'ai cessé d'être le second de tout le monde.

J'ai soutenu la querelle de Brisailles, qui se battait je ne
sais pourquoi, et celle de Canillac, et, pour ma part, j'y
ai gagné deux estafilades dont mon nez est encore tout
navré.

— Ce sont là querelles vulgaires, lança le marquis.
Vous en avez de plus sérieuses, dit-on ?

— Lesquelles, s'il vous plaît, marquis ?

— Ne raconte-t-on pas que vous avez eu maille à
partir avec Poquelin, qui aurait dérobé sournoisement
une scène de votre comédie du *Pédant*, pour l'adapter à
cette farce qu'il appelle les *Fourberies de Scapin?*

— Oh ! bien! je sais ce que vous voulez dire.

— Vous prenez la chose fort doucement, ce me semble ?

— Bah! fit le poëte en haussant les épaules, si Molière
pille mes œuvres, on le sait bien, et je n'ai pas besoin
de m'en venger. D'ailleurs, puisqu'il butine mes pensées,
c'est une marque qu'il m'estime; il ne les prendrait pas
s'il ne les croyait bonnes.

— Sans doute.

— Ce qui m'offense, le savez-vous? C'est de voir qu'il
attribue à son imagination les bons offices que lui rend
sa mémoire, et se dit le père de certains enfants dont il
n'a été tout au plus que la sage-femme.

Un franc éclat de rire accueillit cette boutade. La glace
était rompue. La bonne humeur de Cyrano avait ras-
séréné tous les visages.

— Bergerac, mon ami, opina le marquis, vous valez
mieux que votre réputation.

— Ne parlons pas de ma réputation ; si elle est mauvaise, c'est que j'ai laissé à mes ennemis le temps de la
faire. Causons plutôt de votre bonheur, mon cher
Roland, de vos joies de famille, monsieur le marquis ;
vous devez avoir bien des choses à m'apprendre.

2.

— Une seule, mais la plus heureuse de toutes pour moi, lança Roland : mademoiselle Gilberte sera ma femme dans un mois.

— Heureux mortel, qui sait d'avance la date de son bonheur !

Puis, remarquant le trouble que la déclaration de Roland venait de porter dans l'attitude de Gilberte :

« Ouais ! se dit-il, la belle enfant paraît médiocrement goûter l'avenir qu'on lui ménage. »

Sur cette réflexion, il se disposa à prendre congé. La marquise l'arrêta.

— Vous dînez avec nous, monsieur de Bergerac ?

— Non pas ; je me sauve.

— Si vite ?

— On m'attend à l'hôtel de Bourgogne.

— Un prétexte ! je le parierais.

— Ce prétexte est de chair et d'os ; c'est Sulpice Castillan, ce brave garçon qui copie mes vers et qui porte mes cartels.

— Eh bien ! il vous attendra, voilà tout.

— Oui, restez, intervint Gilberte ; après dîner, vous nous direz quelques passages de votre dernier ouvrage.

— Si vous ordonnez, répliqua courtoisement le poëte, je ne puis plus avoir un atome de volonté. Je reste donc, Vous plaît-il, mesdames, en attendant le dîner, de faire une promenade au pont Neuf ? On dit que Brioché y représente une farce dans laquelle je suis fort méchamment mis en scène, au grand ébattement des badauds et des courtauds.

Cyrano allait continuer l'énumération des attraits que le pont Neuf pouvait offrir ce matin-là, lorsque son attention fut vivement sollicitée par un concert d'un caractère assez bizarre, qui éclata tout à coup sur le quai. Les virtuoses étaient deux hommes et une femme, tous trois jeunes, tous trois portant un costume pittoresque aux couleurs éclatantes.

Penché sur l'appui de la terrasse, Savinien se prit à les considérer avec une curiosité d'artiste. Le groupe était saisissant, en effet.

La femme semblait fort belle sous ses habits multicolores ; les deux hommes se campaient fièrement en face d'elle et portaient superbement leurs oripeaux et leur clinquant.

Oubliant tout à fait alors et Brioché et le pont Neuf et la farce dans laquelle on le satirisait, Cyrano se tourna vers le marquis en s'écriant :

— Parbleu, monsieur de Faventines, que ne faites-vous entrer ces musiciens ambulants, qui, depuis un instant, mènent leur sabbat sur le quai ? Ils ont une superbe tournure et seront fort curieux à voir de près, j'imagine.

— Pourquoi pas, consentit le marquis. Veux-tu, Gilberte ?

— Comme il vous plaira, mon père. Appelez-les, monsieur de Cyrano.

— Eh ! vous autres, cria le poëte, accourez tôt et entrez céans ! on veut juger de votre mérite.

VI

Pâquette ouvrit la grille du quai ; les trois musiciens entrèrent et vinrent se ranger devant leur noble auditoire.

En apercevant Cyrano, l'un des deux hommes fit un mouvement vite réprimé, et ramena sur ses yeux les boucles épaisses de ses cheveux noirs.

Si le poëte avait remarqué ce mouvement et en avait recherché la cause, il n'aurait pas tardé à reconnaître, dans ce virtuose du pavé, le mendiant qui l'avait naguère arrêté sur le chemin de Fougerolles. Mais, outre qu'il avait peut-être déjà oublié cette aventure, Cyrano était pour le moment fort occupé à examiner les traits de l'autre bohême. Celui-là était plus jeune ; il avait les cheveux blonds, la taille svelte et élégante, et sur son visage un peu hâlé par le soleil de tous les pays, se lisait une expression de mélancolique fierté.

A quoi songeait Cyrano en le regardant ? Il aurait eu peine à le dire lui-même sans doute, car bientôt il secoua la tête pour chasser une préoccupation sans motif, et, marchant vers celui qui paraissait être le chef de la troupe :

— Çà, dit-il, recommencez votre musique, si vous ne savez mieux faire pour égayer ces nobles dames.

L'homme des grands chemins fit un pas en avant, et, déguisant sa voix autant que possible, car il se souvenait de la menace faite par Cyrano aussi bien que de la leçon reçue :

— Tout le monde n'aime pas la musique, monseigneur, sourit-il. Nous avons autre chose à vous offrir.

— Voyons?

— Moi, je fais des tours de gobelets; ma sœur Zilla dit la bonne aventure à merveille, et mon compagnon Manuel est un improvisateur de mérite et un joueur de luth fort agréable.

— Nous n'avons que l'embarras du choix, railla Cyrano.

Et regardant celui qu'on avait appelé Manuel :

— Tu es poëte, mon garçon?

— Quelquefois, monseigneur.

— Alors nous sommes confrères. Par Apollo, je te salue.

Le jeune homme blond s'inclina.

— Merci, monsieur de Cyrano, répondit-il courtoisement.

— Tu me connais?

— Comme tout Paris.

« C'est singulier, songeait en ce moment Cyrano; ces traits, je les retrouve dans mon souvenir; cette voix il me semble que je l'ai déjà entendue. »

Et, tout pensif, il se mit à scruter attentivement toute la personne de son interlocuteur.

— Qu'avez-vous donc, cher ami? demanda Roland, surpris de l'expression de la physionomie de Savinien.

Le poëte revint à lui-même.

— Rien, fit-il. Je fais le tour de mon confrère. Un poëte est toujours un animal curieux à considérer.

Il y eut un moment d'attente pendant lequel il se fit,

dans cette réunion de personnages si divers, un singulier échange de regards.

Cyrano continuait à examiner Manuel; Manuel contemplait ardemment Gilberte, prise en sa présence d'un émoi indéfinissable. Zilla couvrait Manuel d'un regard plein d'éclairs; l'attention de Roland allait de l'un à l'autre, cherchant le mot de cette étrange scène. Quant à l'homme aux cheveux noirs, il ne regardait personne, n'ayant souci que de n'être pas regardé. La présence de Cyrano le gênait fort.

Ce dernier vint tout à coup à Gilberte :

— Allons belle soucieuse, Zilla va vous tirer votre horoscope, proposa-t-il. Voulez-vous?

— Pourquoi pas?

Et Gilberte entra dans le groupe. La devineresse lui prit la main.

— Lisez sans crainte, accentua Gilberte. Je n'ai pas peur de ma destinée. Que voyez-vous?

— Amour dans l'ombre ! surprise et déception ; lutte terrible ; après la lutte, peut-être le bonheur, peut-être la mort.

La jeune fille retira sa main.

— Merci, dit-elle simplement.

— C'est obscur comme un oracle antique, lança Cyrano railleur. A moi, ma belle sibylle.

— Vous, monseigneur, dit Zilla, vie courte, vie féconde, persécutions et combats.

— C'est ce que j'aime. Tu parles bien, ma fille ! Et la fin?

— Je ne puis pas dire comment vous mourrez.

— D'un coup d'épée, sans doute? Le sort me doit bien cela.

— Non, fit nettement Zilla, après avoir consulté de nouveau les lignes de la main du gentilhomme.

— J'accepte l'augure. A vous, Roland.

— C'est inutile, objecta le comte, je ne crois pas aux prédictions.

— Moi non plus, par Dieu ; mais il faut bien faire gagner leur argent à ces pauvres diables.

— Soit.

Et, à son tour, Roland s'abandonna à l'examen de la diseuse de bonne aventure.

— Vous aviez raison d'hésiter, formula celle-ci d'une voix grave et profonde, votre main est un livre étrange.

— Vraiment !

— Tout est obscur et mystérieux dans ces lignes. Laissez-moi réfléchir un peu, monseigneur.

— Il y a donc là de terribles choses ?

— Peut-être !

La tête penchée, l'œil fixe, Zilla sembla s'isoler dans une solennelle contemplation.

Pendant que tous les assistants s'attachaient à cette scène, un jeune homme modestement vêtu, à la démarche alerte et à la physionomie malicieuse, vint discrètement se mêler à la compagnie. C'était Sulpice Castillan, le scribe de Cyrano, qui, n'ayant pas trouvé son maître à l'hôtel de Bourgogne, le venait chercher à l'hôtel de Faventines.

Le gentilhomme lui fit un signe qui voulait dire :

« Ne dis mot et attends, j'ai besoin de toi. »

Roland de Lembrat commençait à s'impatienter de la lenteur de son oracle.

— Parle donc, dit-il à Zilla. Tu vois bien qu'on attend ton arrêt.

Mais Zilla secoua la tête, et, repoussant la main du comte :

— Non, murmura-t-elle, je ne puis vous dire cela.

— Du mystère ! c'est adroit.

La devineresse enfonça son regard aigu comme un stylet dans les yeux railleurs du sceptique, et d'une voix pénétrante :

— C'est prudent, rectifia-t-elle... pour la tranquillité de votre esprit.

Le comte haussa les épaules, et, se détournant :

— Assez de jongleries ; chante-nous quelque chanson d'amour, j'aime mieux cela.

Le chef du trio s'interposa.

— Ceci est l'affaire de Manuel.

Puis, à son compagnon :

— Recueille-toi, mon ami, et dis à cès belles dames une de tes improvisations.

En dépit de cette parole, le trouble du chanteur était évident. Il regarda d'abord Gilberte d'un air presque égaré et baissa le front comme écrasé sous le poids d'une pensée accablante. Puis, un éclair d'énergie passa dans ses yeux ; il releva la tête, saisi d'une inspiration audacieuse, et, rejetant en arrière ses cheveux fauves comme de l'or bruni, il s'avança vers mademoiselle de Faventines.

Gilberte appuya sa tête sur l'épaule de Pâquette.

— Le regard de cet homme me trouble malgré moi, murmura-t-elle à l'oreille de la jolie suivante.

— Il a l'air hardi et fier, répliqua cette dernière à voix basse.

Cyrano avait repris un air pensif en présence de l'improvisateur qui absorbait alors l'attention générale.

Manuel fit entendre un léger prélude, puis d'une voix doucement vibrante, un peu émue d'abord, bientôt raffermie à mesure que le mouvement poétique l'emportait, il murmura ces vers :

> Parce que je ne suis qu'un enfant de Bohême,
> Élevé dans la bauge et né dans le ruisseau;

Parce que je vis loin' de la femme que j'aime,
Que je rampe à ses pieds comme le vermisseau ;
Parce qu'elle n'a pas de son sourire auguste
Éclairé cette nuit où fleurit mon amour,
Dois-je étouffer mon cœur, et trouve-t-elle injuste
Que je veuille étaler ma blessure au grand jour ?

« Mon Dieu! soupira Gilberte, si c'était lui! »
Zilla se disait au même moment :
« Comme elle est troublée ! l'aimerait-il? »
Manuel reprit :

Elle passera calme et fière sur ma route ;
Jamais ses yeux charmants ne chercheront mes yeux ;
Je ne soulèverai pas même un chaste doute
Dans cet esprit d'enfant ouvert aux voix des cieux.
Le paradis du pauvre est fait de peu de chose ;
Pour moi je veux mourir de mon humble bonheur,
Si je puis, confiant mes baisers à la rose,
Voir sa lèvre aspirer mon âme avec la fleur.

Hasard ou préméditation, l'improvisateur s'était placé
près d'un grand vase de pierre, autour duquel s'enla-
çaient les souples rameaux d'un rosier blanc. En ache-
vant ces derniers vers dans un soupir mélodieux, il étendit la main, cueillit une rose, la pressa furtivement sur
ses lèvres et, fléchissant le genou devant Gilberte, il la lui
présenta en fermant les yeux, comme s'il allait s'évanouir d'émotion.

L'œil en feu, la lèvre crispée, Roland s'élança vers lui.

— Insolent! s'écria-t-il.

Et, brutalement, il arracha la fleur des mains de l'a-
venturier et l'écrasa sous son talon.

Manuel bondit sous l'insulte; mais sous le regard méprisant du comte, son front enflammé de colère se cou-

3

vrit soudainement de ténèbres. Son corps s'affaissa. Il avait compris et il avouait son impuissance.

Tout cela fut rapide comme la pensée.

— Que faites-vous donc, Roland, intervint Cyrano d'un ton calme, et quelle mouche vous pique? Cet homme est dans son rôle : il dit des vers, il offre une fleur; c'est parfaitement innocent.

— Eh! n'avez-vous pas surpris son regard? n'avez-vous pas compris cette allusion effrontée?

— Enfant que vous êtes, — Savinien prit la main du comte, — êtes-vous jaloux d'un bohème?

— Laissez-moi.

Et montrant à Manuel la grille du jardin :

— Va-t'en, drôle, si tu ne veux pas que je te chasse à coups de canne.

Cette fois la révolte du chanteur fut plus complète.

— Pardon, monseigneur, répliqua-t-il, d'un ton froid et sans reculer d'un pas, mais si vous me donniez des coups de canne, je serais homme à vous rembourser à coups d'épée.

Un éclat de rire méprisant sortit des lèvres de Roland.

— Un mendiant! fit-il; va-t'en!

— Monsieur le comte, s'écria Gilberte en se jetant entre les deux adversaires.

Roland lui saisit la main :

— Ne craignez rien, mademoiselle; si je suis jaloux de tout ce qui vous touche, je sais aussi payer les distractions qu'on vous procure. Tiens, coquin.

Il jeta sa bourse à Manuel.

— Merci, répondit le jeune homme, en la repoussant du pied; je suis payé.

Le frère de Zilla, moins dédaigneux, ramassa prestement l'escarcelle, fit un cérémonieux salut et dit :

— Je ne travaille pas pour le plaisir, moi, monseigneur : j'accepte.

Manuel s'était éloigné lentement, non pas comme un homme qu'on chasse, mais comme un lutteur qui quitte l'arène sans redouter ceux qui l'ont combattu. Ses deux compagnons le suivirent.

Pendant que Roland observait leur retraite d'un air sombre, Pâquette entendit sa maîtresse lui dire tristement :

— Oh! ma chère, c'était un bohême. Tout me défend d'aimer maintenant; mon rêve est fini.

— Va, ordonnait en même temps Cyrano à Sulpice Castillan, suis ces gens qu'on vient de chasser, il faut que je sache où les trouver. Il y a là une double énigme dont je veux avoir le mot.

VII

En sortant de l'hôtel de Faventines, les trois musiciens ambulants se dirigèrent vers le pont Neuf, où se trouvait alors le quartier-général des bateleurs, des laquais, des raffinés et des filous. Zilla marchait la première, la tête basse et le front chargé de pensées. Manuel, au contraire, regardait le ciel, et sa poitrine se soulevait, gonflée par un souffle d'orgueil triomphant. Il aimait ! Et lui, humble, obscur, il avait eu cette suprême bonne fortune de pouvoir s'élever, en un instant d'audacieuse inspiration, jusqu'à la femme adorée. Pendant une minute, elle avait senti ses yeux attachés ardemment sur les siens, pendant une minute elle avait été tout à lui. On l'avait insulté, menacé, chassé ! que lui importait ? Ce bohème, cet enfant perdu qui ne se rattachait à rien, qui ne procédait de rien, avait fait battre le cœur d'une patricienne, sinon d'amour, au moins de pitié.

Cela lui suffisait, comme il l'avait dit dans son improvisation fiévreuse. Il était heureux ; ne pouvant prétendre à plus, son âme d'artiste et de rêveur mettait toute sa joie future dans un souvenir ; il comprenait que désormais il allait occuper une place dans l'esprit de Gilberte.

Cette pensée était son trésor, le prix de sa hardiesse, la consolation de sa misère. Et comme un halluciné, cherchant dans l'espace le fantôme de son rêve, il allait sans voir autour de lui, coudoyant les passants, trébuchant contre les pierres, se cognant aux bornes, étourdi, enivré, ébloui!

Son compagnon le ramena à la réalité.

— Hé, Manuel, fit-il d'un ton moqueur, as-tu perdu le sens et la voix?

— Pourquoi cette question, Ben-Joël?

Ainsi s'appelait le frère de Zilla.

— Pourquoi! répéta Ben-Joël, mais parce que je t'ai adressé trois fois la parole, sans obtenir la faveur d'une réponse.

— Excuse-moi, et prends la peine de répéter ce que tu disais.

— Je te demandais amicalement si...

— Si?

— Mais non! cela ne me regarde pas après tout.

— Parle, je t'en prie.

— Je te demandais l'explication de la scène de tout à l'heure.

— Quelle scène?

— Cette galante improvisation à l'adresse de cette jeune fille?

— Tu as bien tout deviné, j'imagine?

— Tu l'aimes vraiment? dit Ben-Joël, profondément étonné.

— Oui, répondit Manuel d'une voix pénétrante.

— Bah! Et où cela te mènera-t-il?

— A rien?

— Étrange esprit! murmura le bohémien. Ainsi, tu as fait cette folle déclaration, comme d'autres se battent, simplement pour le plaisir qu'ils y trouvent?

— Précisément.

— Et Zilla ?

— Quoi ! Zilla ?

— N'as-tu pas vu qu'elle était au supplice ?

A cette observation, Manuel regarda fixement son interlocuteur.

— Au supplice ? répéta-t-il.

— Oui, la pauvre enfant s'est habituée à voir en toi l'homme qu'elle doit épouser, — car c'était le vœu de mon père que vous soyez unis l'un à l'autre, — et elle est jalouse, vois-tu, jalouse de toutes les forces de son cœur.

Un pli se creusa sur le front de Manuel. Il hâta le pas comme pour se dérober à l'entretien de son compagnon et dit d'un ton froid :

— Tu te trompes, Zilla ne m'aime pas. Elle n'a jamais songé à ce que tu dis.

Ben-Joël n'eut pas le loisir de répliquer. Manuel avait rejoint Zilla et cheminait à côté d'elle, se mettant ainsi à l'abri de nouvelles questions.

Sulpice Castillan marchait tranquillement derrière le groupe, suivant les instructions de Cyrano. Et tout en marchand il se disait :

« Que diable mon maître peut-il avoir à démêler avec ce gibier de potence ? »

Contrairement aux prévisions de Sulpice, les trois aventuriers dépassèrent le pont Neuf, qu'il estimait devoir être leur poste habituel, et ils entrèrent dans une maison de misérable apparence située au delà de la porte de Nesle, dans ce quartier qui est devenu l'aristocratique faubourg Saint-Germain. La bourse de Roland, si prestement ramassée par Ben-Joël, était assez bien garnie pour qu'on pût se dispenser, ce jour-là, de tirer l'horoscope aux bons Parisiens ou de leur faire voir des tours de gobelets. On vivait volontiers au jour le jour, dans cette compagnie dont Ben-Joël était le chef.

Sulpice Castillan resta longtemps devant la porte de la vieille maison, assez longtemps pour s'assurer que les bohémiens n'en sortaient pas et que c'était bien là leur demeure. Puis, comme c'était précisément dans ce quartier qu'il habitait aussi avec Cyrano, Castillan continua sa route et regagna le logis de son maître.

Il fallait que l'impatience de Savinien fût bien grande, car dès le matin du jour suivant, après s'être fait rendre un compte exact des démarches de Castillan, il prit son épée, serra dans sa poche une petite boîte qu'il avait tirée d'un coffret placé sur la cheminée de sa chambre, et se dirigea vers la maison habitée par Manuel.

Cette maison, Castillan la lui avait fidèlement décrite, et aux premiers mots, il l'avait reconnue pour celle que les étudiants, hôtes habituels du quartier, avaient baptisée la *Maison de Cyclope*. C'était une construction haute et étroite, faite de poutres et de solives robustes reliées par des plâtras et s'enchevêtrant, pareilles à des bras gigantesques, dans une mêlée confuse. Une porte basse, lamée de fer, s'ouvrait dans un angle. Sur les premières assises de la façade, pas une fenêtre. Une large baie trouait seule le mur noir, tout au haut de l'édifice, entre les deux pentes du toit d'ardoises, plein de mousse verte et d'où pendaient, comme une chevelure, des touffes de graminées. Cette unique ouverture, fermée par une grande verrière plombée, laissait parfois, pendant la nuit, passer une lueur rougeâtre. Elle était comme un œil au milieu du front d'un géant. C'est pourquoi les étudiants, grands chercheurs de comparaisons mythologiques, avaient appelé cette masure, — sombre et muette le jour, la nuit pleine de lueurs et de bruits, — la Maison du Cyclope.

Les bourgeois en parlaient avec une sorte d'effroi. Il s'y menait, disait la chronique, des aventures infernales. C'était un repaire de sorciers ou pour le moins un bouge de faux-monnayeurs et de bandits.

Cyrano, qui n'avait peur de rien et qui, suivant l'expression qu'il prête lui-même à Châteaufort le Matamore, se sentait de force à souffler le soleil dans le firmament comme une simple chandelle, Cyrano frappa rudement à la porte basse. Un long silence suivit son appel. Puis, un pas lourd se fit entendre sur un escalier de bois, et la porte s'ouvrit, laissant voir la figure d'une vieille femme, jaune et ridée comme une pomme de six mois.

Par l'hiatus de la porte, que la mégère tenait prudemment entrebâillée, Cyrano entrevit confusément des loques pendues aux murailles, quelque chose comme des grabats rangés dans l'ombre autour d'une table, tandis qu'une odeur âcre le prenait à la gorge.

— Que voulez-vous? demanda la vieille.

— Je veux parler à un jeune homme qui habite cette maison.

— Un jeune homme! nous en avons dix, fit la gardienne du logis avec un petit rire fêlé; comment s'appelle-t-il?

— Manuel, je crois.

— Bon! je sais alors...

— Eh bien? où est-il?

— Il est sorti avec Ben-Joël et Zilla, ses associés.

— Où les trouverai-je?

— Au pont Neuf, probablement.

— Merci.

Et, pendant que des têtes de drôles prêts à toutes les occasions s'allongeaient dans la pénombre, derrière la vieille logeuse, Cyrano glissa un petit écu dans la main de cette dernière et reprit sa course vers le pont Neuf.

Il était à peine dix heures du matin, et déjà une foule compacte et bruyante se pressait aux abords du pont. Cette foule entourait un théâtre de marionnettes, situé près du fossé de la porte de Nesles, en face de la rue Guénégaud.

Le propriétaire et l'impressario de ce théâtre n'était autre que l'illustre Jean Briocci, ou Brioché, dont il a été précédemment parlé et qui a laissé un nom dans l'histoire du théâtre.

Une musique assourdissante sortait de la loge de Brioché. Bientôt il parut lui-même, suivi de son compère Violon. A son aspect la foule s'apaisa. Les badauds se contentèrent de se regarder avec un clignement d'œil significatif. Évidemment on était dans l'attente de quelque événement plein d'intérêt.

— Mesdames et messieurs, fit Brioché avec un accent italien fort prononcé, avant de vous ouvrir les portes de ma loge, je veux vous donner un avant-goût des belles choses que vous y verrez.

— Telles que les aventures du bossu Polichinelle, interrompit le pitre Violon, la marionnette sans pareille, divertissement merveilleux pour les gens malades de la rate.

Un coup de pied formidable, le coup de pied classique des parades foraines, arrêta net l'éloquence de Violon.

Brioché continua :

— Vous n'êtes pas, mesdames et messieurs, sans avoir entendu parler de mon singe Fagotin, la merveille des merveilles.

— Oui, Fagotin! Fagotin! cria la foule, mise en belle humeur par ce préambule.

— Eh bien! tonna l'orateur, cette merveille, je vais vous la montrer, sans qu'il vous en coûte un rouge liard,

3.

comme je vous l'ai montrée hier, comme je vous la montrerai demain.

Il fit un signe. Violon disparut et revint bientôt, conduisant un singe coiffé de la plus plaisante façon et marchant avec une affectation comique.

Un éclat de rire général accueillit cette entrée.

— Comme c'est lui! ohé, Fagotin! ohé, beau museau de Bergerac! Pille! pille!

Pour expliquer ces clameurs, où le nom d'un de nos personnages vient de se mêler, il faut dire que le singe Fagotin n'était autre chose que la caricature vivante de Cyrano. Cette copie bouffonne des manières, du costume et de la tenue conquérante de notre ami, avait coûté mille peines à Brioché.

Ce singe, suivant un récit du héros de notre histoire, était « gros ainsi qu'un pâté d'Amiens, grand comme un petit homme, bouffon en diable; Brioché l'avait coiffé d'un vieux vigogne, dont un plumet cachait les trous, les fissures et la gomme; il lui avait ceint le col d'une fraise à la Scaramouche et lui faisait porter un pourpoint à six basques, garni de passements et d'aiguilettes. »

— Voyez-le, comme il a bon air, cria Brioché, se mêlant à la gaieté de l'auditoire.

Et s'adressant à l'animal :

— Allons, l'intrépide! Allons, mon beau capitaine Satan! pourfendeur de géants, tranche-montagne, coupejarrets, montre-nous ton savoir-faire.

La foule était tout oreilles et tout yeux. Ce qui fit qu'en admirant la caricature, elle n'aperçut point le vrai Cyrano, qui venait de s'arrêter, à son tour, devant la baraque, parmi les derniers rangs des spectateurs.

En devinant ce dont il s'agissait, en constatant que c'était bien réellement sa burlesque effigie qu'on livrait aux läzzis des badauds, Cyrano sentit son sang bouillir dans ses veines. Son nez, — ce nez qu'on se plaisait à satiriser si vilainement, — aspira l'air avec force; le poëte eut l'envie de tomber à coups de plat d'épée sur cette foule stupide qui se moquait d'un homme de sa valeur; mais la curiosité fut chez lui plus forte que la colère. Il se contint et attendit.

— Allons, reprit Brioché, empruntant son discours aux œuvres de Cyrano lui-même et parlant pour le compte du singe, on sait que tu portes à ton côté la mère nourricière des fossoyeurs; que de la tête du dernier Sultan tu fis le pommeau de ton épée; que du vent de ton chapeau tu submerges une armée navale, et que qui veut connaître le nombre des hommes que tu as tués n'a qu'à poser un 9 et tous les grains de sable de la mer, qui serviront de zéros. En garde! nous allons tailler de l'ouvrage aux Parques.

Le singe, dressé à merveille, tira son épée et fit mine de s'escrimer de tierce et de quarte. Et ce faisant, il imitait si plaisamment le jeu d'armes de Cyrano, que ce dernier se mit à rire avec la foule.

Comme Fagotin continuait ses exercices, un laquais avisa la tête du gentilhomme. Il souffla quelques mots à l'oreille de son voisin; la nouvelle gagna de proche en proche, et bientôt une immense clameur retentit.

— Il est là! c'est bien lui! c'est Cyrano! c'est l'endiablé! En garde, Fagotin; voici ton ombre!

Et la foule se mit à regarder le poëte et le singe tour à tour, comparant l'un à l'autre, avec une si bruyante gaieté que Savinien perdit patience.

— Hé, drôles! cria-t-il, vais-je vous voir baisser de ton et prendre le large?

Un laquais se chargea de répondre pour tous les autres. Il mit le chapeau à la main, et, s'avançant vers Cyrano :

— Pardon, monsieur, fit-il, est-ce là votre nez de tous les jours ? Quel diable de nez ! Prenez la peine de reculer ; il m'empêche de voir.

Parler à Cyrano de son nez, c'était lui faire la pire des offenses. Il se redressa comme un coq de combat, tira sa grande rapière, et, sans crier gare, fondit sur la foule, qui l'assourdissait de ses railleries.

En un clin d'œil la place fut nette. Cyrano n'eut plus devant lui d'autre ennemi que le singe Fagotin, qui, équipé comme le gentilhomme, fit mine de croiser le fer avec lui.

Savinien, hors de lui, fit du singe comme il aurait fait d'un laquais. Il lui porta un coup droit et l'embrocha tout net.

A la vue du singe mort, Brioché se mit à geindre de la plus piteuse façon. Cyrano, apaisé par cette sanglante réparation, le regardait tranquillement embrasser la victime de l'accident.

— Oh ! monsieur de Cyrano, put dire enfin le bateleur, à qui la crainte inspirait une prudente réserve, je vous jure que je vous ferai un procès et qu'il vous en coûtera au moins cinquante pistoles.

— Attends un peu, fit Cyrano, je te payerai en monnaie de singe, et tu ne l'auras pas volé.

Il remit alors son épée, rajusta son feutre, et d'un pas égal traversa le pont dans toute sa longeur, cherchant à reconnaître parmi la foule tout à l'heure insolente, et qui maintenant s'écartait prudemment devant lui, Manuel et ses deux compagnons.

Le visage de l'improvisateur ne se montra point.

Le gentilhomme revint du côté de la rue Guénégaud, décidé à retourner à la Maison du Cyclope, pour y attendre Manuel, lorsqu'il se trouva en présence de Zilla.

— Hé, ma belle enfant, s'écria-t-il avec satisfaction, un mot, je te prie.

Zilla regarda l'homme qui l'abordait aussi hardiment, et, le reconnaissant, elle s'arrêta, attendant la question qu'on allait lui faire.

Derrière Zilla, Ben-Joël tâchait de dissimuler son visage, que l'aspect de Savinien avait singulièrent assombri.

— Dis-moi, reprit le poëte, si le jeune homme qui est venu hier à l'hôtel de Faventines se trouve dans quelque trou inconnu du pont Neuf, car, sur ma parole, je me suis usé les yeux à le découvrir ?

— Manuel ? interrogea la devineresse.

— Lui-même.

— Il n'est pas avec nous ce matin.

— Ah ! Et où est-il, pourrais-je le savoir ?

— Voici mon frère qui vous répondra mieux que moi.

Zilla salua légèrement le gentilhomme et se perdit dans la foule, laissant Ben-Joël dans un embarrassant tête-à-tête.

Le bohémien allait s'esquiver sagement, lorsque la main de Savinien se posa sur son épaule.

— Es-tu aussi sauvage que ta sœur, dit en même temps le poëte, et vas-tu, toi aussi, refuser de répondre?

— Mon gentilhomme... balbutia le bohémien.

Le ton de cette voix suppliante éveilla sans doute une tardive réminiscence dans l'esprit de Cyrano, car il chercha à voir les traits de son interlocuteur, qui tenait obstinément la tête baissée.

— Parle donc ! fit-il.

Et sans façon il appuya la main sous le menton de l'aventurier et lui mit le visage en pleine lumière.

— Tiens ! tiens ! s'écria-t-il alors, c'est donc toi ?

— Vous m'avez reconnu, monseigneur.

— Parbleu, drôle, ce n'est pas ta faute, tu te cachais avec assez de soin.

— Que voulez-vous ? j'avais honte.

— Hypocrite ! Quand je t'ai rencontré, je t'ai à peu près promis de te faire pendre dès que j'en aurais le loisir, t'en souviens-tu ?

— Je m'en souviens, mais oubliez-le, monseigneur. Cette nuit-là j'étais loin des miens, j'avais faim, j'ai cédé à la tentation.

— Hum ! une tentation qui a dû se renouveler souvent.

— Je suis un honnête homme, dans le fond.

— Pour découvrir ce fond-là, il doit falloir furieusement creuser.

— Je vous jure...

— Bref ! je te retrouve, et cela juste au moment où j'ai besoin de toi. A cette considération je renonce à mes droits sur ta peau, coquin.

« Je ne renonce pas à ma vengeance, moi, » murmura le bandit.

Puis d'un ton humble :

— Je suis tout à vous, monseigneur. En quoi puis-je vous servir ?

— Où est Manuel ?

— Au parvis Notre-Dame, mais à onze heures il doit me rejoindre à la maison.

— Allons-y ; nous l'attendrons.

— Vous voulez entrer chez moi ?

— Pourquoi pas ?

— C'est que!..

— Ton taudis est donc un coupe-gorge, qu'un honnête homme ne s'y puisse hasarder ?

— Non certes.

— Alors, viens.

Ben-Joël obéit à contre-cœur.

— Causons un peu, dit Cyrano tout en marchant. Qu'est-ce que ce Manuel ?

— Un bon compagnon... comme moi.

— Et, fit le poëte avec une sorte d'anxiété, est-ce que comme toi... il cède parfois à la tentation ? est-ce qu'il fait métier de détrousser les gens sur les routes ?

— Oh ! pour cela, jamais ! répliqua le bandit avec une réelle conviction. C'est une nature généreuse et loyale.

Cyrano respira.

— Quelle est son origine ? demanda-t-il de nouveau.

— Un enfant du hasard, comme nous tous.

— Mais il n'est pas sans instruction; comment a-t-il été élevé ?

— Un peu à l'aventure. Pourtant, quand la tribu de mon père était encore réunie, — car mon père était un chef de notre race, — nous donnâmes un jour asile à un pauvre diable de docteur de l'Université, qui avait été obligé de quitter son pays, à la suite d'un coup d'épée... malheureux... Vous comprenez ?

— Parfaitement. Continue.

— Le docteur était fort savant. Il s'intéressa à Manuel, et, lui trouvant des dispositions, il voulut en faire son élève, pour charmer les ennuis de son exil. Manuel s'y prêta à merveille, et voilà pourquoi il aligne des rimes pour le plaisir des belles dames.

— Et son professeur, qu'est-il devenu ?

— Il est mort.

— Naturellement ?

— Oui, d'une indigestion, tout bêtement. Le bonhomme était devenu fort goinfre sur ses vieux jours.

— Dieu ait son âme. — Revenons à Manuel; tu m'as dit que c'était un enfant du hasard.

— Oui.

— De ta race?

— Je le crois...

Cyrano étreignit le poignet de Ben-Joël, et, le regardant avec une persistance troublante :

— En es-tu sûr? demanda-t-il.

— Pourquoi cette question? fit le bohême, dont la contenance accusait l'indécision.

— Parce que j'ai d'autres idées sur l'origine de ce Manuel !

— Que croyez-vous?

— Je crois que c'est un enfant volé !

— Volé ! s'écria Ben-Joël, en pâlissant malgré lui.

— Oui, volé, non par toi, tu es trop jeune encore, mais par les tiens, par ton père peut-être.

— Eh, bon Dieu, répliqua Ben-Joël d'un ton assez naturel, pourquoi l'aurait-on volé, je vous le demande?

— Pour en faire ce qu'en font vos pareils, parbleu ! Pour s'en servir comme d'une amorce à la charité des passants, pour le dresser au vol et au crime peut-être, pour tirer plus tard une rançon de sa famille ! Que sais-je, moi. Il ne manque pas de motifs.

— Détrompez-vous, monseigneur, Manuel est de notre sang.

— N'affirme point trop ; car peut-être te forcerai-je à te démentir. D'ailleurs, avant de pousser plus loin cette recherche, je veux interroger Manuel.

Et comme on était devant la Maison du Cyclope :

— Guide-moi, conclut Cyrano.

VIII

Les deux hommes entrèrent.

En pénétrant dans la pièce basse de la maison, Cyrano comprit qu'il se trouvait dans une sorte d'hôtellerie douteuse, où, toutes les nuits, l'horrible vieille que nous avons entrevue déjà offrait, moyennant une modique redevance, l'hospitalité aux coureurs de carrefour. Cette pièce était éclairée continuellement par la seule lumière d'une lampe de fer pendue à la voûte. A proprement parler, ce dortoir immonde était une cave, car les murs sans ouverture en étaient de pierre suintante et le sol de terre battue.

Dans un coin un escalier de bois, étroit et visqueux, montait en tournoyant vers l'étage supérieur, loué à Ben-Joël et aux siens, qui représentaient les seuls hôtes permanents de cet étrange logis. Vers le milieu de l'escalier se trouvait une logette contenant un lit et servant de repaire à la maîtresse de la maison, qui vivait là, seule, silencieuse et maussade, comme un crapaud dans la crevasse d'une pierre.

L'habitation de Ben-Joël était divisée en deux parties. L'une, constituant véritablement une chambre, était éclairée par la grande fenêtre à verrière, — l'œil du

Cyclope, — et appartenait à Zilla. C'était une espèce de cabinet d'alchimiste, encombré de cornues, de vases multiformes, avec un fourneau dans le fond, un lit couvert d'étoffes bariolées dans un coin, quelques instruments de musique et un grand vase plein de fleurs sur une tablette de chêne sculpté. On n'y sentait pas la misère ; on y devinait une existence faite de problèmes et de secrets. La femme s'y révélait un peu ; plus encore la prêtresse d'un culte mystérieux ; bijoux et grimoires, parfums et poisons, nœuds de rubans et stylets d'acier se mêlaient là dans un désordre singulier ; on y respirait une atmosphère irritante et douce à la fois, qui troublait le cerveau en même temps que l'esprit.

L'autre partie était occupée par Ben-Joël et par Manuel. Vulgaire grenier, ouvert sur le toit par une lucarne vitrée, elle ne mérite qu'une simple mention,

Ce fut dans la chambre de Zilla, séparée de la sienne par un étroit couloir, que Ben-Joël fit entrer Savinien.

Cyrano examina cet intérieur non sans surprise, et, dédaignant de renouer avec Ben-Joël la conversation commencée, il s'assit pour attendre le retour de l'improvisateur. Onze heures sonnèrent dans le lointain. Peu après Manuel parut. En trouvant Cyrano installé chez ses amis, il eut un moment de surprise qui n'échappa pas au gentilhomme.

— Ma présence vous étonne ? demanda-t-il amicalement.

— Sans doute, monseigneur, je ne savais pas que Ben-Joël eût affaire à vous.

— Ce n'est pas de Ben-Joël qu'il s'agit, c'est de vous-même.

— De moi ?

— Précisément. Nous avons à causer de choses graves.

Et sur ce mot, le visage de Cyrano prit cette expression quasi-solennelle que nous lui avons vue déjà, le soir où il vint chez Jacques Longuépée, le curé de Saint-Sernin. Ben-Joël, debout près de la fenêtre, considérait le gentilhomme d'un air impatiemment attentif.

Cyrano lui montra la porte :

— Laisse-nous, fit-il.

Le bohème s'inclina, traversa lentement la chambre et sortit.

« Va, dit-il une fois seul, cherche, interroge à ton aise, c'est moi qui te tiens, malgré tout, et, par le diable, je ne te lâcherai pas sans te faire payer tes coups de fouet. Or ou sang, il me faut une compensation, et je l'aurai. »

Quand Ben-Joël eut disparu, Savinien ferma soigneusement la porte, poussa un siége près de la fenêtre, c'est-à-dire aussi loin que possible de l'entrée, et se tournant vers Manuel :

— Asseyez-vous, dit-il.

Le jeune homme obéit, dominé par l'air grave de son interlocuteur. Le gentilhomme s'assit en face du bohème :

— Je suis ici dans votre intérêt, commença-t-il, — c'est ce qu'il importe d'établir avant toute chose. — Maintenant, êtes-vous disposé à me répondre franchement ?

— Cela dépend.

— Il faut dire nettement oui ou non, reprit avec un peu d'impatience Cyrano.

Manuel l'observa pendant un instant et dit :

— Eh bien, oui !

— A la bonne heure. Procédons par ordre, maintenant : vous aimez mademoiselle Gilberte de Faventines ?

— Monsieur ! balbutia Manuel, qui fit mine de se lever.

— Vous l'aimez, insista Cyrano, en le dominant d'un regard plein d'autorité. Votre improvisation d'hier n'était pas une simple fantaisie. Vos regards, votre attitude parlaient mieux encore que vos vers; le comte Roland avait raison d'être jaloux.

Manuel releva le front d'un air superbe.

— Et quand cela serait? fit-il en homme surpris qu'on osât ainsi descendre dans le mystère de son cœur.

— Bien, j'admets la chose, reprit tranquillement Cyrano, mais j'admets aussi que, pour avoir osé porter vos vues aussi haut, vous aviez une arrière-pensée.

— Non!... j'ai aimé, j'ai avoué cet amour, c'était mon unique ambition.

— Alors, mon cher, vous êtes fou!

— Pourquoi? Je rends hommage à une femme dont la grâce et la beauté m'ont séduit. C'est un sentiment personnel. Que lui importe à elle, puisqu'elle ne m'aime pas?

— J'avais supposé autre chose.

— Quoi donc?

— J'avais supposé que, ne pouvant espérer voir mademoiselle Gilberte descendre jusqu'à vous, vous vous étiez ménagé le moyen de vous élever jusqu'à elle.

— Je ne veux tromper personne; cela n'est pas.

— Vraiment!

— Je vous l'affirme; plus encore, je vous le jure.

— Ainsi, accentua Cyrano avec un certain désappointement, vous n'êtes qu'un bohême, un mendiant, un peu plus audacieux que les autres, voilà tout?

— Rien de plus, avoua modestement Manuel.

— Vous en êtes certain?

— Mais... je le pense... murmura Manuel, que le ton de son interlocuteur troublait malgré lui.

Cyrano rapprocha sa chaise de celle du bohême.

— Racontez-moi votre vie, demanda-t-il ; je crois vous avoir dit que vous parliez à un ami.

Manuel sourit.

— Mon Dieu ! commença-t-il légèrement, ma vie est pareille à celle de mes frères : c'est le voyage interminable à travers l'inconnu, les alternatives de misère et d'opulence, le coucher sur la dure, les jours de pluie, les jours de soleil, le pain sec pendant un mois, les festins abondants pendant une semaine, et par-dessus tout l'insouciance, qui double la bonne fortune et fait accepter gaiement la mauvaise.

— C'est vague, tout cela : allons plus loin.

— Comme vous voudrez.

— Ne savez-vous rien de votre passé ?

— Peu de chose.

— Ce peu-là doit avoir son prix. Racontez.

— A vrai dire, je ne crois pas être de la race de Ben-Joël.

Cyrano poussa un soupir de soulagement.

— Qui vous inspire ce doute ? interrogea-t-il.

— Mes souvenirs.

— Vous voyez bien que vous vous souvenez de quelque chose.

— A quoi bon ? Si par hasard je suis un enfant trouvé, qui me rendra ma famille ?

— Certaines gens, lança sentencieusement le gentilhomme, savent retrouver une aiguille dans un tas de foin ; je prétends être de ce nombre.

Manuel se leva d'un bond ; son œil brillait, sa poitrine se soulevait poussée par son cœur bondissant.

— Vous ! s'écria-t-il, que savez-vous donc ?

— Continuez ! ordonna froidement Savinien.

— Eh ! que voulez-vous entendre ?

— Vos souvenirs, — le plus insignifiant pour vous sera peut-être pour moi le plus décisif.

L'improvisateur resta un moment songeur. Ensuite il reprit :

— Ce qui se peint le mieux dans mon esprit, c'est l'intérieur du père de Ben-Joël : j'étais là, avec son fils, mon compagnon d'à présent, sa sœur Zilla, encore toute petite, et un autre enfant qui mourut peu d'années après.

— Ah! ah! et comment se nommait cet enfant?

— Le vieux Joël le nommait Samy; moi, je ne sais pourquoi, je l'appelais toujours Simon.

Cyrano l'intrépide, qui ne tremblait pas devant vingt lames d'épée, Cyrano pâlit et tressaillit à ce nom. Son compagnon l'examinait avec une curiosité inquiète. Le gentilhomme s'en aperçut, et avec ce sang-froid qu'il savait ressaisir à point :

— Simon! Et n'aviez-vous pas connu d'autres personnes avant ces bohémiens et cet enfant?

— Je retrouve confusément dans le passé des figures de vieillards et de femmes, puis d'autres enfants plus grands que moi, un surtout... maigre... à l'allure hardie... à la parole fière...

— Quel était celui-là?

— Attendez, — et Manuel sembla se plonger plus avant dans ses souvenirs, — il m'accompagnait presque toujours, et souvent. . souvent il me battait.

— On se souvient toujours des gens qui vous battent, fit observer Cyrano d'un air dogmatique. Le bâton est un puissant auxiliaire de la mémoire.

— Il me battait, mais je l'aimais bien, rectifia Manuel. Son nom?... Oui, je me souviendrai aussi de son nom.

— C'était?... demanda Cyrano, qui se leva avec impatience.

Si Manuel eût, à ce moment, observé son interlocuteur, il aurait vu son cœur soulever violemment la soie de son pourpoint et de grosses gouttes de sueur rouler sur ses tempes. Mais son esprit suivait alors une autre direction. Il ne pensait plus à celui qui lui parlait, il ne songeait qu'à lui-même, à ce qu'il était, à ce qu'il pouvait être, et des images fantastiques se dressaient devant ses yeux égarés.

— Mais parlez donc! tonna Cyrano, en lui saisissant la main et le secouant pour le réveiller de cette torpeur.

— Ce nom, je le cherche, dit le bohême. Oh! je le sens sur mes lèvres, et il me semble qu'il s'envole chaque fois que je vais l'épeler tout entier.

— Recueillez-vous.

— Le voici! cria enfin Manuel.

— Enfin!

— Cet enfant que j'aimais, ce compagnon de mes premières années, je l'appelais... oui, c'est bien cela...

— Vous l'appeliez!

— Savinien; oui, Savinien! répéta-t-il lentement, comme pour se convaincre que les syllabes qui tombaient dans son oreille étaient bien celles qui lui furent autrefois familières.

Cyrano se redressa de nouveau, non plus grave cette fois, mais triomphant, transfiguré. Un bon sourire vint sur ses lèvres, et sa voix se fit joyeuse et tendre à la fois.

— Savinien, expliqua-t-il en serrant à les briser les doigts de son jeune ami, ce grand coquin de Savinien, ce méchant drôle qui donnait des coups de houssine à son petit élève, lorsqu'il manquait ses ripostes au jeu d'escrime, Savinien qui a grandi, qui a vieilli, mais qui n'a pas oublié, lui!

— Vous le connaissez?

— Si je le connais! il s'appelle encore Savinien, mais

il se nomme en outre Cyrano de Bergerac. — Ah! le vieux Lembrat va tressaillir dans sa tombe. — Embrasse-moi, mon enfant, embrasse-moi !

Cyrano ouvrit les bras.

— Savinien ! vous ! balbutia Manuel, répondant à la cordiale étreinte du gentilhomme.

Puis tout à coup :

— Qui suis-je donc, alors? demanda-t-il avec une anxiété facile à comprendre.

— Tu n'es plus Manuel : à bas ce baptême de bohême ! Tu as nom Ludovic de Lembrat; tu es le frère du comte Roland.

Manuel ferma les yeux, comme étourdi par un coup de massue. Une telle révélation lui sembla un jeu du sort, une cruelle ironie de la destinée, qui allait tout à l'heure le replonger dans son ombre. Ce fut avec une hésitation douloureuse qu'il demanda :

— Vous ne me trompez pas? vous ne vous jouez pas de ma crédulité?

— D'abord, trancha Cyrano, fais-moi l'amitié de me tutoyer... comme autrefois. Ensuite, sache que je n'ai jamais trompé personne.

Les doutes de Manuel furent vaincus.

— Ah ! c'est le bonheur ! s'avouait-il tout haut, répondant à une secrète espérance, Mais comment avez-vous songé ?...

— Encore? interrogea Cyrano.

— Comment as-tu songé, rectifia Manuel, — en serrant la main du vaillant homme qui lui souriait, — à retrouver Ludovic sous les haillons de l'aventurier Manuel?

— C'est bien simple, — je l'ai regardé.

— Je ne comprend plus.

— Tu vas comprendre. — Connais-tu ceci ?

Savinien tira de sa poche un écrin et, l'ouvrant, présenta en pleine lumière le portrait d'un jeune homme vêtu d'un élégant costume de chasse.

— Mon portrait ! s'écria aussitôt Manuel stupéfait.

— Ce n'est pas ton portrait, c'est celui de ton père à l'âge de vingt ans, à ton âge. Comprends-tu maintenant pourquoi je t'ai reconnu au premier aspect ? Tes yeux, ton sourire, ta démarche, jusqu'au son de ta voix, tout m'a crié : « Le vieux Lembrat est ressuscité dans son fils. » Voilà pourquoi je t'ai fait suivre et pourquoi j'ai voulu t'interroger ; si prodigieuse que soit une ressemblance, il faut se défier des jeux de la nature. Tu as parlé, maintenant ; tu m'as nommé ; mon esprit n'a plus de doutes !

— Ah ! Savinien, s'écria le jeune homme dans un élan de reconnaissante affection, que ne te devrais-je point ? Je puis aimer maintenant, n'est-ce pas ?

— Égoïste ! sourit le gentilhomme, nous verrons ; le plus pressé c'est de te faire accepter par ton frère. Et pour 'cela, il faut des preuves autres que mon témoignage et le tien.

— Des preuves ! répéta Manuel, que ces paroles glacèrent jusqu'au fond de l'âme.

— Sans doute. Je ne puis pas aller trouver le comte et lui dire simplement : « Voilà votre frère. »

Un sourire amer plissa les lèvres de Cyrano. Il connaissait bien Roland de Lembrat ; il savait d'avance quel sentiment il pouvait éveiller en lui:

— Il ne me croirait pas, reprit-il, si je lui disais seulement cela, car les absents ont toujours tort, surtout quand les absents sont des frères, et qu'ils viennent, après quinze ans, armés de leurs droits, réclamer leur place au soleil. Les lois des hommes elles-mêmes seraient contre nous avec lui, malgré ce que je pourrais affir-

4

mer... malgré ce que je sais, termina-t-il, presque à voix basse.

— S'il faut des preuves, lança tout à coup Manuel, nous en aurons!

— Comment?

— Le père de Ben-Joël était chef d'une troupe nombreuse, aujourd'hui dispersée, et comme tel, dépositaire d'un livre où s'inscrivaient tous les événements importants arrivés dans la tribu depuis de longues années.

— Eh bien !

— Ce livre doit porter la trace de mon entrée et de celle de Simon dans la famille de Ben-Joël.

— Dans quel but aurait-on tenu registre de ce fait, résultat d'une manœuvre criminelle ?

— Je ne sais. Peut-être en vue d'une revendication pouvant devenir la source d'un bénéfice pour la tribu; peut-être, plus simplement, pour éviter dans l'avenir la confusion d'un homme de sang étranger avec les fils de la pure race égyptienne.

— Bah! ces gens-là n'ont pas un tel souci de leur généalogie.

— Détrompe-toi; le vieux Ben-Joël connaissait parfaitement l'histoire de toutes les familles de sa tribu. Il enregistrait soigneusement les naissances et les mariages et pouvait remonter dans le passé de sa race plus loin peut-être que les plus nobles maisons de France.

— Passe pour cela; mais toi? mais ton origine?

— Bien des fois, raconta Manuel, alors que nous errions à travers la France, j'ai vu amener au camp des enfants volés ou vendus. Quand il en venait un, on le présentait à Ben-Joël; ce dernier lui demandait son nom, l'inscrivait sur son livre et disait :

« Désormais tu es des nôtres. »

Il lui imposait alors un autre nom, qu'il notait à la suite du premier, et l'enfant s'en allait, mêlé à ceux de la tribu, mais reconnaissable en toutes circonstances ; c'est ainsi que Simon s'est appelé Samy, c'est ainsi que je me suis appelé Manuel. Ce que j'ai vu faire pour les autres, on a dû le faire pour moi.

— Probablement. Où est le livre ?

— Entre les mains du fils de Ben-Joël.

— Nous allons tout savoir, en ce cas.

Cyprano ouvrit la porte avec assez de précipitation pour voir Ben-Joël se rejeter vivement dans sa chambre. Le bohème avait écouté l'entretien qui vient d'être rapporté, et s'il n'avait pas tout entendu, du moins avait-il tout deviné.

Le gentilhomme saisit le drôle par l'oreille et avec menace :

— Espion, dit-il, tu écoutais ?

— Monseigneur !

— Allons, viens.

Et il le traîna dans la chambre de Zilla.

— Réponds, maintenant, ordonna-t-il. Qu'as-tu surpris ?

— Rien, je vous l'assure.

— Ne mens pas. Aussi bien, il m'importe peu, à cette heure, que tu ignores ce qui s'est passé ; je n'ai plus de secret à garder vis-à-vis de toi ; donc, si tes oreilles t'ont bien servi, avoue-le, cela m'évitera des explications.

Ben-Joël se fit humble et murmura :

— Excusez-moi donc, je m'ennuyais tout seul dans ma chambre, et, ma foi !...

— Tu t'es mis en tiers dans notre conversation ?

— Pour simplifier les choses, comme vous dites, je l'avoue.

— Donc tu connais la nouvelle destinée de Manuel ?

— Et je m'en réjouis, monseigneur ; on est toujours satisfait de voir prospérer un bon compagnon.

— Surtout, n'est-ce pas ? lorsqu'il va se trouver en position de vous faire un peu de bien.

— Tu peux y compter, intervint Manuel. Pendant quinze ans, j'ai été ton hôte ; les hommes à qui je pourrais reprocher mon malheur sont morts ; le vicomte Ludovic de Lembrat ne perdra pas de vue ceux dont Manuel a partagé la misère.

— Allons au plus pressé, interrompit Cyrano ; c'est à toi que je m'adresse, maître Ben-Joël.

— J'écoute, monseigneur.

— Que sais-tu de Manuel ? ce livre dont il m'a parlé contient-il quelque chose d'important à son égard ?

— Oui, son nom et diverses indications touchant les circonstances dans lesquelles il fut recueilli.

— Tu pourrais dire volé.

— On n'avoue pas ces choses-là.

— Parbleu ! La date de l'enlèvement ?

— 25 octobre 1633.

— Le lieu ?

— Le terrain des Garrignes, près de Fougerolles.

— Le livre renferme-t-il d'autres détails.

— Il relate la mort de Samy, l'enfant qui entra chez nous en même temps que Manuel.

— Où est ce livre ?

— Là !

Ben-Joël étendit la main, montrant dans un angle de la pièce un meuble de chêne aux lourdes ferrures.

— Donne-le-moi, dit Cyrano.

Le bohémien, quittant son air humble, se redressa en homme fier de sa force, et ce fut d'un air tranquille et assuré qu'il répondit : ·

— Pourquoi faire, monseigneur ?

— Pour que je le fasse servir à constater l'identité de Manuel, naturellement.

Ben-Joël et Cyrano sa regardèrent pendant un instant, et dans les yeux de son interlocuteur le gentilhomme crut lire je ne sais quelle arrière-pensée mauvaise, car il fronça le sourcil et fit un geste d'impatience.

— Pour constater l'identité de Manuel, répliqua Ben-Joël de la même voix lente et ferme, mon témoignage suffit pour le moment.

— Vas-tu obéir? gronda Cyrano, qui commençait à tortiller furieusement la pointe de sa moustache, s'étonnant déjà lui-même de sa longanimité.

Le sang-froid de Ben-Joël s'accrut en raison directe de l'irritation de Cyrano. Cet homme avait conçu soudainement un plan à l'exécution duquel sa haine pour Savinien, son ambition et sa cupidité devaient plus tard trouver leur compte. Les coups de fouet reçus sur la route de Fougerolles lui brûlaient encore les épaules, et il souriait intérieurement à l'idée qu'il allait tenir par l'un de ses intérêts les plus chers celui qu'il détestait.

— S'il faut produire ce livre en justice, ajouta-t-il, je le produirai moi-même; je ne veux pas (et il fit sonner nettement ce mot), je ne veux pas m'en dessaisir.

— Ah! ricana Cyrano, faisant un pas vers lui, vous tenez donc bien à cette relique, maître Joël?

— Oui, j'y tiens.

— En vérité?

— Comme relique d'abord.

— Et ensuite, s'il vous plaît?

— Comme garantie!

— Je te comprends, drôle. Tu ne veux livrer ta preuve que contre argent vaillant!

— Hé, monseigneur, cette preuve me donne une valeur que je perdrais en m'en séparant.

4.

— Soit! Quand il le faudra, la justice saura bien t'ouvrir les mains.

À cette menace, Manuel, qui n'avait pas voulu se mêler au débat, s'approcha du bohémien et lui dit :

— Tu te défies de moi, Ben-Joël, t'en ai-je donné le droit?

— Je me défie de la fortune, riposta prudemment l'aventurier.

Cyrano prit le bras de Manuel et se dirigea vers la porte.

— Viens, fit-il, je t'emmène chez moi, nous y serons mieux pour causer, et ce soir, demain au plus tard, tu connaîtras ton frère et tu reprendras ton nom. A bientôt, Ben-Joël.

— Quand il vous plaira, mon gentilhomme. Sans rancune, Manuel.

Lorsque le jeune vicomte de Lembrat et Cyrano quittèrent la Maison du Cyclope, Ben-Joël eut un rire silencieux qui s'éteignit en une subite contraction de ses lèvres minces. Ce lynx prudent, haineux et vorace, venait d'entrevoir l'avenir. Le pas de Zilla, glissant légèrement sur le plancher du corridor, l'arracha à ses rêves ténébreux.

— Accours, ma fille, s'écria-t-il, grande nouvelle!

— Qu'y a-t-il? demanda Zilla, en se débarrassant de la longue cape brune à raies rouges qui l'enveloppait.

— Il y a, ma mie, que, sans nous en douter, nous avons hébergé pendant quinze ans un grand seigneur.

La devineresse pâlit, et ses yeux, profonds comme la nuit, s'éclairèrent.

— Un grand seigneur, répéta-t-elle, craignant de comprendre, et toutefois avide d'interroger.

— Sans doute. Cherche qui manque ici.

— Manuel !

— Oui, Manuel, ou plutôt, fit le bandit en dessinant un profond salut à l'adresse d'un être invisible, monsieur le vicomte Ludovic de Lembrat, seigneur de Fougerolles.

— La preuve? cria Zilla, avec une autorité farouche.

— Je l'ai donnée.

— Toi!

Elle eut un regard foudroyant. Ben-Joël n'y prit pas garde.

— Veux-tu savoir comment la chose s'est passée, ma belle? Écoute-moi.

En quelques mots, il la mit au courant des faits antérieurs.

Zilla reçut cette confidence sans rien dire, et tout le reste du jour elle resta assise à la même place, la tête dans ses mains, et songeant. Vers le soir, Ben-Joël, qui était sorti, la retrouva ainsi, telle qu'il l'avait quittée.

— Dors-tu, Zilla? demanda-t-il.

Sans relever son front pâle, elle répondit :

— Non.

— Il est l'heure du souper, ma fille; viens-tu?

— Merci.

— Tu n'as pas faim?

— Non!

— A ton aise.

Ben-Joël se mit à manger; puis, après un court silence :

— Voyons, Zilla, qu'est-ce que tu as?

— Rien !

— Si! tu as quelque chose. Est-ce le départ de Manuel qui t'ôte l'appétit? C'est donc vrai que tu l'aimes, sournoise ?

— Que t'importe?

— Qui sait? Je ne demande qu'à faire ton bonheur, moi ?

Zilla se redressa, et, marchant vers son frère, qu'elle enveloppa des flammes de sa prunelle :

— Pourquoi l'as-tu laissé partir?

— N'est-il pas libre ?

— Pourquoi lui as-tu soufflé cette pensée d'ambition?

— Tu es folle! je ne lui ai rien dit.

— Est-il vrai qu'il soit gentilhomme ?

— Il faut bien le croire, ricana Ben-Joël; la preuve me paraît concluante.

— Maudite soit-elle !

— Et pourquoi, s'il te plaît?

— Parce que, s'écria Zilla enfin vaincue par ses angoisses, parce que Manuel est perdu pour moi, parce que je l'aime, entends-tu?

— Tu l'avoues donc !

— Oui, reprit-elle avec véhémence, je maudis le bonheur qui lui arrive et qui tue le mien. Dans huit jours Manuel se souviendra-t-il de notre nom seulement?

— Oh ! sois tranquille, il se souviendra.

Zilla ne comprit pas le sens de ces paroles.

— Et si quelqu'un, insinua-t-elle en se penchant vers son frère, surpris de cet accent nouveau, si quelqu'un écartait la preuve qui rend à Manuel le nom de Lembrat; si, pour aider à ce résultat, on t'offrait une fortune, dis-moi, Ben-Joël, que ferais-tu?

Le bandit cligna de l'œil malignement.

— Tu n'es pas bête, mignonne, sourit-il; pourtant laisse-moi te donner un conseil.

— Lequel?

— Tais-toi et... attends.

IX

Le soir de ce même jour, il y avait nombreuse et brillante compagnie dans le salon du marquis de Faventines.

Gilberte, retirée loin des lumières, accueillait d'un air distrait les galanteries de Roland; la marquise, entourée de quelques vieux gentilshommes et de deux ou trois dames, dont la fleur de beauté avait dû s'épanouir au temps de la jeunesse de feu le roi Louis le Treizième, devisait doucement, tandis que M. de Faventines, assis devant une table entre deux hommes au visage grave, écoutait avec patience les observations d'un personnage vêtu de noir, debout en face de lui.

Ce personnage, qui mérite une mention spéciale, était messire Jean de Lamothe, grand prévôt de Paris. Avec sa face longue, sèche et jaune, ses petits yeux luisants comme des charbons sous ses paupières dénuées de cils, ses lèvres minces et railleuses, son front resserré par les rides de l'entêtement, Jean de Lamothe n'avait rien qui pût prévenir en sa faveur. Ce n'était pourtant pas un méchant homme; adonné aux sciences exactes, il apportait dans toutes les questions relatives à ses études une âpreté et parfois une injustice dont il savait heureusement se débarrasser pour l'accomplissement, des devoirs de sa charge. Il avait le geste ample et solennel, la parole dogmatique, et s'il ne défendait pas de bonnes causes, comme on va le voir, du moins les défendait-il avec une belliqueuse conviction.

Une grande feuille de vélin était posée sur la table entre lui et ses trois auditeurs. Sur cette feuille, Jean de Lamothe avait tracé des figures astronomiques, et le doigt posé sur son œuvre, l'œil plein de lueurs, il continuait sa démonstration sans s'apercevoir de la lassitude de son auditoire. Pour le moment, il avait pris à partie Cyrano de Bergerac, auteur de théories qui lui semblaient les plus subversives du monde, et ce sujet fouettait singulièrement son imagination, à ce qu'il faut croire, car, sans s'en apercevoir, sa voix avait franchi le registre des notes moyennes pour passer au ton aigu.

— Oui, messieurs, s'écria-t-il, après avoir terrassé sous un suprême argument son contradicteur imaginaire, — car Cyrano n'était pas là; — oui, l'homme qui nie cela a mérité d'être brûlé vif en place de Grève.

— Eh! fit le marquis avec bonhomie, est-ce ainsi que vous traitez notre ami Cyrano? Qu'a-t-il donc fait?

— Ce qu'il a fait? Mais c'est un esprit damné, un suppôt de Satan, monsieur le marquis.

— Je l'eusse pris tout au plus pour un fou.

— Un fou dangereux, affirma le grand prévôt.

Puis, avec une indignation exempte de feinte :

— Ne s'avise-t-il pas d'écrire que la lune est habitée?

— Quelle hérésie! dit le marquis, en dissimulant un sourire.

— Et que la terre tourne!

— Quel blasphème!

— C'est-à-dire, tonna l'enragé savant, que l'ordre

social est détruit, que le monde va finir. — Bergerac n'est pas un homme, c'est l'Antechrist.

— N'allez-vous pas un peu loin? Bergerac est l'ami de la maison, monsieur de Lamothe.

— Vous le recevez?

— Vraiment oui, et vous le sauriez mieux si vous étiez moins avare de vos visites.

— La science est une tyrannique maîtresse, interjeta le prévôt en forme d'excuse.

— Je vous assure, mon cher ami, acheva le marquis, que Bergerac gagne à être connu, et qu'il ne sent point le roussi, quoiqu'il soutienne que la lune est habitée et que la terre tourne.

— Mais voilà précisément ce qui m'irrite! elle ne tourne pas, et je vais vous le démontrer une fois de plus.

Le marquis baissa la tête. Il ne s'attendait pas à ce nouveau coup; son regard conseilla la patience à ses deux acolytes, qui, du reste, sommeillaient doucement dans leurs grands fauteuils, et le long bras de Jean de Lamothe s'étendit de nouveau sur la carte céleste étalée devant lui.

— Suivez-moi bien, dit-il. Ce petit rond c'est la lune, cet autre la terre, et moi... moi je représente le soleil.

— C'est modeste à vous, murmura M. de Faventines entre deux bâillements discrets.

Ces prémisses posées, le savant reprit sa dissertation.

Pendant qu'il s'égarait dans les développements de sa thèse, la porte s'ouvrit doucement, et Cyrano de Bergerac parut. Un signe du marquis lui montra à la dérobée l'orateur, et le jeune homme, après avoir salut Gilberte et sa mère, prit le bras de Roland et s'avança jusqu'à la table que le prévôt érigeait, pour le moment, en tribune.

Jean de Lamothe ne devina pas l'ennemi, immobile derrière lui.

— Ergo, cher marquis, termina-t-il, Cyrano de Bergerac est un imposteur, et la terre ne tourne pas parce qu'elle est plate, comme l'a établi l'illustre Jean Grangier.

— Elle tourne, intervint alors assez irrévérencieusement Cyrano, et il n'est sur sa vaste surface de pire platitude que le raisonnement que vous citez.

Le prévôt fit un bond de côté, comme s'il eût entendu sonner à ses oreilles la trompette du jugement.

— Ah! c'est vous, monsieur, dit-il, quand son émotion fut calmée, c'est vous qui me démentez!

— Moi-même, répliqua en riant le poëte et tout prêt à vous donner la riposte, s'il vous plaît, et si ces dames le permettent.

Jean de Lamothe fronça le sourcil. Au fond il était ravi. Il tenait son adversaire; il allait se donner la joie de le confondre, de l'écraser, de l'anéantir. On fit cercle autour des deux polémistes.

La lutte promettait d'être intéressante.

— Ainsi, monsieur, avança le prévôt, qui s'était fièrement campé en face de Cyrano et semblait le prendre avec lui d'assez haut, vous soutenez toujours cette utopie? Mais vous vous moquez de nous, monsieur, et de ceux qui lisent vos écrits. Quelle vraisemblance avez-vous pour vous figurer que le soleil est immobile quand nous le voyons marcher? Et quelle apparence que la terre tourne avec tant de rapidité, quand nous la sentons ferme sous nos pieds?

Cyrano ne prit pas garde au haussement d'épaules plein de pitié moqueuse dont le savant accompagna cette apostrophe, et ce fut d'un ton souriant qu'il répliqua:

— Eh! mon Dieu, monsieur le prévôt, la chose est fort simple, et je veux vous l'expliquer par un exemple à la portée de toutes les intelligences.

Jean de Lamothe fit un mouvement comme s'il allait parler.

— Ne vous fâchez pas, se hâta d'ajouter Savinien. Il est de sens commun de croire que le soleil a pris place au centre de notre sphère, puisque tous les corps dans la nature ont besoin de ce feu radical.

— Proposition absurde, grommela le prévôt.

— Donc, reprit le poëte, le soleil est au cœur du monde, pour le nourrir et le vivifier, de même que le pépin est au centre de la pomme, le noyau au milieu du fruit, le germe à l'abri des cent écorces de l'oignon. L'univers est cette pomme, ce fruit, cet oignon, et le soleil, ce germe autour duquel tout gravite.

Un petit ricanement fut la seule réponse du prévôt.

— Pensez-vous, vraiment, insista Cyrano, que ce grand foyer tourne autour de notre terre pour l'échauffer et l'éclairer?

— Sans doute.

— Eh bien, monsieur, si vous vous figurez cela, c'est à peu près · comme si vous estimiez, en voyant une alouette rôtie, qu'on [a fait tourner la cheminée autour de la broche pour la cuire.

Et, satisfait de sa plaisanterie, le gentilhomme pirouetta prestement sur les talons sans plus s'inquiéter de son contradicteur.

— Je vous cède le pas, fit le prévôt, dont les arguments n'avaient pas cette forme légère; votre infernal esprit vous fera mourir sur un bûcher.

— En ce cas, prévôt, soyez tranquille, vous êtes sûr d'expirer dans votre lit.

Cette impertinence cloua le prévôt à sa place. Quand

il chercha Cyrano pour lui rispoter, ce dernier était à l'autre bout du salon, assis avec Roland, auprès de Gilberte.

Aucune allusion à la scène de la veille n'avait encore été faite par le comte de Lembrat en présence de sa fiancée. Mais quand Cyrano se trouva en tiers dans la conversation, Roland ne craignit pas de toucher à ce sujet encore brûlant. Les préoccupations de Cyrano ne lui avaient pas échappé, et il avait parfaitement vu Sulpice Castillan se mettre à la poursuite des trois bohémiens.

— Avez-vous revu votre jeune secrétaire? demanda-t-il à Cyrano.

— Pourquoi cette question?

— Parce que maître Sulpice m'a semblé fort séduit par les beaux yeux de la sibylle qui nous dit hier de si belles choses, et s'est mis à la suivre avec une ardeur qui a pu le mener bien loin.

— Cela prouve que ce brave Castillan a du goût. La belle bohémienne vaut la peine qu'on la remarque. Rassurez-vous, du reste, mon secrétaire est revenu.

Le comte, désireux de connaître le mot du problème qu'il s'était posé, allait hasarder une nouvelle question lorsque Savinien le prévint.

— En apprenant hier votre prochain mariage, mon cher Roland, dit-il, en me réjouissant avec vous, une pensée triste a traversé mon esprit.

— Laquelle?

— Je songeais à votre frère, Roland.

Le comte tressaillit. Gilberte parut attentive.

— Un frère, dit-elle, monsieur le comte ne nous en a jamais parlé!

— C'est, avança un peu ironiquement Cyrano, qu'il craignait de vous attrister par une révélation pénible.

— En effet, balbutia Roland. Pourquoi réveiller ces

souvenirs, pourquoi évoquer cette sombre histoire, qui, hélas! ne doit pas avoir de fin ?

Cyrano eut un sourire vague et murmura :

— Peut-être.

Une expression d'inquiétude se peignit sur les traits du comte de Lembrat.

— Racontez-nous cette histoire, M. de Cyrano, supplia Gilberte, je vous en prie.

— Elle est bien simple.

« Ludovic. le frère de Roland, avait cinq ans alors que j'en avais treize, et le vieux comte de Lembrat, auprès duquel j'avais été élevé, me confiait souvent cet enfant; je lui apprenais à monter à cheval, à faire des armes, toutes choses que je professais déjà passablement. Un jour que j'étais absent de Fougerolles, Ludovic s'éloigna un peu du château, avec le fils du jardinier, nommé Simon Vidal, un écolier de son âge. Quand vint le soir on chercha vainement les deux enfants. Étaient-ils tombés au fond de la Dordogne, en cherchant des nids sous les saules? Avaient-ils été enlevés par une bande de gitanos? Nul ne put le dire. Le comte de Lembrat est mort en me recommandant Roland et en me rappelant Ludovic, que je lui ai juré de retrouver s'il existe encore. »

— Il y a quinze ans que Ludovic a disparu, intervint le comte; il est mort sans doute.

— Votre frère aurait maintenant l'âge où l'homme raisonne et cherche; qui sait s'il ne vous trouvera pas un jour, puisque vous-même n'avez pas eu la chance de le trouver?

— Oh! je le souhaite de grand cœur, s'écria Gilberte.

On a deviné le but de Cyrano. Avant de révéler à Roland l'existence de son frère, il étudiait le cœur du gentilhomme; avant de le mettre à l'épreuve de l'amitié, il voulait savoir sur quel terrain il allait engager la partie.

La contenance de Roland était évidemment gênée. La possibilité du retour de son frère éveillait en lui une sourde révolte ; il se sentait instinctivement menacé.

— Cette reconnaissance, reprit Cyrano répondant à l'exclamation de Gilberte, cette reconnaissance coûterait à Roland la moitié de sa fortune ; mais j'imagine qu'il ne le regretterait pas.

Le comte sentit le coup et dit froidement :

— Mon frère peut revenir, il sera reçu à bras ouverts ; je ferai pour lui ce que je dois, mais je n'oublierai pas que je suis l'aîné des Lembrat !

« Je l'avais bien jugé, songea Cyrano, il y aura lutte. »

Puis doucement :

— L'aîné des Lembrat, c'est fort bien, insinua-t-il ; mais...

— Mais...?

— Cela ne vous dispenserait pas de rendre des comptes à votre frère.

— Le droit commun est pour moi, je pense.

Le caractère de Roland commençait à se révéler sous son véritable jour.

— Le droit commun est respectable, sans doute, dit Cyrano, pourtant il cède devant certaines considérations.

— Lesquelles ?

— La volonté du père de famille.

— Il faudrait, en ce cas...

— Quoi ?

— Un testament !

— Précisément, mon cher ami, et voilà où j'en voulais venir ! Ce testament...

— Eh bien ?...

— Il existe !

— De mon père ?

— De votre père !

— Vous vous trompez, Cyrano.

— Nullement; je ne vous ai rien dit de cela, parce qu'il était inutile de vous en parler tant que vous n'aviez aucun engagement à prendre; mais vous allez vous marier, il est juste que votre nouvelle famille n'ignore pas les dettes de votre passé et les obligations de votre avenir.

— Mon père était jaloux plus que que personne de l'éclat de son nom; s'il a fait ce que vous dites, il n'a pu me déposséder sans mentir à ses principes.

— Il aimait ses deux fils d'un amour semblable; il a voulu que l'un et l'autre fussent égaux en fortune et en honneurs.

— Pour être si bien instruit, vous connaissez donc ce testament?

— Je le connais.

Roland se mordit les lèvres.

— Où mon père l'a-t-il déposé? demanda-t-il d'une voix tremblante.

— Entre mes mains !

Le comte étouffa un cri.

— Monsieur le comte, dit Gilberte, intérieurement froissée par l'attitude de son fiancé, auriez-vous regret du choix qu'a fait votre père?

— Dieu m'en garde! mon père aimait Savinien et le savait fort et dévoué; je ne forme maintenant qu'un vœu : que mon frère revienne! Même en lui transmettant la moitié de mon bien, je serai encore assez riche pour vous donner l'existence heureuse que vous êtes en droit de rêver.

— Bien parlé, Roland, dit Cyrano, qui se leva pour prendre congé.

Le comte le retint, et, l'attirant un peu à l'écart :

— Un mot, mon cher ami, dit-il à voix basse.

— Voyons !

— Où est le testament de mon père ?

— Pourquoi ?

— Simple curiosité ! Et puis ne pourrait-on obtenir les dispenses nécessaires pour ouvrir cet écrit ?

— Prenez garde, Roland, vous doutez de ma parole.

— Nullement.

— Il y a dans le testament de votre père autre chose que des questions d'argent.

— Qu'y a-t-il donc ?

— Une confession terrible !

— Terrible ! Pour qui ?

— Pour vous !

— Pour moi ?

— Oui, croyez-moi, Roland ; pour votre propre tranquillité, laissez dormir les secrets de votre père.

— Mais, enfin, insista le comte, irrité et tout à la fois troublé de ces confidences, derrière lesquelles il sentait une vague menace, si vous veniez à mourir, vous, que deviendrait ce testament ?

— Ne vous inquiétez pas de cette difficulté ; j'y ai pourvu.

Et comme Roland le regardait avec indécision :

— Mon cher comte, conclut Cyrano en lui tendant la main, ce n'est pas sans intention que je viens de vous dire toutes ces choses. Vous touchez à un moment solennel, et, avant de vous mettre en présence des faits, j'ai voulu savoir ce que je pourrais espérer ou craindre de votre cœur ; mon opinion est faite maintenant.

— Qu'allez-vous m'apprendre encore ?

— Vous le saurez demain.

— Demain?

— Chez moi ; puis-je compter sur votre visite?

— Je vous le promets. A dix heures je frapperai à votre porte.

X

Dans la chambre de Cyrano, Sulpice Castillan écrivait, assis devant une table, près de la fenêtre ouverte à l'air frais et à la claire lumière du matin. De sa plus belle écriture, le scribe recopiait une scène de cette tragédie d'*Agrippine* qui causa tant de tracasseries à Cyrano, son auteur.

Maître Castillan n'était pas content, car il chantait. Cela peut paraître étrange; tel était pourtant le caractère de ce brave garçon. Quand la satisfaction emplissait son âme, Castillan jouissait paisiblement de son bonheur; par contre, sa mauvaise humeur se traduisait en chansons et en facéties. Voulait-il s'étourdir ou narguer la destinée? Problème à résoudre. Toujours est-il qu'il ne semblait jamais aussi triste que lorsqu'il se sentait heureux, et jamais aussi gai que lorsqu'il était mécontent.

Ce matin-là, soit que sa plume fût mal taillée, soit qu'un mauvais songe eût troublé son sommeil, Castillan recommençait pour la dixième fois ce triolet, sorti un jour du cerveau de son maître.

L'on ne verra plus dans Paris
Tant de plumes ni de moustaches;

De duellistes aguerris,
L'on n'en verra plus dans Paris !
Consolez-vous, jaloux maris,
Adieu, raffinés et bravaches !
L'on ne verra plus dans Paris
Tant de plumes ni de moustaches !

Le couplet fini, Sulpice allait le reprendre pour la onzième fois, lorsque entra une servante ronde, grasse, fraîche et marchant d'un pas tout à fait cavalier. Suzanne, c'était son nom, était une franche Périgourdine effleurant la quarantaine, que Cyrano avait prise à son service, en un jour d'opulence. Elle s'était attachée à lui, et quoique le poëte, dès le second mois de son service, eût oublié de lui payer ses gages, elle n'avait pas voulu le quitter. Aussi était-elle à peu près maîtresse dans le logis, où son franc parler n'était un sujet d'étonnement pour personne.

Elle se campa devant Castillan et l'apostropha sans façon :

— Il chante, le sans-gêne ! Dis donc, est-ce que c'est pour chanter qu'on te paye ?

— Je chante parce que je m'ennuie, Suzanne.

— Le beau museau ! voyez-le donc ! et pourquoi t'ennuies-tu ?

— Parce que le temps est beau, parce que je voudrais sortir et que M. de Bergerac tarde à venir m'en donner la permission.

— Au fait, où est-il, notre maître ?

— Il ne s'est pas battu depuis avant-hier, et M. de Nangis l'est venu quérir au petit jour pour qu'il lui servît de second.

— Bon là ! il va nous revenir avec quelque balafre. Oh ! l'enragé bretteur que ton patron, Castillan !

— Que veux-tu ? c'est sa vie à cet homme ! Quand il

5.

n'a pas un coup d'épée à donner trois ou quatre fois par semaine, il trouve que le monde va de travers.

Malgré les prévisions de Suzanne, Cyrano rentra sain et sauf. Il était neuf heures, et Roland de Lembrat ne devait pas tarder à paraître.

A la vue de son maître, Suzanne se hâta de sortir, et le gentilhomme vint s'asseoir à côté de Castillan.

— As-tu fini? demanda-t-il au scribe, qui, à la pensée de sa prochaine délivrance, avait pris tout à coup un air morose.

— Oui.

— Bon! tu peux aller te promener jusqu'à ce soir; je n'aurai pas besoin de toi. Ah! attends, il faut que je te dicte une lettre.

— A qui?

— A ce gros crevé de Montfleury.

— Le comédien de l'hôtel de Bourgogne?

— Oui.

— Qu'a-t-il fait encore?

— Il s'est avisé de mettre l'interdit sur mes pièces et d'empêcher ses camarades de les jouer.

Sulpice se mit à siffloter. Sa mauvaise humeur revenait. Il se résigna cependant et, prenant la plume :

— Je suis prêt, dit-il.

Cyrano se mit à marcher à grandes enjambées et tout en marchant, dicta la lettre suivante, qu'il n'est pas sans intérêt de recueillir comme un trait du caractère de notre personnage et comme un exemple de son étrange tournure d'esprit :

« Gros homme, je puis vous assurer que si les coups de bâton s'envoyaient par écrit, vous liriez ma lettre des épaules.

« Pensez-vous donc, parce qu'on ne saurait vous battre tout entier en vingt-quatre heures, que je me veuille re-

poser de votre mort sur le bourreau ? Non ! En attendant, sachez que je vous interdis pour un mois, coquin,
et tenez pour assuré que si vous mettez en oubli ma défense et vous osez montrer sur le théâtre, je vous empêcherai de compter parmi les choses qui vivent et vous
aplatirai de telle sorte qu'une puce, en léchant la terre,
ne saurait vous distinguer du pavé. »

Quand cette triomphante épître fut finie, celui qu'on
appelait le capitaine Satan y apposa sa griffe héroïque
et poussa un soupir de satisfaction. La journée s'annon-
çait bien. Cyrano était content de lui.

— Va, mon fils, ordonna-t-il à Castillan, porte la lettre toi-même, et si le drôle n'est pas content, dis-lui que
j'irai ce soir chercher ses oreilles ; va.

Castillan s'empressa d'obéir. Dans l'escalier, il se croisa
avec le comte Roland de Lembrat, qui arrivait, fidèle au
rendez-vous pris la veille.

Savinien avait trop préparé son terrain et connaissait
trop bien les dispositions de son visiteur pour ne pas
aller droit au but. Décidé à trancher promptement la
situation, il donna à peine à Roland le temps de s'asseoir.

— Savez-vous pourquoi je vous ai prié de venir ? lui
demanda-t-il avec gaieté.

— Je vous serai obligé de me le dire, car vos paroles
d'hier soir contenaient un mystère que je veux absolument éclaircir.

— Bon ! je ne mettrai pas votre patience à une longue
épreuve ; vous êtes un homme, et je pense qu'une joie,
si vive qu'elle soit, ne vous tuera pas.

Cela fut dit d'un ton ironique, qui n'échappa point à
Roland.

— Quelle est votre intention ? interrompit-il.

— Je vous ménage une surprise.

— Voyons?

— Une grande surprise. Vous souvenez-vous de ce que vous m'avez dit hier devant mademoiselle Gilberte?

— Que vous ai-je dit?

— Ceci : « Mon frère peut revenir ; il sera reçu à bras ouverts ! »

Roland commençait à comprendre. Il sentit sa chair se mouiller de sueur.

— Mais c'est tout naturel, formula-t-il avec contrainte.

— Eh bien, mon ami, s'écria Cyrano en soulevant la portière d'une chambre voisine, ouvrez donc les bras, votre frère est revenu : le voici !

Ce coup de théâtre préparé par Cyrano, prévu peut-être par Roland, brisa les forces de ce dernier, et le fit se cramponner convulsivement au bras de son interlocuteur.

Pendant une seconde, il ne vit plus, il n'entendit plus. Mais lorsque, dans ce frère qu'on lui présentait et qui, tremblant, éperdu de joie et d'espérance, lui tendait les bras, il put reconnaître le bohémien de l'avant-veille, l'audacieux aventurier qui s'était fait son rival, l'homme qu'il avait ignominieusement chassé, une sourde exclamation s'échappa de la poitrine du comte, et il se rejeta violemment en arrière pour échapper à cette odieuse vision.

— Lui! lui! répéta-t-il ensuite en serrant instinctivement les poings.

— Lui! dit Cyrano. Regardez-le : n'a-t-il pas tous les traits de votre père?

Pendant que Roland jetait un regard troublé et indécis sur son frère, Manuel s'approcha doucement et, fléchissant le genou devant le comte :

— Mon frère, dit-il, la Providence nous a placés, il y

a deux jours, en face l'un de l'autre et rien ne nous a dit que le même sang coulait dans nos veines. Je vous ai doublement offensé alors : je vous en demande pardon ; vous êtes l'aîné des Lembrat, vous me trouverez désormais fidèle au dévouement, à l'amitié et au respect que je dois au chef de ma famille ; ma vie fut obscure et misérable, mon honneur est intact ; donnez-moi votre main, mon frère, je suis resté digne de la serrer.

Roland fit un violent effort pour paraître calme, et, tendant, comme à regret, la main à Manuel :

— Relevez-vous, monsieur, prononça-t-il. Il ne m'est pas permis encore de laisser éclater franchement ma joie ; il faut d'abord que le jour se fasse sur votre situation. Avant de vous donner ce titre de frère que vous revendiquez, j'ai besoin d'une preuve, d'une preuve concluante.

— Parbleu, mon cher Roland, lança Cyrano d'une voix mordante, vous ne faites guère honneur à ma loyauté, ce me semble ; croyez-vous que ce soit un frère d'occasion que je vous présente ? En tout cas, cette preuve ou ce témoignage qu'il vous faut, vous allez l'avoir.

Et s'adressant à Manuel :

— Va, dit-il, et ramène Ben-Joël ; nous t'attendons.

Pendant que le jeune homme courait à la Maison du Cyclope, Cyrano mit le comte au courant de ce qui s'était passé. Il lui parla des notes consignées dans le livre de Joël, notes confirmées par le témoignage du bohémien auquel, au besoin sans doute, s'ajouterait celui de Zilla, et Roland comprit qu'il n'y avait plus, pour le moment, qu'à s'incliner devant la destinée qui lui était faite.

Manuel ne tarda pas à revenir, ramenant son compagnon d'aventures. A la vue de Roland, la physionomie de Ben-Joël s'éclaira soudainement ; le rusé coquin voyait les choses se dessiner. Une expression de contentement se peignit en même temps sur les traits du comte. Dans ce bandit à l'air hypocrite, à la démarche douteuse, il avait bien vite reconnu une nature prête à toutes les concessions, et il s'était dit spontanément :

« C'est là qu'il faut frapper pour vaincre. »

Ben-Joël, interrogé, répéta docilement tout ce qu'il avait dit la veille. Comme la veille aussi, il refusa de livrer le précieux livre. Sur ce point le comte n'insista pas, et, tendant avec une apparente franchise la main à Manuel :

— Mon frère, dit-il, toutes mes hésitations sont tombées. Bergerac répond pour vous, et je sens au mouvement de mon cœur que vous êtes vraiment celui que j'attendais ; venez, je vais vous présenter moi-même à tous mes vieux serviteurs, dont plus d'un se souviendra de l'enfant perdu.

« C'est bien parler, mais est-ce sincère ? » pensa Cyrano.

Manuel prit la main que son frère lui abandonnait et la baisa respectueusement.

— Voyez-le, dit Savinien au comte, il a vraiment bonne grâce ; avant huit jours, nous en aurons fait un raffiné.

« Avant huit jours, répéta mentalement l'aîné des Lembrat, il aura repris ses guenilles. »

Et se tournant vers Ben-Joël :

— Tiens, fit-il en versant dans la main du bohémien tout l'or que ses poches contenaient, voilà un premier témoignage du plaisir que tu me causes.

Puis, tout bas, il ajouta, tandis que Manuel pleurait de joie sur l'épaule de Cyrano :

— Où te trouve-t-on, quand on a besoin de toi ?

— A la Maison du Cyclope, près de la porte de Nesle, monseigneur.

XI

Roland de Lembrat avait sa demeure dans la rue Saint-Paul. En arrivant à Paris, où il comptait passer la plus grande partie de son temps, le comte avait acheté dans cette rue un hôtel, entouré de jardins et d'un aspect seigneurial qui flattait fort la vanité de son nouveau propriétaire.

Le premier étage de cette vaste maison était en grande partie occupé par un salon lambrissé de chêne et orné de ces lourdes dorures comme on en voit encore dans les vieux appartements du Louvre. Autour du salon s'ouvraient d'autres pièces, dont l'une était la chambre à coucher de Roland de Lembrat.

Deux jours après les scènes qu'on vient de lire, le comte, ayant congédié ses gens, se promenait avec agitation dans cette chambre. Quand il eut arpenté l'appartement dans tous les sens, s'arrêtant parfois et grondant comme un tigre en cage, il vint s'asseoir devant une table et se mit à feuilleter quelques papiers. Puis il saisit une plume et aligna des chiffres d'un air pensif; besogne singulière pour un gentilhomme de mœurs brillantes et dissipées, comme l'était le comte Roland. Que faisait-il? Il comptait tout simplement ce qu'allait lui coûter la résurrection de son frère.

Son calcul terminé, Roland écrasa la plume sur le papier et plongea sa tête dans ses mains. Évidemment le mot du problème qu'il étudiait n'apparaissait pas encore clairement dans son esprit.

— Bah! fit-il tout à coup en se levant et comme répondant à une pensée intime, à quoi bon? J'ai mieux que cela ; quand on ne peut défaire le nœud, on le tranche.

Le comte prit un flambeau, dont il abrita la flamme avec la main, ouvrit une porte et s'enfonça dans un corridor de service longeant les grands appartements. Au bout de ce corridor, il éteignit la lumière qu'il portait, souleva une draperie et se trouva dans un étroit cabinet, dont le sol couvert d'un tapis amortissait le bruit de ses pas.

Étendant la main en avant, le comte marcha doucement jusqu'au mur et chercha du doigt une cheville enfoncée dans la cloison. Cette cheville trouvée, il la retira discrètement et appliqua son œil au trou où elle s'adaptait. Voici ce que vit alors le comte Roland.

Un jeune homme était debout dans la chambre voisine; c'était Manuel, c'était Ludovic de Lembrat, depuis la veille installé à l'hôtel de la rue Saint-Paul. Un élégant costume de satin gris à rubans bleus faisait valoir sa bonne mine et sa fière tournure. Il ne restait plus rien sur toute sa personne qui pût faire reconnaître l'homme des jours précédents. En entrant dans sa nouvelle condition, Manuel n'avait presque rien à acquérir. Plus instruit que la majeure partie des gentilshommes de ce temps, il en avait d'instinct adopté les galantes manières et pouvait très-honorablement faire figure au milieu d'eux.

Pour revenir brièvement sur son passé et le lier aux événements qui vont suivre, nous dirons comment était né l'amour du jeune homme pour Gilberte de Faventines. Simple histoire, vieille comme l'homme et toujours nouvelle cependant! Il avait vu une fois Gilberte à sa fenêtre, et, comme un rêveur, comme un poëte, comme un fou, — charmante folie, — il s'était empli l'âme et les yeux de cette vision. Aimer, c'est se sentir vivre. Manuel aimait. Que la femme fût loin ou près de lui, il ne s'en souciait pas encore; il la voyait à la dérobée; le soir, il se glissait le long des murs, escaladait sa fenêtre pour poser un bouquet sur la grille du balcon, et s'en allait.

C'était tout.

Et il était heureux, heureux de ce mystère, de ces tressaillements profonds qu'il connaissait pour la première fois, de cette chimère qui peuplait son esprit de rêves indécis. Il ne savait même pas le nom de sa divinité. Dans ces doux préludes de la passion, ce que l'on aime avant tout, ce n'est pas l'amante, c'est l'amour avec ses incertitudes charmantes, avec ses joies immenses faites de mille riens délicieux.

Maintenant que Manuel pouvait se raisonner, maintenant qu'il était quelque chose, ses sentiments vagues se coordonnaient et prenaient un corps. L'amour n'était plus chez lui une force sans direction. Sa religion avait une idole dont rien ne le séparait plus. Il pouvait espérer, il pouvait vouloir.

Telle était du moins sa croyance, au moment où Roland de Lembrat vint l'épier dans l'intimité de sa nouvelle existence.

Le regard du comte tomba droit sur Manuel. Le jeune homme n'était pas seul, car il parlait avec animation. Roland chercha l'interlocuteur, d'abord invisible, auquel s'adressait son frère, et aperçut Cyrano étendu dans un vaste fauteuil, au coin de la cheminée.

Cet examen terminé, le comte ne songea plus à regarder; il écouta. La voix claire et bien accentuée du poëte ne tarda point à parvenir à son oreille.

— Ainsi, mon cher Ludovic, fit cette voix, tu es satisfait de ton frère?

— Très-satisfait! il me traite avec une grande bonté.

— C'est naturel; mais dis-moi?...

— Quoi?

— T'a-t-il entretenu de la question capitale?

— Quelle question?

— Ta fortune.

— Il ne m'a rien dit, et je ne lui ai rien demandé.

— Réserve qui t'honore; il faudra pourtant en venir là.

— Pourquoi? Mon frère m'a bien accueilli; il a prévenu tous mes désirs, je n'ai rien à exiger.

— Oh! ces poëtes! sourit Cyrano, comme ils font bon marché de la vie! mais je suis là, heureusement.

— Que veux-tu faire?

— Parbleu! je veux que ton indépendance soit assurée, que tu sois chez ton frère non comme un obligé, mais comme un égal, et pour cela...

— Pour cela?

— Je vais faire valoir le testament de ton père.

— Je t'en prie, ne blesse pas les sentiments de Roland.

— Sois tranquille, je parle pour l'avenir seulement. Reste un mois, deux mois dans la situation que ton frère t'a faite; après, nous verrons.

— C'est cela, attendons; il sera toujours temps de soulever ces ennuyeuses questions d'intérêt; j'ai d'ailleurs de plus sérieuses préoccupations.

— Lesquelles?

Manuel regarda Cyrano, puis avec un soupir :

— Savinien, dit-il, as-tu donc oublié mon amour?

— Diable! grimaça le poëte, voilà, en effet, où le bât nous blesse. Ton frère te prime, mon ami.

Le comte prêta une plus vive attention, car, comme s'ils eussent eu l'intuition de son espionnage, les deux interlocuteurs avaient baissé sensiblement la voix.

— Mon frère! répéta Manuel. Aime-t-il, en effet, mademoiselle de Faventines, ou ce mariage n'est-il qu'une affaire de convenance?

— Il l'aime, je le crois; reste à savoir si elle l'aime, elle; cela, je ne le crois pas.

— Alors?

— Alors, ce n'est plus qu'une question de respect pour la parole donnée, et décemment, ce n'est pas toi qui peux songer à demander à ton frère le sacrifice de sa position.

— C'est vrai, avoua tristement Manuel, je suis condamné à me taire. Pourtant...

— Achève.

— Si mademoiselle de Faventines elle-même...

— Jeune présomptueux, tu as donc deviné qu'elle t'aimait?

— Non; mais n'est-il pas permis à celui qui se sent menacé dans ce qu'il a de plus cher de se rattacher à toutes les espérances?

— Sans doute. Un mot toutefois. Prochainement tu verras Gilberte, car ton frère et moi-même nous ne pouvons fermer l'hôtel de Faventines au vicomte de Lembrat, comme on l'eût fermé à l'aventurier Manuel.

— Eh bien?

— Quand tu la verras, que feras-tu?

Un tremblement invincible altéra la voix de Manuel.

— La voir, fit-il avec une sorte de crainte naïve, lui parler sans lui faire offense! je n'avais pas songé à cela?

— Il faut y songer; voyons!

— Tiens, fit résolûment Manuel après un court silence, dis-moi que je suis coupable, que je suis ingrat, que je suis déloyal; mais si je vois Gilberte, si je lui parle, mon premier regard sera un éclair de passion, mon premier mot un serment d'amour; je le sens à ma main qui tremble, à mon cœur qui bouillonne, je n'aurai pas la force de garder mon secret. Je suis un enfant sauvage, vois-tu, Savinien; l'habit que je porte ne m'a pas changé tout entier. Si je ne résiste pas à cette voix qui me crie : Aime, va et jette ton cœur aux pieds de cette femme; si je commets cette lâcheté de trahir la confiance de mon frère, j'irai vers Roland et je lui dirai : Chassez-moi, reniez-moi, rendez-moi mes haillons et ma misère, oubliez que j'existe, mais ne me demandez pas de renoncer à mon amour!

— Et après? interrogea froidement Cyrano, sans paraître surpris du ton quasi-farouche dont cette déclaration était faite.

— Après? continua Manuel, ne me restera-t-il pas mon nom?

— Maigre fortune.

— Cela suffira pour que le roi m'accepte pour un de ses soldats; avec du courage et de la bonne volonté on arrive à tout.

— La cape et l'épée, c'est bien maigre, mon cher, et le blason de Faventines a furieusement besoin d'être redoré.

Manuel n'écoutait plus. Il rêvait, il bâtissait un nouvel échafaudage de chimères.

— Il est tard, fit Cyrano en se levant pour se retirer.

Tu réfléchiras à tout cela ; mais le plus prudent serait de tout oublier.

— Non ! formula nettement Manuel.

— Àprès tout, conclut le poëte en rattachant son épée, advienne que pourra, tu sais que mes vœux sont pour toi.

« J'en sais assez, pensa le comte Roland, en quittant son observatoire pour retourner dans sa chambre ; ce n'est plus une guerre sourde qu'il faut pour briser cet homme, c'est un coup de foudre. »

Après cette réflexion, il sonna. Un valet parut. A la façon dont il aborda son maître, il était facile de comprendre que ce n'était pas là un serviteur de la commune espèce. Sa face bistrée s'éclairait d'un sourire presque familier ; on devinait en lui un de ces maroufles qui se savent indispensables en certaines occasions et pour qui les scrupules sont passés depuis longtemps à l'état de légende.

Il aborda tranquillement son maître et se tint debout devant lui, attendant la question qu'on allait lui poser.

— Rinaldo, prononça le comte, te souviens-tu bien de ce que je t'ai dit hier ?

— Si j'ai bonne mémoire, monseigneur m'a parlé de la venue de son jeune frère et du petit désagrément qu'elle lui cause.

— Je t'ai dit aussi que j'aurais besoin de toi.

— Me voici, répondit simplement Rinaldo, non sans une légère nuance d'orgueil.

— Dans huit jours, reprit Roland, il n'y aura plus ici d'autre maître que moi.

— Si tôt ? fit le confident ; nous avions dit, il me semble, monseigneur, que ce serait pour plus tard.

— J'ai changé d'avis, répliqua sèchement Roland.

— Alors il ne nous reste plus qu'à chercher le moyen

de nous débarrasser honnêtement du jeune homme.

— Précisément.

— Nous avons d'abord la suppression définitive?

— Non, pas de sang... pas encore du moins.

— La négation de la preuve?

— Peut-être.

— Le témoignage de quelques braves gens que je sais.

— Nous y songerons; pour le moment tu vas m'accompagner. L'homme qui tient entre ses mains le secret de la naissance de Manuel est celui qu'il faut gagner tout d'abord. En ce qui concerne Cyrano, qui m'a mis cette belle affaire sur les bras, nous verrons plus tard.

— Où allons-nous?

— A la Maison du Cyclope.

Malgré l'heure avancée de la nuit, le comte et Rinaldo, d'ailleurs bien armés, arrrivèrent sans encombre au logis de Beu-Joël.

Quand le bandit vit paraître Roland de Lembrat, il eut un sourire d'une suprême éloquence.

— Je vous attendais, monseigneur, dit-il.

— Tu m'attendais, et pourquoi cela, je te prie?

— Parce que j'ai beaucoup réfléchi et beaucoup observé, monseigneur, répondit-il avec une impudence railleuse.

Les trois hommes s'enfermèrent dans la chambre de Zilla et eurent ensemble un long et mystérieux entretien. Quand le comte quitta la Maison du Cyclope, une pâle lumière envahissait doucement le ciel; le jour allait paraître.

Roland de Lembrat paraissait radieux.

Zilla accoudée à sa fenêtre baignait son front dans l'air frais du matin, et un sourire indéfinissable errait sur ses lèvres entr'ouvertes...

Roland n'était nullement pressé de présenter son frère au marquis de Faventines. Mais ce dernier trancha les hésitations du comte en venant lui-même à l'hôtel de Lembrat féliciter Manuel de sa résurrection. Le même soir, les deux frères se rendirent chez le marquis sur son invitation expresse, et pour la première fois, depuis la scène de l'improvisation, Manuel se trouva en présence de Gilberte.

— Mademoiselle, dit Roland de Lembrat à la jeune fille, avec un sourire dont personne ne remarqua la perfide douceur, voici l'audacieux poëte que vous avez si galamment inspiré l'autre jour. Il pourra maintenant vous dire des vers tout à son aise. Ce n'est plus un étranger, c'est mon frère... le vôtre, ajouta-t-il avec intention.

Gilberte et Manuel se regardèrent, et une vive rougeur envahit les traits de mademoiselle de Faventines, tandis que le jeune homme balbutiait quelques mots dont il n'eut pas même conscience.

Cette présentation faite, le comte Roland laissa son frère et sa fiancée en tête-à-tête et vint s'asseoir à côté de la marquise. Il lui plaisait de jouer ainsi avec le feu, de donner libre carrière aux amoureuses entreprises de Manuel. Les résultats possibles de cette entrevue le préoccupaient médiocrement. N'avait-il pas le sentiment de sa force, et ne savait-il pas maintenant que d'un mot, quand il le voudrait, il rejetterait son frère dans le ruisseau d'où Cyrano l'avait tiré?

Quand le trouble qui l'avait d'abord saisi se fut dissipé, Manuel s'assit résolûment à côté de Gilberte et se décida à ne pas perdre une minute pour sortir de la position dont Bergerac lui avait clairement montré la délicatesse. Manuel, nous l'avons vu, était une nature prime-sautière, étrange composé d'audace et de réserve;

son esprit n'avait point peut-être toute la tenue que les circonstances eussent exigée. En retrouvant son frère, il lui avait promis obéissance, amitié et respect ; et voici que déjà son amour l'emportait et qu'il ne songeait plus à ses engagements. Croyant faire assez en renonçant aux bénéfices de sa naissance, il allait donc, sans scrupule, où son cœur le poussait. Il était jeune, il ne savait rien des petits compromis ayant cours dans le monde, et, par-dessus tout, il aimait follement. Qui aurait pu lui reprocher ce qu'il pouvait y avoir d'absolu dans sa pensée ?

— Mademoiselle, dit-il à Gilberte, le grand événement qui s'est accompli dans mon existence ne m'a point fait oublier le passé. Et, dans ce passé, il est une chose dont je dois vous demander pardon.

La jeune fille attendait presque ce début. Cependant elle tressaillit ; puis, songeant que ce n'était plus le pauvre chanteur des rues qu'elle avait devant les yeux, mais un gentilhomme, le frère de son fiancé, et qu'il lui était impossible d'échapper à cet entretien plein de dangers, elle se composa un maintien grave, presque glacial, et regarda Manuel comme pour l'interroger.

— Oui, reprit ce dernier, j'ai à vous demander pardon. Quand je n'étais rien, mon audace, si grande qu'elle fût, ne pouvait vous atteindre ; maintenant...

Et, comme il hésitait, Gilberte répéta :

— Maintenant ?

— Maintenant, acheva Manuel, je sens que le gentilhomme doit s'excuser de l'offense que vous a faite l'aventurier.

— Vous avez rompu avec votre ancienne existence, monsieur, il faut oublier tout ce qui se rattache à elle.

— Oublier ! fit le jeune homme. Vous me demandez la seule chose qu'il me soit impossible de promettre ; or-

6

donnez-moi de m'humilier devant vous, rappelez-moi au respect que je vous dois, mais n'exigez pas le sacrifice de mes souvenirs.

Gilberte ne répondit pas.

— Tenez, mademoiselle, reprit Manuel, s'enivrant au son de ses propres paroles et tout ébloui par la radieuse beauté de Gilberte, il faut que je me confesse à vous. Quand vous saurez toute ma vie, vous aurez peut-être pour moi une parole d'indulgence ou de pitié.

Il parla, toujours encouragé par le silence de celle qui l'écoutait ; il dit tout ce qu'il avait souffert, tout ce qu'il avait osé. Il raconta comment il se glissait là la nuit dans l'ombre des murailles de l'hôtel de Faventines ; il éclaircit le mystère des bouquets qui, chaque matin, fleurissaient la fenêtre de Gilberte ; il révéla tous ses rêves, toutes ses aspirations vaines, toutes ses folies de poëte et d'amoureux.

En l'écoutant, Gilberte sentait se fondre son cœur dans sa poitrine et sa respiration s'arrêter. Elle oubliait son père, elle oubliait Roland, elle oubliait tout.

La vue de Roland vint tirer les deux jeunes gens de cette situation pénible et charmante. Le comte était là depuis un instant, les couvant d'un regard de flamme.

Ce soir-là, Manuel quitta le salon du marquis et rentra chez lui, sans revenir de l'égarement délicieux dans lequel son entretien avec Gilberte l'avait plongé. Les jours suivants, le vicomte Ludovic retourna à l'hôtel de Faventines.

Le reste se devine. Manuel et Gilberte s'aimaient. L'aveu de cet amour sortit de leurs lèvres, presque sans qu'ils s'en doutassent ; l'avenir était maintenant devant eux plein de trouble et de menaces.

Vers le septième jour qui suivit sa visite à la Maison

du Cyclope, — et les choses en étant au point que nous venons de dire, — le vicomte Roland de Lembrat pria son futur beau-père de vouloir bien assister, avec madame de Faventines et Gilberte, à une fête qu'il se proposait de donner le surlendemain.

— J'ai cru vous être agréable, termina-t-il, en conviant à cette réunion messire Jean de Lamothe, votre docte ami.

— Le grand prévôt! se récria le père de Gilberte. Hé! mon cher comte, vous savez bien qu'il ne se plaît guère à nos veillées profanes.

— Soyez tranquille, il viendra, et je vous réponds qu'il tiendra bien sa place à l'hôtel de Lembrat, fit le comte avec un sourire qui, malgré lui, s'égara vers Manuel.

Cette fête dont venait de parler Roland ne devait pas avoir lieu à l'improviste. Rinaldo en avait fait faire activement les préparatifs, et tout était prêt déjà lorsque son maître lança ses invitations. Le matin du grand jour, Ben-Joël reçut un billet contenant simplement ces mots :

« Ce soir. »

Pendant que s'ourdissait dans l'ombre la trame qui devait l'envelopper, Manuel s'habillait pour la fête, tout en chantant à demi-voix une chanson d'amour dans laquelle le nom de Gilberte revenait incessamment comme un doux refrain...

Roland de Lembrat avait beaucoup d'amis sans doute, car dans ses salons se pressait une foule brillante et bruyante. Pour cette soirée, il avait convié la fine fleur de la cour et de la ville. On s'étouffait un peu, condition indispensable au succès d'une fête.

La première figure qu'aperçut le marquis de Faventines, en pénétrant dans le salon, fut celle de messire

Jean de Lamothe. Le grand prévôt avait l'air plus grave et plus guindé que de coutume.

— Vous ici ? lui dit gaiement le marquis, vous le savant, vous le sage, au milieu de cette folle société ?

— La justice est bien partout, monsieur le marquis, répondit solennellement le vieillard.

— Je le sais ; mais ce n'est pas le juge que je rencontre ici, je pense, — c'est l'ami ?

— L'un et l'autre, marquis.

— Vous êtes bien sérieux, ce soir ; en voulez-vous toujours à Bergerac, et, sachant le trouver ici, êtes-vous venu pour le convaincre de magie, d'hérésie et d'offense envers la religion ?

— Non, mais le tour de Bergerac viendra, n'en doutez pas.

— Bon ! Et de qui donc le tour est-il venu, s'il vous plaît ? Nous sommes ici tout à notre plaisir ; nous fêtons la présence de Ludovic de Lembrat, nous partageons le bonheur de son frère ; sans nous en douter, mon cher ami, marcherions-nous sur des serpents, ou bien la maison du comte cacherait-elle des conspirateurs ?

— Non, fit Jean de Lamothe assez sèchement.

— Alors je n'y comprends rien.

Le grand prévôt se pencha à l'oreille du marquis et lui dit quelques mots à voix basse.

M. de Faventines, en recevant cette confidence, laissa tomber ses bras le long de son corps, puis, avec une stupeur profonde :

— Bah ! fit-il, est-ce possible ?

— C'est comme j'ai l'honneur de vous le dire. Le comte de Lembrat m'a prévenu, et je ferai mon devoir jusqu'au bout.

— Étrange ! étrange ! murmura le marquis en s'éloignant au bras du grand prévôt.

Au moment où les deux interlocuteurs franchissaient la porte du premier salon, ils virent Gilberte s'avancer, conduite par Manuel.

Le marquis fit un mouvement comme pour courir vers le jeune gentilhomme et l'arracher d'auprès de sa fille, mais Jean de Lamothe le retint en lui disant :

— Modérez-vous ; il n'est pas temps encore.

Manuel et Gilberte passèrent et vinrent s'asseoir auprès d'une fenêtre ouverte sur les jardins. La nuit était transparente et tiède, de vagues aromes montaient dans l'air, et dans la profondeur des massifs on entendait des voix et des éclats de rire.

— Ainsi vous l'avouez, disait Manuel, pour qui l'histoire du commencement de son amour était un thème inépuisable, vous m'aviez reconnu ?

— Dès le premier moment ; une divination, sans doute.

— Ah ! vous allez me donner de l'orgueil, Gilberte. Quoi ! ce pauvre bohême, ce poëte de la rue, vous l'avez aimé, malgré les préjugés, malgré le monde ?

— Et malgré moi, Ludovic. Oui ! je souffrais, persuadée que rien ne pouvait nous réunir, et je me promettais de vivre, sacrifiée peut-être, mais gardant, comme une consolation, le souvenir de mon émotion première.

— Chère Gilberte ! Quand donc pourrai-je proclamer hautement mon bonheur ?

— Quand vous aurez le courage de dire loyalement la vérité au comte, comme je veux la dire à mon père.

— Roland ! c'est vrai, je l'oublie encore. Je l'oublie toujours. Pourquoi faut-il qu'en me rendant une famille, Dieu m'ait mis dans la cruelle alternative de choisir entre l'ingratitude et le malheur !

6.

— Ce n'est pas Dieu qu'il faut accuser ici, Ludovic.

— Qui donc ?

— Moi-même. Je n'ai pas eu le courage de résister à la volonté de mon père, et pourtant je n'aimais pas le comte. Mais, à présent, je parlerai.

— Et mon frère?

— Votre frère est trop loyal et trop juste pour vous savoir mauvais gré de mes propres sentiments.

— Vivons donc dans le présent, Gilberte.

— Vivons dans le présent et espérons dans l'avenir.

Cyrano venait d'entrer; il aperçut les deux amoureux et vint les rejoindre.

Peu d'instants après, le comte Roland se montra à son tour. Après avoir reçu la plupart de ses invités, il s'était retiré un instant dans sa chambre, où il avait eu avec Rinaldo une rapide conférence.

— Tout est prêt, lui avait dit ce dernier.

Le comte aborda Savinien de Cyrano avec empressement.

— Hé! fit-il, vous êtes en retard ; nous n'attendions plus que vous pour le divertissement.

— Quel divertissement?

— Un peu de musique, un petit ballet.

Puis à Gilberte :

— Voyons, mademoiselle, vous êtes la reine de la fête, et je suis votre humble valet. Dois-je donner le signal?

— Mais certainement ! fit Gilberte avec empressement.

Le comte frappa dans ses mains. Un rideau tendu à l'une des extrémités du salon se releva, et des musiciens rangés sur une petite estrade firent entendre les premières mesures d'un air de ballet. Ce rideau relevé laissait voir un théâtre sur lequel vinrent figurer des danseurs italiens, alors fort à la mode à Paris.

Le divertissement fut court, mais ce n'était là que le prologue de la comédie que se préparait à jouer le comte.

— C'est charmant, dit Cyrano. Vous êtes un homme de goût, mon cher Roland.

— N'est-ce pas? fit ironiquement le comte. Oh! je vous garde bien d'autres surprises.

A ce moment, la figure hétéroclite de Rinaldo apparut dans la baie d'une porte. Le drôle portait un plateau de rafraîchissements ; d'autres domestiques le suivaient, remplissant le même office. Il avait pris pour la circonstance un air honnête, décent et presque naïf.

— Tiens! fit Cyrano, n'est-ce pas là ce coquin de Rinaldo, qui habitait Fougerolles au bon temps de notre enfance, ami Roland?

— Précisément, répondit Roland.

En même temps, il jeta au prévôt un regard d'intelligence, comme pour appeler son attention sur ce qui allait se passer. Le prévôt inclina gravement la tête pour montrer qu'il avait compris.

Par une coïncidence fortuite, peut-être aussi par suite d'une savante manœuvre de Roland, tous les principaux personnages de notre récit se trouvaient groupés autour de lui.

Rinaldo fit le tour du cercle, offrant respectueusement son plateau, et ne tarda pas à se trouver en face de Manuel. Mais, au lieu de lui présenter les rafraîchissements, il se mit à le regarder, comme absorbé par une préoccupation impérieuse.

— Eh bien, qu'avez-vous à m'examiner ainsi, mon ami? demanda le jeune homme.

Rinaldo fit un soubresaut et joua à merveille son rôle d'homme surpris en défaut. Le plateau s'échappa de ses mains, et les cristaux se brisèrent avec éclat sur le parquet. Ce bruit eut pour résultat d'attirer le gros des invités vers le point où se passait la scène. Le comte avait l'auditoire qu'il souhaitait.

— Maladroit! cria-t-il à Rinaldo.

Ce dernier essuya l'épithète sans sourciller, et, s'approchant de son maître, lui dit rapidement quelques mots.

— Savez-vous, mon frère, lança alors à voix très-haute Roland de Lembrat, savez-vous ce qui cause le trouble de cet homme?

— Apprenez-le-moi, je vous prie, fit tranquillement Manuel.

— Eh bien ! il prétend qu'il vous reconnaît.

— C'est bien possible. Pour moi, je ne le connais pas.

— Oui, il prétend cela, insista Roland, et il ajoute...

— Il ajoute ?...

— Que vous n'êtes pas mon frère.

Un vif mouvement de curiosité se fit dans la foule. La noble assemblée flairait un scandale. Manuel eut comme un étourdissement. Il se remit pourtant, et essayant de sourire :

— Vos serviteurs sont fort plaisants, en vérité! balbutia-t-il.

— Hé ! hé ! il y a quelque vipère sous roche, murmura Bergerac.

Rinaldo était resté debout au milieu du groupe. Manuel s'approcha de lui, et, la main sur son épaule, les yeux dans ses yeux :

— Voyons, mon ami, formula-t-il, regarde-moi bien, et dis-moi un peu qui je suis, sinon le vicomte Ludovic.

Le valet prit un air embarrassé :

— Sauf votre respect, monseigneur, hasarda-t-il, vous êtes Simon Vidal.

— Simon Vidal, le fils du jardinier de Lembrat! ricana Cyrano. Par Dieu! voilà une singulière prétention!

— Oui, réitéra Rinaldo, le petit Simon, qui a été perdu le même jour que le second fils de notre pauvre maître.

Cyrano haussa les épaules, et, se tournant vers Manuel :

— Cet homme est fou; tu n'as rien à répondre.

— Laisse-moi; il importe que tout le monde soit juge de ma bonne foi.

Et, prenant de nouveau à partie le valet de Roland :

— Ta mémoire est bien fidèle ou bien complaisante, drôle! A quoi reconnais-tu Simon Vidal, qui avait cinq ans lorsqu'il a disparu?

— Bah! objecta Rinaldo, j'étais de son âge, et je retrouve tous ses traits dans les vôtres, que j'étudie depuis huit jours. D'ailleurs, s'il me restait un doute, certain détail les lèverait. Un jour, en jouant avec Simon, je lui fendis le front d'un coup de pierre. La blessure était large et profonde, ma foi!

Et Rinaldo, étendant la main vers le front de Manuel :

— En voici la cicatrice, ajouta-t-il avec calme.

A ce coup de théâtre, une rumeur courut dans la foule.

— Misérable! s'écria Manuel, on t'a payé pour débiter de pareilles calomnies. Mon frère, au nom de la vérité, chassez cet homme.

Roland eut un ricanement méprisant. Son tour était venu de donner la réplique dans cette scène platement infâme.

— A bas le masque, monsieur! répliqua-t-il; cet homme a dit la vérité; il y a huit jours que vous me trompez.

— Que dit-il? murmura Gilberte, qui assistait avec une sorte de stupeur à cet incident.

— Prenez garde à ce que vous allez faire, Roland! intervint soudainement Cyrano, sans laisser à son protégé le temps de répondre.

— Laissez-moi, Bergerac; depuis trois jours je sais que celui-là qui se dit mon frère est un imposteur; depuis trois jours je dompte ma colère. Le témoignage d'un valet est insignifiant, je le veux bien; mais, à force de recherches, de questions et de menaces, j'en ai recueilli d'autres plus terribles. Sûr d'atteindre le coupable, je l'ai laissé s'endormir dans sa fausse sécurité; j'ai voulu confondre ce drôle au milieu d'une fête, aux yeux de ce monde qui m'avait vu l'accueillir à bras ouverts. La reconnaissance a été éclatante et publique; le châtiment doit être éclatant et public à son tour.

Manuel se réfugia instinctivement auprès de Cyrano.

— Savinien! Savinien! murmura-t-il éperdu, défends-moi, car je ne trouve rien à répondre.

Cyrano était prêt à la riposte.

— Ah! vous jouez une terrible partie, comte de Lembrat, dit-il. Songez-y : les preuves de l'identité de Ludovic existent, et j'ai entre les mains, moi, une arme dont vous ne connaissez pas la valeur : le testament de votre père.

— On vous a trompé comme nous tous, Cyrano : cet homme n'est pas un Lembrat; il a profité et abusé de votre premier mouvement; vous-même, en ne vous défiant pas assez d'une impression spontanée, vous avez encouragé la tromperie dont je suis victime.

Tout cela fut dit avec un calme souverain. Roland de Lembrat était décidément un rude adversaire.

— Mais, insista Cyrano, bouillant de colère, mais la

ressemblance de Ludovic avec le comte? mais la preuve écrite?

— Je n'ai rien de plus à dire, conclut froidement Roland. J'ai dénoncé l'intrigue, c'est affaire à M. le prévôt d'en obtenir justice.

— Ah! monsieur le prévôt est de la combinaison? Je vous fais compliment, Roland, vous avez bien tout prévu.

Le grand prévôt s'avança, et, avec une satisfaction qu'il ne prit pas la peine de dissimuler :

— Oui, monsieur, intervint-il, tout est prévu. Rien n'échappe à l'œil du juge, vous m'entendez? Rien! méditez ceci. Depuis trois jours, prévenu par M. de Lembrat, j'ai travaillé à démolir ce que vous aviez édifié; j'ai fait arrêter et j'ai interrogé vos complices.

— Mes complices! gronda Cyrano. Sang-dieu! prévôt, veillez sur votre langue, si vous ne voulez pas que nous nous fâchions!

Devant le geste menaçant de l'irascible auteur du *Voyage à la Lune*, Jean de Lamothe fit une retraite prudente.

— Tout doux, monsieur de Bergerac, risqua-t-il, une fois à distance respectueuse, je ne suis pas un matamore, moi! On ne m'appelle pas le capitaine Satan. Je vais vous prouver clairement que M. le comte de Lembrat vient d'agir selon son devoir.

— Qu'allez-vous faire?

— Produire les témoins!

— Quels témoins?

— Le bohémien Ben-Joël et sa sœur.

— Ben-Joël! s'écria Manuel, je suis sauvé.

Cyrano poussa une exclamation de colère.

— Simple que tu es, tu ne comprends donc rien? dit-il ensuite.

Manuel ne comprenait rien encore, en effet; il ne soupçonnait pas toute la profondeur de l'abîme vers lequel on l'entraînait.

La porte s'ouvrit, Ben-Joël et Zilla parurent, Manuel fit un mouvement vers eux; puis, soudain, les ayant regardés, il tressaillit, s'arrêta et devint fort pâle.

Le visage de Ben-Joël était brouillé comme un ciel pluvieux; le front de Zilla était de marbre.

A ce moment Manuel se sentit vraiment perdu. Par contre, Cyrano semblait prendre son mal en patience. Avec un grand sang-froid il s'était assis et regardait.

XIII

Les deux aventuriers étaient restés sur le seuil.

— Avancez et parlez franchement.

Ben-Joël jeta un regard circulaire sur l'assemblée attentive, tout en s'avançant lentement vers la table où siégeait Jean de Lamothe, et ce fut d'un ton fort humble qu'il répondit :

— Monseigneur le grand prévôt sait que, lui ayant avoué déjà toute ma faute, je n'ai plus rien à redouter de sa sévérité.

— Nous verrons. Vous reconnaissez cet homme ?

Le bohémien se tourna vers Ludovic, que lui désignait le prévôt :

— Oui, répondit-il simplement ; c'est Manuel, mon compagnon.

— A la bonne heure, cette franchise vous sera comptée. Dites maintenant à ces messieurs, comme vous me l'avez dit à moi-même, la raison qui vous a déterminé à faire passer ce Manuel pour le jeune Ludovic de Lembrat.

— Oui, drôle, intervint Roland, dis-nous cela ; car moi surtout j'ai été la dupe de ta mauvaise foi.

Le bandit prit un ton léger :

7

— Eh ! fit-il, ma faute est bien excusable, monseigneur. Le hasard m'a mis en présence de M. de Bergerac, et M. de Bergerac ayant cru, à certains signes, reconnaître dans Manuel le vicomte Ludovic de Lembrat, j'ai profité de ses bonnes dispositions pour faire la fortune d'un de mes frères, fortune dont je ne pouvais manquer de tirer ma part, car Manuel n'est pas un ingrat.

Ludovic, écrasé de stupeur, commençait à douter de lui-même, en présence des explications de Ben-Joël.

— C'est une machination diabolique, interjeta Jean de Lamothe.

Cyrano, qui n'avait pas bronché jusqu'alors, se leva aux derniers mots du bohémien, et, se campant devant lui :

— Qui trompes-tu ici, Egyptiaque damné ? fit-il. Ceci mérite explication.

Le frère de Zilla se courba avec une humilité un peu narquoise devant l'interrogateur et répliqua :

— C'est la vérité pure, monseigneur.

— Tu mens ! s'écria alors Ludovic, secouant sa torpeur. N'as-tu pas entre les mains la preuve de mon origine ?

— Oui, appuya Cyrano, la déclaration consignée dans le livre de famille du vieux Joël. Retenez ce fait, monsieur le prévôt.

Jean de Lamothe sourit d'un air malin et demanda :

— Ce livre dont vous parlez, l'avez-vous vu, monsieur de Bergerac ?

— Non.

Le prévôt haussa les épaules, et s'adressant à Ludovic :

— L'avez-vous vu au moins, vous ?

— Je ne l'ai pas vu, avoua le jeune homme en courbant la tête, mais on en a parlé si souvent devant moi, et cela sans que j'y fusse intéressé, que je ne puis douter de son existence.

— Vous n'avez pas vu ce livre, trancha le prévôt sans s'arrêter à l'observation de Ludovic, parce que ce livre n'existe pas.

A son tour, Cyrano sentit le trouble s'emparer de son esprit. Une seconde lui suffit pour triompher de cette impression; il était sûr jusqu'à l'évidence de l'identité de Ludovic, et il se reprochait déjà son mouvement d'hésitation, pourtant fort excusable en si singulière aventure. De nouveau il aborda Ben-Joël, dont il entrevoyait pour la première fois toute l'astucieuse scélératesse, et lui secouant rudement le bras :

— Est-ce vrai, cela? interrogea-t-il, ne voulant pas croire à l'allégation du prévôt.

— C'est vrai!

Roland triomphait. Aucun des éléments de succès sur lesquels il avait compté ne lui faisait défaut à ce moment décisif.

— Vous voyez, messieurs, ricana-t-il, en s'adressant à ses hôtes, vous voyez sur quelles misérables bases cet édifice de mensonge était fondé. J'ai agi comme un fou en cette affaire : je me suis contenté de la parole d'honneur d'un vagabond. Heureusement tout est facile à réparer, et ma crédulité ne m'aura pas coûté trop cher.

— Oh! Savinien, murmura Ludovic, étreignant avec force les mains de son ami, maudit soit le jour où tu m'as tiré de mon ignorance!

— Encore une question, reprit à cet instant le prévôt, ardent à poursuivre son enquête, et ramenant brusquement vers lui l'attention de Ben-Joël et des assistants. Vous saviez l'histoire de l'enlèvement de Ludovic et de Simon Vidal, le fils du jardinier de Lembrat?

Ben-Joël inclina la tête en signe d'affirmation.

— Ainsi, celui que vous appelez ici Manuel, c'est?...

— C'est Simon Vidal.

— Mais l'enfant volé? mais Ludovic?

— Ludovic! raconta le bohémien d'une voix un peu troublée, il est mort à l'âge de huit ans, dans le camp de mon père. Voilà tout ce que je sais, monseigneur.

— Vous devez savoir autre chose.

— Quoi donc?

— Vous devez savoir, insinua le juge, si votre ami Manuel était de moitié dans vos beaux projets d'ambition.

L'aventurier hésita. Il eut une lueur d'honnêteté, puis la voix de Zilla lui glissa tout bas ces mots :

— Ne le perds pas.

En même temps le comte de Lembrat, passant à côté de lui, murmurait :

— Souviens-toi.

Ainsi placé entre deux influences diamétralement opposées, le bohémien resta un peu interdit. Il avait tout à gagner en ménageant les intérêts de Roland, et pourtant il désirait ne pas s'aliéner l'esprit de Zilla, qui, d'un mot, pouvait tout perdre.

— Répondez donc, gronda le prévôt; Manuel était-il le confident, le complice de vos projets?

Cette interpellation fut comme le grain de sable qui suffit à faire pencher le plateau de la balance. Elle emporta l'âme de Joël dans la voie contraire à la justification de Ludovic.

— Oui, répondit-il, Manuel était mon complice.

— Misérable, rugit le vicomte hors de lui, tu mens encore, tu mens toujours! Ah! Zilla! ma sœur, ma bonne Zilla, dis-leur donc, toi, que leur jugement s'égare! tu me connais, tu sais que je suis incapable d'une pareille duperie!

Zilla avait froncé le sourcil lorsque son frère avait laissé échapper contre Ludovic une parole accusatrice. Quand Ludovic lui parla, son front reprit sa rigidité, et d'une voix froide, elle répliqua sans lever les yeux sur son interlocuteur :

— Je n'ai jamais rien su des projets de mon frère et des vôtres; je n'ai personne à accuser, personne à défendre.

Puis, au fond de son cœur, elle se dit : « Il est tombé assez bas; il peut m'aimer à présent. »

Ludovic allait parler; le grand prévôt lui imposa silence pour dire sévèrement :

— Manuel, vous êtes accusé et suffisamment convaincu, ce me semble, d'avoir usurpé le nom et les titres de vicomte Ludovic de Lembrat; vous irez attendre au Châtelet la décision de la justice.

Sur un signe de Jean de Lamothe, la porte s'ouvrit de nouveau, livrant passage à un exempt suivi de quelques soldats.

— En prison! réclama violemment Cyrano. Ah! pardieu! la chose est trop forte.

— Silence! ordonna le prévôt.

Puis à l'exempt :

— Faites votre devoir.

L'exécuteur de la justice prévôtale s'approcha de Ludovic et lui demanda son épée.

Le jeune homme, à bout de courage, se jeta dans les bras de Cyrano; puis, refoulant les larmes de colère et de honte qui montaient à ses yeux ardents, il tira lentement son épée et la remit à Savinien, ne voulant pas la rendre lui-même à l'exempt. Cyrano était redevenu calme; ce fut d'une voix apaisée qu'il s'adressa à l'exempt, et avec un geste presque courtois qu'il lui tendit l'épée de Ludovic.

— Cette arme, prononça-t-il, est celle d'un gentil-homme, quoi qu'on en dise. Recevez-la donc avec respect, monsieur. Quant à vous, prévôt, continua-t-il assez cavalièrement, sachez que je n'ai pas dit mon dernier mot, si vous avez dit le vôtre.

Puis sa main tomba dans celle de Manuel, qu'il serra avec énergie.

— Va sans crainte, mon fils, conclut-il; va faire ton purgatoire; je suis libre, moi, et je tiens les clefs du paradis.

Après cette phrase alambiquée, l'étrange ami de Ludovic pirouetta sur ses hauts talons, au grand ébahissement de Roland et du prévôt, surpris de le voir accepter aussi philosophiquement les conséquences de cette aventure.

Pendant ce temps, Ludovic avait pu s'approcher de Gilberte.

— Adieu, mademoiselle, dit-il d'une voix brisée. Oubliez-moi, ma vie est finie.

Un sanglot le prit à la gorge. Il eut peur d'éclater, de paraître lâche, et, comme un fou, il se précipita hors du salon sans regarder personne; et suivi de près par l'exempt et par les soldats.

— Ah! mon père, murmura Gilberte défaillante dans les bras du marquis de Faventines, je l'aime! je l'aime!

— Malheureuse, tais-toi, fit le vieillard, tes larmes sont une insulte pour le comte.

La jeune fille se redressa, froide, résolue, inexorable :

— Le comte! Que m'importe? je ne l'épouserai pas.

Ce fut au tour du marquis de se roidir contre cette volonté, qui s'affirmait aussi audacieusement en face de la sienne.

— Tu l'épouseras, reprit-il; je l'ai promis, je le veux.

Tandis qu'on emportait Gilberte évanouie, et que

Ben-Joël s'éclipsait prudemment avec Zilla, sous la conduite de Rinaldo, celui qu'on appelait le capitaine Satan et qui, durant toute cette scène, avait paru assez peu jaloux de sauvegarder sa réputation, était resté presque complétement passif, Cyrano, disons-nous, se pencha vers Roland de Lembrat, et, tout souriant, il lui dit :

— Vous venez de porter là un fort joli coup, ami Roland, mais vous allez voir la riposte !

XIV

Le comte de Lembrat se leva.

— Mon cher Cyrano, risqua-t-il, je comprends votre dépit, mais je n'y puis rien; faites-moi donc grâce d'une explication dont je me soucie peu, ou d'une justification qui ne me convaincrait pas.

— Vous allez trop vite au-devant de ma pensée; un peu de patience, Roland. Ce n'est point en présence de vos amis que je veux vous parler. Vous me remercierez bientôt de cette réserve.

— Je vous remercierai! railla le comte.

— Oui; mais, croyez-moi, restons-en là pour le moment. Tout à l'heure vous serez libre, et nous pourrons parler à cœur ouvert... si vous y consentez.

— Pour peu que cela vous soit agréable, je vais congédier mes invités.

— Non, je ne suis pas pressé; j'attendrai.

Une heure plus tard, les salons de l'hôtel de Lembrat étaient vides. L'arrestation de Ludovic avait mis fin à la fête, et chacun avait compris l'opportunité d'une prompte retraite.

— Venez chez moi, dit alors Roland à Cyrano, nous y serons mieux pour causer.

Rinaldo, revenu depuis un instant, prit un flambeau

et précéda les deux interlocuteurs. Lorsqu'ils furent arrivés dans la chambre de Roland, ce dernier congédia son valet.

— Sommes-nous bien seuls ? interrogea Cyrano.

— Oui ; mais pourquoi tant de mystère ?

— Les choses que j'ai à vous confier ne doivent être entendues que de vous. Votre dignité l'exige, ce me semble.

— Ma dignité ?

— Votre dignité et votre amour-propre. C'est donc dans votre intérêt que je vous engage à éviter toute indiscrétion, car, pour ma part, surtout après ce qui vient de se passer, je m'inquiète peu des curieux qui peuvent se cacher derrière les tapisseries de votre chambre.

— Qui nous épierait ? A quel propos exprimez-vous ce soupçon ?

— A propos de Rinaldo, qui me semble fort avancé dans votre confiance.

— Rassurez-vous. Personne ne peut surprendre notre entretien. Parlez donc. Qu'avez-vous à me dire ?

Le visage de Cyrano, jusqu'alors fort placide, changea tout à coup d'expression. Ses yeux s'animèrent, sa lèvre se tordit en un rictus méprisant, et sa voix tranchante lança ces mots :

— Pardieu ! j'ai à vous dire, tout d'abord, que vous êtes un misérable !

Roland se redressa, fouetté par une fureur soudaine.

— Monsieur ! commença-t-il.

Le gentilhomme lui saisit le bras, et, le serrant nerveusement :

— Doucement, comte, ne vous fâchez pas ; vous en avez perdu le droit.

— Cette insulte ! essaya de s'écrier encore Roland. Êtes-vous ivre, Bergerac ?

7.

— Vous savez bien, rectifia nettement Cyrano, que je ne bois guère de vin. Je ne suis donc pas ivre ; mais vous avez peur, vous, et vous cherchez à vous rassurer.

— Peur ? De quoi aurais-je peur, je vous prie ?

— De vos propres actes. Vous devinez que je prétends sauver Ludovic, et que le sauver, c'est vous perdre.

— Encore ce Manuel ? fit le comte d'un ton dédaigneux. On me rompra donc toujours les oreilles à son sujet ?

— Malepeste ! vous êtes exigeant, et vous avez les oreilles délicates, monsieur. Tenez, vous êtes un maladroit ; vous avez voulu, la chose est claire comme de l'eau de roche, vous affranchir des charges que vous imposait le retour de votre frère, et vous avez imaginé une sotte comédie, sans songer que j'étais là pour en modifier les rôles. Si je l'avais voulu tout à l'heure, je vous aurais fait demander merci devant tous, je vous aurais fait verser des larmes de sang sur votre trahison.

— Vous ?

— Moi. Vous savez bien, n'est-ce pas, que Manuel, que Ludovic est votre frère ? A quoi bon dissimuler ? personne ne nous entend.

— Pour Dieu, Bergerac, finissons-en. Cet entretien me pèse.

— Il ne tient qu'à vous de l'abréger.

— Comment ?

— Reconnaissez la vérité ! Rendez justice à Ludovic !

— Ludovic est mort !

— Eh ! vous savez bien que non. Vous avez acheté ce drôle qu'on appelle Ben-Joël, et pour une poignée de pistoles il a répété la leçon que vous lui avez faite.

— Vous me rendrez raison de ces outrages, Bergerac.

— Tant qu'il vous plaira, quand nous aurons fini de

causer. Ce livre où se trouve la preuve de l'identité de Ludovic, vous l'avez, avouez-le?

— Ben-Joël a déclaré devant vous que ce livre n'avait jamais existé.

— Il existe. Vous ne le possédez pas, je l'admets volontiers, car ce bandit est doublé d'un fin matois qui ne donne pas ses gages à tenir au diable. En ce cas j'aurai le livre, moi.

Roland se prit à sourire.

— De gré ou de force, je l'aurai, tenez-le pour dit, répéta Cyrano.

Ces paroles furent prononcées avec une si énergique conviction, que le sourire se glaça sur les lèvres du comte.

— Ceci posé, reprit Cyrano, nous allons, si vous le voulez bien, parler un peu de vous, car c'est pour cela que je suis resté.

— De moi?

— Oui, le moment est venu de vous raconter une petite histoire, si intéressante, ma foi, pour la famille de Lembrat, que votre père a pris la peine de l'écrire tout entière de sa main.

— Je ne connais pas cet écrit.

— J'aurais voulu que vous n'eussiez jamais à le connaître. Mais aux grands maux les grands remèdes.

— Que de préliminaires! Ne dirait-on pas que vous allez prononcer ma condamnation?

— Qui sait? railla Cyrano.

Puis, avec une bonhomie qui accentuait l'ironie de son sourire :

— Asseyez-vous Roland. Vous tremblez, je crois?

— Merci, fit sèchement le comte, repoussant du genou le siége qui lui était offert.

— A votre aise. Écoutez donc. Mon récit, je n'en doute pas, modifiera tout à fait vos idées.

Roland haussa les épaules et fit un geste d'impatience.

— Je commence, dit le poëte. Le comte de Lembrat, votre père, — et Cyrano scanda avec intention ce dernier mot, — était un seigneur fort jaloux de l'illustration de sa race et fort désireux de perpétuer le nom glorieux de ses ancêtres, — une noble ambition, après tout! Cependant, après dix ans de mariage, la femme du comte ne lui avait pas encore donné d'héritier. Les plus savants médecins, appelés au château de Fougerolles, déclarèrent enfin que madame de Lembrat n'aurait jamais le bonheur d'être mère. Il fallait se résigner : le nom de Lembrat allait s'éteindre. Cela commence à vous intéresser, n'est-ce pas ?

— Continuez, fit Roland d'une voix brève.

— Le nom de Lembrat allait s'éteindre, et la province entière en gémissait, lorsque, contre toutes les probabilités, le comte fit proclamer joyeusement dans le pays la grossesse de sa femme. Quelques mois après, le chapelain de Fougerolles baptisa un gros garçon. Or, savez-vous d'où sortait ce gaillard-là, promis à toutes les splendeurs d'une existence princière? De l'étable d'un tondeur de moutons, un pauvre tenancier du comte, nommé Jacques le Cornier.

— Fable absurde! essaya de dire le comte.

— Ce n'est pas une fable, c'est une relation fidèle des faits, écrite par votre père et signée de sa main. Le comte de Lembrat, trompant son orgueil, avait voulu forcer la destinée. Il s'était dit : « Le nom de ma famille rayonnera encore dans le monde ; j'aurai un fils, en dépit de Dieu et de la nature. » Et il avait acheté, en grand secret, l'enfant du tondeur, avait exilé le père et la mère, morts depuis en Italie, et s'était efforcé d'oublier que son sang ne coulait pas dans les veines du nouveau-né. Cet enfant, c'était Roland de Lembrat, c'était vous !

— Infamie ! cria Roland exaspéré, vous outragez la mémoire de mon père !

—La chose est dure à supporter, continua tranquillement Cyrano, j'en conviens franchement. D'un noble comte à un misérable tondeur de moutons, il y a tout un abîme. Il faut en prendre votre parti. Je termine. — Cinq ans après la venue du faux fils, trompant réellement, cette fois, les prévisions de la science, la comtesse devint enceinte et donna le jour à Ludovic..., à Manuel, si ce nom vous est plus familier. Vous voyez d'ici le tableau. Embarras du comte, remords, reproches. Bah ! la sottise était faite, il fallait la boire. Le comte laissa grandir les deux enfants, se promettant d'aviser plus tard. La suite vous est connue. Ludovic fut enlevé par la bande de Joël, et le comte, désespérant de le retrouver jamais, eut du moins, avant de mourir, la consolation de penser que son nom lui survivait en vous. Mais comme, après tout, Ludovic pouvait reparaître, il écrivit la confession que je viens de vous faire et me confia la garde de cette pièce importante, qui renferme aussi l'expression de ses dernières volontés.

Roland regardait son interlocuteur avec un étonnement qu'il ne cherchait pas à déguiser.

— Rassurez-vous, ajouta Bergerac, il est dit simplement dans cet acte, après les détails relatifs à votre position, que vous rendrez à Ludovic la moitié des biens de sa famille. Le comte de Lembrat était un homme juste; il n'a pas voulu vous faire déchoir de la position où il vous avait lui-même placé; il n'a pas voulu vous rendre comptable d'une supercherie dont vous êtes innocent.

— Oh ! vous êtes un démon ! exclama Roland; vous

vous jouez de ma bonne foi. Comment croire que mon père a agi comme vous le dites, et, s'il l'a fait, comment admettre qu'il a laissé un témoignage écrit de sa tromperie ?

— Cet écrit existe, je vous en donne ma parole d'honneur.

— Montrez-le moi.

— Malheureusement, je ne l'ai pas. Redoutant la mauvaise fortune, je l'ai confié à des mains amies. Si je mourais, ces mains-là sauraient parfaitement faire usage du trésor qu'elles détiennent.

Cette parole, qui éloignait la menace d'un danger immédiat et donnait une certaine prise au doute, rendit à Roland toute son assurance.

— Alors, fit-il, que voulez-vous faire ?

— Rien, si vous consentez à reconnaître les droits de Ludovic : aller chercher et produire publiquement le testament du comte de Lembrat, si vous persistez à vous refuser à ce que je demande.

— Tenez, Cyrano, avouez que vous avez compté sur votre finesse, qui n'a rien à envier à votre bravoure, pour me faire convenir d'une trahison imaginaire. Je suis prêt à vous rendre raison, l'épée à la main, de ce que je vais vous dire ; mais je ne crois pas à cette prétendue confession de mon père.

— Vous n'y croyez pas ?

— Non, car si elle était vraie, si elle n'était pas un conte ingénieux éclos dans votre cervelle de poëte, vous ne m'eussiez pas ménagé tout à l'heure, vous eussiez proclamé devant tous la honte de ma naissance et sauvé Manuel de la prison.

— Si j'ai laissé Ludovic aller en prison, c'est que cela était nécessaire.

— Nécessaire ? répéta le comte intrigué.

— Indispensable, pour sa sûreté.

— Je ne vous comprends plus.

— Je m'entends, cela suffit. Oh! j'ai appris à vous connaître, comte Roland. Laisser Manuel libre, tandis que j'aurais été reprendre le testament de votre père, c'eût été l'exposer à quelque aventure. Un coup de poignard est bien vite donné. Il vaut mieux que Manuel soit en prison. Sa captivité vous délivre d'une tentation et peut-être vous épargne les remords d'un crime.

— Me croyez-vous capable d'un assassinat?

— Après ce que j'ai vu, déclara nettement Cyrano, je vous crois capable de tout.

— Oh! cette fois, rugit le comte, vous me ferez réparation!

— Je ne veux pas me battre avec vous, dit Cyrano. J'ai un but plus sérieux à poursuivre. Cette déclaration ne me coûte aucune honte; j'ai fait mes preuves. Puis, d'ailleurs, je vous tuerais, et vous seriez, ma foi, bien avancé!

Le poing crispé de Roland s'abattit furieusement sur la table placée à côté de lui; le sang-froid railleur de son adversaire l'écrasait.

— Soit! fit-il, les dents serrées; allez, partez, je ne vous crains pas. Je saurai bien rendre impuissantes vos attaques.

— C'est votre dernier mot?

— Oui.

— Tant pis pour vous, en ce cas. Avec le livre de Ben-Joël, avec le testament de votre père, j'aurai des armes pour vous terrasser.

— Oh! pour le livre, vous ne l'aurez pas!

— Ah! ah! fit Cyrano triomphant, vous avouez donc qu'il existe, enfin!

Roland se mordit les lèvres jusqu'au sang, comprenant trop tard la faute qu'il avait commise. Il allait répondre, Cyrano ne lui en laissa pas le temps.

— J'en sais assez, lança-t-il en se retirant; à l'œuvre maintenant. Ben-Joël d'abord ; vous ensuite.

XV

Après que Cyrano eut quitté la chambre du comte, ce dernier demeura un instant immobile, réfléchissant à la gravité de sa situation. Il connaissait trop Cyrano pour douter de sa parole. La révélation qu'il venait d'entendre révoltait son orgueil et lui faisait entrevoir l'abîme d'humiliation dans lequel une indiscrétion de Bergerac pouvait le pousser. L'idée de la délivrance de Manuel s'effaça momentanément de son esprit ; une préoccupation toute personnelle sollicitait les ressources de son intelligence. Il fallait à tout prix éviter le scandale d'un débat public ; il fallait arrêter Cyrano dans ses démarches, le mettre hors d'état de nuire.

Cette résolution prise, Roland, peu scrupuleux sur le choix de ses moyens, comme on le verra bientôt, Roland, disons-nous, appela violemment Rinaldo. Le drôle, qui servait si bien les intérêts du comte, accourut aussitôt.

— Monsieur le comte serait-il indisposé ? demanda-t-il en remarquant l'altération des traits de son maître.

— Il ne s'agit pas de cela. Peux-tu disposer de Ben-Joël ou de quelques fins limiers de son espèce ?

— Ben-Joël est à notre discrétion ; nous l'avons assez

grassement payé pour cela, et je le sais homme à nous trouver des auxiliaires.

— En ce cas, ne perdons pas une minute.

— Que faut-il faire ?

— J'ai besoin, — pour des motifs que tu n'as pas à rechercher, — de rentrer en possession d'une pièce importante écrite de la main même de mon père.

— Et cet écrit ?

— Je ne sais où il se trouve ; mais Cyrano de Bergerac en a été le dépositaire et l'a à son tour confié à quelqu'un.

— Diable, c'est bien embrouillé, cela !

— Il n'est écheveau si embrouillé dont on ne vienne à bout avec de la patience.

— Et de l'argent, appuya Rinaldo, qui ne perdait jamais de vue ses intérêts personnels.

— Tu en auras. La mission que je te confie a, pour le présent, quatre objets principaux :

Espionner habilement Cyrano, et s'il part, savoir où il va ;

L'empêcher d'arriver au but de son voyage ;

S'emparer de l'écrit de mon père, après avoir découvert le nom et le gîte du dépositaire ;

Et, enfin, si le Bergerac, déjouant toutes les embuscades et éventant toutes les ruses, parvient à ressaisir le précieux document, le lui arracher coûte que coûte. Je t'abandonne sa peau, m'as-tu compris ?

— Parfaitement. Je vois seulement que vous me taillez là une fière besogne. Le capitaine Satan ne se laisse pas prendre sans vert, et il a une grande diablesse de colichemarde à portée de laquelle il ne fait pas bon se risquer.

— Couard ! ruffian ! bélître ! aurais-tu peur ? cria le comte irrité.

— Ne vous fâchez pas. J'ai peut-être peur, mais je suis habile, et je vous servirai mieux avec mes malices qu'un spadassin avec son épée.

— D'ailleurs, tu auras pour te soutenir Ben-Joël et sa troupe.

— J'y compte bien. Quand nous mettons-nous en campagne ?

— Tout de suite.

— C'est-à-dire dès demain matin, car à cette heure le Bergerac, si enragé qu'il soit, doit dormir à poings fermés.

— C'est cela. Demain, de mon côté, je m'arrangerai pour que ce Manuel soit jugé à court délai, et si la justice du prévôt est trop lente...

Il n'acheva pas ; mais un sinistre sourire glissa sur ses lèvres pâles. Roland était homme à atteindre et à frapper Ludovic au fond du plus sombre cachot du Châtelet.

— Eh ! se permit de demander assez familièrement le valet, est-ce que le beau vicomte est encore en jeu ?

— Vous m'interrogez, je crois, maître Rinaldo ? fit le comte avec hauteur.

Rinaldo rougit et baissa les yeux hypocritement.

— Va, conclut le maître, et ne cherche pas à en savoir plus qu'il ne faut. Voici quelques subsides pour donner du courage à tes gens.

Le comte plongea la main dans le tiroir d'un meuble florentin, curieusement incrusté de pierres de couleur, de nacre et d'ivoire, et en tira une poignée d'or qu'il jeta sans compter sur la table, devant Rinaldo. L'Italien fit prestement disparaître le tout dans son escarcelle, et, obéissant à un geste de congé fait par Roland :

— J'aurai l'honneur, dit-il, de rapporter demain soir à M. le comte le résultat de nos premières tentatives. Je vais rêver à mon plan d'attaque.

Le jour allait poindre lorsque Roland se mit au lit.
En vain il appela le sommeil : il lui fut impossible de
prendre une minute de repos; il entendait encore la voix
stridente de Cyrano retentir à son oreille, et le nom de
son vrai père, de Jacques Le Cornier, le tondeur de moutons, lui apparaissait tracé en lettres de feu sur les murailles de sa chambre.

Pendant ce temps, Cyrano dormait « à poings fermés, » suivant l'expression de Rinaldo. Aussi se leva-t-il
de bonne heure, ayant amplement réparé ses forces. Il
appela aussitôt Sulpice, qui couchait dans le cabinet de
travail du poëte.

Le secrétaire se frotta les yeux, puis se leva en chan-
tonnant, preuve évidente de la mauvaise humeur causée
par un réveil aussi matinal.

— Mon fils, lui dit Cyrano, il ne s'agit plus, pour le
moment, de s'escrimer de la plume pour tirer au clair
odes, rondeaux et ballades; il faut laisser l'encre sécher
dans le galimard et décrocher quelque bonne rapière.

— Vous allez vous battre? fit le clerc.

— Non pas; mais tu vas m'accompagner dans une
petite expédition, et comme l'épée est aussi légère à ta
main que la plume, je ne serai pas fâché que tu puisses
m'appuyer de quelques estocades, s'il en est besoin.

L'œil de Sulpice Castillan s'illumina. Cet écolier avait
l'âme belliqueuse et se plaisait aux escapades. Aussi
prit-il soudain une mine grave, sa mauvaise humeur
venait de se dissiper comme par enchantement. Il choisit
dans une panoplie une lame fine, à large coquille, la fit
ployer contre le parquet, et, s'étant ainsi assuré qu'elle
justifiait sa préférence, il la passa bravement dans la
gaîne de sa ceinture de buffle.

— Par Hercule, fit Cyrano, tu as une galante mine
ainsi équipé, maître Castillan, et cela convient d'autant

mieux que nous allons investir le logis d'une jolie fille.

— Pourquoi cet appareil guerrier, alors ?

— Parce que la jolie fille pourrait fort bien se trouver doublée de quelques drôles à dague fine et à main leste.

— Je comprends. Partons-nous à l'instant, maître ?

— Nous partirons ce soir. Le crépuscule, mon fils, est meilleur gardien que le jour des secrets qu'on lui confie. S'il y a distribution de horions, il vaut autant que tout se passe décemment dans l'ombre, afin de ne pas ameuter les sergents et de ne point trop scandaliser les bourgeois. Va-t-en muser un peu vers le Pont-Neuf, tandis que je vais saluer à son petit lever messire Jean de Lamothe, notre cher et aimé grand prévôt, que le diable emporte.

Cette faconde épuisée, le poëte et le clerc, allègres et dispos, commencèrent leurs courses à travers Paris.

Jean de Lamothe daigna apprendre à Cyrano que l'affaire de Manuel exigerait une longue instruction et ne pourrait probablement pas être jugée avant un bon mois. C'était tout ce que le poëte désirait savoir. Il obtint, comme grâce spéciale, de faire passer au prisonnier un billet dans lequel il l'exhortait simplement à la patience, et revint chez lui. Castillan n'était pas encore de retour.

Le gentilhomme déjeuna et commença une longue lettre à l'adresse de Jacques Longuépée. La lettre faite, il la serra dans un tiroir, dont il retira en même temps une bourse assez convenablement arrondie.

Le secrétaire rentra bientôt, faisant sonner cavalièrement sa rapière.

— Il n'est pas l'heure, lui dit Cyrano. Allons dîner au *Cœur-Hardy* ; cela nous fera prendre patience.

— O maître, vous avez toujours de merveilleuses inspirations. J'ai tout justement oublié de déjeuner, et je me sens un appétit à dévorer des cailloux, à l'imitation de Saturne, père des dieux.

La taverne du *Cœur-Hardy* était située dans la rue Guénégaud, non loin de la loge de Brioché, théâtre récent de la déplorable aventure du singe Fagotin. Des fenêtres de la salle basse où s'établirent les deux compagnons, on apercevait un coin du pont Neuf, et ce n'était pas sans doute indifféremment que Cyrano avait choisi cette maison pour y attendre l'heure de son entreprise. De la place où il était assis, il pouvait, sans se déranger, observer tout ce qui se passait au dehors, et, tout en mangeant et en causant avec Sulpice, il ne perdait pas de vue la partie du pont Neuf accessible à ses regards.

Le jour s'affaiblit peu à peu, les passants n'apparurent bientôt plus que comme des ombres indécises à travers les vitres plombées de la taverne, et il devint impossible à l'observateur de poursuivre son examen. Cet examen ne lui avait sans doute pas donné le résultat qu'il en espérait, car il fit entendre un sourd juron et se leva en faisant signe à Castillan de le suivre.

Tous deux descendirent le long de la Seine, se dirigeant vers la porte de Nesle. Tout en marchant, Cyrano, d'une voix discrète, donna à Castillan les explications que ce dernier n'avait pas encore osé lui demander.

Bientôt la Maison du Cyclope lui apparut, découpant dans la brume naissante sa noire silhouette, illuminée vers le sommet par la verrière de la chambre de Zilla.

— Elle est chez elle, murmura Cyrano. Voyons un peu.

Les deux hommes, embossés dans leurs manteaux, se postèrent à quelques pas de la maison, à l'abri d'un orme immense qui répandait ses rameaux ombreux au-dessus de leur tête. On aurait pu passer près d'eux sans les apercevoir, tant ils étaient immobiles et comme confondus avec le tronc sombre du vieil arbre.

Les passants étaient rares sur la berge de la Seine, et les bruits de la cité commençaient à s'éteindre. C'était l'heure où les bons bourgeois rentraient chez eux et où les batteurs de pavé, rôdeurs de carrefours et autres chevaliers de la Belle-Étoile commençaient leurs entreprises nocturnes.

La faction de Cyrano et de Sulpice durait depuis une demi-heure, lorsque la porte de la Maison du Cyclope s'ouvrit silencieusement. Un homme en sortit, bientôt suivi de deux ou trois autres. Tous passèrent devant nos deux personnages sans les remarquer. Lorsque le dernier arriva près de Cyrano, le gentilhomme poussa du coude son compagnon.

— As-tu vu? demanda-t-il, dès que l'homme fut assez loin pour ne pouvoir l'entendre.

— Cet homme?

— C'est lui! c'est Ben-Joël!

— Ma foi! je n'ai pas vos yeux de lynx, et je ne saurais vérifier votre remarque.

— Je l'ai bien reconnu, et je t'avoue que je suis fort satisfait d'avoir attendu. Notre tâche se simplifie singulièrement, grâce au départ de ce coquin-là. Il entrait dans mes plans de ne pas faire de scandale, et nous allons procéder à nos recherches le plus discrètement du monde, sous les beaux yeux de cette chère Zilla. Entrons sans plus tarder, mon fils.

XVI

Cyrano sortit du cercle d'ombre où il s'était tenu renfermé pour étudier le terrain, et vint frapper à la porte de Ben-Joël. Il avait ramené son manteau sur son visage et rabattu son feutre de telle sorte qu'on n'apercevait plus que ses yeux. Sulpice avait pris les mêmes précautions.

Au troisième heurt du marteau, la vieille logeuse vint ouvrir. Elle portait à la main une lampe à bec, qu'elle tenait à la hauteur du visage des deux visiteurs. Son inspection terminée, et voyant qu'elle avait affaire à des inconnus, elle fit mine de refermer la porte. Une main qui se tendit vers elle, lui présentant, délicatement serrée entre le pouce et l'index, une pistole toute neuve, arrêta net ce mouvement peu hospitalier. Elle cueillit prestement la pièce au bout des doigts de Cyrano, et son visage s'épanouit en un sourire quasi gracieux.

— Que désirez-vous, monseigneur? demanda-t-elle.

— Hé! la vieille, gouailla Cyrano, il faut donc une clef d'argent pour t'ouvrir le bec? Je veux parler à Zilla!

— Que lui voulez-vous?

— Tu es bien curieuse.

— C'est que Zilla ne reçoit pas volontiers des inconnus, surtout à pareille heure et quand elle est seule.

Cyrano fit sonner sa bourse, où les pièces d'or et d'argent se heurtèrent joyeusement.

— Quand les inconnus ont une bourse bien garnie à offrir en échange du service qu'ils réclament, Zilla, je suppose, se préoccupe peu de l'heure qu'il est. En un mot, la vieille, ajouta-t-il d'un ton confidentiel, je veux acheter un philtre d'amour.

— Si c'est pour cela, monseigneur, fit la mégère tout à fait rassurée, vous ne pouviez mieux vous adresser. Entrez céans, prenez cet escalier, et montez tant que vous trouverez des marches sous vos pieds.

Cyrano n'avait pas besoin de tant de renseignements ; il connaissait déjà le logis des bohémiens. Aussi s'engagea-t-il sans hésitation dans le tortueux escalier de bois, sur les marches duquel Castillan faillit glisser deux ou trois fois, ce qui valut à la Maison du Cyclope un nombre égal de malédictions.

Un mince filet de lumière passant sous la porte de Zilla servit de guide à Cyrano, qui, dans l'ombre de l'escalier, aurait eu de la peine à s'orienter. Il n'eut pas la peine de frapper à la porte, qui céda sous la première pression de sa main et mit presque inopinément les visiteurs en présence de la maîtresse du logis.

Zilla, vêtue d'une longue tunique de soie blanche, ouverte à l'orientale sur la poitrine, les bras nus, cerclés de bracelets d'argent, manipulait lentement le contenu d'une capsule de grès, posée sur un petit réchaud. Le visage de la jeune fille, animé par l'ardeur du feu, avait un éclat extraordinaire ; et quand ses yeux noirs, veloutés et profonds, se levèrent vers les nouveaux-venus, Castillan se sentit comme enveloppé d'ardentes effluves et

8

s'avoua tout bas que le soleil était froid comme glace en comparaison de ces deux astres-là.

Zilla ne parut ni surprise ni effrayée de voir son logis ainsi envahi. Elle retira du réchaud la capsule dans laquelle bouillait un liquide noirâtre, rejeta en arrière ses cheveux un peu en désordre et s'avança silencieusement à la rencontre des étrangers. Cyrano referma soigneusement la porte, et, se débarrassant de son manteau et de son feutre, il s'inclina devant Zilla, non sans une certaine nuance d'ironie.

— Monsieur de Bergerac! s'écria la gitana, dont une subite pâleur envahit les traits.

— Ma visite vous surprend, ma belle? demanda le gentilhomme. Vous deviez cependant vous attendre à me voir.

— Pourquoi? interrogea nettement Zilla, dont le regard inflexible croisa le regard narquois de Cyrano.

— Parce que... mais souffrez, interrompit le gentilhomme, que je prenne mes précautions pour que nous ne soyons pas dérangés. Castillan, mon ami, ferme la porte et mets la clef dans ta poche, je te prie.

Le jeune clerc obéit et demeura debout au fond de la pièce, attendant les ordres de Cyrano.

— Que voulez-vous de moi? demanda Zilla, dont le sourcil commençait à se froncer superbement à la vue de ces préliminaires.

— Rien de bien difficile, fit Savinien; si je prends la liberté de condamner cette porte, c'est que je me suis aperçu tout à l'heure que l'on entrait chez vous sans avoir besoin d'être annoncé, et que j'ai horreur des importuns. Je vais maintenant, ma reine, vous dire pourquoi je suis venu.

Zilla ne répondit que par un geste de la main.

— Je n'ai pas besoin de vous expliquer, commença Cyrano, qu'il s'agit de Manuel.

Un frémissement parcourut toute la chair de la gitana, à ce nom qui lui rappelait tant de souvenirs ; mais son front resta impassible.

—Manuel est en prison, accentua le poëte, et c'est vous qui l'y avez poussé, Zilla, vous et votre frère, en refusant de dire la vérité. Or, quand la vérité se dérobe, il faut aller la chercher en son gîte et m'y voilà.

— Je ne vous comprends pas, monsieur, interjeta Zilla d'un ton glacial.

— C'est pourtant bien simple. Ben-Joël a soutenu que Manuel n'était pas le frère du comte, après m'avoir affirmé à moi qu'il l'était ; Ben-Joël a nié l'existence de la preuve de ce fait, après m'avoir donné l'assurance qu'il avait entre les mains cette preuve. Que voulez-vous que je croie, sinon que votre frère s'est mis au service des passions d'un autre et sacrifie Manuel à je ne sais quel misérable intérêt ?

— Ce n'est pas à moi qu'il faut faire ces reproches, monsieur, c'est à mon frère.

— Votre frère est un incroyable drôle, auquel je ne veux rien demander. Je sais d'ailleurs une chose qui parlera plus clairement que lui.

— Et cette chose, c'est… ?

— Le livre du vieux Joël, votre père. Ce livre existe, il est ici, je veux vous l'acheter.

Zilla eut un sourire méprisant.

— Un marché ? fit-elle. De la part du capitaine Satan, de Cyrano l'invincible, une menace m'eût semblé plus noble.

— Ne jouons pas avec les mots, ma belle. Vous avouez que ce livre est en votre possession ?

— Je n'avoue rien.

— Vous nous permettrez donc de le chercher, en ce cas !

— Le chercher ?

— Sans doute.

— Voilà un procédé généreux et tout à fait digne d'un gentilhomme !

— N'est pas généreux qui veut, ma chère. Quand vous avez perdu Manuel, par un odieux mensonge, vous êtes-vous préoccupée d'une pauvre question de délicatesse ?

— Sortez, monsieur, s'écria Zilla, le sein haletant de colère, la respiration sifflante, sortez, ou je ne réponds plus de moi.

En même temps, elle s'arma d'un poignard à lame courte et étroite, et, bondissant vers Cyrano :

— Une simple égratignure faite par cette lame, ce serait la mort, dit-elle ; car cette arme est trempée dans un poison subtil et foudroyant. Avec elle je ne crains pas vos épées ; sortez donc, pour la dernière fois, je vous l'ordonne.

Cyrano sourit, et, par un geste plus prompt que la pensée, il emprisonna le poignet de Zilla dans sa main droite, tandis que de l'autre, il lui enlevait légèrement l'arme empoisonnée et la faisait passer à Castillan.

— Voyez, ma chère, fit-il ensuite, combien votre colère est puérile. Allons, asseyez-vous là, tranquillement, et laissez-nous faire. Si vous résistiez, je serais contraint de vous lier, ce dont je serais fort marri, je vous l'assure et si vous essayiez de crier, j'aurais la douleur, de vous imposer un bâillon, chose fort gênante pour les dames.

Zilla, vaincue, était tombée sur un siége.

— Cherchez donc, murmura-t-elle d'une voix mourante.

Sans trop perdre de vue Zilla, qui, la tête dans ses mains, s'était accoudée sur une table chargée de livres, de fioles et de menus objets, et semblait décidée à ne rien voir de ce qui se passait autour d'elle, Cyrano et Sulpice se mirent en devoir de bouleverser les meubles et de fouiller jusqu'aux plus secrets recoins des tiroirs, Bientôt cette besogne absorba toute leur attention. Cyrano croyait à chaque instant toucher au but de ses efforts, et chaque fois que son espérance était déçue, un juron formidable s'échappait de ses lèvres. Zilla ne semblait nullement émue des éclats de colère du gentil-homme. Mais, tandis qu'il s'animait à la recherche du livre introuvable, la main droite de Zilla s'était douce-ment détachée de son front pour s'allonger sur la table, où elle avait saisi une mince bande de papier. Elle la glissa devant elle, s'empara avec les mêmes précautions d'une plume trempant dans un cornet à écrire et furtive-ment traça deux lignes sur le papier. Cela fait, elle roula son billet, le glissa dans un tube de verre qui se trouvait à sa portée et se leva au moment même où Cyrano et Castillan se rapprochaient de la table pour en vider les tiroirs, leurs recherches ayant été jusque-là infruc-tueuses.

Au mouvement de Zilla, Bergerac craignit quelque nouvelle tentative de résistance, et son regard scrutateur s'arrêta sur la jeune fille, qui ne se méprit pas à son intention.

— Continuez vos recherches, fit-elle avec une docilité assez surprenante ; je ne vous gênerai point, sans doute, en reprenant mon œuvre.

Et préjugeant l'autorisation de Cyrano, elle se dirigea vers le fourneau bâti dans un angle de la chambre, et se remit à la manipulation interrompue par l'arrivée des deux hommes.

8.

— A la bonne heure, fit Cyrano. Vous êtes vraiment une fille d'esprit, Zilla.

Zilla sourit complaisamment. En même temps sa main faisait discrètement glisser un petit panneau de fer, masquant une ouverture pratiquée au-dessus du fourneau, laquelle communiquait avec le vaste tuyau, commun à toutes les cheminées de la Maison du Cyclope.

Par cette ouverture, presque aussitôt refermée, Zilla laissa tomber le tube qui contenait son billet, et un éclair de triomphe passa dans les yeux de la jeune fille lorsqu'elle entendit le son affaibli du verre se brisant sur la dalle de la cheminée du rez-de-chaussée.

On va comprendre le motif de cette expression victorieuse. En entendant le verre se briser sur la pierre de l'âtre, un des drôles couchés dans la salle basse dont nous avons déjà entrevu la curieuse physionomie, un grand gaillard au teint bistré, aux membres anguleux et à la chevelure crépue comme laine, se glissa sans bruit vers la cheminée, ramassa le billet détaché de son enveloppe et le lut à la lueur d'une lampe pendue à la voûte.

— Demonio ! fit-il aussitôt, il faut se hâter.

Le mystérieux correspondant de Zilla fit tourner sur ses gonds la porte de la rue et s'élança au dehors. Il faisait nuit noire. Notre homme courut de toute la vitesse de ses jambes vers le pont Neuf. Arrivé à la tête du pont, il fit entendre un sifflement prolongé, modulé d'une façon toute particulière. Un signal semblable lui répondit et se répéta de proche en proche jusqu'à l'autre rive de la Seine. Peu d'instants après, cinq ou six hommes étaient groupés autour du messager de la Maison du Cyclope.

— Ben-Joël, dit ce dernier à l'un d'eux, sais-tu ce qui se passe chez toi ?

— Quoi donc ?

— Zilla est prisonnière de deux hardis compagnons, qui mettent ton logis au pillage. Elle m'a jeté un billet pour que j'aille chercher du secours. Viens vite.

— Des hommes chez moi ! interrogea Ben-Joël, qui donc a osé... ?

— Ta sœur a écrit le nom de Cyrano.

— Le capitaine Satan ! s'écria Ben-Joël. Ah ! je vais donc lui payer ses coups de fouet.

Le bandit chercha à sa ceinture la poignée de son couteau et se mit à courir, suivi de toute sa meute de spadassins, vers la Maison du Cyclope.

Ces diverses manœuvres n'avaient pas pris plus d'un quart d'heure. Cyrano et Castillan cherchaient toujours. Ils avaient vidé les meubles, éventré les coussins, sondé les murailles en pure perte.

— Rien ! toujours rien ! gronda Cyrano mécontent. Il faudra voir dans l'autre chambre.

Il contemplait Zilla, qui, immobile au fond de l'appartement couvait Savinien d'un regard étrange, dont s'inquiétait fort le jeune clerc ; non qu'il eût peur, mais parce que, habitué à trouver la raison des choses, il cherchait vainement à s'expliquer la signification de ce regard.

— Aide-moi donc, paresseux ! lui cria Cyrano, se remettant en quête.

Tout à coup le poëte poussa un cri de satisfaction. Sous un vieux tapis, il venait de découvrir un petit coffre cerclé de fer, échappé jusqu'alors à ses investigations.

— Pour le coup, fit-il, voilà l'habitacle de la chose.

Un brusque mouvement de Zilla sembla venir confirmer les présomptions du gentilhomme. Elle fit mine de se précipiter sur lui pour l'empêcher de continuer ses recherches en même temps qu'elle criait :

— Misérable ! ne touchez pas à ce coffret !

— Vois-tu, Castillan, lança tranquillement Cyrano en contenant presque courtoisement Zilla, nous avons, cette fois, déniché l'oiseau. Dès que notre belle sibylle voudra bien ne plus nous faire obstacle, nous le prendrons en nos mains.

Mais Zilla paraissait disposée à faire une sérieuse résistance. Cyrano avait de la peine à la contenir à sa place, tandis que Castillan tirait le coffre vers le milieu de la chambre, afin d'être mieux à l'aise pour l'ouvrir.

Soudain Zilla cessa de se débattre. Elle avait entendu un bruit dans l'escalier. Ce bruit se fit plus distinct. La jeune fille ne se trompait pas. Le billet était arrivé à son adresse : Ben-Joël et les siens venaient à son secours.

— Ah! monsieur de Cyrano, s'écria-t-elle en s'arrachant à l'étreinte du gentilhomme pour se réfugier au fond de la chambre, vous n'avez pas voulu sortir tout à l'heure quand je vous l'ordonnais; qui sait maintenant si vous pourrez faire retraite à votre gié ?

Ces mots étaient à peine prononcés, que des coups violents, d'autant plus imprévus que Cyrano et Castillan n'avaient entendu aucun bruit précurseur, furent frappés à la porte.

En même temps, un tonnerre de voix furieuses et menaçantes passa à travers l'huis de chêne.

Cyrano se redressa.

— C'est ici, mon fils, dit-il à Castillan, que nos rapières vont jouer leur petit rôlet. Ce damné livre est là ; si nous ne parvenons pas à nous en emparer avant qu'on enfonce la porte, ce sera une partie à refaire.

— Je crois, objecta Castillan en dégainant, qu'il s'agit pour le présent de sauver notre peau, laquelle me semble fort compromise.

Un craquement se fit entendre. La porte venait de céder sous l'effort des assaillants. Une rude poussée la jeta hors des gonds, et cinq hommes, commandés par Ben-Joël, firent irruption dans la chambre. Tous étaient armés de dagues ou de rapières.

— Beau capitaine, s'écria le bohème dès qu'il fut en présence de Cyrano, nous allons enfin régler nos comptes! En avant, vous autres, et pas de quartier à ces marsolets.

— Voilà bien des mots, sourit dédaigneusement Cyrano. Passage, drôles!

— Tue! tue! cria la bande de Ben-Joël, en se ruant à l'encontre de Cyrano et de Castillan.

L'épée du gentilhomme périgourdin décrivit dans l'air un terrible moulinet. Les bohémiens reculèrent, éblouis par cet éclair d'acier.

— Passage! répéta Cyrano, en s'élançant en avant.

Une douleur aiguë le fit reculer à son tour. Ben-Joël venait de se jeter à plat-ventre et lui avait traîtreusement porté un coup de couteau dans la cuisse, espérant l'abattre ainsi et l'achever une fois à terre. L'épée de Cyrano se leva menaçante. Ben-Joël bondit pour éviter la riposte et se retrancha derrière ses compagnons.

Tous ensemble revinrent à la charge. Sulpice soutint l'assaut, tandis que Cyrano nouait vivement son écharpe autour de sa jambe blessée. Le secrétaire se montra digne de son maître. Sa longue rapière fouetta de gauche à droite les visages des bandits, en zébrant trois d'une ligne rouge. L'épée revint ensuite à la position normale et se trouva engagée avec celle d'un de ses assaillants.

— Pousse! cria Cyrano, qui venait de se rejeter dans la mêlée.

Castillan mit à profit le conseil de Savinien. Il poussa

et troua nettement la poitrine de son adversaire, qui vint
tomber en gémissant à ses pieds. Bergerac, au même
instant, jetait sur le carreau un second bandit, et son
épée menaçait la poitrine de Ben-Joël. Le bohême voulait reculer encore ; mais il glissa dans le sang et tomba
sur un genou.

Zilla, qui jusque-là avait assisté, impassible et muette,
à cette lutte inégale, Zilla vit Ben-Joël perdu. Alors,
avec la rapidité de la pensée, elle saisit une cape traînant sur un meuble, courut à Cyrano, derrière lequel
elle se trouvait, et la lui jeta autour de la tête. Aveuglé
et étouffé par les plis de l'étoffe, le gentilhomme chercha
instinctivement à se débarrasser de ce chaperon d'un
nouveau genre, tandis que Castillan parait les coups qui
lui étaient portés de toutes parts.

. Dans cette courte reprise, Cyrano trébucha, et sa jambe
blessée vint se cogner à l'angle d'un escabeau. La douleur faillit lui faire prendre connaissance, et si, en étendant le bras, il n'eût rencontré la muraille comme point
d'appui, il serait infailliblement tombé.

Les quatre bandits restés debout, plus habiles à ma-
nier le couteau que l'épée, et d'ailleurs assez ménagers
de leur peau, ne surent pas profiter du désordre de Cyrano. Castillan se démenait du reste comme un beau
diable, et la lame de son épée semblait se multiplier
pour défendre Bergerac. Quand les assaillants songèrent
à se lancer tous ensemble contre le gentilhomme, il était
déjà trop tard : ce dernier était parvenu à se débarrasser
de la cape dont Zilla l'avait encapuchonné, et son arme
sifflait à deux pouces de la poitrine des spadassins.

Malgré l'avantage qu'il avait su conserver, Cyrano ne
se dissimulait pas la gravité de sa situation. Il devait
inévitablement succomber. Cette pensée désespérée le fit
bondir en avant avec un élan tel que les bohêmes bous-

ulés se réfugièrent vers la porte. Ben-Joël poussa un cri de rage, en voyant sa victime sur le point de lui échapper. N'osan pas se risquer dans le cercle flamboyant tracé par l'épée de Cyrano, il saisit par le pied un escabeau de chêne et le lança vers le gentilhomme. Castillan se jeta en avant au même moment et reçut en plein corps le projectile destiné à Cyrano. Son épée s'échappa de sa main, ses jambes faiblirent, et il s'affaissa sur le sol.

Cet incident fit perdre à Cyrano une partie de son sang-froid; comme il allait, sans songer à sa propre sûreté, se pencher vers Castillan, un autre escabeau lancé par un des hommes de Ben-Joël brisa la lame de son épée et le mit ainsi à la discrétion des assassins.

— Il est désarmé! A mort! à mort! hurlèrent les bohémiens.

Zilla fit un pas vers les combattants. Peut-être allait-elle défendre la vie de cet homme qu'il lui répugnait de voir lâchement égorger sous ses yeux, lorsqu'à la porte de la chambre apparut soudainement Rinaldo, le confident du comte de Lembrat.

En reconnaissant Cyrano de Bergerac, en voyant les quatre bandits, le poignard levé sur le gentilhomme, l'Italien se précipita au milieu du cercle et retint le bras de Ben-Joël prêt à frapper.

— Ne le tue pas! cria-t-il en même temps.

Puis, tout bas et l'entraînant loin de Cyrano, il ajouta:

— Oublies-tu nos conventions de ce matin? Il faut qu'il vive, pour nous mettre sur la trace du secret de Lembrat.

Les trois acolytes de Ben-Joël, voyant leur chef abandonner la partie, avaient cru devoir l'imiter; au lieu donc de continuer à presser Cyrano de leurs attaques, ils s'étaient simplement bornés à se replier vers la porte, afin de rendre toute tentative de fuite impossible. Castillan, pendant cette courte scène, était revenu peu à peu de son étourdissement. Cyrano, dégagé, lui tendit la main et l'aida à se relever.

Le brave gentilhomme en était encore à se demander pourquoi l'intervention de Rinaldo lui avait valu une trève aussi inattendue, lorsque le valet de Roland s'approcha fort poliment de lui et, tâchant de forcer au sourire sa face sinistre :

— Monsieur de Bergerac, formula-t-il, vous pouvez vous retirer ; vous n'avez plus rien à craindre !

— Hé ! maître Rinaldo, dit fièrement Bergerac, pourrais-je savoir ce qui me vaut la faveur de votre pitié ?

— Je suis heureux de pouvoir tirer d'embarras un des amis de M. le comte.

— Hum ! il y a quelque chose là-dessous. En tout cas, mes drôles, continua le gentilhomme en promenant son regard sur les bandits qui l'entouraient, si c'est dans l'espoir d'une plus fructueuse victoire que vous me laissez échapper, vous avez, ma foi, bien tort, car je vous jure que je ne vous ménagerai nullement à l'occasion. Prends mon bras, Castillan. Au revoir, Zilla.

Et, fier comme un satrape, le gentilhomme traversa le groupe des spadassins, sans se soucier autrement des couteaux et des épées nues, et se dirigea d'un pas calme vers vers l'escalier.

Lorsqu'il eut disparu, suivi de Castillan, Rinaldo poussa un éclat de rire moqueur.

— Sans moi, dit-il ensuite à Ben-Joël, tu allais commettre une sottise irréparable.

— Je veux son sang, gronda le bohème, d'un air farouche ; tôt ou tard je l'aurai, vois-tu, Rinaldo.

— Je te livrerai ton homme lorsque je n'en aurai plus besoin. Et sois tranquille, il ne t'échappera pas ; dès à présent je le tiens ni plus ni moins qu'un hanneton lié par la patte au bout d'un fil.

Cette métaphore de mons Rinaldo mit fin au colloque; les deux blessés furent enlevés par leurs amis, et Zilla demeura seule dans sa chambre, où les traces du passage de Cyrano s'accusaient dans un bouleversement général.

9

XVII

Le lendemain de ce jour, un homme, un vieillard tout
clopinant s'arrêta devant la maison de Cyrano, espèce
d'hôtellerie d'assez bonne apparence, et, après un moment d'hésitation, se glissa d'un air humble dans la salle
commune, située au rez-de-chaussée. Cet homme était
vêtu d'une veste noire râpée, d'un haut-de-chausses trop
court, se reliant à la veste par une ceinture de cuir à laquelle pendait un galimard d'écrivain, et chaussé de bas
grisâtres, plongeant dans de vastes souliers sans cordons. Une calotte crasseuse couvrait le sommet de son
crâne, d'où pendaient de longues mèches de cheveux
gris.

L'étranger avait fort piteuse mine en cet équipage. Sa
taille voûtée semblait attirée vers la table par le poids
d'une mince valise qu'il portait à bout de bras, et une
petite toux sèche secouait de temps en temps sa maigre
charpente.

Bien qu'il eût plutôt l'air d'un pauvre hère prêt à solliciter la pitié que d'un voyageur en mesure de payer
son écot, l'hôte, qui n'était point dur au pauvre
monde, s'approcha poliment de lui et lui demanda ce
qu'il désirait.

— Une chambre, s'il vous plaît, articula l'étranger entre deux accès de toux.

— Vous savez qu'on paye d'avance la première semaine ? insinua doucement l'hôtelier.

— Combien ? interrogea le vieillard. Je ne suis pas riche, et j'ai besoin de ménager mon argent.

— C'est une pistole par semaine que cela vous coûtera. Vous arrivez de loin sans doute, monsieur ?

— J'arrive de l'Anjou, fit le voyageur, tout en déliant les cordons de sa bourse pour se mettre en règle vis-à-vis de l'hôtelier.

— Et vous venez probablement exercer votre profession à Paris ? s'enhardit à demander l'hôtelier, car si j'en juge par ce cornet qui vous pend au côté, vous êtes écrivain de votre métier.

— Je suis poëte, dit l'autre avec une simplicité qui n'excluait pas une certaine fierté, et je viens à Paris dans l'espoir d'y faire représenter une tragédie de ma façon.

— Comme cela se trouve ! Ma maison est justement honorée de la présence d'un de vos illustres confrères, l'auteur d'*Agrippine*, le grand Cyrano de Bergerac.

— Je le savais, maître. C'est pourquoi j'ai choisi votre maison de préférence à toute autre, voulant me trouver dans le voisinage de mon maître en Apollon. A ce propos même, je vous demanderai s'il vous serait possible de me donner une chambre près de la sienne. On aime à se rapprocher du soleil, expliqua-t-il en ébauchant un sourire.

— Si vous voulez, fit l'hôte, je vous présenterai au seigneur Cyrano ; c'est un bon diable, quoi qu'on en dise.

— Non pas ! fit l'autre un peu vivement ; ce faisant, vous m'embarrasseriez. Réservez vos bonnes dispositions pour le jour où j'aurai mis la dernière main à mon œuvre, que je retouche en ce moment.

— A votre aise. Je n'ai plus à vous offrir, en fait de gîte, qu'une chambrette fort exiguë ; elle est toutefois située précisément au-dessus de celle de M. de Bergerac. De chez vous il vous sera possible de l'entendre déclamer ses vers, car il y va de tout cœur quand il s'y met, et il a une voix de tonnerre. Cela vous sourit-il ?

— Parfaitement, fit le provincial. Ce sera un régal des dieux.

— Suivez-moi donc ; je vais vous installer.

Le vieillard reprit sa valise et, précédé de l'hôte, gravit, non sans tousser affreusement, l'escalier conduisant aux étages supérieurs. En arrivant sur le premier palier, l'hôtelier lui désigna du doigt une porte :

— C'est là, dit-il, qu'habite le seigneur Cyrano.

Le provincial s'arrêta et se mit à considérer cette porte d'un air à la fois respectueux et attendri.

— Là ! répéta-t-il, en joignant les mains dévotement...

— Oui, mais venez et marchez doucement, car notre poëte est malade ; il a un peu de fièvre, et son secré-taire m'a recommandé de ne point troubler son repos.

— Ah ! bonne Sainte Vierge, que lui est-il advenu, à cet homme sans pareil ?

— Il a gagné un coup de couteau dans quelque aventure ; la chose lui arrive assez souvent, car il est, vous ne l'ignorez pas, aussi prodigue de son épée que de sa plume.

— Que Dieu le conserve ! soupira le voyageur avec onction.

— Oh ! il n'est pas en danger. Le médecin ne demande que cinq ou six jours pour le remettre sur pied.

— Le ciel en soit béni !

Ce colloque s'acheva dans la chambre même que l'honnête aubergiste destinait à son nouveau client.

— Vous êtes chez vous, lui dit-il en ouvrant la fenétre pour renouveler l'air de la petite pièce; quand vous aurez faim, vous pourrez descendre ou appeler Barbe, la servante, qui vous montera vos repas ici. C'est à votre choix.

— Merci ; je ne suis point assez riche pour me permettre un grand luxe en ce qui concerne le manger et le boire. Communément, si vous le permettez, je pourvoirai moi-même à mes besoins.

L'hôte fit une légère grimace en recevant cet aveu, qui le frustrait d'un bénéfice espéré, et, saluant l'étranger d'un air légèrement dédaigneux :

— Chacun est libre, dit-il. Votre serviteur, monsieur.

Quand la porte se fut refermée sur l'hôte, le petit vieillard eut un sourire silencieux et narquois ; sa taille voutée se redressa, son œil s'aviva, et, lançant sa valise sur le lit, il se mit à parcourir la chambre d'un pas léger, allant d'un coin à l'autre, déplaçant discrètement les meubles, sondant les murs, comme s'il eût été là pour mener à fin quelque enquête mystérieuse. Ses jambes, si paresseuses une minute auparavant, le servaient alors à merveille ; il ne toussait plus, ne boitait plus, et, n'eussent été ses cheveux gris, on l'aurait volontiers pris pour un jeune homme.

Ayant tout à son aise pris connaissance de l'état de son logis, le vieillard ouvrit sa valise et en tira, non pas des manuscrits, des livres et des paperasses, comme on pouvait s'y attendre, mais un jeu de fines limes, un villebrequin, et une courte sarbacane. Au fond de la valise entrebâillée luisait encore la crosse de cuivre de deux respectables pistolets.

Comme le vieillard maniait ces divers objets d'un air

réfléchi, un coup discret fut frappé à la porte. Il se hâta de rejeter au fond de la valise ses outils assez mal placés entre les mains d'un poëte, et fut pris soudainement d'une terrible quinte de toux.

— Entrez, cria-t-il d'une voix sifflante.

L'hôte se montra :

— Pardon, monsieur, fit-il; j'ai oublié de vous demander votre nom.

— Je m'appelle Mathurin Lescot.

— De l'Anjou?

— Oui.

— Arrivant d'Angers, je crois ?

— Oui.

— Et venant à Paris pour son plaisir?

— Je vous l'ai déjà dit. Pourquoi tant de questions?

— Excusez-moi, c'est l'ordre de monsieur le prévôt. En ces temps de troubles, il aime à savoir les plus petites choses. Mais soyez tranquille, on ne vous inquiétera pas; du diable si vous avez la mine d'un conspirateur, vous!

Et l'hôte referma la porte.

— Le peste soit du malotru! gronda celui qui venait de se nommer lui-même Mathurin Lescot; va-t-il me déranger ainsi au moment ou je commencerai ma besogne?

Une voix joyeuse chantant un refrain bachique parvint tout à coup à l'oreille de l'énigmatique veillard. Elle venait de l'étage inférieur, c'est-à-dire de chez Cyrano, et appartenait à Sulpice, dont la mauvaise humeur devait être bien vive, car il chantait à plein gosier, en dépit des recommandations de silence qu'il avait adressées à l'hôte.

Castillan était en effet fort contrarié. Le médecin venait de lui dire que la blessure de Cyrano, alors jugée plus grave qu'à sa première visite, nécessiterait peut-être un traitement d'une semaine ou deux. Et Castillan se désolait à la pensée que son maître allait être forcé de garder la chambre au moment où il aurait eu besoin de tout son temps et de toute son activité.

Voyons d'ailleurs ce qui se passait chez le gentilhomme.

Malgré les ordres du médecin, Cyrano n'avait pas voulu se mettre au lit. Il était assis dans un large fauteuil, et sa jambe blessée s'étendait sur un escabeau garni d'un moëlleux coussin disposé par les mains soigneuses de la bonne Suzanne. A portée de sa main était étalée une feuille blanche que Cyrano regardait, tout en mordillant les barbes d'une plume, à la façon d'un poëte qui appelle vainement l'inspiration. Tout à coup, le blessé jeta sa plume et ordonna à Suzanne de prendre, dans le tiroir d'un meuble qu'il lui montra, une lettre qui devait s'y trouver. Cette lettre était celle qu'il avait écrite la veille au curé de Saint-Sernin. Il en brisa le cachet et se mit à la lire attentivement.

— Pourquoi recommencer? murmura-t-il ensuite. Je n'ai que deux mots à ajouter à ceci pour que tout soit bien.

Il reprit sa plume, traça rapidement à la suite de sa signature quelques lignes qu'il appuya d'un C gigantesque pour attester l'authenticité de ce post-scriptum; puis il scella de nouveau la missive et appela Castillan, dont la chanson interminable faisait résonner les échos de l'appartement. Le secrétaire, interrompu au beau milieu d'un couplet, montra sa mine piteuse à la porte de la chambre.

— Approche donc, musicien du diable, lui dit Cyrano; c'est le moment de changer d'antienne. As-tu de l'argent?

A cette question, qui lui semblait monstrueuse, Sulpice écarquilla démesurément les yeux et fut sur le point de demander irrévérencieusement à son maître s'il devenait fou.

— De l'argent ? répéta-t-il, comme s'il avait mal entendu.

— Si je te demande cela, mon fils, c'est qu'il ne me reste que quelques pistoles, et qu'il nous faut de l'argent, beaucoup d'argent.

— Pourquoi ne pas demander au chardon s'il produit des roses et au chiendent s'il porte des guignes ? fit impudemment le secrétaire, cédant à la tentation moqueuse qui l'envahissait.

— Bien, fit tranquilement Cyrano, sans relever l'observation du clerc, pour être gueux et misérable comme Job, il ne te manque donc qu'un fumier pour t'asseoir, un tesson pour te gratter et une femme pour te dire des sottises ?

— Rien n'est plus exact ni mieux défini, cher maître.

— Il faut pourtant, mon fils, que tu aies, avant ce soir, un bon cheval, un chaud vêtement et une bourse sonnante.

— Diable ! qui fera ce miracle ?

— Nous allons voir. Prends cette bague que je tiens de mon ami Colignac, et porte-la chez un juif. Il t'en donnera mille pistoles, j'imagine.

— Vous voulez vendre ce bijou ?

— Non pas, il s'agit simplement de l'engager.

Comme Cyrano achevait ces mots, un léger bruit détourna son attention. C'était comme le grincement d'un instrument sur du bois dur, et cela venait des solives du plafond, autant que le poëte en put juger, car ce grincement était fort discret et il était difficile d'en discerner la cause précise.

« Il y a des rats par ici, réfléchit tout haut Cyrano. Cette maison est décidément une bicoque. Il faudra que j'enjoigne à maître Gonin de poser des piéges dans ses greniers, faute de quoi ces rongeurs dévoreront un jour mes livres et mes papiers. »

Si le gentilhomme avait pu voir ce qui se passait au-dessus de sa tête, il n'aurait pas été médiocrement surpris de la cause de ce bruit calomnieusement attribué à la dent fine de la gent trotte-menu. Comme Hamlet, dans la tragédie de Shakespeare, il s'écriait : « C'est un rat ! » et c'était à un homme qu'il avait affaire. L'hôte mystérieux de l'étage supérieur était, à ce moment même, accroupi sur le plancher de sa chambre, dans lequel, à l'aide de son villebrequin, il venait de pratiquer un trou communiquant avec le logis de Cyrano. Le trou fait, il y introduisit la sarbacane, dont le bout saillant se terminait en pavillon, ainsi qu'un cornet acoustique, puis il s'allongea à plat ventre et posa son oreille sur l'orifice, assez à temps pour recueillir l'observation de Savinien.

— Je suis sauvé, pensa-t-il, en entendant le poëte interpréter comme on vient de le voir le léger bruit que, malgré toutes ses précautions, l'espion n'avait pu éviter.

Cyrano prêta l'oreille encore un instant, puis, n'entendant plus rien, il revint à Castillan :

— Tu vas donc, reprit-il, chercher un Lombard honnête, si tant est qu'il s'en trouve de cette espèce, et tu lui confieras la bague, en échange d'un engagement bien précis, car je veux ravoir ce bijou.

— Et ensuite ?

— Ensuite, avec le produit de l'engagement, tu t'équiperas comme je viens de te le dire, et tu reviendras me trouver. Avant de te mettre en voyage, il faudra que nous nous expliquions catégoriquement. Mais va ; je te donnerai, ce soir, mes instructions.

9.

— Je vais donc partir ? se hasarda à demander Castillan.

— Demain matin, s'il plaît à Dieu.

— Et ce voyage, sera-t-il long ?

— Cela dépendra de ton activité et de l'allure de ton cheval, mon fils. A ce soir.

— A ce soir, accepta Castillan, sans pousser plus loin ses observations.

« Il était temps, » se dit l'homme à la sarbacane, en quittant son poste.

Et, comprenant bien que de quelques heures il n'allait avoir plus rien à apprendre, il quitta sa chambre, se reprit à tousser de plus belle et descendit dans la salle commune, où, malgré la réserve prise à l'égard de maître Gonin, et au grand étonnement de ce dernier, il ordonna à Barbe, la servante, de lui servir une tranche de bœuf, une omelette et un pot de vin.

Il expédia vivement ce repas et, repoussant son assiette, il étala devant lui un cahier de papier blanc, qu'il commença à couvrir d'écriture, avec une fiévreuse ardeur. Maître Gonin, curieux comme un tavernier qu'il était, voyant s'allonger des lignes symétriques sous la plume du vieux scribe, devina que son client était aux prises avec la muse et se hasarda à lui demander ce qu'il faisait.

— Euh ! toussilla le poëte, mon héros me donne bien du mal ; voilà la vingtième fois que je recommence une de ses grandes tirades ; mais hélas ! que cela est loin de l'apollonique du grand Cyrano, mon modèle ! Le premier passage venu de cet illustre vaut tout ce que je pourrais tirer de plus quintessencié de ma cervelle. Écoutez seulement ces vers de sa belle tragédie d'*Agrippine*.

Le vieillard jeta tragiquement sa serviette sur son

épaule, fit un geste plein d'ampleur, roula des yeux terribles et, prenant à partie maître Gonin, il s'écria :

Non ! je la hais dans l'âme !

— C'est Séjanus qui parle, expliqua-t-il d'une voix
plus douce, qui revint aussitôt au diapason tragique, en
reprenant :

Non ! je la hais dans l'âme !
Et quoiqu'elle m'adore et qu'elle ait à mes vœux
Immolé son époux, son frère et ses neveux,
Je la trouve effroyable ; et plus sa main sanglante
Exécute pour moi, plus elle m'épouvante ;
Je ne puis à sa flamme apprivoiser mon cœur,
Et jusqu'à ses bienfaits me donnent de l'horreur.

Ce dernier vers fut accentué de telle sorte que maître
Gonin recula épouvanté.
— Comme c'est grand ! comme c'est beau ! exclama le
petit vieillard, en apparence débordé par son enthousiasme. Ah ! tenez, c'est à briser sa plume ; ce que je
vous ai déclamé là suffit pour m'ôter tout courage.
Donnez-moi un autre pot de vin.
« M'est avis, murmura l'hôte en obéissant à cet ordre,
que ce brave homme a encore plus de goût pour Bac-
chus que pour les Muses ! »
Cette réflexion, qui révèle chez maître Gonin une certaine culture des belles-lettres, lui inspira un commencement d'estime sérieuse pour son client. En dépit de ses
principes, le petit vieillard consommait, et maître Gonin
se promettait à part lui de l'entretenir dans cette bonne
disposition, en flattant à propos sa manie poétique.
Quand le provincial eut lampé sa seconde potée, sa

tête commença à se balancer doucement sur ses épaules ;
il toussa deux ou trois fois, puis à la toux succéda un
ronflement sonore, et le poëte-biberon s'allongea petit à
petit sur son banc et disparut, caché par la table sur
laquelle il avait dîné.

Vers le soir, Castillan, vêtu de neuf et monté sur un
beau cheval bai, arriva à la porte de maître Gonin. Il
sauta légèrement à terre, attacha sa monture à l'anneau
scellé dans le pilier de pierre de la porte, et traversa
bruyamment la salle, en faisant sonner les talons de ses
bottes à entonnoir, armées de formidables éperons.

A peine avait-il franchi les premières marches de l'escalier que l'ivrogne fit entendre un bâillement prolongé
et se dressa en s'étirant les bras.

— Ah ! dit-il à maître Gonin qui le regardait, ce petit
somme m'a remis. Aussi vais-je le reprendre dans mon
lit. Donnez-moi une chandelle.

— Voulez-vous qu'on vous accompagne ?

— C'est inutile. Je sais ma route.

Tout trébuchant, il prit le chandelier des mains de
l'hôte, choppa un brin contre la première marche de
l'escalier et, nonobstant cet incident qui accusait un
reste d'ivresse, il franchit assez vite les degrés à la suite
de Castillan.

Une minute après, il était enfermé dans sa chambre à double tour, et, allongé sur le parquet, il avait
l'oreille collée à la sarbacane, prêt à recueillir les propos
sans doute fort importants, qu'allaient échanger Sulpice
Castillan et Cyrano.

XVIII

— Combien? fit le gentilhomme, sans autre préambule, lorsque Sulpice se présenta devant lui.

Le secrétaire comprit parfaitement le sens de cette question, et usant du même laconisme il répliqua :

— Douze cents pistoles.

— Deux cents de plus que je n'espérais. Ce juif est honnête.

— Il a dit que, si vous vouliez lui vendre la bague, il vous donnerait le quart en sus de la somme qu'il vous prête.

— C'est qu'alors le bijou vaut le triple. Mais là n'est pas la question, Combien te reste-t-il ?

— Le cheval m'a coûté deux cents pistoles, l'habit cinquante. C'est neuf cent cinquante pistoles que je vous redois et que voici.

— Gardes-en deux cents et serre le reste, là, dans ce tiroir.

Castillan fit le partage de la somme et glissa sa part dans sa poche.

— Maintenant, mon fils, grave bien en ta cervelle ce que je vais te dire, reprit Cyrano. Si cette maudite bles-

sure ne me retenait prisonnier, demain je galoperais
sur la route du Périgord, et je te laisserais tranquillement au logis. Mais j'en ai encore pour au moins huit
jours ; attendre ma guérison pour agir moi-même, ce
serait allonger d'autant les angoisses de ce pauvre
Ludovic. Il faut donc que tu partes afin de gagner du
temps.

— Qu'aurai-je à faire ?

— Une chose bien simple. Porter cette lettre à mon
ami Jacques, dont je t'ai parlé bien souvent.

— Ah ! je serais heureux de le connaître, ma foi !

— C'est un brave cœur. Il se peut qu'il ait à ton endroit quelque méfiance au premier moment, car je l'ai
fort prévenu contre les tentatives de séduction ou de
violence. Mais quand il aura bien pesé les termes de
ma lettre, ses doutes disparaîtront, et comme je le lui
indique, il partira avec toi, chargé du précieux dépôt
que je lui réclame et dont ni toi ni lui ne devez connaître le contenu.

— Ne pourrais-je lui éviter un voyage et me charger
de la commission ?

— Tu sais, mon fils, que je suis brave, n'est-ce pas ?
Eh bien, ne fais pas d'objection. La bravoure n'exclut
pas la prudence ; si je prie Jacques de t'accompagner,
c'est qu'il est nécessaire que cela soit.

Castillan s'inclina.

— Ce n'est pas une tâche sans danger que je te confie,
reprit Cyrano. Roland de Lembrat a tout intérêt à s'emparer du document que tu vas chercher, et il ne manquera pas de mettre ses espions en campagne pour nous
dépister. Il peut y avoir bataille, et je ne veux pas être
battu, même sur ton dos.

— C'est compris, on vous obéira de point en point.

— Pour achever de te convaincre de l'importance de

cette affaire, sache encore, mon fils, que je partirai dès que je pourrai monter à cheval.

— Vous viendrez nous rejoindre ?

— J'irai du moins à votre rencontre jusqu'à Colignac. Si vous arrivez là avant moi, vous attendrez. J'ai dit. Ta main, Castillan ; fais-moi tes adieux, car tu dois partir à l'aube, et je me sens une furieuse envie de dormir.

Le secrétaire serra la main que Cyrano lui tendait et se retira silencieusement.

Il était ravi de la confiance qu'il inspirait et se promettait bien de la justifier.

Avant de songer au repos à son tour, il alla trouver Suzanne dans sa chambre, lui fit découdre son pourpoint et inséra entre la doublure et le drap la lettre à l'adresse de Jacques. Après quoi, Suzanne ayant refermé solidement cette poche secrète, le jeune homme, pour la payer de sa peine, l'embrassa gaillardement sur les deux joues et lui dit adieu.

Du haut de l'escalier, il héla maître Gonin, lui ordonna de mettre son cheval à l'écurie, et se jeta tout habillé sur son lit, au moment où le carillon de la Samaritaine sonnait neuf heures.

Une heure plus tard, le comte Roland de Lembrat, qui revenait de faire visite au marquis de Faventines, rentrait en son hôtel, escorté de laquais portant des flambeaux et armés d'épées et de bâtons, double précaution prise contre les tirelaine et autres batteurs de pavé, à qui Paris appartenait, à cette époque, une fois le couvre-feu sonné.

Le comte venait de se retirer dans son appartement, lorsqu'un valet gratta discrètement à la porte.

— Est-ce toi, Blaisois ? cria le comte de son lit.

— Oui, monseigneur.

— Que veux-tu ?

— Il y a là un homme qui insiste pour vous entre-tenir.

— A onze heures sonnées ! Qu'il s'en aille au diable !

— Il prétend que l'affaire ne peut se remettre. Il s'a-git de M. de Cyrano.

— Rallume une cire et introduis-le. Mais si c'est pour rien qu'il me dérange, garé à ses os et aux tiens !

Blaisois se hasarda alors à pousser tout à fait la porte qu'il avait seulement entrebâillée et parut tenant à la main un flambeau tout allumé.

Derrière lui se pelotonnait, en un salut grotesquement humble, le petit vieillard dont nous avons fait la connaissance chez maître Gonin, le poëte angevin, l'adepte de Cyrano, Mathurin Lescot, enfin !

Il avait l'air si piteux, il tremblottait si plaisamment sous sa veste pelée et son haut-de-chausses trop court, que le comte ne put s'empêcher de rire au nez du singulier personngage.

— Avouez que je suis bon prince, mon brave, lui dit-il. Tâchez de mériter le bon accueil que je vous fais, en me disant quelque chose d'intéressant. J'écoute.

Et comme le vieillard se reprenait à trembler de plus belle :

— Parlez-donc , ordonna Roland. Est-ce que vous avez peur ?

L'Angevin jeta un regard éloquent sur le valet qui l'a-vait introduit.

— Ce que j'ai à dire à votre seigneurie, hasarda-t-il en même temps, ne doit être entendu que d'elle seule,

— Blaisois, laisse-nous, fit le comte, que l'impatience commençait à gagner.

Lorsqu'il se vit seul en présence du comte, le vieillard se redressa et d'une voix joyeuse et nette :

— Je suis donc vraiment bien déguisé, dit-il, puisque monseigneur ne m'a pas reconnu.

— Rinaldo! s'écria Roland ébahi.

— Moi-même, fit l'adroit coquin. Vous m'aviez donné congé pour un jour; je n'ai pas perdu de temps, comme vous allez le voir.

— En vérité, c'est bien toi! exclama le comte, qui avait peine à revenir de sa surprise. Tu es un habile homme, maître Rinaldo, et te voilà métamorphosé de merveilleuse façon.

— N'est-ce pas? fit le valet avec un sourire de satisfaction. Souffrez maintenant que je vous dise comment je me suis servi de ma nouvelle peau.

— Parle vite.

En deux mots, Rinaldo raconta la scène à laquelle nous avons assisté.

— Je tiens un des fils de la trame, continua-t-il, lorsqu'il en fut arrivé au récit de la seconde entrevue de Cyrano et de Castillan; le petit clerc du capitaine Satan part demain pour le Périgord.

— Ah! ah! c'est là qu'est l'écrit de mon père?

— Précisément, chez un ami de Bergerac.

— Et cet ami, as-tu entendu prononcer son nom?

— On l'a nommé simplement Jacques.

— Jacques! répéta Roland, recueillant vainement ses souvenirs, car il n'avait jamais été en rapport avec le curé de Saint-Sernin et ignorait les liens d'affection qui l'attachaient à Cyrano.

— Ne cherchez pas, monsieur le comte; je vous ai dit que je tenais un fil. Il a une lettre.

— Adressée à ce Jacques?

— Oui, une lettre que Castillan est chargé de porter. Comprenez-vous?

— Parfaitement. Il nous faut cette lettre.

— Nous l'aurons, et cela suffira pour que nous sachions où va Castillan et, partant, où se trouve l'écrit du comte de Lembrat.

— Mais, fit le comte avec une nuance d'inquiétude, n'est-il pas question dans cette lettre de choses relatives à l'écrit de mon père?

— Le Bergerac a dit que cet écrit devait rester un secret pour l'homme qui le possède aussi bien que pour Castillan.

— Très-bien, dit le comte, visiblement rassuré. Avoir la lettre sera chose facile; le petit clerc n'est pas homme à la défendre.

— S'il la défend, tant pis pour lui !

— Quand part-il ?

— Demain, au point du jour.

— Et toi?

— Moi, je le suivrai ou je le ferai suivre. Monsieur le comte ne m'a-t-il pas promis de s'en rapporter entièrement à mon savoir-faire?

— Entièrement.

— Je prie donc monsieur le comte de me donner liberté pleine et entière pour agir. J'aurai la lettre de de Castillan et l'écrit du comte de Lembrat, dussé-je mettre aux trousses du capitaine Satan et de son acolyte tous les spadassins du pont Neuf. Par exemple, insinua doucement Rinaldo, j'aurai besoin de nouveaux subsides.

Roland ouvrit un tiroir plein d'or.

— Puise là à ton aise. L'argent ne te manquera pas.

Le valet plongea ses deux mains dans l'or, qui rutilait à la lueur des bougies, et en remplit une longue bourse de soie.

— Dans quelques jours, demain peut-être, conclut-il, tout marchera à souhait, je l'espère, monsieur le comte.

Vous aurez cet écrit tant désiré, et vous serez débarrassé de votre ennemi.

— Pas d'imprudence ! Pas de sang maladroitement versé !

— Soyez tranquille. Si le Bergerac vient à être tué, ce ne sera que lorsque nous n'aurons plus rien à tirer de lui... Quant à Castillan...

— Oh ! celui-là, je te l'abandonne.

— C'est du menu gibier. A bientôt, monseigneur, et bon espoir.

— Adieu, Rinaldo. Je me souviendrai à propos de ton dévouement, et je saurai t'en récompenser.

Minuit sonnait lorsque Rinaldo gagna les communs de l'hôtel de Lembrat, où il avait son gîte particulier.

Il changea de costume, se débarrassa prudemment d'une partie de son or et sortit sans retard de l'hôtel.

La nuit était noire, mais Rinaldo, habitué aux entreprises ténébreuses, marchait d'un pas sûr à travers cette obscurité, et son œil perçant comme celui d'un chat, dont il avait d'ailleurs l'allure circonspecte, sondait jusqu'aux plus profondes embrasures des portes capables de recéler quelque mauvais garçon à l'affût des passants attardés.

Il remonta la Seine sans faire de fâcheuse rencontre et vint frapper à la porte de la Maison du Cyclope, alors sombre et silencieuse de la base au sommet. Toute activité n'était pas suspendue, cependant, à l'intérieur du colosse de pierre, car, au coup frappé d'une manière particulière par Rinaldo, la porte s'ouvrit, et la voix de Ben-Joël demanda :

— Est-ce toi, Rinaldo ?

— Qui donc serait-ce, à pareille heure ? Sa Majesté Louis XIV qui viendrait te faire une visite de politesse, peut-être ?

— Tu es gai. Donc tout va bien.

— Tu l'as dit. Mais entrons.

A la lueur de la lampe éclairant la salle basse, Ben-Joël et Rinaldo s'orientèrent à travers les dormeurs, couchés pêle-mêle sur le sol, et tous deux grimpèrent sans bruit jusqu'à la chambre du bohême.

— Mon compère, dit alors l'Italien, il s'agit de parler peu et d'agir vite.

— Soit. Parle.

— Il nous faut pour demain, pour tout à l'heure, veux-je dire, car le jour est proche, un homme déterminé, une fine lame, un habile entre les habiles, enfin. As-tu cela ?

— Est-ce d'un homme d'épée ou d'un homme de couteau qu'il s'agit ?

— D'un homme d'épée. Les couteaux auront peut-être leur rôle à jouer, mais plus tard. Je tiens à faire la besogne aussi promptement et aussi discrètement que possible.

— Attends, fit Ben-Joël.

Il quitta la chambre et, après une absence de deux minutes, revint, suivi d'un personnage de haute taille, dont la physionomie singulière vaut l'honneur d'une courte description.

Il était maigre jusqu'à l'hyperbole, mais d'une maigreur nerveuse et forte. On devinait des ressorts d'acier sous les plis de sa peau, tannée par le vent et par le soseil ; ses pieds semblaient s'accrocher au sol comme des serres, et son torse rigide, planté sur de longues jambes d'échassier, se drapait d'un vieux manteau d'un ton pisseux, agrémenté de passequilles et de galons éraillés. Une lourde rapière à coquille soulevait le pan effiloqué de ce manteau et découvrait des chausses de velours verdâtre, tachées d'huile, criblées de trous et plongeant dans de larges bottes à semelles feuilletées.

Sur cette charpente anguleuse se dressait une tête d'oiseau de proie. Le nez se recourbait, mince et cro-chu, au-dessus d'une moustache rousse soigneusement cirée ; les yeux, enfoncés sous l'arcade sourcilière, je-taient de métalliques lueurs, et le front fuyant, sillonné de rides et de cicatrices, se perdait sous une toison de cheveux crépus d'un rouge ardent.

L'allure du personnage ne manquait pas d'une cer-taine noblesse naturelle, jurant un peu, il faut le dire, avec les loques dont il était vêtu.

— Voici venir, dit Ben-Joël en le présentant à l'Italien, le seigneur Esteban de Poyastruc, gentilhomme de bonne souche provençale, que la dureté des temps et les indiscrétions de la justice ont forcé de se réfugier au milieu de nous. Je lui ai, tout en montant, touché deux mots de notre affaire. Complétez, s'il vous plaît, les renseignements.

Le seigneur Esteban se campa en point d'interroga-tion devant Rinaldo et attendit.

— Les préliminaires étant posés, dit le valet de Roland, il est inutile de les reprendre. Êtes-vous homme à cher-cher querelle honnêtement à un jeune muguet et à le dé-pêcher sans esclandre, mon brave ?

— D'abord, fit Esteban d'un ton rogue, je ne suis pas « votre brave, » entendez-vous ? On m'appelle monsieur quand on me parle.

— Monsieur, soit ! accepta Rinaldo sans se fâcher. Donc, monsieur, vous consentiriez, moyennant salaire honorable, bien entendu, à nous débarrasser au plus vite...

— Si l'homme peut se défendre, oui ; sinon, non. Je ne suis pas un assassin ; j'attaque en face et je tue mon ad-

versaire suivant les règles, interrompit brusquement Esteban.

— Peu m'importe, pourve que le résultat soit le
même.

— Où est le patient ? demanda nettement le spadassin,
la main à sa rapière.

— Peste ! vous êtes pressé. On vous le montrera ce
matin même.

— Où est l'argent ?

La main brune d'Esteban, pareille à une patte de go-
rille, se tendit vers l'Italien, qui y fit glisser dix pièces
d'or.

— Allez toujours, dit le Provençal.

— Diable ! vous êtes cher.

Cinq nouvelles pièces sonnèrent encore dans la main
du bandit.

— C'est bon pour le moment, déclara-t-il. Après l'affaire, vous triplerez la somme.

Et comme Rinaldo le regardait, ahuri :

— C'est tout ou rien ! ajouta Esteban.

— Je n'ai pas le temps de discuter, dit Rinaldo. Va
pour le tout, mais qu'au moins la besogne soit bien
faite.

Le terrible Esteban regarda Rinaldo sans rien dire. Et
ce regard était si acéré, si froidement résolu, si tranquillement farouche, que l'Italien sentit un petit frisson courir sur sa chair.

— Je vois, dit-il ensuite, que j'en aurai pour mon argent.

— Vous ne m'avez pas dit le nom de mon adversaire ?

— Son nom ? Que vous importe ? Il s'appelle Castillan ;
je me charge de vous le faire rencontrer à quelques
lieues de Paris. A vous de trouver un prétexte pour lui
chercher querelle.

— Dès à présent, considérez-le comme un homme mort.

— Mais, réfléchit Rinaldo, il nous faut des chevaux, des habits. Attendez-moi ici. Avant une heure nous serons prêts pour cette petite expédition.

Le valet de Roland fit diligence, et au moment précis où Sulpice Castillan éveillait maître Gonin et lui ordonnait de seller son cheval, les trois aventuriers avaient pris toutes leurs mesures pour le surprendre le pied à l'étrier, le suivre et l'atteindre au lieu et à l'heure dont Rinaldo s'était réservé le choix.

XIX

Il était quatre heures lorsque Sulpice sortit de Paris.
L'air était frais, le ciel pur ; le jeune clerc respirait à
pleins poumons ; il se sentait heureux de vivre et de
courir en liberté par les grands chemins, et, tout en ga-
lopant, il se remémorait les indications de son maître
et les recommandations de Suzanne, qui avait défilé à
son intention, au moment où il montait à cheval, tout
un chapelet de bons conseils.

Insoucieux qu'il était de tout danger, Castillan ne remarqua pas qu'il était suivi. A cinq ou six cents pas
derrière lui, chevauchaient de compagnie Ben-Joël, Rinaldo et le seigneur Esteban de Poyastruc.

Ce dernier seul se présentait avec sa physionomie ordinaire ; il n'y avait de changé en lui que le costume, il
avait mis de côté ses loques pour revêtir un justaucorps de
buffle, des chausses de drap vert et une longue cape grise
fort décente, le tout, bien entendu, fourni par Rinaldo.

Les compagnons du spadassin étaient méconnaissa-
bles même pour leurs familiers. Ben-Joël se présentait
sous les apparences d'un honnête marchand, voyageant
à son aise et faisant porter à son cheval le bagage que

les colporteurs vulgaires chargent d'ordinaire sur leur dos.

La face hypocrite de Rinaldo, métamorphosée, d'ailleurs au moyen d'habiles retouches, se dérobait à demi sous un large feutre à ganse de soie ; son costume de drap, simple mais bien étoffé, lui prêtait l'aspect de quelque soigneux intendant provincial revenant en ses terres à petites journées.

Tous trois étaient si différents d'allure, toute leur personne portait un cachet si spécial, qu'à les voir, cheminant ainsi côte à côte, il ne serait venu à l'idée de personne qu'une commune pensée pût les unir. On aurait plus volontiers supposé que, s'étant rencontrés au début de leur voyage, et se dirigeant par hasard vers le même point, les trois hommes avaient jugé bon de faire route ensemble, afin de trouver le temps moins long et le chemin moins monotone.

Désireux de conserver une convenable distance, ils marchaient d'un train un peu moins rapide que Castillan, dont ils ne voulaient pas éveiller l'attention.

Depuis Paris, aucun mot n'avait été échangé. Esteban de Poyastruc jetait de temps en temps un regard sur Rinaldo, comme pour l'interroger, mais Rinaldo persistait dans son mutisme.

Après une heure de marche, le spadassin se hasarda à demander si l'on ne s'arrêterait pas bientôt.

— Pas encore, répondit le valet.

— Voilà bien des mystères pour tuer un homme ! fit dédaigneusement Esteban.

— Maladroit ! fit Rinaldo. Le petit clerc est connu à Paris autant que le capitaine Satan lui-même. Il ne le quitte pas plus que le chien de saint Roch ne quittait son maître. Si nous l'avions tué cette nuit ou tout à l'heure, la journée ne se serait pas écoulée avant que le

10

Bergerac en eût été informé. Or, il faut que le Bergerac le croie toujours en route, sans cela, il peut se mettre de la partie et nous gêner furieusement. Nous devons donc traquer le secrétaire dans quelque coin et le faire disparaître, sans qu'on sache ce qu'il est, d'où il vient ni où il va Est-ce entendu ?

— Absolument, répondit le Provençal. Mais s'il continue à marcher de ce train-là, le clerc nous mènera jusqu'à Orléans.

— Y pensez-vous, seigneur Esteban ? C'est à Étampes que vous mettrez flamberge au vent, c'est moi qui vous le dis. Douze lieues, c'est une assez rude traite pour que le cheval et l'homme aient besoin de repos avant de se remettre en campagne.

— Y a-t-il une bonne auberge à Étampes ? demanda Esteban ?

— Je n'en sais rien, n'y étant jamais allé. Nous réglerons, d'ailleurs, notre choix sur celui du jeune homme. J'espère qu'il aura le bon goût de bien choisir.

— Peuh ! fit Ben-Joël, pour le temps qu'il aura à rester au gîte, qu'importe !

— Il importe beaucoup ! réclama Esteban. Je pense que nous n'allons pas expédier cet innocent au débotté.

— Pourquoi pas ? interrogea Rinaldo.

— Parce que nous arriverons tard, que j'aurai très-faim, très-soif surtout, et que je ne me bats à jeun que lorsque j'y suis forcé.

— Oh ! seigneur Esteban, ricana Rinaldo en détaillant d'un regard la maigre personne de son acolyte, je vous croyais moins matériel.

— Est-ce une moquerie ? demanda le Provençal en fronçant terriblement le sourcil.

— Ne vous fâchez pas, se hâta d'ajouter Rinaldo.

Vous mangerez, vous boirez et vous tuerez votre homme tout à loisir. Mais il a disparu ! s'interrompit tout à coup le valet en se haussant sur ses étriers.

Castillan avait en effet précipité l'allure de son cheval, et les trois compagnons venaient de le perdre de vue.

Un temps de galop les remit sur la piste.

Le reste du voyage s'accomplit sans autre incident notable.

Suivant les prévisions de Rinaldo, ce fut à Étampes que Castillan fit sa première halte.

Midi sonnait lorsqu'il s'arrêta à la porte de l'hôtellerie du *Paon-Couronné* et jeta les rênes au valet d'écurie, accouru pour le recevoir. Il avait l'intention de prendre là quelque repos et de se remettre en route à la nuit tombante, afin d'atteindre Orléans à la première heure du jour suivant. Un voyage nocturne ne l'effrayait pas, et il calculait que, grâce à son plan, il aurait fait deux étapes de douze lieues pendant la journée, c'est-à-dire près du quart de la distance à parcourir pour arriver à Saint-Sernin.

Stimulé par la course qu'il venait de faire, l'appétit ordinairement robuste du secrétaire le fit se diriger comme d'instinct vers les cuisines.

L'heure était on ne peut plus favorable pour un estomac en désarroi.

Midi venait de sonner, nous l'avons dit, et aux derniers coups de l'horloge répondaient les grincements de la chaîne des tourne-broches chargés de volailles et de viandes supérieurement dorées par le feu.

— Vous arrivez à point, mon jeune seigneur, dit l'hôtelier en saluant le voyageur. Un tour de broche de plus, et le rôti serait compromis. Qne faut-il vous servir ?

— Ce que vous voudrez, pourvu que vous me serviez vite.

Le cuisinier enleva prestement la broche et fit glisser les victuailles dans une immense léchefrite inondée de jus; puis, en un tour de main, il dressa une table, posa sur un plat de faïence à fleurs une poularde toute fumante et, désignant un siége à Castillan :

— A vos ordres, monsieur, fit-il. Voilà toujours de quoi supporter votre première attaque.

Castillan s'assit et entama bravement la poularde, tandis que la salle se remplissait de monde. Dans cette foule qu'attirait au Paon-Couronné l'heure réglementaire du dîner, l'élément militaire dominait. L'auberge où s'était arrêté Castillan avait en effet pour pensionnaires un certain nombre d'officiers et de cadets du régiment de M. de Casteljaloux, alors en garnison à Étampes et dans lequel Cyrano avait lui-même, naguère, servi comme capitaine.

Les tables étaient presque toutes garnies, lorsque Esteban de Poyastruc fit son entrée, suivi de Ben-Joël et de Rinaldo. Le spadassin, en vertu de conventions arrêtées d'avance, était appelé à jouer le premier rôle dans la sanglante comédie qui allait suivre. Aussi s'annonçait-il bruyamment.

— Hé, cria-t-il en arrêtant l'hôte au passage, il s'agit de me trouver une place à quelque table, entendez-vous, l'ami? Une place pour moi, d'abord, puis deux autres pour ces messieurs, que j'ai eu l'honneur de rencontrer en chemin et qui ne refuseront pas, j'imagine, de s'asseoir à mes côtés.

Les deux bandits s'inclinèrent.

L'hôte promena un regard indécis autour de la salle, puis revenant à Esteban :

— Vous le voyez, monsieur, dit-il, tout est plein.

Le doigt du Provençal se dirigea vers l'endroit où Castillan achevait d'expédier sa poularde.

— Et cette table là-bas? fit-il.

— En effet! se hâta de dire l'hôte. Si ce jeune seigneur y consent, on pourra mettre votre couvert à côté du sien.

— Il serait plaisant qu'il n'y consentît pas dès que je le lui aurai demandé.

Sur ce mot, Esteban mit le chapeau à la main, appela sur sa face disgracieuse un sourire de circonstance, et s'avança avec Castillan, devant lequel il s'inclina avec une politesse peut-être excessive.

— Monsieur, commença-t-il.

Sulpice leva la tête et, tout étonné, toisa l'étrange personnage qu'il avait devant les yeux.

— Monsieur, reprit ce dernier avec un imperturbable sang-froid, vous voyez en moi un honnête gentilhomme que poursuit la malechance. J'arrive en cette auberge avec une faim de loup; j'y arrive, en outre, avec deux voyageurs, lesquels m'ont fait l'honneur de leur compagnie, et que je serais heureux de régaler. Or, je ne trouve pas une table qui ne soit pleine, hormis la vôtre. J'ose donc vous supplier de vouloir bien consentir à la partager avec nous.

Après avoir patiemment écouté cette supplique, Castillan se tourna du côté des deux « voyageurs » que le Provençal venait de lui présenter en même temps qu'il se présentait lui-même, et leur mine plate lui déplut fort.

Toutefois il était trop bon compagnon pour repousser la demande qu'Esteban venait de formuler avec tant de courtoisie.

— Je suis heureux de pouvoir vous obliger, messieurs, dit-il. La table est large pour un; pour quatre elle sera peut-être exiguë : n'importe, nous nous serrerons un peu. Asseyez-vous donc, je vous en prie.

10.

— Vous êtes un brave cavalier, lança Esteban, et je veux vider un flacon à votre santé.

— A sa santé! pensa Ben-Joël. C'est ce qui s'appelle enguirlander de fleurs sa victime.

Par les soins de l'hôte, la table fut bientôt couverte de mets, et à la manière dont Esteban de Poyastruc attaqua le dîner, ses compagnons comprirent bien vite que, loin de se battre à jeun, comme il avait paru le redouter, il pourrait bien se battre étant ivre, ce qui ne manqua pas de leur causer quelque inquiétude.

Mais Esteban se comportait de manière à les rassurer. Les larges rasades qu'il ne cessait d'absorber semblaient donner plus de fermeté à son regard et plus de netteté à ses paroles; au lieu de se troubler sa physionomie s'éclairait. Comme le repas touchait à sa fin, il cligna finement de l'œil à l'adresse de ses acolytes, comme pour leur dire : « Attention, vous allez me voir opérer. »

Ce signe d'intelligence ne fut pas perdu pour Castillan, et un soupçon traversa rapidement son esprit.

Cyrano l'avait assez mis en garde contre les manœuvres des gens du comte, pour que le moindre détail ne lui fût pas indifférent, et il n'avait accepté que sous bénéfice d'inventaire les avances du seigneur Esteban.

Il fit mine de se lever pour quitter la salle; le Provençal l'arrêta, en disant :

— Vous n'allez pas nous abandonner comme cela, j'espère ?

— Pardon, fit Castillan, mes heures sont comptées.

— Bah! si bien comptées qu'elles soient, ne pouvez-vous en sacrifier une au bénéfice de votre obligé ? Souffrez qu'avant de nous séparer nous vidions ensemble un flacon de vin des Canaries.

— Soit! consentit Castillan, en se rasseyant.

Quand le vin des Canaries servi dans des verres à

patte eut mis un lien de plus entre les quatre convives :

— Çà ! insinua Esteban, boire sans rien faire, c'est
fastidieux. Un cornet et des dés viendraient à point
pour nous distraire. Qu'en pensez-vous?

— Je pense, répondit nettement Castillan, décidément
impatienté par l'obstination que mettait Esteban à lui
imposer sa compagnie, je pense qu'il est grand temps
de songer au départ. D'ailleurs, je n'aime pas le jeu, et,
partant, je ne joue jamais.

Le Provençal mordit sa moustache et d'un air fâché :

— Est-ce à dire, monsieur, formula-t-il, que vous
tenez ma proposition pour inconvenante?

— Nullement. Je me borne à regretter que mes goûts
diffèrent des vôtres. Voilà tout.

— C'est décider que les miens sont mauvais, que je
suis un brelandier, tranchons le mot. Ah çà, monsieur,
savez-vous que vous m'insultez? tonna Esteban, en se
dressant sur ses ergots, comme si une soudaine colère
l'emportait.

— Mais pas le moins du monde, fit tranquillement le
clerc, sans se soucier beaucoup de la mine irritée du
spadassin; c'est vous, au contraire, ce me semble, qui
me cherchez une querelle d'Allemand.

— Une querelle? Parbleu, si vous avez la même anti-
pathie pour le jeu des armes que pour le jeu de dés,
les querelles que l'on vous cherche doivent vous émouvoir fort peu.

— Décidément, pensa Castillan en entendant cette
provocation, il y a du Lembrat là-dessous. Commencer
la campagne par un coup d'épée, c'est ennuyeux ; mais
tant pis ! Ce grand escogriffe-là ne me fait pas peur avec
ses yeux d'épervier.

Sur cette réflexion, le clerc se leva, appuya ses deux

mains sur la table, et, regardant bien en face le spadassin, il lui dit d'un ton fort doux :

— Monsieur, quand vous plaira-t-il de cesser cette
petite plaisanterie?

— Un mot! fit l'autre. Jouez-vous ou ne jouez-vous
pas?

— Je ne joue pas.

— Alors, vous vous battez?

— Toujours.

Le bretteur salua.

— Je suis fâché, dit-il, que notre dîner se termine de
la sorte, mais c'est vous qui l'aurez voulu. Nous allons
s'il vous plaît, terminer, céans, cette petite affaire. Avez-
vous des seconds?

— J'en trouverai, répondit Castillan, qui parcourut
du regard le groupe d'officiers accourus au bruit de la
querelle.

— Ces messieurs voudront-ils m'assister? demanda
Esteban à Ben-Joël et à Rinaldo.

— Sans doute, répliqua ce dernier. Nous sommes,
monsieur et moi, peu habitués, je crois, à ces sortes
d'affaires; mais nous serions mal venus pourtant à vous
refuser ce service.

— Cela dit, partons.

— Un instant, interrompit Castillan. Etes-vous donc
si pressé de vous battre?

— Le plus tôt sera le meilleur.

— Le meilleur pour moi sera ce soir, car j'ai quelques
mesures à prendre avant la rencontre.

— Va pour ce soir. Nous nous battrons à la lanterne.

— Si cela vous est agréable, j'y consens.

Et Castillan se retira.

Une demi-heure après, il avait trouvé des seconds :
deux officiers du régiment de Casteljaloux, qui, au seul

nom de Cyrano, s'étaient empressés de se mettre à sa disposition.

Esteban, resté seul avec ses acolytes, les regarda, en hochant la tête.

— Savez-vous ce que je lui ai proposé, demanda-t-il.

— Quoi?

— Le duel à la lanterne.

— Eh bien?

— Pour se battre de cette façon-là, mes maîtres, il faut n'être pas le premier venu ; il faut savoir toutes les finesses du métier des armes. J'ai cru que vous m'aviez mis en présence d'un oison, et c'est à un jeune coq que j'ai affaire, si je ne me trompe.

— Diable! fit Rinaldo, s'il allait vous tuer?

Le spadassin eut un sourire plein de suffisance.

— Calmez-vous, mon cher. Je veux vous montrer, ce soir, comment on couche correctement son homme sur le carreau.

Castillan passa le reste de sa journée dans sa chambre, où il écrivit une longue lettre à Cyrano. Cette lettre faite, il la confia à l'un de ses seconds, le chargeant de la porter à Paris dans le cas où il lui arriverait malheur, ce que l'officier promit d'exécuter fidèlement.

Le clerc tira ensuite quelques bottes pour se dérouiller le poignet et parut satisfait de son épreuve. Élève de Cyrano en l'art de l'escrime, il ne se sentait nullement embarrassé en présence du danger qu'il allait affronter, et l'idée de ce duel à la lanterne, dont il connaissait parfaitement les règles et dont Esteban paraissait faire si grand cas, ne lui causait qu'une médiocre préoccupation.

Quand sonna l'heure de la rencontre, le clerc descendit, escorté de ses seconds, et trouva dans la salle commune Esteban et ses acolytes.

— Je me suis précautionné des objets nécessaires, dit le spadassin. L'hôte nous a prêté une lanterne sourde, et je pense que ma cape est suffisamment ample pour être utilisée dans le cas présent.

— Parfaitement, dit Castillan. Allons, messieurs.

Il y avait derrière l'auberge une petite cour, dont le sol uni et solide offrait un terrain convenable à la rencontre.

Ce fut là qu'on s'arrêta, chacun des intéressés jugeant sagement qu'il ne fallait pas mettre le public dans la confidence de ce qui allait se passer et ne pas braver trop ouvertement les édits.

Esteban posa à terre la lanterne allumée à côté du manteau et venant à Castillan :

— Cette fois, monsieur, il faudra bien, quoique vous en pensiez, vous résigner à jouer un coup de dés contre moi. C'est le sort qui va nous donner le droit de choisir nos moyens de défense.

— L'enjeu vaut la peine que je modifie mes résolutions. Où sont les dés ?

— Les voici. A vous, monsieur.

Sulpice prit le cornet, agita un instant les dés et les lança sur le sol, dans le cône de lumière projeté par la lanterne.

— Six et deux ! annonça-t-il après s'être penché pour voir les points.

— Bonne marque ! fit Esteban, en ramassant les dés à son tour.

— Quatre et six ! dit-il après avoir joué. Je vous gagne de deux, monsieur, et je choisis.

Ce disant, il saisit la lanterne, après avoir tiré son épée.

Castillan prit la cape et la roula autour de son bras gauche.

Le duel à la lanterne était de ceux que l'on appelle les duels corps à corps; il exigeait beaucoup d'adresse, beaucoup de ruse et devenait souvent meurtrier aux deux adversaires.

L'un, armé de la lanterne, devait tantôt en projeter brusquement la lueur dans les yeux de son ennemi; l'autre avait pour rempart le manteau, qui amortissait la vigueur des coups et dont il pouvait se servir, comme le rétiaire romain se servait de son filet, pour envelopper son antagoniste.

— Quand il vous plaira, monsieur, dit Castillan, en tombant en garde et en s'offrant, non pas de flanc, mais la poitrine en avant, protégée par le bras gauche couvert du manteau et le corps à demi incliné.

— J'y suis, répliqua le spadassin.

La lueur de la lanterne disparut tout à coup; Esteban venait de la faire glisser derrière lui. Une obscurité profonde enveloppa les combattants, et une botte furieuse aussitôt parée, apprit à Castillan qu'il était en présence d'un rude jouteur.

Son œil commençait à s'habituer à l'ombre. Il entrevoyait vaguement la silhouette du capitan et sentait son épée comme rivée à la sienne. Il froissa le fer, fit un coupé rapide et se fendit.

— Bien attaqué! lança Esteban, en relevant d'un coup nerveux l'arme du clerc.

En même temps, un jet de lumière frappa Castillan en plein dans les yeux. Ébloui, il se rejeta en arrière et néanmoins sentit la pointe de l'épée du Provençal dans sa poitrine.

Ce n'était qu'une piqûre insignifiante. Le manteau avait neutralisé la force du coup.

Esteban comptait tellement sur cette botte qu'il ramena son épée, s'attendant à voir tomber Castillan.

— Il est debout, Dieu me pardonne! s'écria-t-il, après une courte pause.

— Pour vous servir, riposta Castillan qui revenait sur lui avec furie.

La lanterne commença un nouveau jeu. Elle se mit à danser comme un feu follet dans la main d'Esteban, trompant continuellement le clerc sur la véritable position du spadassin, tantôt l'illuminant de la tête aux pieds, tantôt projetant sa lueur à ses côtés, le suivant toujours, le taquinant sans relâche.

Il fallait répondre à cette tactique.

Castillan releva le bras gauche et se prit à faire tournoyer le manteau dans l'air, comme l'aile immense d'un oiseau de nuit.

La flamme de la lanterne vacilla, et le Provençal craignit un moment de la voir s'éteindre. Il fallait en finir.

Il poussa droit avec Castillan comme pour le frapper de haut en bas.

Le clerc saisit cet instant.

D'un coup de son manteau, il fouetta la lanterne, qui s'échappa des mains d'Esteban, en même temps qu'il plantait son arme dans la gorge du Provençal.

— Ah! râla le spadassin en tombant lourdement sur le sol.

Et comme Rinaldo se penchait vers lui :

— Je vous le disais bien, articula péniblement le misérable, ce n'est pas oison..., c'est... c'est un coq.

Ce fut tout. Le seigneur Esteban de Poyastruc était mort.

— Monsieur, dit Castillan à son second, vous pouvez me rendre ma lettre. Elle est inutile, maintenant.

XX

Sulpice venait d'échapper à un grand danger; il n'allait pas tarder à tomber dans un autre.

Pendant qu'il se retirait avec les deux officiers qui l'avaient assisté, Ben-Joël et Rinaldo s'étaient concertés, et un plan nouveau venait de surgir dans leur imagination.

Ils revinrent à l'auberge, où ils trouvèrent Castillan, soupant en compagnie de ses seconds.

— Monsieur, lui dit obséquieusement Rinaldo, ce qui vient de se passer ne peut altérer en aucune façon la bonne harmonie qui régnait entre nous, ce matin même. Nous ne connaissions votre adversaire que pour l'avoir rencontré sur la route, et nous confessons volontiers qu'il a mis tous les torts de son côté en vous outrageant d'une manière aussi imprévue. Il était ivre, sans doute; ce moment d'oubli lui a coûté assez cher pour que vous ne puissiez plus lui en vouloir. Faites-nous donc la grâce de ne pas nous garder rancune à nous-mêmes, et, puisque nous sommes réunis, souffrez que nous fassions plus ample connaissance.

Avant de répondre, le clerc examina longuement son interlocuteur, et une vague réminiscence éveilla de

11

nouveaux ses soupçons. Rinaldo était assez bien métamorphosé pour n'être que très-difficilement reconnu,
mais il n'avait pu déguiser le son de sa voix aussi parfaitement que les traits de son visage, et cette voix,
Castillan l'avait entendue résonner à son oreille en certaines circonstances.

Sans pousser plus avant ses observations, il jugea
néanmoins prudent de se tenir sur la réserve, et ce fut
d'un ton froid qu'il répondit :

— Croyez, monsieur, que je n'en veux nullement à ce
pauvre diable de s'être laissé tuer, ni à vous de l'avoir
assisté sur le terrain, mais notre connaissance ne peut
avoir les suites que vous souhaitez. Je pars dans un
quart d'heure, et probablement ce n'est pas pour suivre
le même chemin que vous.

— Qui sait? Vous allez à Orléans sans doute, insinua
Ben-Joël, jusqu'alors silencieux.

— C'est possible.

— Alors, monsieur, voilà qui tombe à merveille.
C'est à Orléans que nous nous rendons aussi; nous ne
comptions partir que demain [matin, car les routes ne
sont pas très-sûres; mais, sous votre protection, et
pour le plaisir de votre compagnie, nous nous risque-
rons à vous suivre.

Ceci fut dit par Rinaldo avec une telle bonhomie, que
Castillan s'y serait laissé prendre s'il n'avait été déjà
prévenu contre les intentions du voyageur.

Il fronça le sourcil et d'un air qui n'admettait pas de
réplique :

— Encore une fois, merci, monsieur. Je vous conseille de dormir tranquilllement cette nuit et de me
laisser partir. Je n'ai pas besoin d'être escorté, et j'ai
un goût particulier pour la solitude.

— Ah! je vois bien, monsieur, fit piteusement Rinaldo,

que vous ne pouvez nous pardonner la part innocente que nous avons prise à votre débat. Agréez nos regrets, et que Dieu vous garde.

— Bonsoir! conclut brusquement le clerc en tournant le dos à l'hypocrite personnage, qui le saluait en s'inclinant jusqu'à terre.

Les deux bandits se retirèrent; mais au lieu de monter dans leurs chambres, comme le leur avait assez cavalièrement conseillé Sulpice, ils se glissèrent vers l'écurie, firent seller leurs chevaux et quittèrent furtivement l'auberge du Paon-Couronné.

— Nous avons perdu notre auxiliaire ; il faut changer de manière d'agir, dit alors Rinaldo à son compagnon. Jusqu'à présent nous avons suivi le petit clerc ; je crois qu'à cette heure, il sera avantageux de le précéder.

— Quel est ton projet?

— Il est bien simple. Je veux envoyer le secrétaire rejoindre ton ami Esteban.

— Comment ?

— Avec ceci.

Et Rinaldo tira de ses fontes une paire de lourds pistolets.

Ben-Joël était armé de la même façon. Il ne fit pas de question nouvelle, ayant compris de prime-saut les intentions du valet de Lembrat, et tous deux poussèrent leurs chevaux vers la route d'Orléans, que la lune blanchissait de ses premières lueurs.

Malgré les instances des officiers dont il avait partagé le souper, Castillan persista dans sa résolution; il voulut partir le soir même.

Son cheval était reposé et prêt à fournir une nouvelle étape; au coup de dix heures, le clerc se mit en selle et se lança au galop à travers les rues silencieuses. Un quart d'heure après, il était en rase campagne, et de -

vant lui s'allongeait, comme un interminable ruban blanc, le chemin qu'il avait à suivre pour arriver en droite ligne à Orléans.

La lune brillait alors de tout son éclat et permettait au voyageur de se guider presque aussi facilement qu'en plein jour.

Aussi loin que sa vue pouvait s'étendre, la plaine lui semblait déserte ; il chevauchait sans défiance, considérant déjà comme une sorte de rêve les événements de cette journée et voyant s'effacer peu à peu de son esprit l'image d'Esteban, lorsque un hennissement lointain l'arracha à ses distractions.

Il n'y avait dans les environs aucune maison.

Castillan se demanda, avec un peu de surprise, d'où pouvait venir ce bruit.

La route courait, en cet endroit, à travers des bouquets de bois, entremêlés d'épaisses broussailles, masses sombres faisant tache sur le sol gris.

Évidemment ce hennissement suspect devait sortir de là. Des malfaiteurs étaient peut-être cachés au fond des taillis, peut-être aussi Sulpice allait-il faire la rencontre de quelque inoffensif cavalier attardé, dont les détours de la route pouvaient encore lui dérober la vue.

Un homme plus prudent eût toutefois pris le parti de s'arrêter ou de rebrousser chemin, en prévision d'un danger quelconque ; poussé en avant par sa nature aventureuse, autant que par l'urgence de sa mission, Castillan mit l'éperon au ventre de son cheval et se décida à franchir le passage à tout risque.

Au tournant du chemin, un coup de feu se fit entendre et une balle siffla aux oreilles du messager de Cyrano.

Le clerc jugea bon de ne pas faire tête à son agresseur invisible.

Il avait à garder son courage pour de meilleures occasions; en conséquence, il se courba sur le col de sa monture et la lança au triple galop.

Une seconde détonation troubla le silence de la nuit. Cette détonation ne partait pas du même point que la précédente; elle avait éclaté à une cinquantaine de pas plus loin, et, si Castillan avait été atteint, ce ne pouvait être qu'en pleine poitrine.

Au bruit de l'arme avait répondu un cri du cavalier.

Puis le clerc s'était renversé en arrière, tandis que son cheval, fou de terreur, l'emportait à travers champs dans une course désordonnée.

— Il en tient, s'écria alors Ben-Joël, sortant du taillis où il s'était mis en embuscade.

Rinaldo accourait vers lui.

— L'as-tu touché? demanda-t-il au bohême.

— Je crois bien. Je l'ai parfaitement vu lâcher les rênes et tomber sur la croupe de son cheval qui s'est emporté sur le coup et va le jeter dans quelque fondrière.

— Donc, il est mort.

— Sans aucun doute.

— C'est bien, fit Rinaldo, mais... la lettre.

— C'est vrai, il nous la faut. Eh! bien, cherchons notre gibier; il ne peut être tombé bien loin.

Les deux meurtriers se remirent en selle et se lancèrent sur les traces de Castillan.

Pendant deux heures, ils interrogèrent vainement les taillis et les clairières. Aucun indice ne vint leur révéler la présence ou le passage de celui qu'ils avaient intérêt à rejoindre.

— Diable, dit Rinaldo, voilà de la mauvaise besogne. J'aimerais mieux savoir mon homme vivant et être sûr de le retrouver, que de le supposer couché dans quelque trou où il pourrira sans que nous puissions le découvrir.

— Regagnons la route, conseilla Ben-Joël. A quoi bon persévérer dans une recherche inutile ?

— Tu as raison. Il faut, à tout hasard, pousser jusqu'à Orléans.

L'insuccès de leur tentative avait rendu les deux drôles tout pensifs ; ils chevauchaient côte à côte sans se parler et ne se pressaient point d'achever leur voyage. Peut-être désiraient-ils reculer autant que possible le moment où s'évanouirait leur dernière espérance.

A une lieue environ de l'endroit où ils venaient de mettre à exécution leur projet de meurtre, ils aperçurent à leur droite un grand feu, autour duquel se groupaient une dizaine de personnages.

Auprès de ce groupe stationnait un chariot, attelé de deux forts chevaux.

Un troisième cheval était couché dans l'herbe un peu plus loin.

Toutes les silhouettes se détachaient en noir au milieu de la clarté ; les voyageurs ne purent pourtant juger, de prime abord, à quelle sorte de gens ils avaient affaire.

La petite troupe était abritée par un mamelon couvert de basse futaie et dont les flancs creusés pour l'exploitation d'une carrière de sable offraient un refuge commode. Du sommet du mamelon on pouvait parfaitement voir ce qui se passait au milieu du campement et reconnaître au besoin les personnages accroupis ou debout devant le feu.

— Compère Rinaldo, dit Ben-Joël, il ne faut négliger aucun détail. Je propose de pousser une reconnaissance du côté de ces gens-là.

— J'allais te le dire.

— Soyons prudents.

Joignant l'exemple au précepte, Ben-Joël mit pied à terre, enveloppa de son manteau la tête de son cheval, afin de l'empêcher de hennir, et le conduisit dans un fourré, où il l'attacha aux basses branches d'un frêne.

Rinaldo observa les mêmes précautions.

— Attends-moi ici, fit alors le bohémien.

Et, se glissant le long des arbres, il atteignit sans être aperçu un amas de roches grises, sur lesquelles venaient mourir les lueurs du feu, brillant à une centaine de pas plus loin.

Arrivé là, il put marcher avec moins de prudence, contourna le mamelon boisé et, gravissant la pente opposée à la route, parvint en deux minutes au sommet, d'où son regard tomba perpendiculairement au milieu du groupe.

Dans ce groupe, un homme était assis et paraissait, pour l'instant, réunir sur lui l'attention générale.

Ben-Joël faillit laisser échapper un cri de surprise en reconnaissant Castillan.

Ce qui venait d'arriver au jeune homme peut se raconter en deux mots.

La balle de Ben-Joël l'avait bien réellement atteint en plein corps, mais elle avait heureusement rencontré, en le frappant, la large boucle de cuivre de son baudrier, sur lequel elle s'était amortie.

Le coup avait été cependant si rude, que le clerc, perdant soudainement la respiration, s'était évanoui.

Le cheval, ainsi qu'on l'a vu, l'avait emporté dans une course folle, jusqu'au moment où, frappé par la lueur de ce feu étincelant devant lui, il s'était arrêté net, jetant hors des étriers le brave Sulpice.

Le clerc était tombé dans l'herbe.

Quand il acheva de reprendre ses sens, il se trouva

porté auprès du feu, au milieu d'une étrange compagnie d'hommes et de femmes que, dès le premier
coup d'œil, il reconnut pour des baladins ambulants.

Ces braves gens campaient tout simplement à la belle
étoile pour économiser les frais d'un gîte à l'auberge.

Sulpice, réconforté par deux ou trois gorgées d'eau-
de-vie, mit ses sauveurs au courant de son aventure,
et, comme les baladins se rendaient précisément à Orléans, il fut convenu que le clerc passerait le reste de la
nuit avec eux, et que tous ensemble prendraient à l'aube
la route de la ville,

Revenu de son étonnement au sujet de la résurrection
de Castillan, le bohême se prit à considérer, l'un après
l'autre, les visages de la bande.

Dans le cours de cet examen, son regard s'arrêta sur
une femme debout à la droite du clerc, et une expression de joie radieuse éclaira sa physionomie.

— Marotte! ne put-il s'empêcher de murmurer, en
envoyant un salut amical à cette femme, quoiqu'elle ne
pût le voir.

— Marotte, répéta ensuite le bohême. Cette fois, je
suis sûr de réussir.

Sur cette réflexion, il quitta son poste et revint vers
Rinaldo, auquel il raconta tout ce qu'il avait vu.

— Veux-tu me laisser faire? dit-il ensuite, sans lui
donner le temps de revenir de sa surprise. Si tu le veux,
demain nous aurons la lettre du Bergerac.

— Par quel moyen?

— Jusqu'à présent la violence nous a mal réussi à
l'encontre de ce damné clerc. Il nous faut autre chose.

— Eh bien?

— Cette autre chose-là, je l'ai trouvée.

— Tu crois que nous aurons la lettre?

— Si nous ne l'avons pas, je veux bien que le gibet

auquel je dois être un jour branché se dresse devant moi, pourvu de sa corde.

— Soit! Dès ce moment je me mets à ta merci. Où allons-nous ?

— Nous restons ici ; avant de recommencer la chasse, il faut attendre que notre oiseau ait repris son vol.

Les deux aventuriers s'allongèrent dans l'herbe, pour épier les allures de la petite troupe.

Le cercle des baladins s'était rompu. A l'exception d'un seul homme veillant près du feu pour la sûreté commune, toute la troupe dormait en attendant l'heure du départ.

XXI

— En route ! cria le veilleur, aux premiers rayons du jour.

Les baladins se levèrent ; en un clin d'œil le chariot fut chargé de tout le matériel de campement.

Castillan, souffrant encore de la violente contusion qu'il avait reçue, monta pourtant à cheval sans trop de peine, et toute la troupe s'éloigna dans la direction d'Orléans.

Ben-Joël et Rinaldo partirent quelques instants après.

Le clerc était loin de se douter de leur présence. Malgré ses premiers soupçons, il les croyait encore à Étampes et attribuait l'attaque de la nuit précédente à quelques vulgaires malfaiteurs.

Aux portes d'Orléans, Sulpice prit congé de ses nouveaux amis, qui, s'arrêtant dans une misérable auberge des faubourgs, indiquèrent à leur compagnon de route, comme un gîte plus digne de lui, l'hôtellerie des *Armes de France*, où le piteux état de leur bourse leur interdisait de l'accompagner.

Le clerc mit discrètement quelques pistoles dans la main du chef de la troupe pour le remercier de ses bons offices et se dirigea vers la grande place où brillait l'enseigne des *Armes de France*.

Les baladins étaient à peine installés dans leur misérable taudis, lorsque Ben-Joël y arriva.

Le bohême était seul. Il avait prudemment conseillé à Rinaldo de se tenir à l'écart, se promettant de disparaître à son tour, dès qu'il aurait assuré l'exécution de son idée.

En pénétrant dans la taverne, il aperçut l'hôte en train de dresser une longue table destinée sans doute aux voyageurs.

— Maître, lui dit Ben-Joël sans préambule, connaissez-vous les gens arrivés tout à l'heure ?

— Si je les connais ! s'écria le tavernier. Voilà dix ans qu'ils fréquentent ma maison. Ils viennent toujours pour les fêtes.

— En ce cas, vous n'ignorez pas le nom de Marotte.

— La danseuse ! Oh ! les beaux yeux qu'elle a, monsieur !

— Vous la connaissez bien. Où est-elle pour le présent ?

— Dans sa chambre. Vous voulez lui parler ?

— C'est probable. Où prenez-vous cette chambre, s'il vous plaît ?

— Mais, monsieur, qui êtes-vous pour demander si cavalièrement à pénétrer chez mademoiselle Marotte ?

— Ne craignez rien, brave homme, je suis de ses amis et n'en veux point d'ailleurs à sa vertu, que je connais... de longue date.

Au mot de vertu prononcé par le bohême, le tavernier cligna de l'œil d'un air malin, de manière à laisser comprendre qu'il savait à quoi s'en tenir sur le tempérament moral de sa pensionnaire.

— Au premier étage, la porte à droite, indiqua-t-il

ensuite, jugeant inutile de présenter de nouvelles
objections.

Ben-Joël franchit deux à deux les marches de l'escalier, et, guidé par une voix de femme, il arriva devant
la porte de Marotte.

La jeune femme était à sa toilette, et tout en lustrant
ses cheveux noirs, elle chantait sans se soucier de la
susceptibilité des voisins, à qui ses rimes légères pouvaient causer un certain émoi.

Au premier coup d'œil, il était facile de la reconnaître
pour une enfant de la race bohême.

Elle était brune et ses grands yeux noirs fascinateurs,
ses lèvres sensuelles, rouges comme du sang, ses narines
frémissantes, disaient assez tous ses instincts.

Son corps souple et prodigue de ses beautés se drapait dans une tunique de laine, sous laquelle elle abri-
tait un léger costume de ballerine.

C'était en somme une séduisante créature, et, si elle
ne possédait pas la beauté grave, sculpturale, de Zilla,
elle offrait en revanche tout le charme irrésistible d'un
fruit savoureux qui se penche de lui-même vers la main
prête à le cueillir.

Sa folle humeur lui avait fait donner le surnom de
Marotte.

Ben-Joël la connaissait pour une fille de sa tribu, et
longtemps elle avait fait partie avec lui d'une troupe de
comédiens nomades.

Après l'avoir examinée un instant du seuil de la
chambre, le bohême se décida à entrer.

Au bruit, Marotte se retourna, et joyeusement :

— Toi ici? s'écria-t-elle.

— Moi-même, mais chut ! ne prononce pas mon nom.

— Des mystères? D'où viens-tu? Où est Zilla? Depuis
deux ans, je n'ai plus eu de vos nouvelles.

. — Je te parlerai de nous. Pour le moment, il s'agit d'autre chose, et si tu es d'humeur assez raisonnable pour m'entendre sans m'interrrompre, je vais te dire ce que je veux.

— Attends. Je finis.

. Tandis que Marotte achevait sa coiffure, Ben-Joël ferma soigneusement la porte, sonda les murs pour s'assurer de leur discrétion, et vint s'asseoir sur un escabeau près de la fenêtre.

— Là! fit la danseuse en jetant un coup d'œil satisfait au fragment de miroir qui lui renvoyait sa souriante image, tu peux parler maintenant, je suis tout oreilles.

L'entretien de Ben-Joël et de Marotte dura plus d'une heure.

Au bout de ce temps, l'aventurier sortit de la chambre avec l'air épanoui d'un homme qui vient de mener à bonne fin une négociation difficile.

— A ce soir, dit-il à la jeune femme en la quittant. Et surtout, n'oublie pas le signal.

— Sois tranquille, et laisse-moi, si tu veux que je puisse arriver à temps.

Ben-Joël s'éclipsa discrétement et s'en alla retrouver Rinaldo, tandis que Marotte, au lieu de s'asseoir à la table préparée pour ses camarades, se disposait à quitter à son tour l'auberge.

Avant de partir, elle s'entretint pendant quelques minutes avec le chef de la troupe; puis, la tête couverte d'une cape qui dérobait presque entièrement ses traits, et portant à la main un paquet de hardes, elle se dirigea vers l'hôtellerie des *Armes de France*, où, comme on le sait, Castillan était descendu.

A la porte de l'hôtellerie, un valet était en train de seller un cheval que Marotte reconnut vite pour celui de Sulpice.

La bête, restaurée par un repos de deux heures, portait cependant encore les traces d'une fatigue récente.

Ses sabots gardaient l'empreinte de la boue des chemins, et ses poils, parfaitement séchés, se collaient par plaques luisantes sur sa croupe.

— Belle bête! fit Marotte, en flattant l'animal de la main.

— Jolie fille! riposta le valet en caressant du regard les traits de la ballerine.

— C'est là un équipage de prince, reprit cette dernière, sans relever la galanterie du valet.

— Et robuste, allez! ajouta le palefrenier, désireux d'entretenir la conversation. Ça a fait je ne sais combien de lieues, ce matin, et ça va coucher à Romorantin.

Marotte poussa un soupir.

— J'y vais à pied, moi! murmura-t-elle.

— A pied, mais c'est douze lieues, ma belle!

— Je le sais bien. Peut-être rencontrerai-je quelque bonne âme qui m'offrira place dans sa charette.

Et la bohémienne poursuivit son chemin, d'un pas rapide, comme si elle avait hâte de regagner le temps perdu à cet échange de paroles.

Elle passa les portes d'Orléans, sans ralentir son allure, et se trouva sur la route de Romorantin.

Il ne faut pas omettre de dire ici qu'en quittant la grande place d'Orléans, Marotte avait coudoyé un homme arrêté distraitement à l'angle d'une rue et lui avait jeté un mot à voix basse.

Cet homme était Ben-Joël.

La danseuse était à plus d'une lieue de la ville, lorsque Castillan se décida à partir.

Trois heures venaient de sonner : le clerc comptait atteindre Romorantin vers le coucher du soleil.

— J'espère, se disait-il tout en cheminant, que me

voilà quitte maintenant des aventures désagréables. Un duel et un coup de pistolet, c'est assez payer, je crois, ma tranquillité future.

Le secrétaire glissa la main sous son pourpoint et sentit se froisser entre ses doigts la lettre enfermée dans la doublure, cette lettre que, depuis vingt-quatre heures, il défendait, sans s'en douter, contre d'invisibles ennemis.

Cette constatation faite, Castillan, dégagé de tout souci, laissa son cheval le conduire à son gré, et, profitant d'une longue montée que la bête était obligée de faire au pas, il tira ses tablettes et se mit en tête de parfaire un sonnet commencé avant son départ de Paris.

Comme il s'escrimait du poinçon et égarait son esprit à la poursuite d'une rime fugitive, une voix cristalline le salua par son nom.

Il détourna la tête et aperçut, assise sur le talus de la route, la belle fille qu'il n'eut pas de peine à reconnaître pour l'avoir vue la veille à ses côtés, auprès du feu des baladins.

Marotte avait rejeté son capuchon sur ses épaules, et sa tête se détachait en pleine lumière ; ses petits pieds, gris de poussière, étaient croisés l'un sur l'autre dans le gazon, et toute son attitude accusait une fatigue traduite de la plus séduisante façon par sa pose languissante.

Castillan s'arrêta, en reconnaissant la ballerine.

— Bonjour, monsieur Castillan, répéta Marotte avec un joli signe de tête, corroboré d'un sourire.

— Comment vous rencontré-je ici, ma belle enfant ? demanda le clerc étonné. Vous avez donc quitté le seigneur Aracan ? C'est ainsi, je crois, que se nomme votre patron.

— Précisément. Eh bien, oui, je l'ai quitté. C'est un

vieil égoïste. Ne prétendait-il pas réduire ma part, à son profit, dans les bénéfices que nous devions réaliser à Orléans?

— Alors?

— Alors, comme j'ai la tête vive et la langue peu discrète, je l'ai appelé grippe-sou et je lui ai jeté mon tambourin à la figure.

— De sorte que vous voilà sans ressources?

— Pas absolument. Je suis prête à figurer honorablement dans une autre troupe, et, au besoin, je puis vivre seule, ayant avec moi tout ce qu'il faut pour me tirer d'embarras : mes castagnettes et mon habit de ballet.

— Vous êtes philosophe, à ce que je vois.

Marotte se reprit à sourire.

— Il faut bien l'être. Quand on n'est rien, qu'on ne tient à rien et qu'on va on ne sait où, pour y arriver on ne sait quand, comment voulez-vous qu'on s'arrête aux petites misères de la vie?

— Diable! C'est avouer que vous voilà tout à fait déroutée et que votre but est bien incertain!

— Pas autant que vous le croyez. De ce pas, je me rends à Romorantin et peut-être à Loches.

— Ah! fit Castillan, avec un regard où se peignait une évidente satisfaction.

— Dans l'une de ces deux villes doit se trouver une compagnie de comédiens et de danseurs qui ne refuseront pas de m'engager, car mon nom est connu, ne vous en déplaise !

— C'est Marotte qu'on vous appelle, n'est-ce pas?

— Pour vous servir, monsieur Castillan.

— Et vous comptez gagner à pied Romorantin?

— Sans doute, puisque je n'ai pas le moyen d'aller en carrosse.

— Eh bien, charmante Marotte, il ne sera pas dit

qu'un galant homme a laissé un si rude travail à faire à vos petits pieds. Nous allons, s'il vous plaît, cheminer de compagnie. Voici d'ailleurs une bonne occasion de vous rendre les soins que vous m'avez donnés la nuit dernière.

— Je ne demanderais pas mieux que d'accepter votre offre, mais comment faire? risqua Marotte, intérieurement ravie de la tournure que prenaient les choses.

— C'est bien simple. Je ne puis vous offrir mon cheval et vous suivre à pied, car j'ai besoin de voyager vite. Mais ma monture est assez robuste pour nous porter tous les deux, si vous y consentez.

— De grand cœur, mon gentilhomme. Je n'aurai jamais aussi agréablement voyagé.

— Venez donc.

Castillan sauta lestement à terre, prit des mains de Marotte, qui, tout en discourant, s'était approchée de lui, le mince paquet dont elle était chargée, l'aplatit comme un coussin et l'attacha sur la croupe du cheval.

— C'est parfait, dit Marotte. Je serai là comme une reine. Il s'agit seulement d'escalader votre destrier, qui est haut comme une cathédrale. Il va falloir que vous me portiez.

— Ce sera facile; votre main, ma belle.

Au lieu de tendre simplement sa main, Marotte jeta sans façon ses deux bras autour du cou de Castillan, et le clerc sentit l'haleine tiède et parfumée de la ballerine caresser son visage, en même temps qu'un regard velouté, glissant à travers les cils à demi clos de la belle, le pénétrait jusqu'à l'âme.

Malgré son trouble, Castillan enleva Marotte, comme s'il se fût agi d'une plume, et l'assit sur le coussin préparé pour elle.

Tandis que l'aventurière ramassait les rênes, le clerc eut le temps de revenir de son émoi.

— Maladroit que je suis, fit-il ensuite ; je n'ai pas songé que j'aurais dû me mettre en selle le premier. Comment vais-je faire maintenant ?

— Faut-il que je descende ? fit la charmeresse, tendant de nouveau les bras vers son cavalier.

— Non ! attendez, je saurai bien vous épargner cette peine.

Castillan saisit la crinière de son cheval de la main droite, du côté du montoir, et, tournant ainsi le dos à l'animal, il s'enleva d'un bond, sans toucher l'étrier et retomba assis sur la selle.

Après quoi il fit prestement passer sa jambe droite par-dessus le cou du cheval et se trouva dans la position normale.

— Voilà ! dit-il à Marotte. Tenez-moi bien, s'il vous plaît, et ne craignez point de trop serrer, car nous allons marcher bon train.

Cette recommandation était superflue.

Castillan n'avait pas achevé de la formuler, que déjà il avait autour du corps les bras de Marotte, vivante ceinture qui se serrait sur sa poitrine.

La situation était dangereuse pour le cœur assez inflammable du jeune clerc.

Faire une dizaine de lieues ainsi, sentir à son oreille et sur son cou le souffle doux de la jeune femme, et par-dessus tout avoir la conscience instinctive de la fragilité de cette vertu vagabonde, c'était, il faut l'avouer, une tentation un peu bien forte pour le stoïcisme douteux de Castillan.

— Pourquoi pas ? se dit-il après de longues réflexions que nous n'entreprendrons point d'analyser.

— A quoi songez-vous ? lui jeta presqu'en même temps

a voix enjouée de Marotte. Seriez-vous triste, seigneur?

— Triste? non pas, se hâta de répondre le clerc, ce
serait vous faire injure.

— Vous êtes galant. N'est-ce pas que cette façon de
voyager est charmante? La course, l'air, le soleil, tout
cela réjouit l'âme et vous remplit de je ne sais quelle
douce émotion. On se sent heureux de vivre, et l'on voudrait courir comme cela pendant de longues heures.

Les mains de Marotte se serrèrent un peu plus sur la
poitrine de Castillan, en même temps qu'elles remon-
taient jusqu'à deux ou trois pouces de ses lèvres.

Le clerc n'y résista pas, et au risque de prendre le tor-
ticolis il fit un effort pour baisser la tête et baisa furtivement les jolis doigts croisés presque sur la ganse de
son col.

— Eh! que faites-vous donc? murmura Marotte, en
agitant les mains, comme pour châtier l'impudence du
clerc.

— Dame! fit ce dernier, que voulez-vous? on trouve
une jolie main à sa portée; on y rafraîchit ses lèvres.
Quoi de plus naturel?

— Vous abusez de vos avantages, mon gentilhomme.
Si vous ne me promettez pas d'être discret, je vais me
passer de votre appui, au risque de choir sur le chemin.

— Gardez-vous en bien. Je jure d'être sage.

En dépit de ses protestations, Castillan ne résista pas
au plaisir de récidiver.

— Allons, dit Marotte, vous êtes incorrigible. Puisqu'il n'y a pas moyen d'avoir raison de vous, il faut agir
comme on fait avec les enfants, à qui on donne ce qu'ils
cherchent à prendre, afin de leur en faire passer la fantaisie.

En même temps, la main droite de Marotte se haussa jusqu'aux lèvres de Castillan, qui la couvrit follement de baisers.

Puis, non content de cette première conquête et sentant voltiger près de sa joue les boucles brunes de Marotte, il retourna brusquement la tête et lança ses lèvres à tout hasard, au jugé, comme dirait un chasseur.

Ce baiser à l'aveuglette effleura le coin de la lèvre de la ballerine, qui se rejeta en arrière, en s'écriant :

— Ah! ah! monsieur le traître, c'est ainsi que vous reconnaissez mes bontés? Alors, vous allez tout perdre, pour vous apprendre à vouloir tout gagner.

Et de nouveau les bras de Marotte descendirent du poste élevé qu'ils occupaient et se rejoignirent sur le buffle de Castillan, à égale distance de la ceinture et du col.

— Voyons, dit le clerc, vous êtes charmante, pourquoi vouloir ne l'être qu'à demi? Avouez que la route serait bien monotone, si on ne l'émaillait de quelques doux passe-temps. Si je vous disais que je suis devenu tout à coup grandement épris de votre charmante personne, que me répondriez-vous bien?

— Je vous répondrais que vous êtes fort mal venu à vouloir tromper une pauvre fille, car j'ai de l'expérience, monsieur, quoique je sois restée sage.

Cela fut dit d'un ton ingénu. Mais Castillan avait déjà fait trop de chemin dans cette aventure pour prendre le change à ces paroles, démenties par le trouble savamment joué de l'aventurière.

— Ah! Marotte de mon cœur, s'écria-t-il, si je ne vous tournais malencontreusement le dos, ou si j'avais deux yeux derrière la tête, comme vous verriez bien que je vous aime !

— Je n'ai que faire de vos regards, monsieur le marjolet. Gardez-les pour d'autres, s'il vous plaît.

— Maudite situation, grommela le clerc. Dire que vous êtes là, tout près de moi, et que je ne puis vous voir, m'enivrer de votre beauté, me...

— Vous perdez votre éloquence, seigneur Castillan. Si vous avez envie de me voir en face, d'ailleurs, vous allez goûter ce plaisir sans que votre admiration me fasse courir aucun risque, car j'aperçois au bout de la plaine le clocher de Romorantin, et je m'en vais vous quitter là.

— Ah ! corbleu, c'est ce qu'il faudra voir, lança le clerc, qui avait décidément perdu toute réserve. Je m'arrête à Romorantin, moi aussi, et je veux, la belle, que nous y soupions en tête-à-tête.

— Décidément, il est à moi, pensa la ballerine, satisfaite de son triomphe facile.

Puis, tout haut :

— Un souper peut n'être pas dangereux, quand on prend des précautions, répondit-elle ; nous verrons à apprécier votre offre lorsque nous aurons mis pied à terre.

— Je la tiens, dit Castillan, reproduisant sans s'en douter la réflexion de Marotte.

Le clerc ne croyait point aller contre les intentions de son maître, en oubliant ainsi, dans une aventure galante, les graves préoccupations qui avaient été la cause de son voyage.

Ces quelques heures dont il allait disposer lui appartenaient en toute conscience, pensait-il, puisqu'il ne pouvait repartir que le lendemain pour Loches, et que par conséquent aucun scrupule touchant sa mission ne lui faisait obstacle en la présente circonstance.

Nul soupçon ne lui vint, d'ailleurs. Il avait pu se défier d'Esteban et de ses deux compagnons, gens d'allures particulièrement suspectes, mais comment mettre en doute la parfaite innocence d'une jolie fille rencontrée par hasard, et qu'aucun intérêt ne rattachait à lui?

Le clerc s'abandonna donc franchement à ses inspirations, mit son cheval au galop et franchit, en moins de dix minutes, la distance qui le séparait des premières maisons de Romorantin.

XXII

Celle que Castillan aperçut tout d'abord était précisément une taverne, postée là comme pour offrir au voyageur entrant dans la ville une riante bienvenue.

L'aspect en était gai et invitant ; un rameau vert se balançait au-dessus de la porte, et sur le seuil apparaissait une servante mafflue, appétissant échantillon de la gent romorantine.

De toutes les auberges que Castillan avait successivement visitées depuis Paris, celle-là lui sembla la plus honnête et la mieux tenue, peut-être parce qu'il la rencontrait au moment même où il aspirait après un gîte pour abriter ses galantes équipées.

Il arrêta son cheval, juste sous le rameau qui servait d'enseigne à la taverne, mit pied à terre et reçut Marotte au saut de la selle, de crainte qu'elle tentât de lui échapper.

— Ce logis vous semble-t-il convenable, ma belle, lui demanda-t-il alors, et me ferez-vous l'honneur d'y souper avec moi?

Marotte fit mine de réfléchir gravement, puis tout à coup :

— Va pour souper, sourit-elle. Vous êtes un brave

garçon, je crois, et l'on peut se risquer en votre compagnie. D'ailleurs, ajouta-t-elle, avec un gai mouvement de tête, je ne crains pas de me compromettre, moi. Il est convenu qu'on ne croit pas à notre vertu, à nous autres.

— Nous voici donc rassurés, conclut Castillan, qui sentait peu à peu s'affirmer sa victoire. Ne songeons plus qu'à commander un festin délicat et à faire honneur aux vins de notre hôte, si sa cave est bonne.

Pendant que le clerc faisait mettre son cheval à l'écurie et veillait lui-même à ce qu'il eût sa ration abondante, Marotte ramassa un fragment de tuile rouge tombé du toit et s'en servit pour tracer sur le mur extérieur de l'auberge, sans être vue de la servante, un signe très-apparent, lequel présentait la forme d'un triangle, traversé par une flèche, dont la pointe se dirigeait vers le toit de la maison.

Lorsque Castillan entra dans l'auberge, il trouva Marotte assise dans un coin de la salle, devant une table sur laquelle elle repassait de la paume de la main les hardes fripées dont se composait son bagage.

— Ma fille, dit le clerc, s'adressant à la grosse servante, quoiqu'il soit encore grand jour et que l'heure de souper ne soit pas précisément venue, il faut mettre les broches en train et nous montrer votre savoir. Dans combien de temps pourrons-nous bien nous asseoir à table ?

— A la nuit, c'est-à-dire dans une heure.

— Parfait ! Rien n'est plus gai qu'un repas aux lumières. La lueur des flambeaux fait briller les cristaux, le vin et les beaux yeux d'un éclat superlatif. Qu'en pensez-vous, Marotte, ma mie ?

— Je pense que voilà bien des façons pour un souper de voyageurs.

— Laissez-moi faire. Ah ! ma fille, s'interrompit-il pour rattraper par le bras la servante qui s'en allait, vous nous servirez dans ma chambre, je vous prie. Au fait, où est-elle, ma chambre ?

— Je vas vous conduire, not' monsieur, fit la maritorne.

— Donnez-moi aussi quelque chambrette, réclama Marotte. Je veux faire un bout de toilette, afin d'honorer mon hôte.

Le clerc et la danseuse échangèrent un sourire et une révérence et se séparèrent en attendant l'heure du souper.

La cuisine était en feu, les casseroles chantaient sur le fourneau, et des parfums qui promettaient merveilles emplissaient l'auberge, lorsque deux hommes, à l'allure circonspecte, arrivèrent devant la maison.

L'un d'eux remarqua aussitôt le signe rouge tracé par Marotte et que frappaient les derniers rayons du couchant.

— Ils sont là, dit-il à voix basse à son compagnon. Allons, cette fois je crois que nous sommes à bout de peine.

Et tous deux, retournant en arrière sans avoir été aperçus, se dérobèrent à l'abri d'un mur ruiné qui avoisinait la route à quelque distance de l'auberge.

Peu d'instants après, quand le crépuscule étendit son voile grisâtre sur la campagne, l'un de ces hommes se hasarda à lever la tête, regarda vers l'auberge et fit entendre un cri pareil à l'appel de la chouette aux premières heures du soir.

Une fenêtre de la taverne s'ouvrit, la silhouette de Marotte se dessina vaguement dans le cadre de la baie.

La ballerine fit un signe de la main dans la direction

12

des deux hommes, la croisée se referma, et tout retomba dans le silence.

Marotte venait de terminer sa toilette, lorsque la servante frappa à la porte, en même temps qu'elle disait :

— Not' maîtresse, v'là la soupe qui fume, faut venir.

— J'y vais, répondit la bohémienne, en jetant un dernier coup d'œil à son miroir pour s'assurer que son arsenal de séduction était au complet.

Et suivant la servante, elle entra, radieuse, dans la chambre, où le souper était servi et où l'attendait Castillan avec une impatience mal contenue.

Marotte portait toujours cette longue tunique qui recouvrait son costume de ballerine, et les soins qu'elle avait donnés à sa toilette se trahissaient simplement dans l'arrangement de ses beaux cheveux, crespelés autour des tempes et retenus par un diadème de sequins.

— A table, ma charmante, s'écria le clerc, en se précipitant à la rencontre de son invitée, qu'il prit par la main et conduisit jusqu'à son siége.

Castillan s'assit ensuite en face d'elle, et le souper commença. Les deux voyageurs avaient faim. Ils oublièrent donc ou plutôt ils suspendirent momentanément leurs préoccupations, pour faire largement honneur aux mets de la cuisinière romorantine.

Vers le milieu du repas, lorsque apparurent deux perdrix flanquées de mauviettes rôties, l'œil de Castillan, émérillonné déjà par d'assez copieuses libations, se leva vers sa partenaire et lui décocha un regard plein d'une ardente éloquence.

Le clerc avait pensé sans doute que le moment était venu de reprendre ses attaques à l'encontre de sa belle protégée.

En cela, Castillan était d'accord avec certaine philosophie, qui prétend que le cœur est soumis à l'influence de l'estomac et qu'une chère délicate est le meilleur prolégomène des entreprises galantes.

Aussi, n'avait-il rien négligé pour faire tomber Marotte dans le péché mignon de gourmandise.

La belle semblait entrer parfaitement dans les vues de son amphitryon ; elle grignottait à belles dents et buvait à pleines lèvres.

Toutefois, tandis que Castillan s'animait de minute en minute, elle semblait ne rien perdre de son sang-froid, et un sourire gracieusement malin relevait les coins de sa bouche.

— Ne vous semble-t-il pas, ma chère Marotte, dit Castillan après avoir congédié la servante qui venait de placer sur la table, avec le dessert, une bouteille de vin couleur de topaze, ne vous semble-t-il pas que nous sommes bien loin l'un de l'autre?

— Bien loin? se récria Marotte. Vous plaisantez. La table est étroite, et je sens, Dieu me pardonne, votre genou qui presse le mien.

— Oui, mais il y a la table, et, si étroite qu'elle soit, c'est une barrière. Souffrez donc que je manœuvre d'autre sorte.

En même temps Castillan enleva sa chaise et vint se ranger à côté de Marotte.

Cette dernière fit mine de se reculer, mais le bras de Castillan était déjà enlacé autour de sa taille, et il essayait de placer un baiser sur la jolie main qui le repoussait.

— Fou que vous êtes, lui dit Marotte en éclatant de rire, pourquoi chercher à prendre ce que...

Elle s'arrêta, et ses yeux fascinateurs enveloppèrent Castillan d'un regard bien fait pour le rendre réellement fou.

— Achevez, dit le clerc haletant... A prendre ?...

— Ce qu'on veut bien vous donner.

Et, saisissant la tête de Castillan entre ses mains, Marotte l'attira vers elle et se laissa embrasser de bonne grâce.

— Ah! Marotte! tu m'aimes! s'écria le clerc, en tombant à ses genoux.

— Vous vous en apercevez seulement, mauvais garçon ? — Croyez-vous, de bonne foi, que j'aurais consenti à vous suivre, à souper avec vous, si vous aviez été un voyageur vulgaire ? Dieu! que les hommes sont aveugles!

— Dieu! que les femmes sont charmantes! s'écria Castillan, radieux et baisant les beaux cheveux de Marotte, dont la tête s'abandonnait sur son épaule.

Bientôt la bohémienne sembla secouer l'espèce de langueur qui l'accablait et, montrant à Castillan la bouteille pleine et le dessert intact :

— Ami, dit-elle, maintenant que vous avez mon aveu, vous ne craignez plus que je vous échappe? Eh bien, achevons notre souper, et buvons à nos amours. Notre bonheur n'y perdra rien, j'imagine.

— Buvons! fit Castillan tout à fait séduit. Et parbleu, que je m'enivre, peu importe? Ne m'as-tu pas déjà grisé avec tes regards, avec ton sourire, avec ta douce voix ?
— Tu es un démon, je crois, mais un démon qui tient les clefs du Paradis.

— Pour que je vous inspire un tel enthousiasme, il faut vraiment que vous me voyiez avec des yeux bien épris. Eh! que serait-ce, bon Dieu! si j'avais cherché à vous séduire ?

— Ne cherche pas : je suis incendié, ma chère, que que pourrais-tu faire de plus?

— Vous plaît-il que je chante pour égayer votre dessert ou que je danse une séguidille?

— Danser, l'idée est charmante! Avec cette robe qui vous donne l'air d'une nonne?

— Oh! non, dit Marotte. Oubliez-vous que je porte avec moi le costume de mon métier? Allez quérir seulement mon tambourin dans ma chambre; moi, je vais remplir nos verres.

Pendant que Castillan courait vers la chambrette de Marotte, heureux de se prêter à un divertissement qui donnait un charme de plus à son aventure, la ballerine emplit rapidement les deux verres et versa dans celui du clerc quelques gouttes du contenu d'un flacon de cristal qu'elle avait tiré de son corsage.

Lorsque Sulpice revint, la jeune femme saisit le tambourin qu'il lui apportait, et, posant dessus un verre plein, elle le lui présenta, en disant:

— Buvez, mon seigneur et maître, à la santé de nos amours!

En même temps, elle prit son propre verre, et le tendit pour trinquer avec le clerc.

Une idée galante traversa l'esprit de ce dernier.

— Un instant, fit-il, ma chère belle. En signe d'union, je veux, si vous le permettez, changer de verre avec vous, afin de mettre mes lèvres à la place que les vôtres ont touchée.

Marotte pâlit, et le verre trembla dans sa main.

Mais elle n'était pas femme à perdre la tête pour un simple incident.

Presque aussitôt remise, elle sourit et répliqua:

— Votre intention est charmante et vous sera comptée... Malheureusement...

— Malheureusement?

— Elle vient trop tard!

12.

— Trop tard?

— Oui, car j'ai eu la même idée que vous, et c'est mon verre que je vous ai offert.

— Oh! Marotte, si tu continues de ce train-là, je vais éclater comme une poudrière !

— N'éclatez pas et buvez !

— Tu as raison. A nos amours!

— A nos amours!

Castillan but d'un trait. Puis, au choc des verres heurtés, succéda le bruissement d'un baiser.

Le pauvre clerc était complétement empêtré dans les lacs de la charmeresse.

Marotte prit son tambourin et, d'un ton joyeux:

— Maintenant, cher seigneur, dit-elle, asseyez-vous et regardez.

Le pouce de la ballerine fit ronfler le parchemin sonore de l'instrument, et elle commença une espèce de mélopée, tout en ébauchant les premiers pas d'une danse ou plutôt d'une marche solennelle, coupée par des poses lentes et majestueuses.

Castillan, l'œil dilaté, regardait comme s'il se fût trouvé en présence d'une vision surnaturelle.

Bientôt la voix de la danseuse s'anima.

Au mode grave de sa chanson, succéda un rhythme vif et léger ; les sonnettes du tambourin s'agitèrent avec un frémissement joyeux.

Puis, Marotte s'arrêta et, d'un seul geste, fit tomber à ses pieds sa longue tunique.

Le clerc eut comme un éblouissement.

Ce n'était plus Marotte qu'il avait devant lui, c'était une péri, une fée. Il la voyait alors telle qu'il l'avait rêvée : vive, folle comme un oiseau, légère comme une plume, voluptueuse comme une bacchante.

Marotte s'aperçut bien vite de l'effet qu'elle produisait.

Elle se mit à tournoyer autour du clerc, faisant voltiger ses bras comme des ailes blanches au-dessus du front de Castillan, effleurant le parquet de son pied mignon, tombant aux genoux du jeune homme et se relevant pour bondir jusqu'au fond de la chambre, puis enfermant sa victime dans un cercle d'attitudes provocantes, l'enivrant de sa vue, de son sourire, de ses regards et de sa chanson.

Enfin, la danse vertigineuse s'arrêta. Marotte, le sein ému, la paupière palpitante, vint s'agenouiller devant Castillan.

Le clerc était plus que séduit. Tant qu'il avait vu la forme charmante de Marotte tourbillonner autour de lui, insaisissable comme un rêve, il n'avait pas quitté sa place.

Mais lorsque le sentiment de la réalité lui revint, lorsqu'il vit la charmeuse à ses pieds, Sulpice ouvrit les bras et se leva pour la saisir ainsi qu'une proie.

Marotte le prévint et, riant follement :

— Hé ! fit-elle, je n'ai pas fini. Bien fou qui voudrait m'atteindre.

Sur ce mot, elle repartit de nouveau, aussi légère qu'auparavant. Castillan voulut la poursuivre.

Il s'élança sur ses traces, mais à peine croyait-il la saisir par la frange de son écharpe, qu'un rire argentin éclatant à l'autre bout de la chambre lui démontrait la folie de sa tentative.

Bientôt le clerc sentit que ses jambes se faisaient lourdes, comme si un aimant les eût fixées au sol ; une singulière torpeur l'envahit ; ce ne fut plus seulement Marotte qui persista à tournoyer devant lui : tous les meubles de la chambre et les murs eux-mêmes semblèrent suivre ce mouvement.

Castillan crut voir la danseuse disparaître dans un

nuage rose, et il eût un instant l'intuition de sa défaite.

Le rire clair de Marotte continuait à lui arriver comme une ironie; il maudissait sa faiblesse; il essayait de s'arracher de sa place, il battait l'air de ses bras, et de sourds jurons s'échappaient de ses lèvres crispées.

La lutte ne pouvait être longue. Une minute après, Castillan, dormait étendu sur le lit où il était tombé comme un homme ivre.

Marotte, pensive, le regardait, et souvent sa main caressante se posait sur le front moite du jeune homme.

Vers minuit. elle se leva, prit un flambeau et le posa tout allumé sur l'appui intérieur de la fenêtre.

Peu d'instants après, le bruit sec d'un gravier lancé contre les vitres troubla le silence de la nuit.

Marotte ouvrit doucement la fenêtre, après avoir éteint le flambeau, et deux hommes se hissant à l'aide d'une corde à nœuds attachée par la bohémienne à la barre du balcon, pénétrèrent dans la chambre.

Ces deux hommes,— on l'a deviné sans doute — étaient Ben-Joël et Rinaldo.

Ce dernier portait une lanterne sourde, dont il dirigea le rayon vers le lit.

— Dort-il? demanda en même temps Ben-Joël.

— Depuis près de deux heures, répondit Marotte.

— Tu nous as bien servis, petite. Maintenant, va-t-en.

Et Ben-Joël tira son couteau tout ouvert de sa ceinture.

— Vas-tu donc l'égorger? demanda Marotte toute frémissante.

— Belle question! Qu'est-ce que cela peut te faire, je te prie?

— Cela, je ne le veux pas, répliqua résolûment Marotte.

— Tu es folle. Il faut qu'il meure, ce beau galant. Il nus gêne; ainsi, laisse-nous faire.

— Non!

— Entêtée! murmura Ben-Joël.

Rinaldo ne dit rien, mais il saisit le bras de Marotte. La danseuse s'arracha à cette étreinte, courut au lit , tirant de son sein le poignard qu'elle y portait ha- tuellement :

— Venez maintenant, si vous l'osez, menaça-t-elle.

— Nous perdons du temps, fit observer Rinaldo.

— N'approchez pas, conseilla Marotte, en voyant approcher le valet de Lembrat; je vous préviens que jute blessure faite par mon poignard est mortelle.

— Étrange fille! murmura Rinaldo, en se retirant rudemment.

— Allons, Marotte, répliqua Ben-Joël, faut-il croire ue tu l'aimes, ce Parisien?

— Qui sait? fit la ballerine, Allez-vous-en, bandits, si ous voulez exiger plus que je n'ai promis.

— Tu veux sa vie... absolument.

— Absolument.

— Elle n'en démordra pas, soupira Ben-Joël. Allons, inaldo, il faut aller au plus pressé.

. . . .

Quand le soleil levant vint caresser le visage de Cas- llan, le clerc s'éveilla péniblement, et, encore tout tourdi par l'effet du narcotique que lui avait versé Marotte, il chercha à rassembler ses idées. Les souve- irs de cette nuit commencée en face d'une table bien ervie, achevée dans un songe accablant, lui revinrent ependant peu à peu.

Il se mit sur son séant et chercha du regard cette Ma- otte qu'il avait vue s'envoler dans un nuage.

Marotte avait disparu.

Un bout de ruban, traînant sur le parquet, accusai
seul le passage de la folle fille.

Castillan sauta hors du lit et se trouva prêt à courir
aux renseignements, car il avait dormi tout vêtu.

Comme il rattachait son pourpoint, qu'il avait ouvert
la veille pour donner de l'air à sa poitrine haletante, un
cri de surprise et de colère lui échappa.

Il venait instinctivement de tâter la place de son vêtement où Suzanne avait cousu la lettre de Cyrano au
curé de Saint-Sernin, et cette place, il l'avait trouvé vide.

La doublure du pourpoint était coupée, et le précieux
écrit n'était plus là.

XXIII

Cette découverte plongea Sulpice dans une profonde
tupeur. Quant il revint à lui, il songea sérieusement à
e faire sauter la cervelle pour se punir lui-même de
on infidélité.

Il arma un de ses pistolets et l'approcha lentement
.e son front.

L'arme s'arrêta heureusement en route, et Sulpice,
yant probablement réfléchi, la replaça sur la table.

— Que je suis bête! murmura-il ensuite; quand je
erai mort, les choses m'en iront pas mieux; au con-
raire. Il vaut autant vivre et tâcher de réparer ma
ottise.

Sa première pensée fut de retourner à Paris. Ce pro-
et n'était cependant pas le meilleur. Pendant qu'il che-
ninerait du côté de la capitale, ses ennemis, dont il était
ien forcé de reconnaître l'existence, ses ennemis ga-
;neraient en toute hâte Saint-Sernin, et évidemment le
nal deviendrait irrémédiable.

Il commençait à entrevoir l'aventure sous ce point de
rue, lorsque la grosse servante de l'auberge frappa
loucement à la porte.

Sulpice ouvrit avec empressement.

— Où est-elle? demanda-t-il à la nouvelle venue.

— Qui ça, not' monsieur?

— Marotte; cette dame avec laquelle j'ai soupé.

— Y a beau temps qu'elle est partie, not' monsieu

— Partie! De quel côté?

— Du côté d'Orléans, donc!

— La maudite ribaude! gronda Castillan. C'est el
qui m'a volé. Mais pourquoi? Je le cherche en vain.

La servante tira de sa poche un billet mignonneme
plié et le tendit à Sulpice, en disant :

— V'là pour vous, not' monsieur.

— De la part de qui?

— De la belle dame.

— Ah! voyons.

Castillan ouvrit le billet, tracé d'une main malhabil
et lut ces mots :

« Ben-Joël est parti pour Saint-Sernin. Pardonnez-mo
je me repens. »

— Ben-Joël! Ah! je comprends tout maintenant, s'
cria le clerc.

Puis avec un éclat de colère :

— Elle se repent, la coquine! Il est bien temps, m
foi! Elle me prend comme un friquet à ses piéges, el
me berne, elle me grise, elle me vole, et après cela el
me demande pardon! Qui l'aurait cru? Marotte de co
nivence avec ces drôles! Ah! race de Bohême, je vou
drais t'écraser sous mon talon. J'ai échappé à tous l
dangers, à toutes les embûches, et il suffit d'une damn
femelle pour avoir raison de moi. Mais par le diabl
cela ne se passera pas ainsi. Je reprendrai ma lettr
dussé-je pour cela découdre ce Ben-Joël du ventre à l
gorge! Allez, ma fille, faites seller mon cheval, et trou
vez-moi un messager qui puisse partir pour Paris

l'instant même. Il y aura vingt pistoles pour lui s'il y arrive avant demain soir.

— Ça peut se trouver, not' monsieur, fit la servante. Y a Claude Morel qui s'en chargera.

— Courez vite alors et me le ramenez.

Pendant que la servante se mettait en devoir d'exécuter les ordres de Castillan, ce dernier écrivit le message qu'il destinait à Cyrano, message dans lequel il énuméra brièvement les faits qui venaient de se passer.

Il ne chercha pas à s'excuser ; il comptait sur le caractère de Cyrano et le savait homme à ne pas suspecter sa bonne foi.

Quand la lettre fut faite, Castillan descendit et trouva Claude Morel qui l'attendait.

Les conventions furent vite faites ; Sulpice vit partir son homme, et, tranquille sur ce point, il se mit en selle à son tour et se lança au triple galop, à la poursuite de Ben-Joël, qu'il fallait, à tout prix, empêcher d'arriver à Saint-Sernin.

. . . .

Après la scène de la nuit précédente, Marotte, il faut le croire, avait eu honte du rôle qu'on lui avait fait jouer, puisque au dernier moment elle avait trahi la cause de ses complices pour éclairer Castillan sur leurs démarches.

Elle n'était restée avec les deux compagnons que juste le temps de surprendre leurs projets et était repartie pour Orléans, non sans caresser l'espérance de retrouver un jour ou l'autre Castillan, et de lui faire oublier sa trahison.

Quant à Rinaldo et à Ben-Joël, ils s'étaient séparés après avoir pris de minutieuses dispositions pour la conduite de l'affaire.

Ben-Joël s'était dirigé vers Loches, et Rinaldo avait

13

repris le chemin de Paris, où il arriva seulement le surlendemain matin, jugeant son entreprise en assez bon train pour n'avoir pas à se hâter davantage.

Lorsque le drôle se présenta à l'hôtel de Lembrat, il ne faisait pas encore jour chez le comte, quoiqu'il fût près de onze heures.

Roland, ayant passé la nuit au bal, s'était endormi très-tard, et fort irrité de la froideur que lui avait témoignée Gilberte de Faventines.

Aussi se montra-t-il de très-mauvaise humeur lorsqu'il vit entrer le valet chargé de lui annoncer le retour de Rinaldo.

Le nom de ce dernier, prononcé d'une voix discrète par le domestique, eut pour effet de le calmer subitement.

— Rinaldo, ici ! s'écria-t-il, que se passe-t-il donc? Qu'il entre.

Rinaldo n'avait pas attendu la permission, il était déjà dans la chambre.

— Eh! bien? lui demanda le comte en l'apercevant, que vas-tu m'apprendre? La lettre?

— Nous la tenons, Monseigneur.

Le comte respira.

— Donne, dit-il.

— Vous voulez la lettre.

— Sans doute.

— Mais je ne l'ai pas, monseigneur.

— Où donc est-elle, maladroit?

— Entre les mains de Ben-Joël !

— Et Ben-Joël?

— Voyage maintenant dans la direction de Saint-Sernin.

— Ceci demande des explications.

— Je suis venu pour vous les donner, monseigneur.

— Que contenait la lettre ? Qu'avez-vous imaginé ?

— Si monseigneur me le permet, je vais reprendre les choses de loin.

— J'écoute.

— Ah! monseigneur, fit le valet, ce Castillan est un rude adversaire, allez, et nous avons eu grand'peine à le réduire. En partant de Paris, nous avions avec nous un spadassin de la bonne race, qui s'était chargé d'arrêter notre homme et de le dépêcher proprement.

— Eh bien !

— Notre champion a six pouces de fer dans la poitrine et six pieds de terre sur le corps, monseigneur.

— Le petit clerc l'a tué ?

— Et fort correctement, je vous assure.

— Continue.

— Nous étions alors à Étampes. Nous avons pris les devants, attendu Castillan dans les bois le pistolet au poing, et nous pensions l'avoir tué, quand, au matin, nous l'avons retrouvé tranquillement assis au milieu d'un campement de bohémiens.

— Le drôle a la vie dure, ou vous êtes des maladroits.

— Vous allez en juger. Dans cette troupe de bohémiens Ben-Joël avait reconnu une jolie fille, aussi peu scrupuleuse que jolie ; ce fut notre salut.

— Ah! ah! Je commence à comprendre.

— On la nomme Marotte.

— Un nom de folle.

— Pas si folle que monseigneur le pense. Elle s'en fut, au delà d'Orléans, se camper sur le chemin du petit clerc, et le séduisit de telle sorte qu'il la prit en croupe et que le soir il s'arrêta pour souper avec elle dans une auberge de Romorantin.

— Vous étiez sur leurs traces ?

— Bien entendu. Après le souper, Marotte versa un narcotique au jeune homme et, le voyant bien endormi, nous fit le signal que nous lui avions indiqué.

— Je sais le reste, vous êtes arrivés, vous avez poignardé le clerc, et vous avez pris la lettre.

— Ce n'est pas tout à fait cela, quant aux détails, monseigneur, mais le résultat est le même, Imaginez-vous que cette Marotte s'est mis en tête de défendre la vie du marjolet, après l'avoir si bien englué. Il a fallu céder, pour ne pas perdre de temps, et c'est elle-même qui a trouvé la lettre cousue dans le pourpoint de Castillan et nous l'a remise de fort bonne grâce, je le reconnais,

— Elle s'était donc tout à coup amourachée du secrétaire?

— La femme est un bétail si singulier, monseigneur! Nous avons fait la même réflexion que vous, mais le temps nous a manqué pour la vérifier.

— Cela, du reste, nous importe fort peu. Que contenait la lettre? à qui était-elle adressée?

— A messire Jacques Longuépée, curé de Saint-Sernin, en Périgord.

— Je comprends! Quelque ami de Cyrano.

— Son frère de lait, monseigneur. La lettre renfermait beaucoup de protestations d'amitié et se terminait par quelques indications relatives à l'écrit du comte, votre père.

— Voyons cela.

— D'après les ordres de Cyrano, le curé doit accorder la plus grande confiance à Castillan, son envoyé, se munir de l'écrit du comte de Lembrat et se mettre en route avec ledit Castillan pour venir attendre le Bergerac à Colignac.

— Voilà bien des précautions... Et, continua le comte

avec un peu d'hésitation, rien de relatif au contenu de l'écrit du comte de Lembrat?

— Rien, monseigneur.

— Allons, se dit Roland, Cyrano a du moins gardé le secret pour lui seul.

— Monseigneur, conclut Rinaldo, la suite de cette affaire est bien simple. Ben-Joël, qui est un garçon fort avisé, se rend en ce moment même chez le curé de Saint-Sernin, où il se présentera sous le nom de Castillan. La lettre du Bergerac ne permettra pas au bon curé de se défier du messager, et dès que Ben-Joël aura vu seulement le bout de l'enveloppe qui renferme l'écrit de votre père, tenez pour certain qu'il ne se passera pas grand temps avant qu'il s'en soit emparé. Cela dit, monseigneur, êtes-vous content de nous?

— Tu es un bon serviteur, Rinaldo. Le jour où notre succès sera complet, le domaine qui touche à mon château de Gardannes, et dont ton père fut le métayer, ce domaine t'appartiendra en toute propriété.

— Oh! vous faites royalement les choses, monseigneur! s'écria le valet, dont les yeux rayonnèrent de cupidité satisfaite.

— Va maintenant, et tâche de savoir ce que fait le Cyrano, que l'on dit convalescent de sa blessure.

— Dans deux heures vous serez renseigné, monseigneur.

Le comte de Lembrat se fit habiller, tandis que Rinaldo allait aux renseignements, et il se disposait à demander son carosse pour se faire conduire chez le marquis, lorsque son complice revint fort inopinément.

Il y avait à peine une heure qu'il était parti.

La figure du valet était toute bouleversée.

Roland comprit qu'il allait apprendre une mauvaise nouvelle.

— Ah! monseigneur, s'écria Rinaldo, si vous saviez ce qui arrive !

— Quoi donc, drôle ? Pas de préambule, je te prie.

— Eh bien, monseigneur, je viens de chez le Bergerac.

— Après ?

— L'oiseau est déniché.

— Depuis quand ?

— Depuis la nuit dernière !

— Où est-il ?

— J'ai interrogé son hôte, qui est fort bavard, et il m'a appris...

— Il t'a appris ?...

— Qu'un paysan, venant de Romorantin, s'était présenté, hier soir, chez Cyrano, et lui avait remis une lettre fort pressée. Sur quol, Cyrano, sans écouter aucune observation, a demandé son cheval et a quitté Paris immédiatement. Il va, bien sûr, au secours de Castillan, car il y a du Castillan dans cette histoire, je le parierais.

— Et tu parierais à coup sûr, imbécile. Si tu nous avais débarrassés du secrétaire, nous n'aurions pas le maître sur les bras, à cette heure.

— Mais, monseigneur...

— Tais-toi. Cyrano parti, tout est remis en cause, et qui sait, maintenant, qui sait si je ne serai pas victime de ta sotte conduite et si l'écrit de Lembrat ne nous échappera pas ?

— Nous l'aurons, monseigneur, je vous le jure, aussi vrai que je tiens à ma ferme de Gardannes.

Rinaldo disait « ma ferme, » comme s'il eût été déjà sûr de son succès.

Roland reprit un peu de confiance et congédia son valet en lui disant :

— Eh bien, pars, fais ce que tu voudras, je t'abandonne Cyrano. Quant à moi, je vais m'occuper de Manuel. C'est lui, après tout, qui est la première cause de tous ces embarras, et, s'il était mort, je me soucierais fort peu des tracasseries de Bergerac. Je vais songer à cela. Que Cyrano revienne ensuite, peu m'importe!

Puis, quand il fut seul, il ajouta :

— On peut me forcer à reconnaître Manuel pour mon frère, mais, en somme, on ne peut m'empêcher d'hériter de lui. Ce que c'est que d'avoir des scrupules! Si j'avais songé à cela plutôt, au lieu d'une prison de pierre, Manuel aurait quatre planches pour abri, et je me serais épargné le scandale d'un procès et la crainte d'une révélation.

Ayant ainsi rassuré son esprit, très-troublé depuis les aveux terribles de Cyrano, le comte oublia son premier projet pour se vouer complétement à la perte de Manuel.

Tandis que Rinaldo se hâtait de quitter Paris pour tâcher de rejoindre Cyrano, et que Castillan continuait à courir sur les traces de Ben-Joël, le comte de Lembrat se mettait de son côté en campagne.

Sa première visite fut pour le prévôt.

Jean de Lamothe poursuivait avec un zèle ardent l'instruction du procès de Ludovic.

En attendant, le jeune homme était tenu prisonnier dans une des plus étroites cellules du Châtelet.

— Eh bien, mon cher prévôt, dit le comte, où en sommes-nous de cette grave affaire?

— Nous avançons lentement; mais plus la justice est lente, plus elle est sûre. Que devient maître Cyrano?

— Je ne sais, dit indifféremment Roland. Nous sommes un peu brouillés depuis la mésaventure de son protégé.

— Je comprends cela, Bergerac se croit infaillible; il en veut fort à ceux qui tentent de le corriger de sa confiance en lui-même.

— Vous l'avez bien jugé. A propos, mon cher prévôt, il faut que je vous demande une faveur.

— Laquelle ?

— Je voudrais voir ce Manuel.

— Quelle singulière fantaisie !

— Non. Il ne s'agit pas d'une simple fantaisie, je vous l'assure. Persiste-t-il dans ses prétentions ?

— Plus que jamais.

— Eh bien, je me flatte de le faire revenir à des idées plus modestes. Pouvez-vous m'accorder l'autorisation que je vous demande ?

— Sans doute.

— Aujourd'hui ?

— A l'instant.

— Et, ajouta le comte avec un peu d'hésitation, cette autorisation, vous serait-il possible de l'étendre à telle autre personne que je jugerais à propos d'introduire auprès du prisonnier ?

— Vous demandez beaucoup ; mais, comme il est impossible de vous supposer l'intention de vouloir dérober Manuel à l'action de la justice, j'accède volontiers à vos désirs.

Le prévôt traça quelques lignes sur une feuille de vélin, et, tendant l'écrit à Roland, il ajouta :

— Avec cela, vous entrerez librement dans le cachot de Manuel, et la personne qu'il vous plaira de désigner au geôlier et que vous pourvoirez d'un mot de votre main, sera également reçue au Châtelet.

— Je vous rends grâce, mon cher prévôt, et je m'en vais, dès aujourd'hui, utiliser votre signature. A bientôt ; je vous laisse à vos graves recherches.

— Dans huit jours, s'il plaît à Dieu, elles seront terminées. La masse des preuves que j'ai entre les mains me paraît suffisante pour arracher un aveu au coupable. Si toutefois il ne cédait pas, je sais un autre moyen pour le décider à se rendre.

— Lequel ?

— La question, mon cher comte. De bons brodequins de fer serrés aux pieds ou trois ou quatre pintes d'eau dans le corps, voilà des arguments auxquels les plus endurcis ne résistent pas. Mais je crois que je vous retiens. A bientôt.

XXIV

Roland n'eut que quelques pas à faire, en sortant de chez le prévôt, pour arriver au guichet de la prison du Châtelet.

Il montra son ordre au geôlier, et toutes les grilles tombèrent devant lui.

Un porte-clefs le précéda et lui fit suivre un long corridor sombre, à l'extrémité duquel s'ouvrait un étroit escalier conduisant à la partie souterraine de la prison.

Les deux hommes descendirent une trentaine de marches.

Après quoi le geôlier, s'arrêtant devant une porte de chêne, agita son trousseau de clefs, et dit au comte :

— C'est ici.

Les verroux glissèrent sur leurs parements de fer, la clef tourna lentement dans la serrure, et le comte, par l'entrebâillement de la porte, discerna une forme vague accroupie sur un banc de pierre, dans la pénombre du cachot.

Manuel ne tourna pas la tête en entendant le bruit de la porte; il était habitué à la visite quotidienne de ses gardiens, et il les laissait faire leur service, sans jamais leur adresser la parole.

Si récente que fût la captivité du jeune homme, elle l'avait bien changé.

Ses traits déjà pâles avaient pris des tons d'ivoire; ses tempes et ses joues s'étaient creusées, et du fond de ses orbites ses yeux brillaient comme allumés par la fièvre ou par la folie.

Il avait cruellement souffert pendant ces quelques jours, souffert de l'âme plutôt que du corps, car tout ce qui touchait à sa situation matérielle lui était souverainement indifférent.

N'avait-il pas d'ailleurs été élevé à l'école de la souffrance et des privations?

Ce qui courbait son front, ce qui brisait sa force, c'était le sentiment de sa honte, le souvenir de Gilberte à jamais perdue pour lui.

Il était là, replié sur lui-même, la face couverte de ses cheveux emmêlés, et insensible à l'horreur de l'ombre qui l'entourait comme à l'humidité qui le pénétrait jusqu'à la moëlle.

Ne le voyant pas bouger, le porte-clefs lui posa la main sur l'épaule.

Manuel se détourna lentement.

— Monsieur le comte désire-t-il que je le laisse seul? demanda alors le guichetier.

— Oui, répondit Roland d'une voix basse.

Au son de la voix de son frère, Manuel tressaillit et regarda le visiteur, dont le visage apparaissait vaguement éclairé par la lueur du soupirail.

— Vous, ici! s'écria-t-il en se dressant d'un bond comme pour se précipiter vers Roland de Lembrat.

Ce dernier fit instinctivement un pas en arrière. Il avait eu peur de ce réveil de son captif.

— Ne craignez rien, monsieur, lui dit amèrement le jeune homme. Vous voyez bien que je suis enchaîné.

Roland remarqua seulement alors que le pied droit de Manuel était retenu par une épaisse et courte chaîne scellée au pavé du cachot.

Il fit signe au porte-clefs de se retirer et se rapprocha de nouveau de Manuel.

— Si vous attendiez une visite, ce n'était pas la mienne, n'est-ce pas ? lui dit-il.

— Pourquoi pas ? répondit froidement Manuel. Vous tenez peut-être, en venant ici, à voir de vos yeux si j'y suis assez étroitement gardé.

— Vous vous trompez. Je viens ici pour savoir si vous voulez en sortir.

— La liberté ! Vous me l'offrez, vous !

— Cela vous étonne ?

— Rien ne m'étonne plus maintenant. Et ce mot de liberté, vous l'entendez, je le répète d'une voix calme, sachant bien que vous me l'avez jeté comme on jette un appât brillant devant un piége.

— Vous me jugez donc bien mal, Manuel ?

— Est-il en mon pouvoir de vous juger mieux, monsieur ? Expliquez franchement votre dessein.

Roland tira une bourse de son pourpoint.

— Il y a là, dit-il, une somme importante, presque une fortune pour vous qui avez toujours connu la pauvreté. Manuel, consentez à fuir, à quitter la France, et cette fortune, je vous la donne.

— Ceci n'est pas adroit, railla cruellement le prisonnier. Et si monsieur le prévôt vous entendait, les mots seuls que vous venez de prononcer suffiraient pour ruiner votre cause.

— Je ne vous comprends pas.

— Quoi ? Vous me croyez coupable d'un faux, vous m'accusez d'avoir volé le nom de votre frère, ma condamnation vous paraît inévitable et vous venez sotte-

ment m'offrir de l'argent pour que je vous délivre de
ma présence! Mais cela, monsieur, c'est tout simplement
reconnaître que je suis Ludovic de Lembrat et que vous
redoutez les lumières de la justice.

Roland se mordit les lèvres. Cette logique du prisonnier mettait à néant une combinaison qu'il s'était plu à
croire adroitement conçue.

Déterminer Manuel à la fuite, c'était, en effet, achever
de convaincre le public et les juges de sa culpabilité. Un
homme fort de son droit ne se soustrait pas à l'action
qui le menace. Il lutte jusqu'à la fin; il proteste jusqu'à
l'échafaud.

Il fallait répondre quelque chose à l'objection de Manuel.

Le comte se borna à dire :

— La justice n'est redoutable que pour vous, Manuel.

Le prisonnier haussa les épaules.

— Trouvez alors, répliqua-t-il, trouvez une raison qui
puisse justifier votre offre. Aucune ne vous vient à l'esprit, n'est-ce pas? Laissons donc les choses comme elles
sont, monsieur. Ma faute, je la connais bien, — et je
l'expie ici, — c'est d'avoir aimé la femme que vous aviez
choisie.

— Vous croyez?

— Je crois que votre amour outragé vous a seul inspiré la comédie dont j'ai été victime. C'est pour cela
que j'ai pour vous plus de pitié que de mépris. La passion est folle, elle va jusqu'à l'infamie pour assurer la
perte d'un rival.

Manuel faisait à son frère plus d'honneur qu'il ne mé-
ritait.

Il n'était pas facilement disposé à croire qu'une basse
cupidité fût le principal mobile de sa conduite.

Et comme Roland restait immobile et muet:

— Allez, monsieur, termina le captif, allez sans crainte; je ne puis plus vous disputer votre fiancée, mais vous ne pourrez m'arracher mon amour comme vous m'avez arraché mon nom. J'aime Gilberte, et ma vengeance est de penser que l'âme de cette chaste enfant, impitoyablement fermée devant vous, m'a un jour été ouverte tout entière et m'a révélé des trésors exquis de tendresse.

— Misérable! rugit le comte, exaspéré par ces paroles.

— Allez-vous me frapper? demanda froidement Manuel. Vous le pouvez. Je vous ai dit, je crois, que j'étais enchaîné.

Roland se contint.

Il avait appris d'ailleurs tout ce qu'il désirait, il était sûr de l'inébranlable résolution de Manuel, et la crainte que lui inspiraient les menaces de Cyrano, se doubla de celle de voir, au dernier moment, la conviction des juges affaiblie, détruite peut-être, par l'attitude ferme et les déclarations précises de l'accusé.

— Allons, se dit-il en quittant le cachot sans adresser un mot de plus au prisonnier, cette démarche a fait cesser mes irrésolutions. Ce Manuel est décidément de trop ici.

Roland, avant de sortir du Châtelet, dit au guichetier:

— L'ordre de messire Jean de Lamothe m'autorise à introduire auprès de Manuel telle personne qu'il me conviendra de choisir, si j'ai besoin de communiquer avec lui et que je ne puisse venir moi-même.

— En effet, monseigneur.

— Vous recevrez bientôt, demain, ce soir peut-être, la visite de mon envoyé. Quel qu'il soit, il sera muni d'un mot de ma main, et vous aurez à le considérer comme un autre moi-même.

— Nous obéirons aux ordres de M. le prévôt et aux vôtres, monseigneur.

Lorsque le comte se trouva en plein air, il respira longuement.

Plus encore que l'atmosphère malsaine de la prison, les émotions de la scène précédente avaient oppressé sa poitrine.

— Voyons, se dit-il, tout en marchant à petits pas, d'un air indécis, que ferai-je?

Tout à coup son front s'illumina.

— Zilla, murmura-t-il.

Et sa marche devint plus rapide et plus assurée.

Le comte avait trouvé ce qu'il cherchait.

Il franchit la Seine et s'achemina vers la Maison du Cyclope, où, depuis quelques jours, Zilla vivait seule, ignorant les véritables motifs de l'absence de Ben-Joël.

La gitana se préoccupait au reste fort peu de cette absence; toutes ses pensées étaient pour Manuel, pour Manuel qu'elle aimait et dont elle avait salué la chute comme l'événement le plus favorable à son amour.

Elle s'attendait à le voir revenir bientôt, humble et désillusionné, sous le toit de Ben-Joël; elle se préparait à le consoler, à le guérir, à lui offrir en échange de ses rêves une tendre réalité.

Mais elle attendait en vain. Manuel était toujours sous les verroux; elle n'avait aucune nouvelle de lui; elle ne pouvait s'adresser à personne pour en avoir.

Pendant des journées entières, elle demeurait dans sa chambre, abîmée dans ses réflexions et, parfois, tressaillant au cri de sa conscience, qui lui reprochait son égoïsme et sa trahison.

Aucun importun n'était venu la troubler dans sa farouche solitude.

Aussi, lorsqu'un pas humain fit vibrer l'escalier vermoulu de la vieille maison, Zilla se leva-t-elle, la poi-

trine haletante, les lèvres entr'ouvertes, les yeux ardents de passion.

Elle espérait le retour de Manuel.

Ce fut le comte qui parut sur le seuil de la porte que
la jeune fille avait ouverte dans son impatience.

Un voile de tristesse retomba sur le front de Zilla.

Toutefois elle se sentit heureuse de la visite du comte.
Par lui elle allait savoir quelque chose touchant Manuel,
par lui, peut-être, elle allait apprendre sa prochaine délivrance.

— Ah! monsieur le comte, s'écria-t-elle, vous allez me
dire ce qui se passe, n'est-ce pas?

— Ma belle, fit Roland en se jetant sur un siége, je
viens précisément pour causer avec vous, et je ne demande pas mieux que de répondre à vos questions.

— Où est Manuel?

— Au Châtelet, toujours.

— Son procès?

— On l'instruit avec activité.

— Ne m'aviez-vous pas promis, monsieur le comte,
que cette affaire n'aurait pas de suites, et qu'après avoir
confondu Manuel, vous lui... pardonneriez?

— J'avais promis tout cela, c'est vrai, car je m'étais
bien aperçu de vos véritables sentiments à l'égard du
beau chanteur; malheureusement, le grand prévôt,
n'ayant rien promis, lui, n'a pas pris la chose aussi simplement que je l'aurais cru. Il veut un procès et une condamnation.

Zilla pâlit.

— Vous riez, monsieur, dit-elle d'une voix frémissante. Le moment est mal choisi, ce me semble.

— Si je ris, ma belle, c'est que votre... ami n'est pas en
danger.

— Vous pensez?

— Je pense qu'il ne faut pas attendre le procès, et que l'oiseau peut parfaitement prendre la volée dès à présent.

— Qui lui en donnera les moyens? Le Châtelet est bien gardé. Qui lui en ouvrira les portes?

— Moi.

— Vous?

— Sans doute; si toutefois vous voulez bien m'aider dans cette entreprise.

— Dites! Que dois-je faire?

— Ma chère Zilla, prononça lentement le comte, je n'ai pas besoin de vous rappeler que vous êtes la cause première de la captivité de Manuel. C'est vous qui m'avez éclairé sur sa tromperie; non point dans mon intérêt, mais dans le vôtre, j'imagine. Vous l'aimiez, et vous le voyiez perdu pour vous...

— Où voulez-vous en venir? interrompit Zilla d'une voix brève.

— A ceci : votre main a été l'instrument de sa perte, elle doit être l'instrument de son salut. Écrivez-lui; parlez-lui de votre repentir; offrez-lui la liberté. Un homme se chargera de lui remettre votre lettre et de faciliter son évasion. Il faut qu'il ait en cet homme la plus aveugle confiance. N'oubliez pas de le dire à Manuel.

— Oui, dit la bohémienne convaincue, vous avez raison. C'est moi seule qui dois lui écrire. Et il me croira, car je lui dirai toute la vérité.

— L'amour n'a guère besoin d'excuse. Vous serez vite pardonnée. Écrivez donc, j'attends.

Zille s'assit et prit la plume après avoir réfléchi un instant.

Sous sa main fiévreuse, le vélin se couvrit rapidement de caractères bizarres. La jeune fille écrivait en langue romany, l'idiome des tribus errantes, que Manuel avait appris à parler dès son enfance.

Quand le comte la vit entièrement absorbée par son travail, il se mit à se promener lentement, interrogeant du regard les coins les plus mystérieux de la chambre.

Évidemment le comte cherchait quelque chose.

Son œil s'arrêta bientôt sur une tablette chargée d'objets de toute sorte et située à la droite de Zilla.

Il se rapprocha doucement, étendit la main sans être vu de Zilla, et saisit sur cette tablette un objet, qu'il glissa rapidement dans son pourpoint.

— Avez-vous fini ? dit-il alors, en venant auprès de la devineresse.

— Oui. Tenez.

Elle lui tendit le billet étroitement plié.

— C'est bien, fit le comte. Avant deux jours, vous n'aurez plus rien à craindre ; Manuel sera à l'abri de toute espèce d'événements.

Un étrange sourire accompagna ces paroles.

Zilla ne remarqua pas l'expression du visage de Roland.

Elle s'était rattachée à une nouvelle espérance, et ses yeux, habitués à lire jusqu'au fond de la pensée de ses interlocuteurs, ses yeux à ce moment étaient comme éblouis par le rayonnement d'un bonheur prochain.

— Cette Zilla, songeait le comte en retournant à son hôtel, cette Zilla s'est prise à mon piége comme une véritable linotte. Si elle savait que c'est d'elle encore que je vais tenir le moyen de me débarrasser de Manuel !

Et tout en roulant entre ses doigts le billet de la bohémienne, il rentra dans son appartement et serra précieusement l'objet dérobé par lui chez la sœur de Ben-Joël.

Cet objet pour lequel le comte s'était mis en frais d'habileté, était une fiole de poison.

Un jour que Roland et Ben-Joël étaient en conférence

ans la chambre de Zilla et parlaient de Cyrano, le bo-
ême avait dit au gentilhomme, en lui montrant cette
ole :

— Tenez, monsieur le comte, voilà qui est encore plus
craindre que l'épée du capitaine Satan. Une goutte du
quide enfermé dans ce verre foudroie un homme en
leux secondes.

Sur le moment, Roland n'avait pas accordé beaucoup
l'attention à ce propos de Ben-Joël, qui mettait une
orte d'orgueil à faire comprendre au comte la puis-
ance des armes dont il disposait.

Il l'avait vu prendre et replacer la fiole sur sa tablette,
ans avoir eu le moindre désir de la posséder.

En quittant le Châtelet, le souvenir de cet incident lui
tait revenu, comme une inspiration.

Dès lors, sa résolution avait été prise.

En entrant chez Zilla, il ne voulait pas lui acheter ce
poison : c'eût été lui révéler grossièrement ses projets.

Il voulait simplement le voler, et il avait réussi.

La lettre dont il avait inspiré l'idée à Zilla devait lui
faciliter le moyen d'accomplir cette soustraction, en détournant l'attention de la jeune fille ; elle allait maintenant sans doute lui servir à utiliser l'objet de ce vol et
devenir la cause innocente de la perte de Manuel.

La bohémienne ignora jusqu'au soir le véritable but
de la visite du comte.

Ce soir-là, avant de s'endormir, Zilla, fort soigneuse
de sa beauté et fort experte, comme toutes les filles de
sa race, en l'art de la conserver et d'en augmenter l'é-
clat, Zilla, disons-nous, chercha parmi ses fioles un
opiat dont elle avait l'habitude de s'enduire les joues et
les lèvres.

Elle s'aperçut aussitôt de la disparition du petit flacon
de verre renfermant le poison si vanté par Ben-Joël.

Cette découverte jeta quelque trouble dans son esprit.

Repoussant de la main les objets de toilette dont elle allait se servir, elle se mit à chercher minutieusement le dangereux produit, trop imprudemment laissé à la portée des indiscrets.

Quand l'inutilité de ses recherches lui fut entièrement démontrée, Zilla sentit son trouble augmenter.

Puis, le jour se fit dans son esprit.

— Le comte! s'écria-t-elle, c'est le comte qui m'a volé ce poison. Ah! folle que je suis! J'ai cru à sa sincérité. Il veut tuer Manuel, et c'est à moi, à moi! à moi! qu'il est venu dérober des armes. Hypocrite et lâche! je le connaissais bien, et j'ai pu me laisser tromper!

Zilla, hors d'elle-même, jeta sa cape sur ses épaules où flottaient ses cheveux dénoués, descendit rapidement l'escalier et sortit de la Maison du Cyclope.

— Où allez-vous donc, la belle? lui cria au passage la vieille logeuse ; il est bien tard pour courir les rues.

Zilla ne l'écoutait pas.

Elle s'enfonça dans la nuit et se mit à marcher d'un pas rapide vers le Pont-Neuf, où le silence avait succédé depuis plusieurs heures aux agitations de la journée.

XXV

Il faut maintenant nous transporter au bourg de Coignac, une semaine environ après ces événements. Nous allons y retrouver Cyrano, installé chez le seigneur du lieu depuis vingt-quatre heures.

L'hôte du gentilhomme était aussi son ami d'enfance, et se nommait le comte de Colignac.

Savinien, si pressé qu'il fût de rejoindre Castillan, dont il n'avait point de nouvelles récentes, n'avait pas voulu passer à Colignac sans aller saluer cet ami.

C'était chez lui, d'ailleurs, qu'il avait donné rendez-vous à Castillan et à Longuépée. Il ne fut pas très-surpris de ne les y pas rencontrer.

Son voyage avait été très-rapide, et il lui était permis de supposer que Castillan, en face des complications suscitées par Ben-Joël, se trouverait retardé dans sa marche.

Savinien n'était pas autrement inquiet. Il savait Longuépée capable de défendre seul contre le bohémien le précieux dépôt du comte de Lembrat.

Il faisait donc joyeusement honneur à la somptueuse chère de Colignac.

Depuis la veille, Savinien, habituellement sobre comme

un cénobite, n'avait guère quitté la table. Le comte et son voisin, le marquis de Cussan, grands chasseurs, grands buveurs, le forçaient à leur tenir tête.

Tandis que les trois gentilshommes dépensaient ainsi gaiement les premières heures du jour, un homme arrivait à Colignac et prenaît gîte dans la meilleure auberge du bourg.

Cet homme était Rinaldo.

Le drôle, on le voit, n'avait pas perdu son temps. Depuis Paris il avait suivi Savinien à la piste et regagné l'avance que le gentilhomme avait sur lui.

Le valet avait subi une nouvelle métamorphose. Il se présenta à l'auberge, vêtu de noir de la tête aux pieds, et sa physionomie, à la fois grave et mystérieuse, donna fort à penser au tavernier, habitué aux rondes allures des paysans périgourdins.

Rinaldo le prit à part et lui glissa quelques mots à l'oreille.

L'aubergiste ouvrit de grands yeux en recevant la confidence du voyageur, et ses témoignages de respect apprirent aux buveurs attablés dans la salle qu'ils avaient devant eux un personnage considérable.

Peu après, Rinaldo se fit conduire dans une chambre où l'hôte l'accompagna.

On les vit redescendre tous deux au bout d'une heure. Le maître de la maison retourna à ses occupations ; le voyageur sortit de l'auberge et se dirigea vers la maison du bailli, représentant de la justice royale.

La curiosité des buveurs était vivement excitée.

Qu'était-ce que l'homme noir, et que venait-il faire à Colignac ?

— Hé ! Landriot, cria enfin l'un des paysans, moins patient ou plus indiscret que les autres, viens donc un peu par ici.

Maître Landriot, c'était le tavernier que l'on nommait ainsi, maître Landriot s'approcha.

— Que veux-tu? dit-il à celui qui l'avait appelé.

— Je veux te demander depuis quand tu fais des mystères avec les amis, toi d'ordinaire bavard comme une pie?

— Des mystères?

— Sans doute.

— Quel est cet homme à mine de carême-prenant que tu salues si bas et qui se glisse comme une ombre le long des haies pour aller à la maison du bailli?

— Ça ne te regarde pas, curieux.

— Tu es bien discret, ou alors tu ne sais rien.

— Je ne sais rien! fit l'hôte visiblement piqué du doute émis par son interlocuteur. Si je n'avais promis d'être muet comme une carpe, tu verrais si je ne sais rien.

Cette déclaration, accompagnée d'un sourire plein d'importance, eut pour résultat immédiat de grouper autour de maître Landriot tous les assistants.

On flairait une histoire intéressante, et on la voulait à tout prix.

— Si tu as promis d'être discret, hasarda un autre personnage, nous sommes capables de l'être tout comme toi. Que diable! on peut bien confier un secret à ses voisins. Voyons, dis-nous ce que tu sais de l'homme noir.

— Mais...

— Oui, parle, cria d'une seule voix l'assemblée, aiguillonnée par une curiosité croissant en raison directe de la réserve extraordinaire de Landriot.

— J'ai promis...

— Mais, entêté, puisqu'on te répète qu'on ne dira rien...

— Vous me le jurez, bien sûr?

— Bien sûr.

— C'est que, si vous trahissez mon secret, voyez-vous, cela pourrait me porter dommage.

— Parlera-t-il ?

— Eh bien, puisque vous promettez d'être muets...

— Oui ?

— De ne pas chercher à importuner mon voyageur...

— Oui ! oui ! Es-tu content ?

— Je vais tout vous raconter. Oh ! c'est terrible, allez !

Le cercle se resserra autour de l'infidèle confident de Rinaldo, qui baissa la voix et abrita ses lèvres de sa main pour dire à ses auditeurs :

— Savez-vous ce que c'est que l'homme noir, mes enfants ?

— C'est ?...

— Un exempt de la prévôté de Paris. Rien que cela !

• — Un exempt !

— Chut ! fit le narrateur. Si vous criez ainsi, je ne dis plus rien. Cet exempt, qui, comme vous le savez, est un homme très-important, chargé de faire exécuter la justice du roi, cet exempt est arrivé ici à la poursuite d'un grand criminel, d'un suppôt de l'enfer, d'un sorcier, puisqu'il faut vous le dire.

Ce mot jeta un certain trouble dans l'auditoire. Les paysans se regardèrent avec crainte, et leurs yeux s'égarèrent instinctivement vers les coins de la salle, comme s'ils eussent redouté d'y voir surgir la forme menaçante du sorcier annoncé par maître Landriot.

A cette époque, et surtout dans les provinces éloignées, un sorcier était l'épouvantail le plus terrible des masses ignorantes. Et il ne fallait pas grand'chose, il faut le dire, pour métamorphoser à leurs yeux l'homme le plus innocent en jeteur de sorts et en habitué du sabbat.

Les esprits plus éclairés avaient eux-mêmes conservé

à cet égard les préjugés d'un autre âge, et on brûlait encore fort bien en place publique les gens soupçonnés d'avoir eu commerce avec le Malin.

Quand le calme fut rendu aux auditeurs de l'hôtelier, ils se hasardèrent à l'interroger de nouveau.

— Et ce sorcier, il... est... dans le pays? demanda l'un d'eux d'une voix tremblante.

— Vous avez tous vu, reprit Landriot, ce cavalier au nez crochu, à l'air terrible, qui est arrivé hier chez le sire de Colignac.

— Oui, fit une voix, et même qu'il m'a dévisagé d'une inquiétante façon en passant devant ma porte.

— Eh bien, fit l'hôte, c'est lui!... c'est le sorcier.

— Mais, risqua un homme aux cheveux gris, si je ne me trompe, ce cavalier est un enfant de ces pays. Ne l'appelle-t-on pas Cyrano de Bergerac?

— Bergerac ou non, homme ou diable, reprit maître Landriot, il n'en est pas moins sûr qu'il est vendu à l'enfer et qu'il a fait à Paris des livres contre notre sainte religion. C'est pourquoi on le poursuit pour le faire brûler vif, comme un damné qu'il est.

— N'avez-vous pas remarqué, intervint le paysan, qu'il a tonné hier lorsque le sorcier est arrivé sur la place du bourg. Pourtant le ciel était sans nuages. Ce n'est pas naturel, cela.

— Il va nous jeter un sort, fit un autre.

— Hé! dit maître Landriot, cela se pourrait bien ; ces gens-là n'ont qu'à vous regarder pour qu'il vous arrive toutes sortes de malheurs ; d'un mot, ils donnent la clavelée à tout un troupeau, et ils peuvent, si cela leur fait plaisir, faire tourner le vin dans les tonneaux.

— On va l'arrêter, j'espère?

— Aujourd'hui même. M. l'exempt est allé trouver le bailli tout exprès. Avant ce soir, s'il plaît à Dieu, il sera

14

serré dans la prison de Toulouse, et nous l'irons voir brûler.

— Oui, hasarda un timide, mais qui l'arrêtera?

— Nous tous, s'il le faut. Pour délivrer le pays de cette peste, personne ne reculera, j'espère.

— Landriot a raison, cria l'assistance. Nous irons tous. Tu viendras avec nous, sacristain, et tu prendras un vase d'eau bénite.

Le sacristain, petit vieillard à la face blême et gras-souillette, qui écoutait ce colloque d'un air inquiet, fit un geste de frayeur lorsque lui fut adressée cette inter-pellation.

— Oui, fit l'hôtellier, Guillemin viendra.

— Sans doute, balbutia le sacristain, sans doute, l'eau bénite... mais vous aurez vos fourches, n'est-ce pas?

— Nos fourches et nos couteaux, sangué! s'écria Lan-driot en brandissant son coutelas. Attendons seulement que M. l'exempt soit de retour.

Tandis que les têtes s'exaltaient ainsi à l'auberge de maître Landriot, résultat prévu par Rinaldo, qui n'avait pas sans intention laissé tomber ses confidences dans l'oreille du brave homme, le faux exempt était arrivé chez le bailli.

Ce dernier s'empressa, aux premiers mots du visiteur, de le faire asseoir dans son propre fauteuil, et insista pour rester debout devant lui, en témoignage d'humilité et de déférence.

Le bailli représentait au physique un gros bonhomme à la mine fleurie, à la bedaine proéminente; un œil bleu-faïence sans rayonnement, voilé de longs cils blon-dasses, donnait à sa physionomie un caractère d'indéci-sion et de timidité qui devait nuire gravement à l'auto-rité de ses actes. Au moral, c'était un esprit naïf, crédule, ignorant; soucieux avant tout de sa tranquillité, il aimait fort à être guidé dans ses démarches et ne se serai pas risqué pour beaucoup à prendre l'initiative d'une entreprise.

Il exerçait son office avec une solennité sotte et faisait volontiers passer avant le droit le bon vouloir d'un homme dont il avait à redouter le mécontentement ou à espérer la faveur. Tout ce qui tenait à la justice était pour lui un objet d'adoration; un sergent lui semblait un être supérieur; il s'abîmait dans une sorte d'extase quand, dans ses rares visites à Toulouse, il avait le bonheur de contempler face à face le moindre conseiller au parlement, et le seul nom du roi lui arrachait des protestations de respect et de dévouement que les hyperboles les plus exagérées traduiraient imparfaitement.

Rinaldo vit bien vite à quel personnage il avait affaire, et ce fut avec une vive satisfaction intérieure qu'il se dit :

— Le diable me sert; je n'espérais pas si bien rencontrer.

Quand le faux exempt se fut assis et qu'il eut épuisé toutes les formules d'usage pour engager le bailli de Colignac à en faire autant, l'entretien commença :

— Savez-vous la réflexion que je fais en ce moment? demanda Rinaldo.

— Ma perspicacité ne va point jusque-là, répondit modestement le bailli; faites-moi donc la grâce, monsieur l'exempt, de m'apprendre l'objet de cette réflexion.

— Eh bien, monsieur le bailli, je me dis que vous êtes né sous une heureuse étoile et que bien des gens pourraient envier à cette heure votre position, s'ils connaissaient l'important service que vous allez être appelé à rendre au roi et à la justice.

— Au roi! à la justice! fit le bailli, que ces deux mots magiques pénétrèrent d'une respectueuse émotion.

— Au roi, à la justice, répéta l'étranger. Je vous ai dit que j'étais **exempt** de la prévôté de Paris; mais je ne vous ai pas expliqué le motif de mon voyage en cette province. Il s'agit d'une grave affaire, monsieur.

— Ah! ah! d'une grave affaire! répéta le bonhomme en ouvrant autant que possible ses yeux sans lueur.

— Vous allez en juger. Je suis chargé d'arrêter un grand coupable, monsieur, un homme qui a publié des ouvrages infâmes, dans lesquels les principes de notre sainte religion sont foulés aux pieds, des ouvrages où l'auteur ne craint pas d'avouer ses pratiques diaboliques, et où l'impudence du magicien se mêle aux blasphèmes de l'hérétique.

— Mais cet homme est un très-horrible criminel, dit le bailli, en joignant les mains.

— Il mérite le bûcher, monsieur. Grâce à son infernale habileté, il a pu s'enfuir de Paris et m'échapper pendant plusieurs jours. Je l'ai suivi, et, maintenant, je le tiens. En disant: je le tiens, je veux dire que je sais où il s'est réfugié et qu'il ne se dérobera pas davantage à mes recherches.

— Serait-il... dans Colignac? hasarda le bailli.

— Vous l'avez dit. Depuis hier, il est arrivé ici.

— Quoi! s'écria le bailli, jugeant à propos de faire montre d'une vertueuse indignation, un tel coupable respirait dans nos murs, et je l'ignorais encore! Ah! qu'allez-vous penser de mon zèle, monsieur l'exempt?

— Rassurez-vous, votre zèle n'est pas en défaut. Rien ne distingue au premier abord un coupable d'un innocent, et vous avez très-bien pu passer à côté de notre homme sans qu'il vous ait paru suspect.

— Il doit en être ainsi.

— Celui que je cherche, continua Rinaldo, est présentement retiré chez le comte de Colignac.

Ce nom fit faire une légère grimace au bailli. Il redoutait fort le comte et ne se souciait pas de se mêler de ses affaires, mais son zèle devait triompher de toute considération personnelle.

Il se borna à objecter timidement:

— Je ferai observer à monsieur l'exempt que le comte de Colignac est un bon chrétien et un fidèle serviteur du roi.

— Qu'importe? Les loups regardent-ils à s'introduire dans une bergerie? Mais je ne vous ai pas dit le nom de mon fugitif.

— En effet.

— Il s'appelle Cyrano de Bergerac.

— Bergerac! s'écria le bailli. N'est-ce pas lui qui publia un horrible libelle, tissu de mensonges et d'infamies, contre l'éminentissime cardinal Mazarin?

— Précisément. Vous voyez bien qu'il ne mérite aucune pitié. Vous connaissez maintenant l'homme; je n'ai plus à vous donner que quelques instructions à son sujet.

— Des instructions?

— Sans doute, puisque vous allez l'arrêter.

— Moi! fit le bailli ému.

— Reculeriez-vous devant cette tâche, devant ce devoir? Ah! monsieur, si le roi le savait!

— Le roi! c'est vrai! Je l'arrêterai, monsieur, je l'arrêterai. Mais s'il résiste?

— Les habitants de Colignac vous prêteront main-forte au besoin. Croyez, monsieur, qu'en vous confiant cette mission, je ne fais qu'obéir à un sentiment de déférence à votre égard. Vous êtes le premier magistrat de ce pays, le représentant de la justice royale; il convient que je vous cède l'honneur d'une capture pour laquelle j'ai mis

14.

en œuvre toute mon habileté. N'avais-je pas raison de dire que vous étiez né sous une heureuse étoile?

— Tant d'honneur! murmura le bailli, confus. Croyez, monsieur l'exempt, que... Le roi saura-t-il que c'est moi qui...

— Évidemment. Ne dois-je pas rédiger mon rapport et relater fidèlement tous les faits?

— Le roi le saura! Ah! voilà un des plus beaux jours de ma vie!

Rinaldo tira de sa ceinture un parchemin qu'il fit passer rapidement sous les yeux du bailli et auquel pendait un large sceau aux armes de France.

Le bailli s'inclina avec respect.

— Voici, dit l'exempt, l'ordre du grand prévôt qui me donne tout pouvoir en cette affaire; ce pouvoir, je vais vous le déléguer.

Le bailli était trop pénétré de respect pour oser réclamer l'examen du prétendu mandat de Rinaldo. Il avait vu les armes de France, cela lui suffisait; exiger davantage lui eût semblé une énormité.

— Prenez donc un parchemin, continua le faiseur de dupes, et écrivez vous-même, suivant la formule habituelle, l'ordre d'arrêter, partout où il se trouvera, le sieur Savinien de Cyrano, dit de Bergerac, accusé d'hérésie et de sortiléges. Je signerai quand vous aurez fini.

Le bailli s'assit à sa table et d'une main mal habile commença à écrire l'ordre.

Le bonhomme sentait la sueur perler sur son front, tant était grande sa crainte de mal libeller la formule qu'on lui demandait. Après avoir maintes fois mâchonné le bout de sa plume, tandis qu'il cherchait un mot rebelle, il finit par mener l'œuvre à bout tant bien que mal.

Rinaldo prit l'acte des mains du bailli, le lut avec une gravité parfaitement jouée et le rendit à son auteur, après avoir griffonné au bas le nom de Claude Popelin, dont il s'était affublé pour la circonstance.

— Vous voilà parfaitement en règle, conclut Rinaldo. Dans une heure, vous vous rendrez au château de Colignac pour procéder à l'arrestation du sieur de Cyrano.

— Et ensuite?

— Ensuite?... Avez-vous une geôle à Colignac?

— Sans doute!

— Eh! bien, vous y ferez jeter votre homme, qui sera gardé étroitement jusqu'à mon retour.

— Vous partez, monsieur l'exempt?

— Je vais à Toulouse, où j'ai une mission importante à remplir et d'où je ramènerai une escouade de gens d'armes pour faire conduire votre prisonnier à Paris. Jusque-là vous m'en répondez sur votre tête.

— Je suis prêt à payer de ma vie mon obéissance aux ordres du roi, monsieur l'exempt. Je ne suis pas bien fort pour prendre une décision, moi; mais dès que j'ai des ordres, voyez-vous, le diable lui-même ne me ferait pas reculer.

— C'est bien dit, monsieur. Sur ce, je vous quitte pour ne point retarder plus longtemps l'exécution de votre mandat.

— Et moi, je cours à l'auberge de Landriot, où je trouverai, bien sûr, mon greffier et quelques braves gens tout prêts à me seconder.

— Si je ne me trompe, ils doivent être préparés à l'événement. Maître Landriot me parait légèrement bavard, et, comme je lui ai touché deux mots de l'objet de mon voyage, j'imagine qu'il ne les aura pas longtemps gardés pour lui.

— La chose est sûre. Ah! vous êtes un homme remarquable, monsieur l'exempt ; vous ne négligez aucun détail.

Les deux hommes sortirent ensemble et se dirigèrent vers l'auberge.

Là, tandis que le bailli parlementait avec les paysans rassemblés dans la salle, Rinaldo fit seller son cheval et partit, confiant en la promesse de son délégué.

Il avait atteint son but ; il avait réussi à arrêter Cyrano ou du moins à le retarder assez longtemps pour que le gentilhomme ne pût se jeter en temps utile à la traverse de ses projets et intervenir au moment où, de concert avec Ben-Joël, il ferait une tentative extrême pour s'emparer de l'écrit de Lembrat.

Suivant les prévisions du valet, Ben-Joël était à Saint-Sernin depuis plus de deux jours, et, pour peu qu'il eût conquis la confiance du curé, les affaires devaient être en fort bon train.

Rinaldo allait arriver juste à point pour recueillir le fruit de ses ruses.

Une fois l'écrit de Lembrat conquis, à quelque prix que ce fût, Rinaldo se souciait fort peu de Cyrano ; il revenait à Paris, remettait à son maître le trésor si péniblement recouvré, et touchait enfin le riche salaire promis à son habileté.

L'idée assez étrange du drôle, cette idée qu'il venait de mettre à exécution, n'était pas aussi puérile qu'elle peut en avoir l'air.

A cette époque les formes de la justice étaient peu régulières ; on voyait des gens arrêtés pour un motif quelconque, pourrir en prison sans que personne se décidât à s'inquiéter de leur sort et à rechercher les véritables causes de leur détention. On les avait emprisonnés, cela suffisait pour qu'ils parussent coupables.

L'imputation d'un crime imaginaire suffisait souvent

pour arracher un innocent à la liberté, et par cela seul qu'il y avait eu accusation on croyait facilement au crime.

Les suppositions amplifiaient le fait, l'enquête obscurcissait les détails au lieu de les élucider ; l'appareil redoutable de la justice faisait perdre à l'accusé tout sentiment de résistance et le livrait fléchissant, doutant de lui-même, à des juges prévenus. Souvent aussi, n'osant ni le condamner, ni l'absoudre, en présence de l'obscurité des faits, on l'oubliait simplement dans sa geôle.

Rinaldo savait bien tout cela, et il avait fait preuve d'habileté en se décidant à partir, sans attendre la fin de l'aventure.

Rester, c'eût été s'exposer à une confrontation, à des explications, à des recherches et très-probablement à une honteuse défaite.

Mettre aux mains du bailli une arme, le pousser en avant et l'abandonner à lui-même, après l'avoir vu pénétré de l'importance de sa mission, c'était au contraire préparer de mystérieuses complications, au milieu desquelles le bailli embarrassé, mais pourtant inflexible dans son obéissance devait nécessairement s'entêter dans l'exécution d'un acte dont il était trop respectueux et trop timide pour oser discuter le principe.

Aussi, le rusé coquin n'avait-il donné que des indications générales au bailli, touchant les faits imputés à Cyrano. Il avait insisté sur un seul point : l'importance de l'arrestation.

Ainsi convenablement stylé, le magistrat devait marcher tout seul et devenir, à son insu, le complice des machinations de Rinaldo et l'auxiliaire inattendu des entreprises de Roland de Lembrat.

XXVI

Savinien, le comte de Colignac et le marquis de Cussan étaient encore à table lorsque l'intendant du château
vint dire à son maître que le bailli demandait à lui parler sans retard.

— Le bailli ! s'écria Colignac. Eh ! que peut donc nous
vouloir messire Cadignan ? Fais-le entrer, il s'expliquera
en buvant avec nous un verre de vieux médoc.

La porte de la salle à manger s'ouvrit, et messire Cadignan parut, clignotant de l'œil et faisant des saluts à
se briser les reins.

— Pas tant de façons, mon cher Cadignan, lui cria le
comte; nous sommes en belle humeur, et les cérémonies
nous déplaisent. Seyez-vous là, prenez un verre et expo-
sez-nous le sujet de votre visite.

Comme on le voit, le comte de Colignac était un bon
vivant, point fier et toujours prêt à saisir l'occasion de
remplir son verrre et de le vider à la santé de quelqu'un.

Le bailli s'assit, tout en prenant un air réservé.

Il était en somme, pour le moment, assez embarrassé
de sa grosse personne et n'osait guère lever les yeux sur
les trois convives.

L'aspect de Cyrano l'avait, en particulier, pénétré d'une sorte de frayeur, qu'il essayait vainement de dissimuler.

— Eh bien ! lui dit Savinien prenant en pitié son embarras, refuserez-vous, monsieur le bailli de nous faire raison ? A votre santé, monsieur le bailli, quoique votre santé, ce me semble, n'ait pas grand'chose à acquérir en prospérité. Vous êtes, d'honneur, le magistrat le plus imposant de France et de Navarre.

Le poëte tendit son verre vers celui de messire Cadignan.

Ce dernier n'osa se soustraire à l'honneur qu'on lui faisait, mais sa main tremblait si fort, qu'il répandit sur la nappe une partie du vin qu'on lui avait versé.

— Etes-vous malade? lui demanda le comte. Je vous trouve une mine toute bouleversée. Buvez, cela vous fera du bien.

Cadignan s'exécuta et pensa s'étrangler en buvant, tant sa gorge était serrée par une invincible émotion.

Toutefois, il ne perdait pas de vue l'objet de sa démarche.

— Monsieur le comte, dit-il, j'aurais à vous entretenir en particulier. Voulez-vous m'accorder cette faveur?

— Volontiers ; mais pourquoi ne pas vous expliquer devant ces deux messieurs. Je n'ai pas de secrets pour eux.

— Ce n'est pas de vos secrets qu'il s'agit, monsieur le comte.

— C'est différent. Suivez-moi donc dans le jardin. Aussi bien notre repas est achevé et le grand air nous sera salutaire.

Le comte se leva et, précédant le bailli, descendit les trois marches de marbre du perron conduisant de la salle à manger dans un jardin dessiné suivant le goût prétentieux de l'époque.

Les deux hommes firent quelques pas silencieusement.

Bergerac et le marquis de Cussan suivaient à distance respectueuse, s'égayant à demi-voix de la démarche lourde et de la mine grotesque du bailli de Colignac.

Messire Cadignan se sentait plus empêché que jamais et ne trouvait pas le premier mot de son exorde.

— Allons, mon cher ami, lui dit Colignac, parlez maintenant, nous sommes seuls.

Forcé dans son dernier retranchement, le timide magistrat se décida à faire ce qu'il considérait comme son devoir, tout en ménageant les susceptibilités du comte, dont il ne voulait pas s'aliéner la faveur.

— Monsieur le comte, commença-t-il d'un air conciliant, vous savez qu'il n'y a pas un de nous en ce bourg de Colignac, qui ne soit votre allié, votre parent, votre ami ou votre humble serviteur, et que, par conséquent, il ne peut rien vous arriver qui ne nous touche directement.

— Peste, voilà un début qui promet. Continuez, mon cher, vous m'intéressez prodigieusement.

— Je dis donc, monsieur le comte, reprit le bailli, se répétant un peu afin de gagner du temps et de ne pas arriver trop brusquement au fait, je dis donc qu'il ne peut rien vous arriver d'heureux que nous n'en soyons réjouis et rien de calamiteux qui ne nous atteigne. Or, nous sommes informés de bonne part que vous... que... que vous...

Cadignan bégayait.

— Allez donc, lança le comte... Que je...

— Que vous retirez dans votre château un hérétique et un sorcier.

Cela fut dit très-vite, d'une seule haleine, et le bailli se sentit soulagé d'un poids énorme.

Le comte se mit à rire.

— Un sorcier, fit-il. O dieux ! nommez-le-moi. Je vous le mets entre les mains. Mais prenez garde, il faut redouter la calomnie.

— Eh quoi, monsieur le comte, y a-t-il aucun parlement qui se connaisse en sorciers comme celui de Paris ? Eh bien, c'est de Paris même que j'ai reçu l'ordre d'arrêter celui qui s'abrite ici.

— Diable ! fit le comte en regardant son interlocuteur, qu'il commençait à croire fou, la chose est grave, messire Cadignan.

— Le roi s'y intéresse, monsieur le comte, et j'ai là un ordre d'arrêt signé de l'un des exempts de la prévôté de Paris.

Colignac sembla si surpris qu'il ne répondit pas.

— Voyez-vous, monsieur le comte, continua l'autre, qui se sentait plus à son aise en ne se heurtant à aucune résistance, je sais fort bien ce qui va vous blesser en ceci. Le magicien est une personne que vous aimez. Mais n'appréhendez rien ; à votre considération, les choses iront à la douceur ; vous n'avez seulement qu'à me le livrer, et, pour l'amour de vous, je m'engage d'honneur à le faire brûler sans scandale.

— Vous êtes bien bon, sourit le comte. Le nom du sorcier, s'il vous plaît ?

Le bailli baissa prudemment la voix.

— C'est votre hôte, souffla-t-il, le sieur Savinien de Cyrano.

Pour le coup, Colignac partit d'un si formidable éclat de rire, qu'il fut forcé de s'enfoncer les poings dans les côtes pour modérer cette explosion joyeuse.

15

Messire Cadignan, tout déconcerté, le regardait d'un air offensé.

— Venez, Bergerac, venez ! cria le comte, à demi suffoqué. Ah ! ces choses-là sont mauvaises pour la digestion.

— Monsieur le comte, je ne saurais m'associer à votre gaieté, fit le bonhomme en essayant de pincer ses grosses lèvres.

Savinien et le marquis s'étaient approchés.

— Tenez, mon cher, dit Colignac à Cyrano, faites tête à messire Cadignan : moi, je suis hors de combat. Il paraît que vous êtes un hérétique, un sorcier, le diable en personne, et il vient pour vous arrêter.

— Bah ! dit Cyrano ; on aime les bonnes plaisanteries à Colignac !

— Je n'ai pas à discuter avec vous, monsieur, fit sévèrement le bailli. J'exécute mes ordres, rien de plus. Au nom du roi, je vous arrête.

— Tout seul ? railla Cyrano.

— J'ai pour moi la force de la justice, lança solennellement Cadignan.

— Et aussi, intervint Cussan, une troupe de paysans prêts à vous prêter main-forte. Je viens d'apercevoir cette canaille groupée dans la cour du château.

— Pour le coup, c'est trop fort ! s'écria Colignac. Maître Cadignan, je vais vous faire reconduire à coups de gaule, vous et vos gens, si vous ne déguerpissez au plus vite. Arrêter Savinien ! La chose passe les bornes.

Cyrano réfléchissait.

— Après tout, fit-il en s'adressant au bailli, il est possible que vous ayez la mission de m'appréhender au corps. Montrez-moi pourtant votre ordre.

— Il se pourrait bien, ajouta-t-il à part lui, qu'il y eût du Lembrat là-dessous et que ce vieil enragé de Jean de Lamothe se fût prêté à cette manœuvre, bien faite pour me barrer le chemin.

Le bailli avait déplié son parchemin et le tenait sous les yeux de Cyrano.

— Peuh! fit le gentilhomme. Qu'est-ce que cela? Un ordre signé d'un exempt! Depuis quand un exempt a-t-il le droit d'ordonner une arrestation?

— Depuis que ce droit lui a été délégué par le grand prévôt, monsieur, riposta Cadignan.

— Où est cet exempt? Pourquoi ne se présente-t-il pas?

— Ceci est une affaire entre lui et moi, et vous n'avez pas à vous en enquérir. Voyons, suivez-moi sans résistance. J'aurai égard à l'honneur que vous a fait M. de Colignac en vous recevant chez lui.

— Bailli, dit Cyrano en saisissant le bras du bonhomme et en dardant sur lui ses yeux étincelants, sachez qu'en ce moment, ni Dieu ni diable ne seraient capables de m'arrêter.

— Vous le voyez, monsieur de Colignac, s'écrie le pauvre Cadignan éperdu, il blasphème!

— Et, reprit Cyrano, tenez pour certain que, si vous ou les vôtres tentez de toucher du doigt le pan de mon manteau, je vous tailladerai de telle sorte que votre chair pendra comme aiguillettes autour de votre col. Cela dit, serviteur, messire Cadignan.

— Mais... risqua le magistrat.

— Sangué! monsieur, fit le comte, faut-il vous cravacher pour vous faire sortir? Non, vous n'en valez pas la peine. Allez simplement vous coucher, les pieds au chaud, et, quand vous aurez la cervelle rafraîchie, vous viendrez me demander pardon de votre sotte algarade.

— Je sors, monsieur le comte, mais je ne renonce pas

à mes droits. Je désirais éviter un scandale. Vous ne voulez pas, soit. Tant que le sieur de Cyrano sera chez vous, je respecterai votre maison ; quand il en sortira...

— J'en sortirai ce soir, maître Cadignan, interrompit Cyrano. Vous voilà renseigné, j'espère. Vous pouvez mettre sur pied votre armée et préparer vos honorables côtes.

Cadignan fit un geste de fureur, planta son feutre sur sa tête et quitta le château à grandes enjambées.

— Il est hors de lui, ce brave homme ! dit tranquillement Bergerac en le regardant s'éloigner.

— Ne plaisantons pas trop, intervint Colignac. Cadignan est bête comme une oie et têtu comme un mulet. On ne le fera pas démordre de son idée, et il vous jouera quelque tour. Si vous m'en croyez, vous resterez un jour de plus ici. Pendant ce temps, j'éclaircirai les choses.

— Vous plaisantez ! Je devrais être à Saint-Sernin, et, soyez tranquille, ce n'est pas votre Cadignan qui m'empêchera d'y arriver.

— Enfin ! que signifie cet ordre ? quelle sorte de folie a pu vous valoir ces poursuites ?

— Moi ! vous le savez bien. J'ai écrit mon *Voyage à la Lune*, et les sots y ont vu toutes sortes d'attaques contre la religion et toutes sortes de pratiques, nées de ma fantaisie, qui me font quelque peu cousin germain du diable. Ne m'appelle-t-on pas le capitaine Satan ? Des ennemis, — et j'en ai, — ont sans doute trouvé bon d'ajouter cette misère à tant d'autres qu'ils m'ont faites. Mais, bah ! je me moque de leurs inventions. Avec une épée et un cheval, je me sens de force à renverser ou à franchir tous les obstacles. C'est pourquoi, mon cher, je partirai à la chute du jour.

— Nous vous accompagnerons.

— Je ne le souffrirai pas.

— Mais s'il vous arrive malheur !

— Eh ! que voulez-vous qu'il m'arrive ? Ce bon Cadignan tremblait de peur rien qu'en me regardant. Oserait-il se risquer en face de moi sur un grand chemin, quand bien même il serait appuyé de tous les habitants de Colignac ?

— Vous avez peut-être raison. Ayant échoué dans son entreprise, le bailli demandera probablement assistance à la maréchaussée de Toulouse. Pendant qu'il perdra son temps à cette démarche, vous serez déjà bien loin. Vous ferez bien pourtant de sortir ce soir par le parc et de rejoindre la route sans traverser la rue du bourg.

— Ma foi non ! déclara Cyrano, toujours disposé à prendre le parti le plus téméraire. Ce serait laisser supposer que j'ai peur, et vous savez bien, morbleu, que cela n'est pas.

XXVII

En rejoignant ses auxiliaires, c'est-à-dire maître Landriot et ses amis, le bailli leur montra un visage déconfit et leur narra en peu de mots sa déconvenue.

Tous revinrent à l'auberge, où il fut tenu un conseil sur la meilleure décision à prendre.

— Je crains de fâcher monsieur le comte, dit Cadignan. Il faudrait donc opérer sans bruit et autant que possible à l'insu de M. de Colignac. On pourrait se rassembler sur la route de Cussan, à quelque distance du bourg, et saisir le sorcier quand il paraîtra.

— Je prendrai mon goupillon pour l'exorciser, fit le sacristain.

— Cela ne peut nuire, affirma Cadignan.

— Et moi mon arquebuse, ajouta Landriot.

— C'est parfait. Ayez, vous autres, de bons bâtons, des piques, des couteaux et quelques solides cordes pour contenir le prisonnier. Gavisac, Pierre Cornu et Lescuyer feront le guet auprès du château, et dès que le magicien sortira ils accourront pour nous prévenir, au tournant de la Croix-Dorée.

— C'est dit, monsieur le bailli, firent les trois hommes désignés.

— La ! maintenant, séparons-nous, pour nous retrouver dans une heure à la Croix-Dorée. Je m'en vais m'assurer que la geôle est en état de recevoir le prisonnier, et faire poser deux bons verrous neufs à la grande porte.

Il était cinq heures lorsque Cyrano quitta le château.

Le comte et le marquis l'accompagnèrent jusqu'à la place du bourg, où, sur ses instances, ils prirent congé de lui, après s'être assurés qu'aucune démonstration inquiétante ne se faisait dans la grande rue, qu'ils embrassaient dans toute sa longueur.

Savinien, portant haut la tête et aspirant l'air, traversa lentement toute la rue. Son nez d'aigle et ses yeux terribles mirent émoi toutes les commères du bourg, instruites par leurs maris de l'aventure qui se préparait, et postées sur le seuil de leur porte pour voir passer le sorcier.

Lui souriait d'un air vraiment satanique, comme s'il se fût fait un jeu de l'émotion de ces bonnes gens.

Personne n'osait sonner mot sur sa route.

Il précipita l'allure de son cheval pour regagner le temps perdu à ces bravades.

Cependant, à la Croix-Dorée, Cadignan, soutenu par une vingtaine de paysans, attendait patiemment son homme.

Maître Landriot servait de lieutenant au gros bailli, assisté en outre de son greffier, tout prêt à instrumenter, et flanqué du sacristain, qui s'était muni d'un gigantesque goupillon plongeant dans un vase de cuivre plein d'eau bénite.

Les paysans avaient des faux, des fourches et de vieilles arquebuses.

Comme on le voit, l'arsenal des armes spirituelles et temporelles était au complet.

Landriot, en habile tacticien, avait fait, de plus, tendre une corde en travers de la route.

Cette corde, solidement attachée à deux baliveaux de chêne, à environ un pied au-dessus du sol, se confondait comme couleur avec la poussière du chemin et ne pouvait manquer son effet, le cas échéant où Cyrano, échappant à la première attaque, tenterait de gagner le large.

Pierre Cornu, — un des trois espions détachés par Cadignan du gros de la troupe, — Pierre Cornu accourut bientôt, essoufflé, au carrefour de la Croix-Dorée.

— Le voilà, dit-il, le voilà.

Tout le monde courut aux armes. Le tournant du chemin empêchait encore de voir le cavalier, mais on entendait fort distinctement déjà le trot de sa monture.

Cadignan eut un instant de faiblesse. Le souvenir des paroles de l'exempt, la perspective du service qu'il était appelé à rendre à la société, à la religion, et plus encore peut-être la sécurité que lui garantissait son escorte, tout cela dissipa bientôt cette émotion.

Au moment même où Savinien, se croyant débarrassé des prétentions gênantes et ridicules du bailli, arrivait au tournant de la Croix-Dorée, il se trouva en face du magistrat.

Son cheval, effrayé par le bruit des armes, s'arrêta net, et Cyrano remarqua aussitôt que, tandis qu'une dizaine de paysans soutenait le bailli, le reste de la troupe avait tourné un bouquet de chênes, pour venir se masser derrière lui et lui couper toute retraite vers Colignac.

— Hé! quoi! monsieur le bailli, c'est donc sérieux? s'écria le gentilhomme, sans daigner tirer son épée pour s'ouvrir un passage.

— Au nom du roi, je vous arrête, prononça le bailli

d'une voix qu'il grossissait pour dissimuler un vif émoi intérieur.

Puis, à ses gens :

— Emparez-vous du prisonnier !

— On vous avait dit de vous mettre au lit, maître Cadignan, railla Cyrano ; souffrez que je vous en fournisse l'occasion.

En même temps, il zébra de deux ou trois coups de cravache la face rebondie du malencontreux magistrat, enleva son cheval, fit une rude trouée dans la foule ruée à son encontre et se lança au galop sur la route de Cussan.

Au bout de vingt pas, le pauvre cheval vint donner dans la corde tendue en travers du chemin, et monture et cavalier s'abattirent ensemble dans la poussière.

En tombant, Cyrano poussa un formidable juron, auquel répondit le cri de triomphe de la troupe de Cadignan, et le gentilhomme se trouva, en un instant, entouré, assailli, accablé par le nombre et finalement désarmé et garrotté étroitement.

Il n'avait pas même eu la satisfaction de se défendre, sa jambe s'étant engagée sous le flanc de son cheval, au moment de l'accident.

On l'enleva de terre, après l'avoir emprisonné des pieds aux épaules dans les multiples tours d'une grande corde, et il sentit tomber sur son visage une pluie abondante.

C'était le goupillon du sacristain qui se mettait de la partie.

— *Satanus Diabolas*, fit le valet d'église, estropiant son latin, je te conjure par le grand Dieu vivant !

— Drôles ! cuistres ! bêtes puantes ! cria Cyrano, il vous en coûtera gros pour avoir ainsi navré un homme de ma sorte. Je vous...

15.

— *Satanus Diabolas*, interrompit la rude voix de Landriot, reprenant l'exorcisme boiteux du sacristain, par le sangué ! je te conjure au nom de Dieu et de monsieur saint Jean de nous laisser faire ; car si tu grouilles pied ou patte, diable emporte, je t'étriperai.

Et il brandit son coutelas d'un air furibond !

Durant ce débat entre Cyrano et ses vainqueurs, le greffier visitait les bagages du gentilhomme, contenus dans un petit porte-manteau attaché derrière la selle du cheval.

Il y trouva un volume de la *Physique* de Descartes, et, en apercevant les cercles par lesquels ce philosophe a distingué, dans cet ouvrage, le mouvement de chaque planète :

— Voyez, monsieur le bailli, voici les figures magiques au moyen desquelles le sorcier se livre à ses enchantements, s'écria-t-il avec une conviction qui aurait fait rire Bergerac, s'il n'eût été en aussi piteuse situation.

Maître Cadignan, qui se bassinait les joues avec de l'eau bénite pour calmer la cuisante douleur des coups de cravache reçus en si glorieuse occasion, maître Cadignan prit le livre, regarda d'un air capable les figures astronomiques et hochant la tête :

— C'est une découverte accablante pour l'accusé, fit-il. J'en ferai part à M. l'exempt. Maintenant, mes braves, prenez le prisonnier sur vos épaules et portez-le à la geôle de Colignac.

Le cortége triomphal se remit en marche.

Cyrano ne poussait pas une plainte ; il paraissait résigné ; en réalité il rêvait déjà au moyen de sortir de ce mauvais pas, résultat qu'il n'avait nullement atteint en se répandant en imprécations contre ses gardes.

Le cheval du gentilhomme était resté à l'abandon sur la route.

Le greffier, homme d'ordre, le prit par la bride et le tira doucement vers le bourg, où il lui donna pour abri l'étable de maître Cadignan, en même temps que les portes de la geôle se refermaient sur Cyrano.

Cette geôle avait pour gardien un cordonnier du nom de Cabirol, et, comme on lui donnait rarement des prisonniers à garder, Cabirol consacrait presque tout son temps à l'exercice d'un métier dans lequel il se flattait d'être passé maître.

Un ouvrier de son état lui servait aussi de valet de geôle, dans les rares occasions où un habitant de Colignac venait expier quelques méfaits sous les verrous.

La femme de Cabirol et sa fille complétaient le quatuor des habitants libres de la geôle, sorte de caveau surmonté d'une vaste salle qui servait à la fois de parloir et de boutique, et d'un étage divisé en trois chambrettes.

Il n'y avait dans ce caveau que quatre cellules, sans jour ni air.

Ce fut dans la plus étroite que l'on jeta Cyrano. On proportionnait la dureté de la captivité à l'importance du criminel.

— Pigoche, cria le geôlier à son valet, lorsqu'on eut déposé Cyrano, toujours lié de cordes, sur le sol froid du parloir, allume la lanterne et précède-moi. Il s'agit de descendre ce meneur de sabbat dans la logette des enragés.

Pigoche obéit, et Cabirol, ayant chargé sur ses épaules son prisonnier impassible et muet, l'emporta dans le cachot.

Là, il le jeta sans trop de précautions sur une botte de paille à moitié pourrie, et, sachant bien qu'il ne pouvait tenter de s'échapper, il entreprit de le délier, après avoir renvoyé Pigoche.

Cyrano, une fois libre, put se rendre compte, à la lueur de la lanterne, de l'exiguïté et de l'aspect repoussant de cette cellule qu'on le condamnait à habiter, et que Cabirol appelait significativement la logette des enragés.

— Mon brave, dit-il alors au geôlier, si vous me donnez ce vêtement de pierre pour un habit, il est trop large, mais si c'est pour un tombeau, il est trop étroit.

— C'est bon, fit Cabirol, bourru; vous vous y habituerez.

Et il continua d'inspecter tous les coins du caveau, qui eût pu se passer de cet examen, car il était de pierre dure, ne possédait pas la moindre fenêtre et ne pouvait offrir d'autre issue que la porte, d'ailleurs solidement fermée?

Durant cette visite minutieuse autant qu'inutile, Savinien, très au fait des usages des gens de prison, glissa discrètement dans ses chausses tout l'argent qu'il avait sur lui.

Bien lui en prit.

Cabirol s'approcha de lui et se mit à le fouiller sans façon.

— Que faites-vous? lui dit Cyrano, affectant un ton irrité.

— C'est mon droit, riposta Cabirol. Je suppose d'ailleurs que je ne vous fais pas de mal.

— Au contraire, c'est pour mon bien que vous travaillez en ce moment, fit Cyrano, souriant de son équivoque. Allez, mon ami, allez. Si j'ai quelque commerce avec Satan, comme on dit, c'est que je le loge en ma bourse.

— Oh! vertubleu! s'écria alors le geôlier, dépité de ne pas trouver un rouge liard, je l'ai bien vu d'abord, que c'était un sorcier. Il est gueux comme son patron Belzébuth.

Il reprit son trousseau de clefs pour rouvrir la porte du cachot et aller conter sa déconvenue à sa femme.

Savinien profita du moment où Cabirol avait le dos tourné, et, extrayant prestement trois pistoles de sa cachette :

— Monsieur le concierge, dit-il, je veux vous faire voir que je suis un bon diable. Voilà une pistole, je vous supplie de me faire apporter à souper; je n'ai pas mangé depuis midi.

Cabirol ouvrit de grands yeux.

— Une pistole? fit-il. Où l'avez-vous prise?

— En voilà encore une pour reconnaître la peine que vous allez vous donner.

— Oh! oh! sourit le geôlier subitement radouci, qu'est-ce donc qu'on m'avait dit? Vous êtes un honnête seigneur, Dieu me pardonne!

Il tendit la main pour recevoir l'argent et ajouta :

— Je vais faire ce que vous désirez.

— Faites plus encore, — et une troisième pistole brilla entre les doigts de Cyrano, — envoyez auprès de moi votre valet pour me tenir compagnie, car je n'aime pas la solitude.

La main de Cabirol se tendit de nouveau.

— On s'est trompé bien sûr, monsieur, en vous mettant ici, murmura-t-il d'une voix attendrie. Un homme si généreux, si paisible, capable de... Non, je ne puis le croire. Bon courage, monsieur, je me charge avant trois jours de vous rendre blanc comme neige.

Ces protestations n'empêchèrent pas Cabirol de verrouiller la porte en sortant.

— Je connais le faible du maître, se dit alors Cyrano; si le valet est tel que je l'ai jugé, messieurs les rats qui trottinent par ici ne m'auront pas longtemps pour compagnon.

XXVIII

Savinien passa dans sa cellule une heure fort désagréable. Il commençait à s'impatienter et à douter de sa
bonne étoile, lorsqu'un bruit de clefs, joint à celui des
verrous de la porte, le tira de ses réflexions.

La clarté d'une lampe pénétra dans la logette, et Pigoche parut, portant une marmite fumante qu'il déposa
tout proche de Cyrano.

— A la bonne heure! dit le gentilhomme, on ne me
vole pas trop mon argent.

— Eh la la! fit Pigoche, dont la mine naïve et point
trop rassurée s'épanouit en un large sourire, vous avez
raison de ne pas vous affliger; voilà du potage aux
choux que quand ce serait... Tant y a, c'est de la propre
soupe de notre maîtresse; et, par ma foi, comme dit
l'autre, on n'en a pas ôté une goutte de graisse.

Ce disant, il trempa la cuiller jusqu'au fond et aussi
le bout de ses doigts, pour inviter Cyrano à l'imiter.

Le gentilhomme avait faim.

Il prit bravement son parti de cette communion gros-
sière, saisit la cuiller de bois que lui présentait Pigoche,
tout en soufflant sur sa part, et l'enfonça à son tour
dans la soupe odorante.

— Morguienne! s'écria le valet, vous êtes bon frère. On dit que vous avez des envieux, jerniguoi! ce sont des traîtres. Eh! qu'ils y viennent donc pour voir! Piquez! piquez, monseigneur le sorcier, tant y a, toujours va qui danse!

Cyrano se mit à rire de cette naïveté et commença à rivaliser d'ardeur avec Pigoche, qui entassait cuillerée sur cuillerée dans sa vaste bouche.

Quand la marmite fut vide, les deux compagnons purent causer.

Pigoche avait sans façon fait sauter les agrafes de sa veste, pour digérer plus à l'aise.

Savinien remarqua alors le cordon d'un scapulaire que le valet portait sous son vêtement.

Cette découverte lui suggéra une idée qu'il ne tarda pas à mettre à exécution.

— Tu es pauvre, mon grand ami, n'est-il pas vrai? demanda-t-il à Pigoche, et tu ne gagnes pas gros dans cette geôle?

— Hélas, répondit le rustre, quand vous arriveriez de chez le devin, vous n'auriez pas mieux frappé au but.

— Tiens donc, continua Cyrano, prends cette pistole.

Pigoche allongea la main, mais cette main était si tremblante, qu'à peine la put-il fermer lorsque Cyrano y eut placé la pistole offerte.

Ce tremblement surprit quelque peu le gentilhomme.

— De quoi trembles-tu, mon garçon? demanda-t-il.

— Monsieur, c'est de joie, fit le pauvre diable. Je n'eus jamais tant d'argent à moi.

— Cela étant, je puis te rendre bien heureux!

— De quelle façon.

— Si tu étais homme à vouloir participer à l'accomplissement d'un vœu que j'ai fait, vingt pistoles seraient à toi, comme ton chapeau.

— Bon Dieu du ciel, vingt pistoles? Est-ce que j'en pourrais tant tenir?

— Tu le verras bien, si tu consens.

— Dites, pour voir.

Cyrano prit un air de mystère.

— Sache, mon ami, raconta-t-il, qu'il n'y a pas un bon quart d'heure, un moment avant ton arrivée, un ange m'est apparu et m'a promis de faire connaître la justice de ma cause, pourvu que j'aille demain faire dire une messe à Notre-Dame de Cussan, au grand autel. J'ai voulu m'excuser sur ce que j'étais enfermé trop étroitement; mais l'ange m'a répondu qu'il viendrait un homme, envoyé du geôlier, pour me tenir compagnie, auquel je n'aurais qu'à commander de sa part de me conduire à l'église. J'imagine, mon ami, que cet homme c'est toi.

— On ne sait pas, fit Pigoche.

— Attends; l'ange m'a dit que cet homme me reconduirait ensuite en prison et qu'il devrait m'obéir sous peine de mourir dans l'an.

— Ce n'est pas moi, bien sûr, reprit le paysan, qui paraissait accepter avec assez de tiédeur les insinuations de Cyrano.

— Je ne sais pas si c'est toi ou un autre; mais je sais que, si celui qui doit venir doute de moi, je n'aurai qu'à lui dire qu'il est confrère du scapulaire, et je te le dis. Réponds.

— Oui da! vous avec donc la double vue! Je suis confrère du scapulaire, en vérité. C'est-y drôle que vous ayez deviné ça?

— Peux-tu méconnaître ma puissance, maintenant?

— Non pas. Aussi ferai-je, mon bon seigneur, ce que l'ange a commandé.

Cyrano respira avec une douce satisfaction.

— Mais, continua Pigoche, il faut que ce soit à neuf

[heures demain matin, parce que maître Cabirol sera pour
[lors à la ville, aux accordailles de sa fille avec le fils du
[maître des hautes-œuvres. Dame, écoutez, le bouriau a
[un nom aussi bien qu'un ciron. On dit que le petit aura
[de son père, en mariage, autant d'écus comme il en faut
[pour la rançon d'un roi.

Savinien coupa court à ce bavardage et dit à sa
dupe :

— Tu ne manqueras pas de m'apporter un habit à toi
que je puisse mettre pour n'être point reconnu et que je
te rendrai en revenant en prison.

— Pardi! Je vous baillerai ma veste de bouracan.

— Puis encore, dès demain matin tu iras au château
de Colignac pour savoir si le comte connaît ma captivité.

— Va pour ça encore.

— Maintenant adieu, termina Cyrano, congédiant son
auxiliaire, dont la naïveté se prêtait si bien à l'exécution de ses projets; je vais tâcher de dormir un peu.

Il se coucha, en effet, sur la botte de paille jetée dans
un coin de la cellule, et tâcha de prendre quelque
repos.

Le lendemain, Pigoche arriva assez avant l'heure dite.
Il portait sous le bras des vêtements que Cyrano se hâta
d'échanger contre les siens.

— Vous m'assurez, hein! demanda Pigoche, quand
les préparatifs de départ furent terminés, que nous re-
viendrons ici après la messe?

— Puisque je suis sous ta garde, comment veux-tu
que je fasse pour ne pas revenir, je te le demande?

— Dame, est-ce qu'on sait, un sorcier comme vous,
qui reçoit la visite des anges du bon Dieu, ça doit être
fin comme l'ambre. Pas moins, prenons l'air, car il est
quasiment neuf heures.

— Eh! mon ami, je ne demande pas mieux; précède-moi et garde qu'on ne nous découvre.

— Il n'y a pas de danger; rabattez tant seulement votre chapeau sur votre nez, qui, sauf votre respect, est une enseigne un peu bien apparente.

Cyrano n'aimait que tout juste ces allusions à la taille formidable de son nez.

En faveur de la circonstance, il fut indulgent pour Pigoche et se contenta de répondre docilement.

— Ton conseil est plein de sens, mon ami. Mais tu as oublié de me dire une chose.

— Laquelle?

— As-tu fait au château de Colignac la commission dont je t'avais chargé?

— Oui da! mais j'ai trouvé visage de bois, c'est-à-dire que le comte est parti aujourd'hui à l'aube, avec le marquis de Cussan, pour chasser sur son domaine de Fezac, à vingt lieues d'ici.

— Diable! fit Cyrano... Enfin!... partons.

— Vous êtes un brave homme, dit Pigoche avant de sortir, il faut donc que je vous prévienne. Je vais vous conduire à Notre-Dame de Cussan; mais auparavant besoin est de vous apprendre que, si vous faisiez mine de déguerpir en chemin, ce petit chien-là vous aboierait aux jambes.

Et Pigoche tira de ses chausses un long pistolet, qu'il fit voir à Cyrano.

— Bon, dit le poëte, tu es un garçon prudent, mais ton chien crèvera avant que je lui donne l'occasion d'aboyer.

Ainsi discourant, le prisonnier et son cerbère avaient gravi l'escalier du souterrain et gagné le parloir de la geôle.

Un air frais et parfumé venait du dehors, qui dilata voluptueusement les poumons de Cyrano.

— Ah! fit-il, c'est bon la liberté! Sans plus tarder, mon garçon, je veux te payer ton dû.

Et ouvrant sa main toute grande, il offrit à Pigoche, en les faisant joyeusement tinter, les vingt pistoles promises, qu'il avait préparées d'avance.

Pigoche crut voir vingt soleils dardant sur lui leurs chauds rayons, et il eut comme une sorte de honte à recevoir autant d'argent.

Prenant pour de la défiance ce qui n'était que de l'hésitation, Cyrano lui dit :

— Prends. Elles sont d'or et de poids, je te le jure.

— Eh! monsieur, je n'en doute pas.

— Prends alors. A quoi songes-tu?

— Je songe que la maison du grand Macé est à vendre, avec son clos et sa vigne. Je l'aurai bien pour deux cents livres; il faut huit jours pour bâtir le marché, et je voulais vous prier, mon bon seigneur, si c'était votre plaisir, de faire que, jusqu'à tant que le grand Macé tienne bien comptées vos pistoles dans son coffre, elles ne deviennent point feuilles de chêne, comme fait toujours l'argent des sorciers.

— Va, dit Savinien, riant de cet égoïsme naïf, je te le promets.

On quitta aussitôt la prison. Pigoche fit passer son compagnon par une porte donnant sur la campagne et lui fit faire une centaine de pas à travers un carré de blé.

Puis il s'engagea sur un sentier qui allait rejoindre diagonalement la grande rouie, à une portée de mousquet des dernières maisons de Colignac.

— La grand'messe est à dix heures, dit-il alors au

gentilhomme. Jouons des jambes prestement, si nous voulons arriver à l'*Introit*.

Cyrano ne se fit pas répéter le conseil. Tout en songeant à son pauvre cheval, qui lui aurait été si utile, et qui, à cette heure, mangeait forcément au râtelier de messire Cadignan, il allongea le pas de telle sorte que son compagnon eut bientôt de la peine à le suivre.

La cloche de l'église de Cussan sonnait les derniers coups de la messe lorsque les deux voyageurs arrivèrent au village.

Presque tous les habitants étaient aux champs, car on était en semaine, et le curé de Notre-Dame disait sa messe en présence d'un très-petit nombre d'assistants.

Pigoche, suivant de près Cyrano, entra dans l'église et s'agenouilla avec lui au dernier rang des fidèles, au moment où le prêtre montait à l'autel.

Le bon Pigoche commençait à se rassurer touchant les résultats de son escapade. La docilité de son prisonnier lui donnait de plus en plus confiance en sa promesse, et il se flattait de le reconduire sans encombre à la geôle de Colignac, s'avouant avec admiration que jamais il n'avait ouï parler de sorcier de si bonne composition.

Cependant l'office s'avançait. Quand on en fut à l'offrande, tous les assistants se levèrent pour aller s'agenouiller, un à un, devant l'autel et baiser, suivant l'usage, la patène dorée, après avoir laissé tomber une modeste aumône dans le plateau d'étain que leur tendait le clerc.

Savinien glissa une pièce blanche dans la main de Pigoche.

— Offre cela à l'enfant de chœur à mon intention, dit-il; moi, je mettrai une pistole pour mon vœu.

— Décidément, murmura Pigoche, vous êtes un bon chrétien.

Son tour était venu de se lever. Il quitta sa place, engageant d'un geste Savinien à l'accompagner, et, lorsqu'il entendit résonner derrière lui les pas du prisonnier, il s'avança dans une sécurité profonde vers l'autel, et tomba à genoux sur les dalles en récitant une courte prière.

Le plat d'étain passa devant lui ; il y posa la pièce d'argent, puis, ayant baisé dévotement la patène, il se releva pour faire place à Cyrano.

Mais le gentilhomme paraissait ne point se presser.

Pigoche se retourna, embrassa d'un regard la petite église et poussa un Ah ! prolongé qui scandalisa fort toute l'assistance.

Cyrano avait disparu.

Il avait profité du moment où Pigoche montait les trois marches du chœur et s'absorbait entièrement dans l'accomplissement de son acte religieux, pour s'arrêter un instant, se glisser sans hâte le long de la grille qui séparait l'officiant des fidèles, arpenter ensuite la nef en trois sauts et finalement s'égarer dans la campagne.

Il était déjà hors du village, lorsque Pigoche s'aperçut de sa disparition et s'élança à sa poursuite en se cognant le front de son poing d'une façon désespérée.

Cyrano connaissait le pays aussi bien, sinon mieux, que le crédule valet.

Aussi n'eut-il pas de peine à dérouter ses recherches. Après une battue de deux heures à travers bois et landes, Pigoche, la tête basse, reprit le chemin de Colignac, se creusant l'esprit pour imaginer une explication de la fuite du sorcier, mais, en somme, consolé de sa décon-

venue par la possession des pistoles qu'il serrait énergiquement dans sa main de crainte de les perdre, et qui
ne faisaient point mine de se métamorphoser en feuilles
de chêne.

XXIX

De Cussan à Toulouse la distance était assez courte pour que le fugitif pût la parcourir en deux heures. Une circonstance favorable lui permit de franchir cette distance en trois fois moins de temps.

En courant à travers champs pour éviter les regards de Pigoche, il avisa dans une jachère un cheval qu'on avait mis au vert sans se défier des larrons ou des gens désireux, comme alors Cyrano, de mettre quatre ou cinq bonnes lieues entre leur collet et la griffe des sergents.

Le gentilhomme piqua droit au cheval, l'enfourcha sans façon, quoiqu'il n'eût ni bride ni selle, et, l'empoignant à pleine crinière, le lança au galop sur la route de Toulouse, où il arriva vers midi.

Aux portes de la ville, il mit pied à terre et appliqua un solide plat de main sur la croupe de la bête, qui partit d'instinct dans la direction de Cussan, tandis que son cavalier faisait une entrée modeste dans les faubourgs de la ville des Capitouls, avec l'intention d'y prendre la poste jusqu'à Saint-Sernin.

Cyrano était très-pauvrement accoutré.

L'habit et les chausses prêtés par Pigoche étaient,

en réalité, des loques déplorables où les trous se
comptaient par centaines, ou plutôt ne se comptaient
plus, et dont les bords s'effiloquaient en une frange sor-
dide.

En outre, le poëte, assez nouveau en matière de gueu-
serie, avait arrangé sur lui ces haillons si bizarrement,
qu'avec son grand air et sa démarche en complet désac-
cord avec l'habit, il ressemblait moins à un pauvre qu'à
un aventurier déguisé.

Aussi commençait-on à le regarder d'une façon assez
inquiétante, car, malgré ces guenilles, bonne enseigne
pour un mendiant, il marchait vite, la tête basse, et sans
tendre la main à la charité des passants.

Il ne tarda pas à comprendre qu'il fallait mieux entrer dans l'esprit de son rôle, et, surmontant sa honte
dès qu'il voyait quelqu'un l'examiner, il s'approchait
et d'un ton piteux sollicitait une aumône, non sans rire
intérieurement de l'originalité de sa situation.

Ainsi cheminant, il arriva sur la place du Capitole et
heurta au coin même de cette place un homme qui sortait d'une maison.

L'individu, rudement poussé, fit entendre un juron et
une menace.

— Ayez pitié d'un pauvre soldat, gémit aussitôt Cyrano, et si vous êtes bon chrétien...

Une exclamation violente de l'homme auquel il s'a-
dressait l'empêcha d'achever sa phrase.

Il leva les yeux et reconnut Cabirol, le gardien de la
geôle de Colignac, arrivé à Toulouse, le matin même,
comme on le sait.

Tous deux restèrent consternés en se reconnaissant.

— Ah! malheureux! s'écria enfin le geôlier, je suis
perdu!

Savinien prit un parti extrême.

— Main forte ! messieurs, cria-t-il aux gens qui commençaient à s'attrouper, main forte à la justice. Cet homme a dérobé les diamants du comte de Colignac ; je le cherche depuis trois jours.

A peine avait-il lâché ces mots, que la foule se rua sur le pauvre geôlier, que Cyrano avait hardiment saisi au collet et serrait de façon à l'empêcher de répliquer.

— Pille ! pille ! crièrent les auxiliaires de Cyrano ; menons le voleur au prévot.

Dix mains arrachèrent Cabirol à l'étreinte de Savinien. Le geôlier se débattit et roula sur le sol, entraînant après lui une grappe de portefaix et de laquais pendus à ses habits, comme des chiens au flanc d'un cerf.

Ce fut pendant une minute un tohu-bohu indescriptible. Cyrano profita de cette bagarre pour s'enfuir, en criant :

— Ne le lâchez pas ; je cours chercher les sergents.

Et il enfila une rue étroite qui devait le conduire dans un quartier où il espérait trouver un asile, changer de costume et se faire amener un équipage de poste.

Pendant ce temps, une douzaine d'archers de la prévôté accouraient sur la place du Capitole, au bruit de la bataille vaillamment soutenue par Cabirol, fondaient sur la populace, la dispersaient et délivraient le geôlier de Colignac aussitôt reconnu par les gens de justice.

Dès qu'il put souffler, Cabirol s'expliqua et raconta son aventure tout au long.

La foule, prompte à virer à tout vent, voulut dépenser ce qui lui restait d'irritation au profit ou plutôt à l'encontre de Cyrano ; elle se joignit aux soldats pour lui donner la chasse et le réintégrer sous les verrous.

16

En moins d'une demi-heure toute la ville sut qu'un homme fort dangereux, un sorcier de la pire espèce, un hérétique trois fois damné, s'était échappé de la geôle de Colignac, et qu'on le pourchassait à travers les rues de Toulouse.

Les bons bourgeois sortirent de leurs maisons et se mêlèrent au menu peuple et aux soldats pour assister et au besoin pour prêter la main à la capture du grand criminel.

De telle sorte que Cyrano, lequel se croyait à peu près en sûreté, ayant-gagné la rue de la Friperie, perdue au milieu d'un dédale de voies étroites et tortueuses, entendit tout à coup une grande rumeur et fut désagréablement surpris en voyant déboucher à l'extrémité de cette rue un gros d'archers conduits par Cabirol en personne.

Le fugitif fit un haut-le-corps et rebroussa chemin de toute la vitesse de ses jambes.

Toutefois, il avait été aperçu.

Les soldats et le geôlier s'élancèrent sur ses traces. Ils couraient bellement, mais Cyrano avait des ailes.

Il parvint à mettre entre eux et lui la longueur de quatre ou cinq ruelles et s'arrêta, tout essoufflé, dans un carrefour.

Évidemment il fallait trouver un expédient sans délai, ou succomber.

Grâce à Dieu, notre personnage avait l'esprit inventif.

Il se barbouilla le visage, se frotta les cheveux de poussière, dépouilla son pourpoint, retroussa son haut-de-chausses, et jeta son chapeau dans un soupirail de cave.

Cela fait, pour ainsi dire en un tour de main, il étendit son mouchoir sur le pavé et, ayant disposé aux coins quatre cailloux, comme faisaient les lépreux mendiants, il se coucha vis-à-vis, le ventre contre terre, et se mit à geindre fort piteusement.

A peine était-il en cette posture, qu'il entendit les cris de la populace acharnée à son pourchas.

La troupe, une minute après, s'engouffra comme un coup de vent dans la ruelle.

En voyant ce grand corps maigre, allongé sur le sol, en entendant la plainte lamentable du faux lépreux, les bons Toulousains redoublèrent de vitesse et passèrent en se bouchant le nez, mais non sans jeter quelques doubles dans le mouchoir du pauvre homme.

Cyrano respira seulement lorsque le bruit des pas de ses persécuteurs se fut perdu dans l'éloignement.

Ensuite, il ramassa la menue monnaie éparse sur le mouchoir, la glissa philosophiquement dans sa poche comme le prix légitime de son habileté, et se réfugia dans une allée pour reprendre ses habits.

Au bout d'un quart d'heure, n'entendant plus rien, il se résolut à s'abandonner à la fortune.

Mais, comme il quittait son refuge, une seconde troupe, non plus bruyante comme la première, mais muette et marchant à pas de chat, se présenta inopinément devant lui.

Cyrano aurait choisi ce moment pour se jeter dans les mains de ses ennemis, qu'il ne se serait certainement pas montré plus à propos.

Une formidable huée salua son apparition et les archers comme les bourgeois crurent n'avoir pas assez de bras pour l'arrêter.

Ils se précipitèrent sur lui, et, le saisissant, qui par les cheveux, qui par les jambes, qui par les habits, ils l'entraînèrent du côté de la prison.

Quelques mains prestes, plus soucieuses de son bien

que de sa personne, le fouillèrent de fond en comble et lui prirent le reste de ses pistoles.

— Allons, pensa Cyrano tout en se débattant, je crois que j'aurai décidément bien de la peine à arriver à Saint-Sernin. Ah! mon pauvre Ludovic !

— Messieurs les archers, dit-il ensuite, je me remets à votre garde. Veillez à ce que cette canaille m'épargne ses brutalités; vous répondez de moi.

— Marchez, dit un soldat; on va vous conduire à la Ville.

Une grande rumeur venant du haut de la ville se fit entendre au moment où Cyrano, escorté de ses gardes, reparut sur la place du Capitole.

Presque aussitôt, un homme accourut, et, s'adressant aux soldats :

— Tenez bien votre homme, dit-il; voici les archers de la prévôté qui descendent, prétendant qu'il appartient à eux seuls de mettre la main sur le prisonnier.

— Bon! fit Cyrano, on va donc se disputer l'honneur de m'avoir pris, maintenant.

— Vous nous appartenez, lui dit un soldat. Et prenez garde de tomber entre les griffes des gens du prévôt, car vous seriez condamné en vingt-quatre heures, et le roi lui-même ne vous sauverait pas.

Malgré ces mots indiquant une intention de résistance, les archers de la ville ne tinrent pas longtemps en présence des gens de la prévôté, qui arrivaient en bon ordre sur la place.

Le chef de la troupe cria :

— A nous !

Et soudain archers de la ville et archers de la prévôté se confondirent en une mêlée tumultueuse.

De pareils conflits se produisaient souvent entre ces deux corps, qui représentaient deux juridictions différentes et toujours rivales, celle du roi et celle de la municipalité.

Aussi la populace toulousaine prit-elle parti pour les hommes de la ville. Ils n'en furent pas moins repoussés avec une vigueur qui fit l'admiration de Cyrano.

— Peste, dit-il, voici des gens qui n'y vont pas de main morte. Si c'est ainsi qu'ils assomment leurs concitoyens, de quelle façon vont-ils m'arranger ?

La foule commençait à se débander.

Profitant de ce désordre, l'objet du litige, c'est-à-dire notre ami Cyrano, se laissa entraîner par le torrent du peuple, dans lequel il se perdit si bien que de nouveau il se jugea hors de péril.

Cependant les archers du prévôt continuaient à charger le peuple et les soldats de la ville, réclamant avec une énergie de plus en plus menaçante le prisonnier qu'on leur dérobait.

Cyrano courait toujours.

Un gros homme, qui fuyait aussi, s'écria tout à coup, en s'adressant aux gens dont il était entouré :

— Asile ! asile ! Venez, mes amis, c'est bien le diable si ces gueux d'archers nous délogent d'ici.

Et, ce disant, il courut vers une grande porte sombre, et de son poing cogna rudement au panneau en criant :

— Commune ! Commune ! asile pour les gens de Toulouse !

La porte s'ouvrit. Toute la bande à laquelle Cyrano avait jugé prudent de s'adjoindre se précipita dans l'intérieur.

Là, les bons bourgeois commencèrent à se remettre de leur alerte.

Par contre, l'inquiétude de Cyrano augmenta.

Il venait enfin, mais trop tard peut-être, de reconnaître l'endroit dans lequel il s'était étourdiment introduit.

16.

Ce refuge cherché par les bourgeois et quelques archers, c'était tout simplement la prison de la ville, dont
le geôlier, tout dévoué à la commune, s'était empressé
d'ouvrir les portes aux Toulousains, pour les dérober
aux gourmades des gens du roi.

Parmi les fugitifs se trouvaient, nous l'avons dit, quelques archers.

L'un d'eux, après avoir repris son sang-froid et s'être
bien assuré qu'il ne risquait plus rien, s'avisa de faire
le brave.

— Camarades, dit-il, nous nous défendrons ici ; occu-
pons le guichet, et malheur à qui tentera d'enfoncer les
portes.

Un cri triomphant accueillit cette proposition, et les
fugitifs de tout à l'heure se précipitèrent d'un air héroïque à la suite du fougueux archer.

Seul, Cyrano demeura assis sur un banc de pierre qui
s'était trouvé fort à propos à sa proximité.

Le pauvre gentilhomme était à bout de forces, et
toute son énergie ne suffisait plus à le soutenir. Meurtri,
sanglant, brisé par les rudes atteintes de la foule, désespéré de se voir si loin de son but, il se sentait près de
défaillir.

— Eh ! l'ami, lui cria l'archer qui s'était adjugé la
défense de la place, as-tu peur et ne viens-tu pas avec
nous ?

Machinalement, Cyrano leva la tête en faisant un signe
de dénégation.

A la vue de ce visage pâle, de ces cheveux collés aux
tempes, de ce grand nez caractéristique, l'archer éprouva
comme une commotion en reconnaissant son captif,
dont l'ardeur de la course et le soin de sa propre sûreté
ne lui avaient pas permis de remarquer plutôt la présence.

— Ah! diable! s'écria-t-il, mais c'est notre homme, camarades, c'est notre homme! Pour sûr, il a bon nez, car il s'est conduit de lui-même en prison, et les gens du prévôt ne l'auront pas.

Puis, oubliant ses projets de défense pour courir vers Cyrano :

— Je vous fais prisonnier, de par le roi! prononça-t-il.

— Faites, mon ami, dit docilement Cyrano, que tant d'événements, accomplis en une matinée, avaient totalement abasourdi.

Ces mots prononcés, le gentilhomme sentit se détendre tous les ressorts de son être ; n'ayant plus à dépenser ni ruse, ni force, il plia sous le coup, et ce vaillant des vaillants s'évanouit comme une femme, entre les bras de l'archer qui venait de l'arrêter.

XXX

Les événements accomplis sous les yeux du lecteur ne lui ont pas fait oublier, nous l'espérons, la bonne et franche figure de Jacques Longuépée, le curé de Saint-Sernin.

C'est lui que nous allons revoir dans l'une des circonstances décisives de cette histoire.

Quand Ben-Joël, voyageant sous le nom de Castillan et porteur de la lettre de Bergerac, arriva au village de Saint-Sernin et vint frapper à la porte du presbytère, le curé avait achevé son repas du soir et se préparait à se mettre au lit.

Le bohémien, précédé de Jeanne, la gouvernante, entra, le chapeau à la main, dans la salle à manger, et, d'un air honnête et discret, présenta à Jacques le pli contenant la missive de Cyrano.

Le curé l'ouvrit et parcourut rapidement la lettre.

Mais, au lieu de se répandre en exclamations et de souhaiter une joyeuse bienvenue au messager, comme s'y attendait Ben-Joël, Jacques leva sur lui son regard clair et l'examina avec une sorte de défiance.

C'est qu'il n'avait pas oublié les recommandations de Savinien. Le gentilhomme l'avait si bien mis en garde contre toutes les surprises à l'égard du précieux dépôt, il lui avait recommandé tant de précautions, que le bon curé n'osait pas, même devant des témoignages presque irréfutables, suivre le penchant de son cœur et tendre la main à cet étranger qui lui apportait des nouvelles de son frère de lait.

Instinctivement d'ailleurs, Longuépée sentait un mur de glace entre lui et cet homme.

Ce n'était pas ainsi qu'il s'était figuré voir ce Sulpice, ce petit clerc étourdi et pourtant si plein de dévouement, dont Cyrano lui avait parlé tant de fois.

La face basanée du voyageur, ses yeux sombres, son sourire, dont il réussissait peu à déguiser la fausseté, tout cela répondait mal à l'image que Longuépée avait gardée dans l'esprit.

— Cet enfant a vieilli ; il a souffert peut-être : il est devenu un homme depuis que Savinien m'a parlé de lui, réfléchit enfin le curé ; j'ai eu tort de ne pas mieux l'accueillir.

Et, jaloux de réparer cette faute, Jacques tendit la main au nouveau venu, et, reprenant une physionomie bienveillante :

— Mon cher monsieur Castillan, dit-il, excusez-moi de ne vous avoir point reçu dès l'abord avec tout l'empressement que vous méritez ; mais Cyrano a dû vous dire, certainement, qu'en cette affaire la défiance devait être notre première règle de conduite. Or je ne vous connaissais pas, et...

— Et, interrompit effrontément Ben-Joël, s'emparant lui-même de l'objection prévue, vous avez supposé un instant que je pouvais bien n'être pas moi.

— Précisément.

— Heureusement, continua le bandit avec un admirable sang-froid, heureusement mon voyage s'est accompli sans encombre. Nul ne s'est douté que je portais un précieux message, et ceux qui veulent nuire à mon maître n'ont pas eu le flair assez subtil pour me dépister.

— Je vous sais homme de ressources, mon cher Castillan, dit le curé, qui se familiarisait de minute en minute. Mais, pardon, j'oublie de vous offrir à souper, Vous devez avoir faim, j'imagine.

— Faim et... soif, monsieur le curé, sourit Ben-Joël.

— J'aime cette franchise. Asseyez-vous là ; quoique ma cuisine soit pauvre quand je n'attends pas de commensal, Jeanne fera des merveilles pour vous réconforforter de son mieux.

— Oh ! je n'ai pas l'appétit difficile, monsieur le curé, Vous savez d'ailleurs que notre temps est compté, et, tout en mangeant, je vous demanderai de vouloir bien m'éclairer touchant vos intentions.

— Mes intentions !... Vous savez bien ce que Bergerac m'écrit.

— Sans doute. Il désire que vous alliez le rejoindre à Colignac, avec moi, pour lui remettre le dépôt dont il vous a confié la garde. Je veux simplement vous demander si vous êtes prêt à m'accompagner demain matin.

— Demain ! se récria le curé, vous n'y songez pas. Et mes paroissiens, puis-je les abandonner ainsi ? D'ailleurs, reprit-il après avoir parcouru de nouveau la lettre, tandis que Ben-Joël attaquait le souper promptement servi par Jeanne, d'après les indications de Cyrano, il n'a dû partir de Paris que quatre jours après vous. Il est inutile que nous arrivions à Colignac avant lui ; il suffit que nous y arrivions en même temps, cela nous donne deux jours de répit, pendant lesquels vous pourrez vous reposer de vos fatigues.

Cet arrangement souriait peu au bohémien.

Il craignait d'être arrêté d'un moment à l'autre dans l'exécution de ses projets ; partant, il avait hâte d'en finir.

Toutefois, il ne put se dispenser de répondre :

— Comme il vous plaira, monsieur le curé; je suis entièrement à vos ordres.

En parlant ainsi, Ben-Joël se réservait, on le devine, de trouver un expédient pour abréger son séjour, en s'emparant, par ruse ou par force, de l'écrit du comte de Lembrat, dont il se garda bien de révéler l'importance réelle à son hôte.

A l'heure même où le curé et le voyageur achevaient la veillée en causant amicalement des choses du lendemain, le vrai Castillan arrivait à son tour à Saint-Sernin.

Mais il convient, avant de poursuivre, d'expliquer en quelle condition il y arrivait, et pour cela il faut remonter un peu le courant des faits.

Aucun incident qui vaille la peine d'être noté ne signala le voyage de Castillan jusqu'à Fontaines, où il arriva, aussi honteux de lui-même, aussi furieux de sa défaite, aussi enragé à la poursuite de Ben-Joël qu'il l'avait été à la première heure.

Là, une surprise l'attendait.

Comme il entrait, à la brune, dans l'unique rue du village de Fontaines, une forme se détacha de l'ombre d'un mur et se dirigea vers lui.

Le secrétaire entrevit une espèce de petit paysan, dont les longs cheveux, abrités par un chapeau troué, flottaient sur un sarreau de toile brune.

— Hé ! l'enfant, que veux-tu ? demanda-t-il, voyant le garçonnet saisir la bride de son cheval.

— Vous conduire à l'auberge, not'monsieur, fit le paysan, — si vous le voulez bien.

Le son de la voix de son guide fit tressaillir involontairement Castillan.

Cette voix, il croyait la reconnaître, quoiqu'elle lui semblât singulièrement déguisée.

— Tu es bien complaisant, répondit-il. Conduis-moi donc, puisque te voilà sur ma route.

L'enfant se mit à marcher devant le cavalier et s'arrêta, à peu de distance, devant la porte d'une écurie.

— Jean, appela-t-il alors, apporte une lanterne et viens prendre le cheval de ce gentilhomme.

Quand le palefrenier ainsi interpellé arriva, Castillan saisit la lanterne et voulut en diriger la lueur vers le visage son guide.

Mais l'enfant avait disparu.

— Je suis fou, pensa Castillan.

Puis au valet :

— Soupe-t-on ici ? demanda-t-il.

— Votre souper est prêt, mon gentilhomme, répondit l'autre.

— Mon souper... est... prêt ! scanda le clerc étonné.

— Sans doute ! puisqu'on vous attend depuis ce matin.

— Diable ! se prit à songer Castillan, l'affaire se complique. Bah ! voyons toujours ! Je n'ai plus rien à perdre maintenant.

Il franchit d'instinct une petite porte par où pénétrait dans l'écurie une nappe de lumière.

— C'est là, dit Jean, qui le suivait, en lui désignant une pièce s'ouvrant sur la salle dans laquelle il venait de pénétrer.

— Merci, dit Castillan, déjà décidé à ne plus s'étonner de rien.

Et il poussa le panneau qui le séparait de la pièce où son repas devait se trouver si opportunément servi.

Une table était mise dans cette pièce.

Devant la table se tenait debout le petit paysan dont la voix avait si brusquement réveillé les souvenirs de Castillan.

A peine l'eût-il regardé, qu'une vive rougeur enflamma ses joues.

Un flot de colère venait de lui monter au cerveau.

— Marotte ! ah ! triple gueuse ! s'écria-t-il en s'élançant vers la bohémienne, qu'il avait aussitôt reconnue sous son déguisement de garçonnet.

Marotte resta immobile, attendant les effets de cette première explosion.

Elle était fort pâle, et son regard se baissait devant l'éclat des yeux irrités de Castillan.

Le secrétaire chercha la garde de son épée, puis, se ravisant tout à coup, il saisit la ballerine par le bras, et la secouant rudement :

— Où est ma lettre ? Maudite, où est-elle ? cria-t-il. Ne m'as-tu pas assez vilainement trahi, et n'est-ce que pour rire encore de moi que tu m'as attiré ici ?

Marotte regarda longuement le clerc, et d'une voix vibrante d'émotion :

— Monsieur Castillan, dit-elle, vous pouvez me tuer, vous en avez le droit. J'ai commis une lâcheté, que voulez-vous ? On ne nous a guère appris, à nous autres, à distinguer le bien du mal. Mon repentir est venu trop tard pour vous sauver, mais assez tôt pour que je puisse vous être utile et vous aider à reprendre vos avantages. Voulez-vous de moi pour auxiliaire ? Acceptez, je vous réponds que vous n'aurez pas à le regretter.

Castillan examinait avec défiance l'étrange fille.

— Hum ! fit-il, voilà de belles paroles.

— Vous vous défiez ? fit Marotte. Vous avez tort.

17

Et, reprenant tout à coup le ton enjoué dont elle avait l'habitude :

— Mon brave cavalier, continua-t-elle, un mot va lever vos scrupules. Je ne sais pas ce que l'on vous veut. Ben-Joël est loin, et, si je l'avais voulu, vous ne m'eussiez jamais retrouvée. Donnez-moi donc la main et soupons. Je vous dirai ensuite ce que je puis faire pour vous.

Un regard charmant accompagna ces paroles.

Mais Castillan ne songeait plus à l'amour. Il avait hâte d'arriver à Saint-Sernin et de prendre sa revanche de sa mésaventure.

— Tu es sorcière, je crois, hasarda-t-il, tandis qu'un sourire s'ébauchait sur ses lèvres; tu arranges les choses à ta façon, et l'on a plus qu'à dire oui. Mais, prends garde, cette fois je ne me laisserai plus endormir par tes airs de diablesse.

Seulement alors Sulpice saisit la main que Marotte lui tendait et la pressa doucement.

La paix était faite, sous toutes réserves, du moins.

Vers le milieu du souper, repas frugal de voyageurs, Castillan, qui n'avait cessé de réfléchir à l'étrangeté de son aventure, demanda tout à coup à Marotte :

— Comment se fait-il que tes intentions se soient ainsi modifiées à mon égard? Nous nous sommes quittés, tu sais comment, et voici que je te retrouve prête à jouer le rôle d'un bon génie.

— Est-ce que je sais? sourit Marotte. Est-ce qu'on s'explique ces choses-là? La première fois que je vous ai vu, vous m'étiez, ma foi, fort indifférent; puis j'ai consenti à vous tromper; puis encore j'ai réfléchi, j'ai pensé à vous, à votre loyale franchise, à vos paroles, à vos regards; enfin, je me suis trouvée toute changée; il y avait en moi quelque chose qui n'était plus moi. Je ne reconnaissais pas ma Marotte d'autrefois. J'ai voulu vous revoir, vous servir, vous faire oublier ce que j'avais été, en vous montrant ce que je puis être. Vous voyez bien que tout cela ne peut guère se raisonner. Peu importe, pourvu que cela soit. A nous deux, je vous le jure, nous allons faire pièce à maître Ben-Joël. Prenez-moi pour votre chien, pour votre esclave. J'ai du courage et de l'adresse ; je veux partir avec vous pour Saint-Sernin.

Toute cette éloquence féminine, doublée par le charme du regard et la douceur de la voix, remuait étrangement maître Castillan.

— Tu as du bon, avoua-t-il, quoique l'histoire de Romorantin me semble bien difficile à oublier ! Viens donc avec moi ; deux esprits valent mieux qu'un dans les cas difficiles, et je te crois de force à donner du fil à retordre à Satan lui-même.

Ce fut ainsi que Marotte, sous les habits d'un petit paysan, reprit sa place auprès de Castillan, sur le cheval qui, déjà, l'avait portée d'Orléans à Romorantin, et que tous deux arrivèrent à Saint-Sernin peu d'heures après Ben-Joël.

— Il s'agit maintenant, dit Castillan à son alliée, lorsqu'ils furent parvenus au milieu du village, il s'agit de savoir où prendre le presbytère, le curé et le drôle qui m'a volé ma lettre et mon nom.

— La raison vous dit que le presbytère doit être à côté de l'église, et nous voici tout près du clocher. D'ailleurs, je connais Saint-Sernin ; laissez-moi vous guider.

— Tu connais donc tout, toi ?

— Pas tout à fait ; mais je connais Saint-Sernin, c'est tout ce qu'il faut.

— Allons !

— Vous êtes vif. Avez-vous la prétention d'entrer ainsi chez le curé?

— Certes !

— Quelle imprudence! Vous allez avoir à subir une confrontation. Ben-Joël protestera, vous réclamerez, et le curé vous mettra peut-être à la porte, car Ben-Joël a l'avantage d'être venu avant vous.

— Que faire ?

— Ne pas vous montrer, et, avant d'attaquer l'ennemi, observer ses manœuvres.

— Observer, grommela Sulpice; c'est bon à dire. Mais observer quoi? Cette place est noire comme un four.

— Mais cette fenêtre qui brille là-bas, au bout de la place.

— Eh bien, cette fenêtre?

— C'est celle du presbytère. Votre homme est là, seigneur Castillan.

— C'est probable.

— Il s'agit de savoir ce qu'il y fait.

— Tu vois bien que tu te ranges à mon idée. Il faut entrer chez le curé.

— Non pas! venez seulement.

Le cheval fut attaché à un arbre sur un carré de gazon dru comme du velours, qui lui offrait à la fois la litière et la provende du soir, et les deux alliés se dirigèrent vers le coin de la place où brillat la fenêtre du presbytère.

Cette fenêtre n'était pas à plus de huit pieds du sol.

— Appuyez-vous au mur, souffla Marotte, et prêtez-moi votre dos, s'il vous plaît.

Castillan s'arc-bouta des deux mains à la muraille et tendit l'échine docilement.

En deux bonds, la danseuse se trouva juchée sur les épaules du clerc.

— Vois-tu? murmura ce dernier.

— Oui, répondit Marotte; ils sont là.

Ainsi fut surprise par la ballerine la première entrevue de Ben-Joël et de Longuépée.

Elle n'entendit pas les paroles prononcées par le curé et par son hôte; mais à leur attitude, à leurs gestes, à l'expression de leurs traits, elle devina que le plus parfait accord régnait entre eux, et que le bohémien avait été accepté comme le véritable messager de Cyrano.

Elle avait donc eu raison de conseiller à Castillan la prudence.

Un conflit entre Ben-Joël et le clerc pouvait en effet détruire toute la confiance du curé et le décider à l'expulsion des deux compétiteurs.

Il fallait procéder avec une certaine discrétion; Castillan le comprit bien vite, lorsque Marotte, descendue de son poste d'observation, lui eut raconté la scène à laquelle elle venait d'assister.

— Il s'agit maintenant, dit-elle, de s'arranger pour avoir demain matin un entretien secret avec le curé. Cela me paraît difficile, car dans un village il n'est donné à personne de rester ignoré pendant une heure.

Castillan ne répondit pas. Tout un plan s'ébauchait dans son esprit.

— Écoute, prononça-t-il enfin. Je te connais assez pour ne plus douter de toi, et je vois bien que tu es prête à me servir aveuglément; toi-même, je pense que tu ne me prends pas tout à fait pour un imbécile, quoique à Romorantin... Mais négligeons ce souvenir. Tu es pardonnée. Eh bien, ma chère, je vais te demander un grand service.

— Lequel?

— Je me charge, moi, de Ben-Joël et du curé. Avant demain, j'aurai trouvé l'expédient que nous cherchons.

Mais, comme il peut surgir des difficultés imprévues, comme l'affaire peut prendre, en somme, une tournure embarrassante, le mieux est d'appeler mon maître à mon secours.

— Votre maître?

— Le seigneur Cyrano de Bergerac. C'est lui qui tranchera le nœud de cette petite intrigue, si je ne suis pas assez habile pour le faire moi-même.

— Mais, d'après tout ce que vous m'avez raconté, M. de Cyrano doit être à Paris.

— Ta mémoire te fait défaut. A mon compte, mon maître doit être bien près de Colignac, s'il n'y est arrivé à cette heure.

— Et vous voulez?...

— Je veux que tu partes pour Colignac, dès l'aube, et que tu me ramènes mon brave patron.

— Aura-t-il confiance en moi?

— Un billet que je te remettrai lèvera tous ses doutes. Tu montes à cheval?

— Comme une amazone.

— C'est parfait. Tu prendras mon équipage, dont je n'ai que faire ici. Moi, je me charge d'assurer la situation jusqu'à ton retour. Mais dis à M. de Bergerac qu'il vienne sans aucun délai, et raconte-lui tout ce qui s'est passé.

— Même ce qui me concerne?

— Même cela. C'est un bon cœur; il te saura gré de ta franchise.

— Est-il galant, votre maître, seigneur Castillan?

— Ces questions-là vous sont interdites, mademoiselle Marotte, fit le clerc.

— Vous n'êtes pas jaloux, j'espère.

— Hum! les femmes! Enfin, il ne s'agit, pour le moment, ni d'amour, ni de jalousie. Nous avons d'autres soucis.

— Je vais donc partir, mon seigneur et maître, dit Marotte, avec une soumission remarquable.

— Tu partiras au petit jour.

— Pourquoi? Croyez-vous que j'aie peur des orfraies et des chats-huants. Il faut gagner du temps, et les trois heures de nuit qui nous restent me donneront une avance de quelques lieues. Écrivez votre billet.

— Je n'y vois goutte.

— Attendez.

Marotte tira de sa poche une mignonne lanterne sourde, battit du briquet et procura à Castillan une lumière suffisante pour qu'il pût tracer quelques lignes sur une page arrachée à ses tablettes.

— Tu es décidément une femme précieuse, dit-il à la danseuse, tout en écrivant, et c'est une vraie bonne fortune que de t'avoir rencontrée.

— Trève de compliments, et adieu.

Castillan appuya deux francs baisers sur les joues brunes de Marotte, et la ballerine, à qui son costume d'homme laissait toute la liberté de ses mouvements, sauta en selle avec l'agilité d'un écuyer de profession.

— Tu ne t'étais pas vantée, remarqua le clerc. Tu es une véritable amazone.

En même temps, il remit le cheval en liberté et présenta les rênes à Marotte.

— Soyez prudent, murmura celle-ci, avec un geste d'adieu.

— Soyez prompte, répliqua le clerc.

Le cheval, vivement talonné par la jeune femme, partit, rapide comme le vent.

Quand Castillan n'entendit plus le bruit de ses fers

sonnant sur la route poudreuse, il s'étendit au pied de l'arbre et veilla jusqu'aux premières pâleurs de l'aube, ne voulant pas perdre de vue la maison du curé, désireux qu'il était de rester sûr de la présence de Ben-Joël au presbytère.

XXXI

Le soleil ne se montrait pas encore sur l'horizon, lorsque Castillan vit, à travers la brume du matin, un homme
se diriger à pas pressés vers la petite. église de Saint-
Sernin.

Cet homme était le sacristain.

Il venait ouvrir les portes du sanctuaire et tout préparer pour l'office quotidien, car, durant la semaine,
Jacques Longuépée avait l'habitude de dire sa messe de
très-bonne heure.

— Je joue de bonheur, pensa Castillan. Voici un
moyen tout naturel d'avoir avec le curé un entretien
discret. Je vais me confesser à lui, et, si je ne me trompe,
ma confession l'intéressera plus que si je lui avouais une
demi-douzaine de péchés mortels.

Les habitants du village n'étaient pas encore sortis de
leurs maisons.

Castillan put entrer dans l'église sans être vu. L'ombre
était encore si profonde dans la chapelle, que sans la
lueur qui venait de la sacristie, le clerc aurait eu de la
peine à se guider.

Il s'agenouilla contre la grille du chœur et, quand le

17.

sacristain vint poser sur l'autel les burettes et le missel, Castillan sortit si inopinément de l'ombre devant lui, que le pauvre homme laissa échapper un cri de terreur.

— Rassurez-vous, lui dit Castillan d'une voix douce. Rassurez-vous, mon ami. Je suis un pauvre voyageur, et désire qu'après sa messe, votre digne pasteur me reçoive au tribunal de la pénitence.

Comment avoir peur d'un homme qui faisait montre de telles dispositions?

Le sacristain, vite rassuré, montra à l'étranger un coin profondément obscur, en disant :

— Le confessionnal est là, mon brave monsieur. Dans une petite heure, messire Jacques ira vous y joindre. Ce n'est pas jour de grand'messe, aujourd'hui.

— Merci, mon ami, et priez pour moi.

Tout en parlant ainsi, Castillan chercha la main du sacristain et y fit glisser une pièce d'argent.

— C'est pour les pauvres, ajouta-t-il en se dirigeant vers le confessionnal, où il s'enfonça, en apparence abîmé dans une religieuse méditation.

Un bruit de pas et un murmure de voix lui apprirent bientôt que le curé était arrivé.

Jacques venait en effet de commencer à dire sa messe.

Il avait laissé au presbytère Ben-Joël encore endormi; mais sa confiance, si grande qu'elle fût à l'égard du messager, ne l'avait pas empêché de fermer soigneusement la porte de sa chambre, où il gardait depuis deux ans le dépôt mystérieux de Cyrano.

Lorsque Jacques, sa messe finie, revint à la sacristie, son assistant lui dit :

— On vous attend au confessionnal, monsieur le curé.

— Ah! fit Jacques, un de mes paroissiens a donc commis quelque grosse faute, qu'il s'y prend de si bonne heure pour venir s'accuser?

— L'homme qui attend est un étranger, monsieur le curé.

— J'y vais. Mais quel peut être ce pénitent? Il n'est arrivé personne hier soir à Saint-Sernin, à part Sulpice Castillan, le secrétaire de mon cher Savinien.

— Je ne sais. L'homme qui vous demande ne m'a pas laissé voir son visage, et sa voix ne m'est pas connue.

— C'est bien. Donne-moi mon surplis. Il ne faut pas faire attendre ce bon chrétien.

Et le curé, faisant résonner les dalles sous son pied robuste, vint s'asseoir dans son confessionnal, après avoir jeté un rapide coup-d'œil sur celui qui l'attendait.

En entendant s'ouvrir la grille qui le séparait de son juge, Castillan respira avec satisfaction.

— Enfin, nous y voici! fit-il, presque à voix haute.

— Que dites-vous, mon fils? interrogea le curé, surpris de l'exclamation. Commencez, s'il vous plaît, les prières de la pénitence.

— Mon père, excusez-moi; la confession que j'ai à vous faire n'a pas un caractère purement religieux. Il s'agit d'intérêts mondains, et, si j'ai pris la liberté de vous faire appeler ici, c'est qu'il importait que personne ne pût soupçonner le véritable sujet de notre entretien.

Longuépée, de plus en plus intrigué par ce début, jugea à propos de présenter une objection à son interlocuteur et, renonçant aux formules paternelles du confesseur :

— Monsieur, répliqua-t-il, il vous eût été facile de me parler chez moi sans redouter aucune indiscrétion.

— C'est tout justement chez vous que je ne voulais pas aller, sans vous avoir mis au courant de ma petite histoire. Souffrez donc que nous nous en tenions à la situation présente.

— Soit, monsieur. Je vous écoute.

— Le premier de mes aveux consistera à vous dire mon nom. Et ce nom, monsieur le curé, ne sera pas la moindre de vos surprises. Je m'appelle Sulpice Castillan.

Le curé fit un soubresaut dans sa logette.

— Vous allez me dire, mon père, continua le clerc sans laisser à Jacques le temps de s'étonner, que vous possédez déjà au presbytère un Sulpice Castillan. Mais quel est le bon? Est-ce lui ou moi? C'est pour vous permettre de résoudre cette question délicate que je suis ici, et s'il vous plaît de m'écouter avec bienveillance, vous ne tarderez pas à sortir de l'embarras où je viens de vous plonger.

Castillan raconta alors avec une entière bonne foi les aventures dont il avait été le héros depuis son départ de Paris, sans en excepter l'épisode de Marotte.

— Monsieur, lui dit Longuépée, après avoir écouté attentivement cette confession, il se peut que tout cela soit parfaitement vrai; cependant je ne veux rien décider en l'absence d'une preuve matérielle.

— Mon Dieu, monsieur le curé, je ne me dissimule pas la difficulté de ma position, et je consens volontiers à n'être pas pris encore pour moi-même, puisque mon voleur a été assez adroit pour gagner votre confiance. Souffrez seulement que je vous demande une grâce.

— Laquelle?

— D'après ce que vous marque mon maître, vous devez le rejoindre à Colignac.

— En effet!

— Eh bien, renoncez à ce projet; attendez M. de Bergerac chez vous.

— Que me proposez-vous là?

— Je vous propose une chose très-prudente. Qui sait si, lorsque vous vous mettrez en route avec l'homme que vous persistez à considérer comme le vrai Castillan, il ne profitera pas de votre isolement pour vous assassiner et s'emparer de l'écrit dont vous avez la charge?

— C'est aller bien loin dans vos suppositions. Je ne suis pas un enfant, et je sais me défendre, mon ami.

— Sans doute; considérez toutefois que ce bohémien a des complices, et que, fort contre lui, vous pourriez être impuissant contre une bande de spadassins. Enfin, monsieur le curé, continua péremptoirement Castillan, il faut que vous restiez, et cela par la raison que j'ai fait dire à mon maître d'accourir à Saint-Sernin en toute hâte.

— Vous avez fait cela?

— Ce matin même, et par l'intermédiaire de cette même Marotte, qui est la cause première de ma mésaventure.

— Ah! monsieur, si vous dites vrai, c'est mettre dans des mains bien suspectes le salut de la position.

— Soyez tranquille; je réponds d'elle maintenant. Encore un mot, monsieur le curé. Prenez-vous un peu de confiance en moi?

— Votre accent de sincérité me touche, répondit Longuépée. Cependant, je vous l'ai dit, je n'ai point de raison suffisante encore pour considérer mon hôte comme un imposteur.

— Soit. Attendez une révélation; elle ne tardera pas à se faire. Il est bien entendu que ce que je viens de vous apprendre demeurera un secret entre nous deux?

— Ne m'avez-vous pas dit qu'il s'agissait d'une confession?

— C'est vrai; je suis tranquille. Il me reste à vous adresser une dernière recommandation.

— Faites.

— Je vous engage à déclarer nettement à votre hôte, en rentrant chez vous, que vous n'êtes plus décidé à partir, ayant appris la nouvelle de l'arrivée prochaine de votre ami Cyrano. Vous verrez l'effet de cette confidence. Par exemple, je vous invite à faire bonne garde, car il est probable que ce Ben-Joël va se mettre en tête de vous enlever par ruse ou par force le dépôt confié à vos soins.

— Je ferai selon votre désir. Toute cette aventure me trouble, et je sens que la plus grande prudence doit présider au moindre de mes actes.

— C'est bien parler, monsieur le curé. Si vous avez par hasard, au presbytère, quelque vieille épée, mettez-la à votre portée ; si, mieux encore, vous possédez une paire de pistolets, confiez-leur deux bonnes balles de plomb sur une consciencieuse charge de poudre. Tout cela peut vous être utile d'un moment à l'autre. Maintenant que vous voilà dûment prévenu, je vous laisse vis-à-vis de mon maître la responsabilité des événements.

Sulpice se leva pour se retirer.

En même temps que lui, Jacques quitta le confessional, et, saisissant le bras de son interlocuteur, il amena Castillan en pleine lumière, et, le regardant fixement :

— Vous avez l'air d'un honnête homme, mon ami, dit-il. Vous me répondez que Cyrano est averti de ce qui se passe ?

— Sur mon âme, je vous jure que mon messager est parti avant l'aube, répondit Castillan.

— Bien ! qu'allez-vous faire maintenant ?

— Attendre.

— Avez-vous pris gîte dans quelque auberge ?

— Non ! je ne tiens pas à me faire voir ; je vais cher-

cher quelque poste d'observation à proximité du presbytère.

— Vous serez vite découvert. Écoutez, je ne veux rien
négliger de ce qui peut être utile dans le cas présent, et
il y a du bon dans ce que vous m'avez dit. Glissez-vous
donc derrière le presbytère, poussez une petite porte
qui donne sur les champs ; vous vous trouverez dans
une écurie qui m'appartient. Au milieu de l'écurie est
une échelle qui conduit dans un étroit grenier : réfu-
giez-vous là, j'irai moi-même vous porter de la nourri-
ture et vous tenir au courant de ce qui se sera passé.
Est-ce convenu ?

— Parfaitement ; je vois que nous allons nous enten-
pre. Vous direz à Ben-Joël ce que je vous ai conseillé
de lui dire ?

— Je vous le promets.

— Ah ! merci, monsieur le curé ; venez maintenant ;
je ne crains plus rien.

— Laissez-moi sortir le premier ; mais avant deux
minutes, soyez à votre poste.

Castillan suivit de point en point les instructions de
curé. Il attendit le moment favorable pour traverser,
sans être vu, la petite place de l'église, et trouva sans
difficulté la cachette dont lui avait parlé Longuépée.

Il y était à peine depuis cinq minutes, lorsque le curé
parut, portant du pain, du vin et quelques vivres.

— Mon homme dort encore, dit Jacques ; j'en profite
pour vous apporter à déjeuner, monsieur... Comment
vous appellerai-je ?

— Parbleu ! appelez-moi Castillan, puisque c'est mon
nom.

— Mais l'autre ?

— L'autre ? appelez-le mon drôle. Il ne mérite pas
mieux.

— Gardons-nous d'un jugement téméraire, murmura Jacques. Tout à l'heure, je vais être mieux éclairé.

Et, laissant son pénitent expédier le déjeuner qu'il lui offrait, Jacques passa de l'écurie au presbytère qui y attenait, par une petite cour peuplée de poules et de canards.

Ben-Joël était levé et attendait le curé dans la salle à manger.

— Avez-vous bien dormi ? lui demanda gracieusement le prêtre.

— Parfaitement. J'ai pensé qu'il fallait se préparer par un repos convenable aux fatigues et aux veilles de notre prochain voyage.

Le curé prit un air bonhomme et répondit, tout en observant minutieusement la physionomie de l'étranger :

— Vous avez bien fait, mon cher Castillan ; demain et les jours suivants, vous pourrez vous reposer encore, si c'est votre plaisir, car nous n'allons plus à Colignac.

— Nous n'allons plus à Colignac ! se récria Ben-Joël. Et pourquoi, monsieur le curé ?

— Parce que mon ami Cyrano m'a fait mander ce matin qu'il allait arriver à Saint-Sernin d'un moment à l'autre.

Une mortelle pâleur s'étendit sur les traits de Ben-Joël, et sa voix expira dans sa gorge.

Le curé, qui l'examinait, surprit ce trouble passager. Mais le bohême, sentant peser sur lui le regard inquisiteur du prêtre, se remit bien vite, et ce fut en souriant de l'air le plus naturel qu'il répondit :

— Ma foi, monsieur le curé, aucune nouvelle ne pouvait me surprendre plus agréablement à mon lever ! Mon maître arrive ! Eh bien, franchement, j'en suis ravi, car c'est une preuve qu'il va mieux. Vous savez que je l'ai laissé fort souffrant à Paris.

— Je sais cela, fit le curé, tout interdit de la tournure que prenaient les choses, et, en même temps, fort perplexe à l'égard des soupçons que lui avait suggérés le vrai Castillan ; — je sais cela, et je vois à votre contentement que vous êtes vraiment attaché de cœur à votre maître.

— Je l'aime comme un père ! s'écria Ben-Joël, qui fit effort pour amener une larme d'émotion au coin de ses paupières.

Le curé lui tendit la main en se disant :

— Lequel me trompe de ces deux hommes ?

— Ce soir, mon brave, songeait en même temps Ben-Joël, je serai sur la route de Paris et j'aurai l'écrit de Lembrat. Arrive ensuite le capitaine Satan, je m'en moque.

Ce fut dans ces dispositions que s'acheva la journée.

Jacques, fidèle à sa promesse, vint rendre compte à Castillan de l'impression produite sur Ben-Joël par l'annonce de l'arrivée de Savinien.

— Cet homme est très-fort, dit Sulpice ; il a répondu naturellement ; je m'y attendais presque. Dans sa position on doit tout prévoir. Laissez venir la nuit, monsieur le curé, laissez venir la nuit.

Ben-Joël, on le comprend, avait, dès la première menace de l'arrivée de Bergerac, ébauché tout un plan pour la nuit suivante.

Il ne quitta pas le presbytère de toute la journée, et prit une connaissance exacte des localités.

En pénétrant dans la chambre du curé, où Longuépée avait passé une partie de l'après-midi, l'œil de lynx de Ben-Joël fut bien vite attiré par l'armoire de chêne scellée à la tête du lit.

— C'est là ! se dit instinctivement le bohème.

Dès ce moment, ses dispositions furent prises. Il s'agissait tout simplement de profiter d'une courte absence du curé pour crocheter l'armoire, ou, si cette occasion ne pouvait être saisie de s'introduire pendant la nuit dans la chambre, de poignarder Jacques et de s'emparer du précieux écrit.

Ben-Joël n'était pas homme à reculer devant un crime.

Son idée conçue, il ne songea plus qu'à l'exécuter dans les meilleures conditions possibles.

Au souper, le curé, qui, lui aussi, avait médité sur les événements du jour et s'était tracé, comme Ben-Joël, son petit programme, dit négligemment à son hôte :

— Ami Castillan, ce soir, si vous le permettez, nous ne prolongerons pas trop notre veille. Il faut que je sois à l'église dès l'aube, ce qui ne vous empêchera point, j'espère, de dormir la grasse matinée.

— J'y compte bien, monsieur le curé, sourit l'aventurier. Si vous voulez vous retirer, ne vous gênez donc point pour votre serviteur.

— Oh ! je ne suis pas tellement pressé que je ne puisse vous offrir, avant le coucher, un verre de notre eau-de-vie de Saint-Sernin. Elle est moins bonne que celle de Cognac, mais vous savez le proverbe : A défaut de grives...

— On prend des merles, acheva joyeusement Ben-Joël.

Après avoir bu à la santé de son hôte, le curé se retira, le laissant aux soins de la servante.

Quand il jugea le prêtre profondément endormi, le bohême prit un flambeau et se dirigea à son tour vers sa chambre.

En passant devant celle du curé, il remarqua que la clef n'était plus sur la porte.

D'un doigt discret, il pesa sur le loquet, le fit jouer et essaya de pousser le panneau.

La porte résista.

Elle était verrouillée à l'intérieur.

— Diable! fit le bandit, maître Jacques est prudent. Je n'avais pas prévu cela. Bah! j'attendrai bien à demain. Le Bergerac n'a pu faire diligence au point de gagner quatre jours sur nous.

Et il se glissa le long du corridor, sans faire plus de bruit qu'un ombre.

Mais au lieu de s'endormir aussitôt, il se jeta tout habillé sur son lit, l'oreille aux aguets et prêt à saisir une circonstance favorable.

Quel que fût son désir de réussir, cette veille solitaire devait le vaincre.

Vers minuit, ses yeux se fermèrent malgré lui, sa tête tomba sur l'oreiller, et il s'endormit profondément.

L'horloge de Saint-Sernin sonnait trois heures lorsque Ben-Joël revint à lui.

Il se frotta vivement les yeux et, mâchonnant un juron :

— Imbécile! dit-il, j'ai dormi. Il n'est peut-être plus temps.

La fenêtre laissait filtrer dans la chambre les premières lueurs de l'aube. Ben-Joël s'approcha du vitrail et regarda du côté de l'église.

Elle était encore fermée, et personne ne se montrait sur la place.

Peu après, un bruit se fit dans la direction de la chambre du curé.

Le bandit respira.

Le bruit, perçu vaguement d'abord, devint plus distinct, et Ben-Joël entendit bientôt s'ouvrir et se refermer la porte de la rue.

Il courut de nouveau vers la fenêtre, assez à temps pour voir le curé traverser la place et suivre une ruelle.

à gauche de l'église, où il allait sans doute pénétrer par l'entrée particulière de la sacristie.

Le frère de Zilla ne perdit pas de temps en nouvelles réflexions.

Il sentait qu'il fallait agir sans délai.

En conséquence, il s'arma d'une courte pince de fer et de quelques crochets, prit entre ses dents son couteau ouvert, et se dirigea vers la chambre de Jacques.

La porte était toujours fermée à clef.

Mais forcer une serrure n'était pour Ben-Joël qu'un jeu d'enfant.

Il opéra si délicatement, que la porte s'ouvrit comme si, pour obtenir cet effet, il eût suffi au bohème de prononcer un mot magique, ou comme s'il eût été porteur d'une de ces « mains de gloire » devant lesquelles, suivant certains récits merveilleux, tombaient les grilles et les verroux les plus solides.

Une fois dans la chambre, le bandit fureta rapidement, comme pour l'acquit de sa conscience, dans tous les tiroirs et sur tous les meubles; puis il se rabattit vers l'armoire de chêne, où il pressentait l'existence du trésor tant désiré.

En ayant rapidement étudié l'armature, il glissa sa pince sous l'un des panneaux et pesa de tout son corps sur l'instrument.

Le chêne craqua sous ce robuste effort, mais les ferrures résistèrent.

Ben-Joël, tout entier à son entreprise, allait recommencer la tentative, lorsqu'éclata soudainement derrière lui la voix sonore du curé.

— Hé! monsieur Castillan, lui cria Jacques, debout, les bras croisés, au milieu de la chambre, que faites-vous là, s'il vous plaît?

Cette interpellation railleuse fit bondir le bohême, qui se retourna pour faire face au danger.

Ne pouvant nier l'évidence, il jeta sa pince, assura son couteau dans sa main, et, se redressant d'un air menaçant devant le curé :

— Vous avez bientôt dit votre messe, monsieur le curé, ricana-t-il; ce sera tant pis pour vous.

— Misérable! tonna Jacques, n'as-tu pas honte du métier que tu fais ?

Ben-Joël s'élança, le couteau levé.

Au moment où son bras s'abattait, la main du curé le saisit au vol et le serra d'une étreinte à lui briser les os.

— Lâche ton arme, lui dit-il en même temps.

Cette recommandation était superflue. Les doigts engourdis de l'assassin s'étaient déjà détendus et le couteau qu'ils tenaient venait de tomber sur le plancher.

Ben-Joël n'avait décidément pas de chance dans ses guet-apens. La ruse lui réussissait mieux que la force.

Il voulut parler, s'humilier, sauver sa peau, comme il l'avait fait naguère lorsqu'il fut si rudement gourmé par Cyrano sur la route de Fougerolles; le curé ne lui en laissa pas le temps.

— Si Dieu ne nous défendait de verser le sang, fit-il, il serait profitable peut-être de débarrasser le monde d'une créature comme toi. Remercie-le de t'avoir fait tomber entre les mains d'un chrétien.

Ben-Joël, pour toute réponse, fit un brusque soubresaut pour se dégager.

— Ah! c'est ainsi que tu le prends, lança Jacques. Tu n'aimes ni les conseils, ni les sermons. Va donc, mon drôle, va te faire pendre ailleurs. Il est heureux pour toi que Cyrano ne soit pas arrivé.

Ce disant, le curé saisit sans façon le bohême par ses chausses et par le haut de son pourpoint, puis, l'enlevant de terre, il le porta sans hâte vers la fenêtre, qu'il défonça d'un coup d'épaule.

— Ne me tuez pas, monsieur le curé, geignit Ben-Joël effaré, ne me tuez pas.

— Allons, saute, voleur de nuit, répliqua le curé, en faisant rudement franchir au bohême l'appui de la croisée et en le maintenant toujours suspendu dans l'espace.

— Grâce! cria la voix étrangée de Ben-Joël.

— Saute donc, répéta le curé. La fenêtre est à sept pieds du sol. Aurais-tu peur, par hasard?

Ben-Joël se hasarda à regarder et vit le terrain tout près de lui.

— Pour que je saute, lâchez-moi, murmura-t-il humblement.

— Tu es décidé; c'est bien heureux. Allons, bon voyage, mon drôle; mais ne recommence pas : une autre fois tu n'en serais pas quitte à si bon marché.

Les mains de Jacques s'ouvrirent, et le bohême, qui, le danger disparu, avait repris tout son sang-froid, le bohême tomba sur le gazon avec l'élasticité d'un chat.

Cela fait, il prit la fuite à toutes jambes, sans demander son reste, et non sans songer qu'une balle de mousquet pourrait bien l'atteindre en route.

Après cette exécution, le curé courut au grenier où Castillan, éveillé depuis un instant, attendait impatiemment les nouvelles du jour.

En voyant Jacques lui ouvrir les bras, Sulpice devina qu'il s'était passé quelque chose de décisif.

— Mon brave enfant, dit le prêtre en l'embrassant à pleines joues, vous m'avez sauvez la vie.

— Ah! ah! fit Castillan. Notre homme...

— Notre homme! interrompit le curé, il est loin, s'il court encore.

Et, en deux mots, Jacques fit assister le jeune homme à la courte scène qui venait de se passer.

— Quoi ! se récria Sulpice, vous l'avez laissé s'échapper ?

— Sans doute. Il n'est plus nuisible, dès l'instant qu'il est démasqué.

— Détrompez-vous. Enfin, ce que vous avez fait est bien fait ; on ne peut vous reprocher votre bonté d'âme. L'arrivée de M. de Cyrano mettra fin à vos inquiétudes et vous rendra toute votre tranquillité.

— Ámen ! répondit en souriant le curé. Venez prendre possession d'un gîte plus digne de vous, mon enfant, mon vrai Castillan, cette fois.

Les deux nouveaux amis descendirent ensemble, et Jeanne ne vit pas sans surprise un nouveau personnage s'asseoir devant le substantiel déjeuner qu'elle avait soigneusement élaboré à l'intention du convive de la vieille, disparu sans qu'elle parvînt à s'en expliquer le motif.

Ce qui, par parenthèse, plongea la bonne servante dans un abîme de réflexions dont le curé ne jugea pas à propos de la tirer ce jour-là.

La prochaine arrivée de Cyrano était l'unique objet des préoccupations de Jacques.

Il attendait son ami avec une joie enfantine, avec une impatience mal déguisée.

Il avait hâte de l'embrasser d'abord et ensuite de lui remettre ce précieux dépôt qui, depuis deux ans, lui avait causé tant de souci.

XXXII

Avant de faire connaître au lecteur ce qu'il advint de Ben-Joël, aussi bien que de Cyrano, alors aux prises avec la justice toulousaine, il convient de reprendre l'histoire de Zilla.

On se rappelle sans doute les circonstances dans lesquelles se trouvait la jeune femme au moment où les événements nous ont entraîné loin d'elle.

Elle venait de pressentir les desseins criminels du comte Roland, et était sortie seule, au milieu de la nuit, de la Maison du Cyclope, en proie à une exaltation voisine de la folie.

Où allait Zilla?

Dans le premier moment elle ne le savait pas elle-même. Après avoir couru jusqu'au pont Neuf, qu'elle franchit d'un pas rapide, la fraîcheur de la nuit apaisa un peu cette fièvre ardente, qui la poussait au hasard à travers la ville; elle s'arrêta devant le Châtelet et se prit à réfléchir.

Ses pensées se coordonnèrent peu à peu; elle releva la tête avec résolution et reprit sa marche d'un pas délibéré.

Zilla avait désormais un but.

Elle remonta la rive droite de la Seine, s'engagea dans les ruelles étroites voisines de la rue Saint-Paul et vint frapper à la porte de l'hôtel de Lembrat.

Le maître était rentré depuis une heure; tout dormait dans la maison.

Zilla attendit une demi-minute.

Après quoi, elle souleva de nouveau le heurtoir de fer ouvragé et le laissa retomber sur la grande porte.

Un bruit se fit dans la cour; des pas se rapprochèrent, et une voix rude demanda :

— Qui frappe?

— Je veux parler à M. de Lembrat, répondit Zilla avec impatience.

— Monsieur le comte repose; ce n'est pas l'heure de le voir.

— Ouvrez, vous dis-je; il s'agit d'une affaire très-importante.

— Allons, coureuse, au large! et ne frappez plus, ou je vous fais prendre par les sergents. A-t-on jamais vu! Déranger les gens à une heure de la nuit!

Ce disant, l'inflexible portier se retira, faisant sonner ses pas lourds sur le pavé.

La bohémienne comprit que toute nouvelle tentative serait sans effet.

D'ailleurs, elle comptait bien n'avoir rien à redouter pour Manuel durant ces quelques heures.

Résolue de ne pas laisser au comte le temps de lui échapper, elle s'assit sur la borne plantée à la porte de l'hôtel, s'enveloppa dans sa cape, et demeura immobile dans l'ombre, en murmurant :

— J'attendrai.

Cette nuit fut longue comme une année. Pénétrée par l'humidité de l'aube, Zilla grelottait; mais sa tête était

18

brûlante, et cette ardeur fébrile l'empêchait de céder à
la souffrance et à la fatigue.

Le jour vint et la trouva pâle, mais l'œil plein d'é-
clairs; frissonnante, mais debout et prête à la lutte.

Bientôt une rumeur vague dans les alentours de l'hôtel annonça le réveil de la ville; quelques passants se
montrèrent au bout de la rue, et des grincements de fer
se firent entendre auprès de la jeune femme.

C'étaient les verroux de la grande entrée qui glis-
saient poussés par la main du portier; les deux panneaux de chêne s'entr'ouvrirent, et Zilla put jeter un regard dans la cour, où s'agitait déjà la valetaille du
comte Roland.

Prudente comme il convenait de l'être en pareille situation, Zilla s'éloigna de quelques pas, sans perdre de vue
la porte de l'hôtel.

Une taverne était ouverte à peu de distance; elle y
entra pour s'y réchauffer un instant, puis demanda de
l'eau, dont elle baigna son visage flétri par une longue
veille, rajusta ses vêtements, et de nouveau se dirigea
vers l'hôtel.

Le portier féroce, qui peu d'heures auparavant l'avait
si fort rudoyée, avait sans doute oublié ou pris pour
un mauvais rêve l'incident de la nuit, car il ne sembla
ni surpris ni fâché lorsque Zilla se présenta devant
lui.

Ce n'était pas d'ailleurs la première fois qu'il voyait
la jeune femme, et les confidences des laquais lui avaient
appris que le maître du logis n'était pas sans avoir
quelque considération pour elle.

On ne savait pas de quelle nature étaient les relations
établies entre le comte et la bohémienne, mais ces relations étaient certaines; cela suffisait pour épargner à
Zilla un accueil désagréable.

Elle s'adressa à un valet accouru à sa rencontre, se nomma et demanda presque impérieusement à parler au comte.

— Monseigneur n'est pas levé, objecta le valet.

— Faites-le prévenir, insista la visiteuse.

— Le réveiller! Oh! non, je ne m'y risquerais pas. Attendez, si vous voulez.

— Soit.

Et Zilla, sur un signe du laquais, l'accompagna jusqu'aux appartements, où on la fit asseoir dans une vaste antichambre, en l'engageant à patienter.

Trois mortelles heures s'écoulèrent ainsi. Enfin, le son d'une voix bien connue parvint aux oreilles de Zilla.

Le comte était debout et fort en colère, à en juger par le diapason auquel sa parole était montée.

Peu après Roland parut. La jeune femme ne se doutait pas qu'elle était la seule cause de cette irritation qui se lisait encore dans les regards du comte et dont les éclats étaient arrivés jusqu'à elle.

Elle fit un pas vers lui et sans attendre sa question :

— J'ai à vous parler, prononça-t-elle d'un ton brusque.

— De si bonne heure? essaya de sourire le comte.

— L'heure ne signifie rien. Renvoyez vos gens.

— Vous parlez bien royalement, ma belle. Que se passe-t-il?

Il congédia du geste les laquais qui l'avaient suivi, et d'un air impatient :

— Je suis pressé, fit-il; que me voulez-vous?

— Je vais vous le dire. Vous êtes venu chez moi hier, sous un prétexte perfide, et vous m'avez pris un objet que je viens vous redemander. Rendez-le moi.

L'équivoque n'était pas possible. Le ton net et tranchant de Zilla ne permettait pas à Roland d'en douter.

Le comte prit un air étonné et répondit :

— Un objet? c'est bien vague. Je n'ai rapporté de chez vous que la lettre écrite à l'intention de ce Manuel. Est-ce à cette lettre que vous faites allusion?

— Vous savez bien que non!

— Alors je ne vous comprends pas.

— Entrons dans votre appartement, monsieur le comte.

— Pourquoi faire?

— Pour y reprendre la fiole de poison que vous m'avez soustraite hier!

Le comte tressaillit légèrement, quoique déjà préparé à cette apostrophe.

Ce mouvement n'échappa pas à Zilla.

— Vous voyez bien, s'écria-t-elle, que vous n'êtes pas aussi ignorant que vous le dites.

— Je suis étonné, voilà tout, et si je ne vous croyais folle ou égarée par quelque sentiment inexplicable, je subirais d'un front moins tranquille vos réclamations et vos insultes.

— Rendez-moi ce que je vous demande, monseigneur.

— Vous y tenez donc? Ah çà, mon enfant, sourit le comte, dont l'accent s'adoucissait à mesure que s'irritait la voix de la bohémienne, faites-moi le plaisir de me dire à quel propos je puis avoir besoin de poison? Si j'en voulais, d'ailleurs, il ne manque pas de droguistes lombards ou florentins à qui j'en saurais acheter.

— C'est possible, mais ayant trouvé à portée de votre main l'arme qui vous était nécessaire, vous l'avez saisie; c'était moins compromettant.

— Voyons, Zilla, qu'est-ce qui vous pousse? que supposez-vous?

— Je suppose que vous voulez vous débarrasser de

Manuel, et que vous vous êtes servi de moi pour cela.

— Je songe bien à Manuel! Si je voulais m'en débarrasser, comme vous le dites, j'aurais mille moyens au lieu d'un. Le premier et le plus simple serait de le laisser condamner, et tout justement je vous ai offert de le tirer de prison.

Cela fut dit très-naturellement, avec une certaine bonhomie qui ébranla un instant les convictions de Zilla.

Le comte s'aperçut de l'effet produit par ses dernières paroles, et un sourire furtif passa sur ses lèvres.

— Êtes-vous convaincue? ajouta-t-il, pensant assurer son triomphe.

— Je ne me laisse pas convaincre sans preuves.

— Quelles preuves voulez-vous?

— Facilitez-moi l'entrée du Châtelet. Je veux parler à Manuel.

— C'est impossible.

— En ce cas, rendez-moi la lettre que j'ai écrite hier au prisonnier, d'après vos conseils.

— Vous renoncez donc à sauver Manuel?

— Je vous le dirai. Tout d'abord, rendez-moi ma lettre.

— Je le voudrais, répliqua tranquillement le comte; malheureusement, ou... heureusement, — car j'entends mieux vos intérêts que vous — je ne l'ai plus.

— Où est-elle?

— Manuel doit l'avoir entre les mains — je la lui ai fait parvenir.

— Quand?

— Ce matin.

— C'est faux! exclama Zilla. J'ai passé la nuit à la porte de votre hôtel, et personne n'en est sorti.

Le comte fit un mouvement de colère aussitôt réprimé.

18.

Il avait besoin de ménager Zilla ; un mot tombé de ses lèvres pouvait, sinon le perdre, du moins le compromettre gravement.

— Vous êtes une femme, conclut-il, et j'excuse votre démenti. Croyez pourtant, Zilla, que rien n'est plus vrai que ce que je vous affirme. L'avenir vous montrera que vous aviez tort de me soupçonner. Cela dit, mon enfant, je vous quitte. Mon devoir m'appelle au Louvre.

Et, saluant Zilla de la main, il passa devant elle et disparut, la laissant interdite au milieu de l'appartement.

Presque aussitôt cinq ou six valets reparurent dans l'antichambre où s'était passée cette scène, et Zilla comprit qu'elle n'avait plus rien à faire là.

— Cet homme me trompe, songea-t-elle en se retirant ; mais ma volonté triomphera de lui. Manuel sera mis en garde contre ses piéges.

Les réflexions de Zilla ne l'égaraient point. Roland avait encore entre les mains la lettre qu'il prétendait avoir envoyée à Manuel. S'il ne l'avait pas rendue à la bohémienne, quoiqu'elle lui fût désormais inutile, puisqu'il avait en sa possession le poison redoutable qu'il était venu chercher à la Maison du Cyclope, c'était, nous l'avons dit, parce qu'il voulait ménager Zilla et jouer son rôle jusqu'au bout.

La gitana redescendit vers le Châtelet, avec l'intention de s'adresser à messire Jean de Lamothe lui-même pour obtenir l'autorisation de communiquer avec le prisonnier.

Un huissier l'introduisit, non sans quelques objections, auprès du grand prévôt.

Ce dernier la reçut d'un air sévère. A ses yeux, Zilla avait été complice de la prétendue usurpation de Manuel, et n'avait dû sa liberté qu'à la bienveillante intervention du comte.

Il avait lui-même, il est vrai, considéré comme une une suffisante réparation de la faute commise, les aveux de Ben-Joël et de Zilla ; mais cela ne l'empêchait point de conserver au fond du cœur une honnête rancune contre ces coupables métamorphosés en dénonciateurs et en témoins. Jean de Lamothe avait été pour Roland et ses auxiliaires une dupe trop facile, et c'était avec une entière bonne foi, — il est bon de le répéter, — qu'il consacrait son temps et son intelligence à l'instruction du procès de Manuel.

Zilla ne se sentit nullement troublée par l'accueil du grand prévôt, son amour pour Manuel étant prêt à tous les sacrifices comme à toutes les humiliations.

Elle s'approcha de la vaste table encombrée de dossiers et de sacs à procédure, derrière laquelle trônait le grand prévôt, et, d'une voix lente et calme :

— Me reconnaissez-vous, monsieur de Lamothe ? demanda-t-elle.

— Sans doute. Est-ce pour m'apprendre quelque fait nouveau que vous êtes venue ?

— Non ! Je suis venue pour vous demander une faveur.

— Laquelle ?

— La permission de voir Manuel.

— Oui da, fit le magistrat, voir Manuel ! Vous n'y pensez pas, ma fille ?

— Vous avez le pouvoir de m'accorder cette grâce.

— Oui, mais vous n'avez pas le droit de la solliciter.

Zilla releva la tête.

— Et pourquoi ? fit-elle avec une intention de révolte.

— Vous êtes bien curieuse. Faut-il vous dire que je ne suis pas très-sûr de votre retour au bien, et que je ne

veux pas vous fournir l'occasion de vous entendre avec
Manuel?

— Que puis-je tenter de redoutable pour votre justice ?

— Est-ce que je sais ? Allons, ma fille, allez-vous-en et
ne péchez plus.

— Monsieur, je vous en supplie. Il y va de la vie de
Manuel peut-être ! Laissez-moi le voir.

— Vous perdez votre temps.

— Laissez-moi lui écrire, au moins.

— En voilà assez. Je suis occupé. Toutes vos larmes
ne me toucheront pas. Quand j'ai dit non, c'est non.
Tenez-le pour certain.

— Et si je vous disais, lança Zilla affolée, si je vous
disais, monsieur le prévôt, qu'on vous a trompé, que...

Le prévôt frappa sur un timbre.

Un huissier parut, messire Jean lui montra Zilla :

— Si cette femme se présente de nouveau ici, dit-il, je
vous défends de la laisser entrer.

Sur ce mot, il se leva, et, renouvelant la scène qui
avait eu lieu, moins d'une heure auparavant, à l'hôtel
de Lembrat, il poussa une porte située au fond de l'appartement et disparut.

Zilla eut un cri de colère. Elle allait tout avouer, et
on ne voulait plus la croire, on ne voulait même pas
l'entendre.

L'espérance qu'elle avait caressée en se présentant
chez le comte et chez le grand prévôt s'évanouissait pour
toujours.

La sœur de Ben-Joël ne devait plus compter que sur
ses propres forces.

Elle eut à ce moment comme une hallucination terrible.

Elle vit Manuel se tordant sur la terre de son cachot.

Il avait bu le poison versé par une main vendue au comte, et il mourait en maudissant Zilla.

— Non, cela ne sera pas, s'écria-t-elle, je ne le veux pas ; je l'empêcherai.

Et, sans savoir encore comment elle s'y prendrait pour conjurer ce danger qu'elle sentait proche, elle se retrouva au bas de l'escalier du grand prévôt, qu'elle avait franchi quelques minutes auparavant presque certaine de son succès.

Elle n'eut que quelques pas à faire pour arriver devant la porte de la prison.

Les archers de la prévôté ne manquèrent pas de la saluer, au passage, de quelques propos galants ; mais elle leva sur eux un regard à la fois si fier et si triste, que pas un ne se hasarda à la poursuivre davantage.

Elle demeura un instant pensive devant cette porte inexorable, qu'un simple mot de messire Jean aurait pu lui ouvrir toute grande, et là une idée folle lui vint.

— Si j'allais m'offrir comme servante au geôlier ? pensa-t-elle.

Un sourire amer plissa ses lèvres. Elle comprenait déjà l'inanité de cette inspiration.

Il fallait trouver mieux.

Alors, quoiqu'elle eût la mort dans le cœur, la bohémienne redressa sa taille souple, laissa s'épanouir sur ses traits une gaieté factice, et, marchant vers un groupe d'oisifs arrêté à quelque distance, et dont elle attirait depuis un moment la curiosité, elle se mit à chanter une joyeuse chanson.

En un clin d'œil elle fut entourée. Les archers vinrent un à un se joindre aux curieux ; à leur suite apparurent deux ou trois valets de geôle, vers lesquels se porta plus particulièrement l'attention de Zilla.

L'un d'eux était fort jeune, et sans doute le métier qu'il faisait était nouveau pour lui, car il avait bien la physionomie la plus franche et la plus épanouie qu'il fût possible d'imaginer. On sentait que la lourde atmosphère des prisons n'avait pas encore suffisamment pesé sur son front, et que le spectacle des misères humaines n'avait point éteint le rayonnement de ses yeux.

Insensiblement, Zilla se rapprocha de lui. Une espèce d'intuition lui disait qu'elle allait trouver un refuge auprès de cet enfant.

Elle cessa de chanter et prit la main de l'un des archers, en même temps qu'elle disait :

— Voulez-vous connaître votre avenir ? Je le lirai dans les lignes de votre main.

L'archer se dégagea, un peu effrayé de cette brusque proposition. Un ricanement moqueur courut dans la foule.

— Il a peur ! fit une voix.

Zilla n'insista pas. Elle interrogea du regard les assistants, et dix mains se tendirent en même temps vers elle.

Elle joua pendant quelque temps ce rôle de devineresse, auquel on l'avait habituée depuis l'enfance, et, comme le jeune homme qu'elle avait distingué semblait hésiter à lui demander à son tour son horoscope, elle lui sourit et lui fit signe de s'approcher.

Il céda vite à cet encouragement et présenta sa main toute grande ouverte.

Zilla posa son doigt sur la ligne de vie, et ses regards fascinateurs cherchèrent ceux du jeune homme.

— Heureux enfant, dit-elle alors, il aime... et il est aimé.

Cette révélation, facile à faire quand celui qui interroge est un beau garçon de vingt ans à peine, fit monter un nuage de pourpre sur le front du jeune valet.

— Et... murmura-t-il, savez-vous ?...

Il n'acheva pas. Il craignait d'en trop dire peut-être et voulait laisser à Zilla le soin de lui raconter elle-même tous les secrets de son cœur.

— Venez, continua mystérieusement la devineresse, ce que j'ai à vous révéler ne peut être entendu que de vous.

XXXIII

La foule s'écarta devant la bohémienne.

Elle ne quitta pas la main du jeune homme, qu'elle entraîna à quelque distance.

— Comment vous nomme-t-on? lui demanda-t-elle alors.

— Johann Müller, répliqua-t-il.

— Écoutez-moi, dit Zilla; vous êtes jeune, vous aimez et je vois à la douceur de vos traits que vous devez facilement compatir au malheur des autres.

— Pourquoi me dites vous cela? murmura Johann, étonné du ton dont ces paroles étaient prononcées.

— Parce que j'ai besoin de vous, et que dès le premier instant, j'ai compris, à votre seule vue, que vous ne repousserez pas ma prière.

— A celle qui a deviné si vite que j'aimais et qui m'a annoncé le bonheur, je n'ai rien à refuser, si ce qu'elle me demande est possible.

— Merci, enfant, prononça Zilla.

Et sa main serra plus énergiquement celle du jeune homme, et ses yeux s'attachèrent pleins de gratitude sur les siens.

— Vous voyez ce tombeau, continua-t-elle en montrant

d'un geste triste les hautes murailles du Châtelet ; il renferme la meilleure part de mon cœur, car j'aime, moi aussi, et celui que j'aime va mourir là peut-être.

Avec son admirable instinct de femme, Zilla avait deviné que, sur cette âme honnête et généreuse que trahissaient les regards de Johann, un sentiment aurait plus de prise qu'une banale séduction.

Elle aurait pu offrir de l'or : elle préférait s'abandonner aux bons instincts du jeune homme, le prendre pour confident de sa peine, l'intéresser à ses espérances, et faire vibrer en lui des cordes plus délicates que celle de l'intérêt personnel.

Il la regarda avec surprise, mais sans s'effaroucher de ce début, lequel devait pourtant lui faire pressentir que Zilla allait lui demander quelque chose de compromettant, ou tout au moins de hasardeux pour son repos.

La physionomie de la bohémienne respirait une espérance si ardente, qu'il n'eut pas le courage de lui imposer silence ou de l'abandonner.

— De qui voulez-vous parler ? se hasarda-t-il à demander, après avoir jeté un coup d'œil furtif autour de lui, pour s'assurer que personne n'était à portée de sa voix.

— Vous avez entendu parler, sans doute, d'un jeune homme que l'on accuse d'avoir usurpé le titre et le nom d'un autre.

— Ne l'appelle-t-on pas Manuel ? interrompit le complaisant Johann.

— Précisément ! Vous le connaissez ?

— Autant que l'on peut connaître un prisonnier entrevu, à la lueur d'une lanterne, dans les ténèbres d'un cachot.

— Pauvre Manuel ! Il souffre bien, n'est-ce pas ?

19

— S'il souffre, du moins ne se plaint-il pas.

Mais, excusez-moi, reprit aussitôt Johann, l'heure est venue de rentrer au Châtelet, et si c'est à ce Manuel que vous vous intéressez, je vous ai dit tout ce que je sais de lui.

En même temps, il tira de sa poche une petite pièce d'argent et voulut la glisser dans la main de la bohémienne.

Zilla le repoussa doucement.

— Un instant, fit-elle; je ne vous ai pas tout révélé, moi. Et si vous n'avez plus rien à m'apprendre, j'ai du moins encore une importante grâce à vous demander.

— Je vous ai dit que je serais heureux de vous obliger. Parlez donc vite, car si le geôlier me voyait m'attarder ainsi avec vous, je serais certainement puni.

— Non! Dieu vous protégera, car vous êtes bon. Ce Manuel, que vous connaissez et que j'aime, un grand danger le menace, Johann. Il a des ennemis puissants. Recueillez vos souvenirs; ne s'est-il rien passé d'étrange à son sujet?

— Depuis quand?

— Depuis qu'il est au Châtelet? depuis ce matin, surtout.

— Non, à part les visites que lui a faites messire Jean de Lamothe pour l'interroger, et celle d'un gentilhomme qui avait obtenu l'autorisation de lui parler, je ne vois rien qui vaille la peine n'être noté.

— Et ce gentilhomme?... Est-ce hier soir qu'il est venu?

— Non!

Zilla respira.

— Attendez, se ravisa presque aussitôt Johann, quand je dis que le prévôt et ce gentilhomme seuls ont vu le prisonnier, je me trompe...

— Que s'est-il passé? interrogea fiévreusement la devineresse.

— Un homme s'est présenté tout à l'heure au Châtelet, un valet, je crois...

— Le but de cet homme?

— Il apportait quelques provisions au prisonnier...

— Des provisions! fit Zilla, toute pâle.

— Oui. Quelque bonne âme s'est émue sans doute de la détresse de Manuel, et, sachant combien est dur le régime de la prison, a voulu lui en adoucir la rigueur.

— Ah! tout est perdu! s'écria Zilla, se tordant les bras avec désespoir. Le temps que j'ai passé auprès du grand prévôt a suffi au misérable pour accomplir son œuvre.

Johann ne comprenait rien à cette douleur subite. Il essaya vainement de calmer Zilla. Elle ne l'écoutait plus. La terrible vision qu'elle avait eue une heure auparavant, s'ébauchait de nouveau dans son esprit, et haletante, la prunelle fixe, elle s'y attachait tout entière.

Enfin, le sentiment de la réalité lui revint.

— Johann, articula-t-elle, il faut que je le sauve, entendez-vous? et il faut pour cela aussi que vous m'aidiez.

— Quel danger redoutez-vous?

— La mort pour Manuel. Enfant, à toi ma reconnaissance eternelle, si tu conjures le péril. Je serai ton esclave; je t'appartiendrai comme un chien appartient à son maître...

— Que faut-il faire? demanda Johann, irrésistiblement entraîné par l'accent de Zilla.

Elle détacha de son poignet un bracelet d'argent et se servit de la pointe d'un stylet qu'elle portait toujours sur elle, pour graver sur le métal quelques caractères dont Johann ne pouvait comprendre le sens, mais qui pour Manuel, habitué à écrire aussi bien qu'à parler la langue romany, contenait toute une révélation et le mettaient en garde contre les tentatives criminelles de Roland.

Johann, laissant à peine à Zilla le temps d'achever, renouvela sa question :

— Que faut-il faire?

— Remettre ceci au prisonnier, conclut-elle en lui présentant le bracelet, et le lui remettre non pas demain, non pas ce soir, tout à l'heure.

« Hélas ! vit-il encore! » soupira Zilla avec angoisse.

Johann avait pris le bracelet ; toutefois il paraissait hésiter.

— Je crains, se risqua-t-il à dire, de ne pouvoir faire tout de suite ce que vous désirez. Je ne descends aux cachots que vers midi...

— Va ; va vite, le ciel t'inspirera.

Le jeune homme se disposa à s'éloigner.

— Je t'attends, lui dit encore Zilla. Reviens tout me dire, tout, entends-tu, même le malheur que je redoute.

Et, brisée de fatigue autant que d'émotion, elle tomba accroupie sur le pavé, tandis que Johann s'empressait de retourner à la geôle.

Il disparut à ses yeux, et l'esprit de la devineresse recommença à flotter dans cette brume du rêve que créent les angoisses de l'attente, alors que la vie d'un homme peut dépendre d'une minute, bien ou mal employée.

Longtemps, elle resta ainsi, sans se soucier de l'attention des passants.

Elle ne voyait devant elle que cette masse sinistre du Châtelet, se profilant sur le ciel graduellement assombri.

Bientôt la silhouette de la prison s'estompa jusqu'à se confondre avec le ciel, puis un clair rayon de lune vint se jouer sur les créneaux.

Il était nuit, et Zilla attendait toujours.

Elle avait passé là la moitié de la journée, morne et pensive, ne sortant de sa prostration que pour lever de temps en temps la tête et voir si Johann n'apparaissait pas.

Rien ne vint. La nuit se fit de plus en plus profonde ; le couvre-feu sonna dans le voisinage, et Zilla dut provisoirement renoncer à l'espérance de connaître la destinée de celui qu'elle aimait.

Tous les ressorts de son esprit se détendirent à la fois ; elle porta les mains à sa poitrine, qu'étreignait une souffrance aiguë, et, comme elle tentait de se lever, un vertige subit la força à retomber sur le sol.

Zilla était enfin domptée, non par les émotions, non par la douleur, mais par la nature. Elle avait faim, réalité mesquine, tyrannie absurde, qui l'obligeait à s'occuper d'elle-même alors que toutes ses pensées, toutes ses inquiétudes étaient pour un autre.

Depuis la veille au soir, la bohémienne n'avait pas mangé. Elle fit un effort suprême, se releva, et, s'appuyant aux murailles qui souvent fuyaient sous sa main mal assurée, elle regagna péniblement la Maison du Cyclope.

— Eh ! d'où venez-vous, Zilla, lui dit la vieille logeuse, en la voyant ainsi, pâle et chancelante, et quel malheur vous est donc arrivé ?

La bohémienne ne répondit pas et rassembla ses dernières forces pour gravir l'escalier conduisant à sa chambre.

Après s'être reconfortée, Zilla pensait se retrouver telle qu'elle était la veille : vaillante, prête à tenir tête à tous les événements.

Cette confiance était de la présomption. La bohémienne, il est vrai, avait repris une partie de sa vigueur physique, mais un frisson agitait ses membres. Ce frisson, d'abord superficiel, pénétra bientôt toute sa chair; elle se sentit glacée jusqu'au cœur.

Elle se jeta sur son lit, entassa sur son corps grelottant des vêtements et une cape de laine, puis elle ferma les yeux, espérant le sommeil et avec lui l'oubli.

Mais elle était trop profondément frappée pour trouver une minute de repos.

Toute la nuit, elle s'agita sur sa couche, en proie à un malaise indéfinissable.

Durant cette lutte du corps contre le mal qui l'envahissait, son âme soutenait un combat plus terrible encore contre elle-même.

Zilla songeait que son amour lui avait fait commettre une grande faute ; pour sauvegarder cet amour, elle avait disposé de la liberté, de la vie de Manuel.

La passion, si intense, si profonde qu'elle fût, pouvait-elle excuser un semblable abus ?

Au lieu d'aller trouver le comte, au lieu de vouloir fléchir la sévérité de messire Jean de Lamothe, au lieu, en un mot, de chercher le salut de Manuel dans l'emploi de moyens très-aléatoires, Zilla pouvait s'armer d'une preuve victorieuse et proclamer hautement l'innocence du jeune homme.

Elle possédait le livre de Ben-Joël; elle savait du moins où le prendre et à quelle page trouver cette preuve.

Mais agir ainsi, c'était se séparer pour toujours de Manuel, en lui rendant son nom et son titre, et l'égoïsme de Zilla n'avait pu se résoudre à un tel sacrifice.

Maintenant, elle voyait bien clairement que ses hésitations et ses réserves avaient laissé le champ libre aux manœuvres du comte Roland.

— Si Manuel est mort, à cette heure, se dit-elle, c'est moi, moi seule qui l'ai tué.

Cette pensée horrible pesait sur son âme d'un poids insupportable.

Elle essaya vainement de se rassurer contre sa propre conscience ; elle n'y parvint pas. La logique des faits l'écrasait.

— Eh bien, s'écria-t-elle enfin, comme si les juges étaient là pour recueillir son aveu désespéré ; il vivra ! Je détruirai l'œuvre inique du comte Roland ; je rendrai à Ludovic de Lembrat la fortune de son père et l'amour de celle qu'il m'a préférée.

Le jour filtrait à travers la grande verrière de la fenêtre de Zilla.

Elle ne voulut pas attendre davantage pour mettre à exécution ses projets.

Ses paupières se soulevèrent péniblement, et elle essaya de descendre de ce lit où l'avaient jetée la fatigue et la souffrance.

Sa tête pesait sur ses épaules, comme si elle eût été de plomb.

Elle la laissa retomber sur l'oreiller, et ses tempes se mirent à battre avec violence ; il lui sembla en même temps qu'un cercle de fer lui serrait le front, et que le globe de ses yeux était de feu.

Ses paupières se refermèrent ; elle attendit un instant la fin de cette crise.

Une torpeur étrange la tenait captive ; elle n'osait faire un mouvement, craignant de provoquer une nouvelle attaque de ce mal subit qui la torturait.

Pourtant l'âme veillait encore, et l'âme disait à ce corps brisé de se lever et de marcher.

La bohémienne fit un saut brusque et se jeta hors de sa couche.

Au même instant, lorsqu'elle fut debout, quoique chancelante, il lui sembla qu'un coup violent s'abattait sur son front.

Elle demeura étourdie ; néanmoins elle étendit les bras en avant et tenta de marcher dans la direction d'un meuble où se trouvait enfermé le livre de Ben-Joël.

Ce fut l'effort suprême.

Zilla se sentit emportée dans une sorte de tourbillon vertigineux, elle cessa de voir, elle cessa d'entendre, et tomba lourdement sur le parquet, en poussant un soupir étouffé.

Quand la vieille logeuse de la Maison du Cyclope eut entendu sonner midi, elle s'étonna de ne pas voir descendre Zilla.

Durant la nuit précédente, elle avait été frappée de l'altération de ses traits. Si peu compatissante qu'elle fût de son naturel, elle prit cependant assez d'inquiétude pour monter jusqu'à la chambre de Zilla, et savoir quelle cause la retenait aussi tard chez elle.

Zilla était toujours étendue sur le parquet, sans mouvement.

La vieille lui toucha le front et les mains. Les mains étaient froides et le front brûlant.

Avec une énergie qu'on n'aurait pas soupçonnée en elle, elle prit alors dans ces bras ce corps inerte et le porta ou pour mieux dire le traîna sur le lit.

Puis elle courut prendre un aiguière sur une tablette, et, croyant à un simple évanouissement, inonda d'eau le visage de Zilla.

Sous cette aspersion, la bohémienne frissonna de tous ses membres, mais ses yeux ne s'ouvrirent pas, mais ses lèvres restèrent muettes.

Épouvantée, la logeuse courut à la porte et appela à son aide.

Un médecin arriva bientôt, amené par les bohémiens habitant la maison, et ce fut à grand'peine qu'il parvint à rappeler Zilla à la vie.

La pauvre fille ne recouvra que pour quelques minutes sa connaissance ; un nouvel accès de fièvre triompha de son énergie ; elle eut le délire, et le médecin déclara que ses jours étaient en danger.

Il fallait veiller continuellement sur elle ; en l'absence de Ben-Joël, la vieille logeuse s'y décida.

Pendant ce temps, Johann Müller, fidèle à la parole donnée à Zilla, épiait son retour pour lui apprendre ce qui s'était passé. La veille il avait été retenu par son service et n'avait pu sortir, même un instant.

Il se lassa enfin d'une trop longue attente et rentra dans la prison, se perdant en conjectures au sujet de cette étrange fille, si ardente dans sa tendresse et tout à la fois si oublieuse.

Les détails fournis par le jeune geôlier sur le prisonnier était parfaitement exacts.

Jusqu'à la veille de ce jour Manuel n'avait vu dans son cachot que le comte Roland, on sait en quelle occasion, et messire Jean de Lamothe.

Le temps s'écoulait pour lui sans crainte comme sans espérance ; il se sentait tellement envahi par le sentiment d'un malheur irrémédiable, que sa pensée était comme morte.

Sa vie monotone n'était troublée que par la visite quotidienne du geôlier, qui venait lui apporter son pain et renouveler sa provision d'eau.

Une heure après la visite de Zilla au comte, et tandis qu'elle essayait vainement d'obtenir du prévôt la faveur de voir Manuel, un homme s'était présenté au Châtelet.

Il avait montré l'ordre délivré à Roland par messire

19.

Jean de Lamothe, et les portes s'étaient ouvertes devant lui.

Cet homme portait un panier contenant deux bouteilles de vin, un pain frais et un pâté.

On l'introduisit, sans le questionner, auprès de Manuel, avec lequel on le laissa seul.

Il est presque inutile d'ajouter que cet homme était un envoyé du comte Roland.

Ce qu'il faut dire, c'est qu'il avait reçu de son maître des indications fort précises et de nature à mettre en défaut toute méfiance.

Lorsqu'il entra dans le cachot, Manuel était, comme de coutume, accroupi dans un coin. Il ne donna pas un signe d'attention, il ne détourna même pas la tête en entendant la porte de sa prison s'ouvrir à une heure insolite.

Au bout d'une minute, toutefois, comme le nouveau venu se tenait immobile devant lui, Manuel le regarda, autant que pouvait le lui permettre la clarté douteuse pénétrant dans le cachot.

— Que me voulez-vous ? demanda-t-il ensuite.

— Monsieur, fit le messager du comte, une personne qui s'intéresse à vous m'a chargé de vous remettre ceci.

En même temps, il posa à côté de Manuel le panier dont il était porteur en ajoutant :

— Demain matin et tous les jours, je viendrai renouler ces provisions. Le grand prévôt l'a permis.

— Est-ce le comte de Lembrat qui vous envoie ?

— Non, monsieur, fit le valet, fidèle à sa consigne.

— Est-ce Cyrano ?

— Non. Mais ne m'interrogez pas. La personne désire garder le secret.

Un éclair traversa l'esprit de Manuel.

— Si c'était Gilberte? songea-t-il.

Il regarda alors plus attentivement le messager, dont les traits ne lui rappelaient aucun visage connu.

— Pourquoi garder ce secret? objecta-t-il alors. En me disant le nom de celui ou... de celle qui vous envoie, que risquez-vous? Est-ce une femme?

— Peut-être. Mais, je vous le répète, ne me demandez pas ce que je ne dois pas dire. Adieu, monsieur, ou plutôt à demain. Rien ne vous manquera désormais de ce qui peut adoucir la rigueur de votre captivité.

Quand Manuel se trouva de nouveau seul, il tenta de résoudre le mot de cette énigme.

Qui pouvait s'intéresser à lui?

Cyrano sans doute. Mais ne venait-il pas d'apprendre que Cyrano n'était pour rien dans la délicate attention dont il était alors l'objet?

Gilberte? Il y avait songé un instant, et le mystère dont s'enveloppait le message pouvait excuser cette pensée, certainement inadmissible, maintenant qu'il la jugeait de sang-froid.

Gilberte était trop bien gardée, trop bien surveillée, pour pouvoir donner à Manuel un témoignage aussi direct de son souvenir.

Restait Zilla. Manuel la savait coupable et la pressentait jalouse; pourtant il n'allait pas jusqu'à lui dénier une certaine générosité que n'avaient pu entièrement anéantir les calculs de son égoïsme.

Manuel, éclairé d'ailleurs par les paroles de Ben-Joël, était en droit de croire à l'affection de Zilla, et s'il comprenait fort bien pourquoi la bohémienne avait participé à sa perte, il comprenait aussi qu'elle pût s'intéresser à sa position et chercher les moyens de l'alléger.

En somme, il voulait expliquer la démarche du mystérieux messager, et faute de mieux, il le faisait en en attribuant l'inspiration à Zilla.

Il eut alors la curiosité d'examiner les provisions qu'on lui apportait, comptant presque trouver un billet adroitement caché, et dans ce billet l'explication tant cherchée.

Il rompit le pain, fouilla le panier et ne trouva rien, le comte s'étant bien gardé de se servir de la lettre de Zilla.

Sa main repoussa alors les aliments, dont l'arome appétissant ne le tentait pas encore.

Vers midi, cependant, à l'heure où il avait l'habitude de prendre son repas, il étendit la main vers ce pain si blanc, qu'on lui offrait en échange de son pain grossier, en rompit une parcelle et mangea.

Puis il entama le pâté, dont il avait déjà pris deux ou trois bouchées, lorsque la porte s'ouvrit de nouveau.

Johann Müller parut, déposa une lanterne allumée sur une pierre saillante du cachot, et mit un pain et une cruche d'eau à la portée de Manuel, tout en disant :

— Bon appétit, monsieur. Je vois avec plaisir que vous n'avez pas eu, aujourd'hui, besoin de m'attendre pour dîner.

— Merci, mon ami, répliqua Manuel avec un sourire triste. Pourriez-vous me dire à qui je dois...

— Je ne sais. Mais connaissez-vous ceci?

En même temps, Johann reprit sa lanterne, et à sa lueur il fit briller sous les yeux de Manuel le bracelet d'argent remis par Zilla.

Avec une surprise facile à comprendre, le jeune homme s'empara du bijou, qu'il connaissait d'ailleurs parfaitement.

Il crut avoir trouvé l'explication des faits précédents.

— C'est bien Zilla ! réfléchit-il tout haut.

— Il y a quelque chose d'écrit, expliqua de nouveau le geôlier; lisez vite, et si je puis vous être utile...

Seulement alors, Manuel remarqua les caractères tracés sur le cercle d'argent.

Il les déchiffra sans peine, pâlit un peu et murmura :

— Si elle dit vrai, je suis perdu.

— Qu'avez-vous? interrogea Johann.

— Ce n'est rien, fit le prisonnier, qui relisait le message de Zilla.

Les explications brièvement contenues dans ce message étaient terrifiantes.

La bohémienne prévenait Manuel contre toute surprise, elle lui parlait du poison volé par le comte, et le suppliait de ne pas toucher aux mets qui avaient dû lui être présentés le matin même par un homme étranger à la prison.

Or, ces mets, Manuel les avait goûtés.

— Je suis perdu, répéta-t-il.

Cependant, Manuel n'éprouvait aucune souffrance, et le poison dont on lui parlait ne faisait pas ainsi attendre ses victimes.

— Zilla se trompe, songea-t-il.

Ses yeux se portèrent alors sur le panier, où reposaient côte à côte et encore intacts les deux flacons de vin.

Il en prit un, en brisa le goulot sur l'angle d'une pierre, et, trempant son doigt dans le liquide, il en laissa tomber une goutte, une seule, sur ses lèvres.

Il éprouva aussitôt comme une sensation de brûlure et lança au loin le flacon, qui se brisa sur le sol.

Après quoi, il prit sa cruche et but une grande gorgée d'eau.

Johann intrigué le regardait faire.

— Que se passe-t-il donc? se hasarda-t-il à demander.

— On vient, mon ami, de me prouver une fois de plus que je suis bien le vicomte Ludovic de Lembrat. Dites cela à l'homme qui est venu ce matin, et priez-le de rapporter més paroles à son maître. Cela suffira pour qu'il ne revienne plus. Pour vous, soyez assuré que je n'oublierai jamais le service que vous venez de me rendre en me remettant ce bracelet.

— Un service?

— Vous m'avez tout simplement sauvé la vie.

— Quoi! ce vin?...

— Gardez le silence sur tout ceci; bornez-vous à la commission dont je vous ai chargé. Plus tard, peut-être, j'invoquerai votre témoignage. Et une fois libre, car je serai libre un jour, j'en ai maintenant l'espérance, je saurai récompenser votre complaisance.

Tandis que Johann Müller se retirait, après avoir donné à Manuel l'assurance de sa parfaite discrétion, ce dernier prit le second flacon de vin et le cacha auprès de lui, dans la terre du cachot.

Le jour suivant, l'émissaire du comte arriva au Châtelet, les mains vides cette fois.

« Il venait tout bonnement savoir, dit-il, des nouvelles du prisonnier. »

Ce fut Johann qui lui répondit, et sa réponse fut telle que l'avait dictée Manuel.

L'homme, qui ne savait rien, la transmit docilement à son maître.

Le comte poussa un rugissement de colère.

— Tu as donc prononcé mon nom devant le prisonnier? interrogea-t-il.

— Non, monseigneur, vous me l'aviez défendu.

— Mais alors... Tiens, va-t'en!

Le valet, effrayé de l'air terrible de Roland, s'empressa d'obéir.

— Qui m'a trahi? murmura le comte demeuré seul. Manuel vit, et du fond de son cachot il me menace encore. Demain peut-être, il m'accusera. Il est temps de mettre fin aux lenteurs de la procédure du grand prévot.

Roland sonna furieusement, demanda son carrosse et se fit conduire chez messire Jean de Lamothe.

XXXIV

Tous ces événements s'accomplissaient tandis que Cyrano était retenu à Toulouse, que Castillan courait sur les grands chemins, et que Ben-Joël entreprenait la conquête du dépôt confié à la vigilance de Longuépée, entreprise dans laquelle il devait si piteusement échouer, comme on l'a vu.

Quand le bohémien, heureux d'échapper à la redoutable étreinte de Jacques, se trouva à une distance suffisante pour se croire tout à fait en sûreté, il s'assit sur le talus de la route et se prit à réfléchir à sa situation.

Elle ne lui présageait rien de gai !

Il n'avait presque plus d'argent. Il était sans nouvelles de Rinaldo, et s'il parvenait à rejoindre ce dernier, ce serait pour s'entendre reprocher par lui sa maladresse.

Il ignorait d'ailleurs la présence du véritable Castillan à Saint-Sernin.

Quand il eut médité tout à son aise, il arriva à cette conclusion que le meilleur parti à prendre, en semblable occurrence, était de se replier sur Paris et d'opérer une jonction avec Rinaldo, si la chose était possible.

Le prudent valet de Lembrat n'avait pas quitté son compère sans lui tracer l'itinéraire de son retour. Cet itinéraire, il devait le suivre lui-même si les circonstances l'obligeaient à reprendre la route du Périgord.

Ben-Joël se mit en marche, sans se douter de l'agréable surprise qui l'attendait à peu de distance.

Il était en route depuis à peine deux heures, en effet, lorsqu'à l'horizon apparut un cavalier arrivant vers lui à bride abattue. Instinctivement le bohémien s'arrêta.

Quand ce cavalier, apaisant la fougue de sa monture, se trouva à demi-portée de pistolet, Ben-Joël poussa un cri de joie.

Il avait reconnu Rinaldo.

Le mandataire du comte de Lembrat, après avoir joué à Colignac sa fameuse scène de l'exempt, avait, on s'en souvient, poursuivi son voyage.

Son intention était d'abord de se rendre à Saint-Sernin pour y apprendre le succès de Ben-Joël, et ensuite de pousser jusqu'à Gardannes, où il n'était pas fâché de donner le coup d'œil du futur propriétaire à cette belle ferme que Roland lui avait promise comme la juste récompense de ses services.

Au cri de joie poussé par Ben-Joël répondit une exclamation de Rinaldo.

Il mit pied à terre, et, tendant la main à son compagnon :

— Eh bien, dit-il, c'est fini, je pense?

Ben-Joël prit un air contrit :

— Fini? rectifia-t-il. J'espère que non.

Et, tout en mettant en lumière ce qui pouvait excuser ou expliquer sa défaite, il raconta à Rinaldo la scène du matin.

— Maladroit! lança Rinaldo. Tu t'es trop pressé.

— Il fallait bien se presser. Le curé attend Cyrano d'un moment à l'autre.

— Il l'attendra longtemps.

Ce fut au tour de Rinaldo de s'expliquer. Il narra brièvement ses hauts faits, et Ben-Joël dut confesser qu'il s'était, en effet, trop hâté.

— Pourtant, conclut-il, je n'ai rien à me reprocher, J'ignorais que le Bergerac ne pouvait plus gêner nos manœuvres. D'autre part, j'avais à redouter la venue de Castillan.

— Le maître, si je ne me trompe, n'est pas plus à craindre en ce moment que le valet. Nous allons, par conséquent, livrer un nouvel assaut et en finir une bonne ois. Nous partirons ce soir pour Saint-Sernin.

Les deux associés entrèrent dans une auberge et se firent servir à manger.

Peu à peu la nuit vint. Elle était tout à fait close lorsque Rinaldo et Ben-Joël eurent terminé leur repas.

A ce moment, deux chevaux lancés à fond de train passèrent sur la route et éveillèrent leur attention.

Ils entrevirent confusément deux formes noires penchées sur le col des chevaux et les excitant avec furie.

— Voilà des gens bien pressés, se contenta de dire Rinaldo en vidant son verre pour la dernière fois. Faisons comme eux, ami Ben-Joël, ne perdons pas de temps. Je t'expliquerai en route comment je compte terminer cette aventure.

Le valet prit Ben-Joël en croupe, et tous deux se dirigèrent vers Saint-Sernin.

Il leur fallait une heure pour y arriver sans hâte.

Chemin faisant, la conversation s'engagea.

— Quel est ton plan ? se hasarda à demander Ben-Joël.

— Il est fort simple. Tu connais la maison du curé ?

— Du haut en bas et jusqu'au moindre recoin.

— Tu sais où est l'écrit de Lembrat?

— Dans une armoire, derrière le lit de Longuépée.

— Bien ! il ne s'agit donc plus que d'attirer le curé hors de chez lui, cette nuit, et de profiter de son absence pour visiter à fond l'armoire en question.

— L'attirer hors de chez lui ? Ce sera difficile.

— Pourquoi ? Ne se doit-il pas à ses paroissiens, et si on l'appelle au chevet de l'un d'eux, refusera-t-il de s'y rendre ?

— Pour le tromper ainsi, il faudrait connaître quelqu'un à Saint-Sernin, et nous n'y connaissons personne.

— Il y a une auberge.

— Oui, mais je ne vois pas...

— Avant d'arriver à l'auberge, continua imperturbablement Rinaldo, je t'envelopperai dans mon manteau. Tu n'ouvriras la bouche que pour pousser quelques plaintes. Alors je te ferai porter dans un lit ; je dirai que je t'ai trouvé mourant sur la route, à quelque distance d'ici, et je demanderai un prêtre pour t'assister à tes derniers moments.

— Je comprends, fit Ben-Joël. Le curé arrive plein de zèle ; nous l'attendons derrière la porte de la chambre, et nous le poignardons.

— Un instant. Le curé est robuste !

— Un véritable hercule.

— En ce cas, pas de coup de couteau. Nous n'aurions qu'à le manquer, et tout serait perdu. Il faut, dès la première minute, l'empêcher de crier et le mettre dans l'impossibilité de donner l'éveil. Laisse-moi tout arranger. Je ne veux d'ailleurs rien gâter en versant un sang dont on pourrait tôt ou tard me demander compte, ce qui me gênerait fort, surtout en ce pays où j'ai l'intention de me fixer.

— A ton aise ! consentit Ben-Joël, qui abdiquait entre les mains de Rinaldo toute prétention à la conduite de l'affaire.

Il était dix heures du soir quand nos aventuriers arrivèrent à proximité de Saint-Sernin.

— Où est l'auberge ? demanda alors Rinaldo.

— Sur la place de l'Église.

— C'est peut-être bien loin ou bien près, bien loin pour des gens pressés de se procurer un gîte, bien près de la demeure du curé. Si nous pouvions trouver mieux.

Ben-Joël ne répondit pas ; ses yeux interrogeaient l'obscurité autour de lui.

— Vois ! fit-il bientôt, en désignant une petite lueur qui tremblottait à peu de distance.

— Cette lumière ?

— Oui ; elle vient d'une maison isolée, là, sur le bord du chemin. N'allons pas plus loin.

Rinaldo suivit ce conseil et arrêta sa monture.

Il mit ensuite pied à terre, afin de préparer la comédie qu'il se proposait de jouer.

Ben-Joël fut roulé dans le manteau de Rinaldo et étendu sur le cheval, que son maître prit par la bride et tira vers la maison.

Cette maison était de misérable apparence, basse, couverte de tuiles moussues, et lézardée de toutes parts.

Rinaldo frappa précipitamment à la porte, en disant :

— Si vous êtes bon chrétien, ouvrez, ouvrez vite.

Le maître de la maison était assez pauvre pour n'avoir rien à redouter des tentatives des voleurs. Cet appel quelque peu impérieux ne l'inquiéta pas.

Il ouvrit, et élevant au-dessus de sa tête la lampe fuligineuse qui éclairait son bouge :

— Que voulez-vous ? demanda-t-il.

— Un asile pour cette nuit, répliqua Rinaldo. Je me rends à Fougerolles, et en passant sur la route, à une demi-lieue d'ici, j'ai trouvé ce pauvre diable étendu au milieu du chemin. S'il n'est pas mort, il n'en vaut guère mieux.

— Entrez, dit simplement le paysan.

Ce disant, il prêta complaisamment son aide à Rinaldo et prit dans ses bras le corps rigide de Ben-Joël, qu'il emporta dans la cabane et posa doucement sur un lit de feuilles.

A ce moment, Ben-Joël, en maître comédien qu'il était, fit entendre un léger soupir.

— Il n'est pas mort, dit le paysan, Il faudrait le secourir. Savez-vous ce qu'il a? Est-il blessé?

— Non, fit Rinaldo ; je crois que c'est un coup de sang. M'est avis que le meilleur serait pour le présent d'aller chercher un prêtre.

— Mais, dites-moi, reprit-il, n'avez-vous pas un lit meilleur à donner au malade? Je vous dédommagerai de ce dérangement.

— Je n'ai pas d'autre couche que celle-là. Excusez-moi, monsieur.

— C'est bien, mon ami. Il vous sera tenu compte de votre bonne volonté. Songeons maintenant au salut de cette âme.

— Vous avez raison. Je vais prévenir le curé.

— Je vous en prie, formula Rinaldo.

Et se penchant sur le corps de Ben-Joël :

— Allez vite, termina-t-il. Il est bien bas.

Le paysan obéit.

Dès qu'il eut disparu, Ben-Joël se redressa en disant :

— Il me semble, ami Rinaldo, que tu risques là un coup bien aventureux.

— Tu crois ?

— Sans doute. Ce brave homme sera évidemment contre nous et voudra défendre son curé.

— Nous nous arrangerons pour l'éloigner. Reste en place et écoute-moi.

En peu de mots Rinaldo développa son plan, puis il s'occupa d'en assurer l'exécution.

Les deux bandits trouvèrent bientôt ce qui leur était nécessaire ; une demi-heure s'écoula, durant laquelle ils purent se préparer à la visite du curé.

Pour s'engager dans une entreprise aussi périlleuse que la leur, il fallait être, comme eux, rompu à toutes les ruses de la vie des grands chemins et prompt aux expédients les plus inacceptables en apparence.

Contre eux ils avaient la force bien connue de Jacques, et pour eux les chances d'une situation qui ne devait inspirer aucune défiance à leur victime.

Cette compensation suffisait pour leur donner toute confiance.

Rinaldo entr'ouvrit doucement la porte et écouta.

Un murmure de voix se fit entendre bientôt.

— Nous avons réussi, murmura le valet. Ami Ben-Joël, n'oublie pas ton rôle.

Alors, comme cédant à son impatience, il ouvrit tout à fait la porte et fit quelques pas sur la route à la rencontre du curé et de son guide.

— Eh bien, monsieur, dit Jacques, prévenu par le paysan et s'adressant à Rinaldo, comment va votre malade ?

— Il ne parle plus, il ne remue plus, mais je crois qu'il entend encore. Pardonnez-moi, monsieur le curé, de vous avoir dérangé à pareille heure.

— Si j'arrive à temps, tout est pour le mieux.

— Venez donc, dit Rinaldo. Quant à vous, mon brave,

continua-t-il en glissant une pièce d'or dans la main du paysan, faites-moi le plaisir de vous occuper de mon cheval. J'ai vu près de votre maison un hangar où il sera très-bien pour cette nuit, Débridez-le seulement et donnez-lui à boire.

— Je ferai de mon mieux, consentit le paysan, ébloui de la libéralité du voyageur.

Et il laissa Rinaldo entrer dans la maison avec Jacques, pour faire ce qu'on lui avait demandé.

Le curé pénétra sans défiance dans le taudis.

Vaguement éclairé par la lampe, le corps de Ben-Joël reposait immobile sur le lit de feuilles.

Ses cheveux noirs étaient jetés sur son visage et le bas de sa figure caché par un ample manteau, sur lequel s'étendaient ses bras prêts à saisir la proie attendue.

Jacques distinguait à peine les objets.

Rinaldo lui indiqua le lit en disant :

— Voici l'homme, monsieur le curé.

Longuépée s'agenouilla et pencha son visage vers le prétendu moribond, en disant de sa voix puissante :

— M'entendez-vous, mon frère ?

Par un geste prompt comme la pensée, les bras de de Ben-Joël se levèrent, et ses doigts nerveux saisirent le curé à la gorge.

En même temps, Rinaldo se jeta sur Longuépée, mis presque dans l'impossibilité de se défendre par la position gênante qu'il avait adoptée, lui passa autour du corps une espèce de lasso, et, tandis que Ben-Joël continuait à le tenir, suffoqué, entre ses doigts inflexibles comme des crampons d'acier, il lui lia fortement les jambes et les bras.

Des soubresauts violents soulevaient parfois, d'un commun mouvement, les trois hommes, mais Ben-

Joël ne lâchait pas prise, mais Rinaldo continuait son œuvre.

Et, de seconde en seconde, les mouvements du curé s'affaiblissaient ; les globes de ses yeux, injectés de sang, semblaient près de jaillir hors de l'orbite, et sa respiration s'éteignait dans sa gorge trop longtemps comprimée.

Rinaldo put seulement alors lui assujettir un solide bâillon sur la bouche.

Cette lutte avait duré à peine une minute.

Jacques succomba enfin.

Ben-Joël et Rinaldo le jetèrent sur le lit ; ils n'avaient plus rien à craindre de lui.

— A l'autre, maintenant, commanda Rinaldo.

Tous deux sortirent. Le paysan venait précisément à leur rencontre.

Avec lui, ils prirent moins de précautions. Le paysan était d'ailleurs un vieillard incapable de faire une résistance sérieuse. Rinaldo lui jeta, sans mot dire, son manteau sur la tête, le renversa et le bâillonna tranquillement, tandis que Ben-Joël lui entravait solidement les pieds et les mains.

Cette besogne achevée, le vieillard fut porté dans le hangar et posé sur la litière, non loin du cheval de Rinaldo.

— Vous n'avez rien à craindre, lui souffla ce dernier en partant ; dormez tranquille jusqu'à demain, mon brave.

Et laissant également sa monture, qui n'aurait pu que le gêner en cette occasion, le valet dit à Ben-Joël :

— Le champ est libre. Au presbytère, mon compapagnon, et vite !

XXXV

Tout était calme dans les environs de Saint-Sernin. Le village lui-même était plongé dans un profond silence; aucune lumière ne brillait aux fenêtres, et comme la nuit était noire, il fallait une certaine connaissance des localités pour ne pas faire fausse route.

Ben-Joël servit de guide à son compagnon. Ils arrivèrent ainsi sur la place de l'église sans avoir rencontré âme qui vive.

Une cinquantaine de pas à peine les séparaient du presbytère.

Avant de risquer une attaque dont le résultat, suivant leur conviction, ne pouvait manquer d'être décisif, les deux aventuriers se consultèrent.

Deux voies leur étaient offertes pour pénétrer dans la place : la porte et la fenêtre.

La porte était solide, en double chêne, et très-probablement elle résisterait à leurs efforts.

Ils pouvaient, à la rigueur, frapper à cette porte, se faire ouvrir par la servante et mettre facilement à la raison cette dernière.

Mais les cris d'une femme devaient attirer forcément

20

l'attention des voisins et mettre sur les bras de Ben-Joël et de Rinaldo une bonne moitié du village.

Restait la fenêtre.

Cette fenêtre, Ben-Joël la connaissait parfaitement. C'était par là que, le matin même, il était sorti, ou plutôt qu'on l'avait fait sortir brusquement de chez le curé.

Elle était très-accessible. De plus, avantage immense en cette occurrence, elle donnait accès dans la chambre même du curé.

— Allons, conclut Rinaldo, à qui Ben-Joël avait présenté sommairement les explications qu'on vient de lire, ne perdons pas de temps: escaladons.

— Il nous faudra de la lumière, réfléchit le bohémien.

— J'y ai pensé.

— Tu as une lanterne?

— Non; mais j'ai un briquet, et j'ai pris là-bas, dans cette cabane où tu as si bien joué ton rôle, quelques chenevottes qui nous suffiront jusqu'à ce que nous ayons trouvé une lampe.

— Viens alors, j'entrerai le premier.

Ils se glissèrent jusqu'au pied du mur du presbytère.

Là, Rinaldo rendit à Ben-Joël le même service que, dans une autre circonstance, Castillan avait rendu à Marotte, c'est-à-dire qu'il lui prêta son dos pour atteindre la fenêtre.

Le bohémien s'enleva à la force des poignets, et, une fois debout, non sans peine, sur la tablette de pierre, il pesa de tout son corps sur le châssis.

La fenêtre s'ouvrit brusquement, toute démembrée qu'elle était par la rude poussée que lui avait déjà fait subir le curé.

Au même instant, un mouvement, que Ben-Joël, trop

occupé, ne remarqua pas, se fit dans la chambre.

— A toi! dit le bohême en tendant les bras vers Rinaldo.

Ben-Joël était robuste ; le valet de Lembrat ne craignit pas de se confier à sa force ; il se dressa pour saisir les deux mains de son compagnon; ce dernier l'enleva, tandis que du pied Rinaldo s'arc-boutait à la muraille, et le hissa jusqu'à lui.

— A l'œuvre! dit-il ensuite.

Pendant que Ben-Joël tâtonnait dans l'ombre et trouvait une lampe sur une table, Rinaldo battit du briquet et enflamma le soufre d'une chenevotte.

Instinctivement, une fois la lampe allumée, les deux hommes jetèrent un regard autour d'eux.

Les rideaux du lit étaient fermés, et un souffle, — sans doute le vent de la nuit passant par la fenêtre, restée ouverte, — semblait les agiter doucement.

Du doigt, Ben-Joël montra l'armoire de chêne à son acolyte.

— C'est là? demanda Rinaldo.

— Oui.

Ben-Joël prit la lampe et se dirigea vers le lit, Rinaldo le suivait.

Tout à coup, tous deux s'arrêtèrent pétrifiés.

Les rideaux du lit avaient remué, et cette fois ce n'était pas le vent qui les agitait.

En même temps, un bruit sec, celui de la batterie d'un pistolet qu'on arme, se fit entendre dans le fond de la chambre.

Rinaldo s'arrêta, retenant Ben-Joël, et tira à demi son poignard.

Il regardait le lit, comme un chasseur en quête peut regarder un buisson d'où il s'attend à voir partir une pièce de gibier.

Le silence s'était fait de nouveau dans la chambre.

Et, comme le chasseur trompé dans son attente, Rinaldo murmura :

— Il n'y a rien.

Comme il faisait mine de s'avancer de nouveau, les rideaux du lit s'écartèrent, violemment cette fois, et une figure narquoise apparut, en même temps qu'une voix disait :

— Eh bien ! mes maîtres, décidez-vous donc ; il y a un quart d'heure que je vous observe pour connaître le but de votre aimable visite.

Sur ce mot, Cyrano, car c'était lui, sauta hors du lit, son épée d'une main, un pistolet de l'autre, et marcha sur les deux bandits.

Sans trouver une parole de menace ou de supplication, tant cette apparition soudaine les avait glacés, ils se réfugièrent à l'autre bout de la chambre.

— Jacques ! Jacques ! cria alors Cyrano.

Rinaldo et Ben-Joël avaient déjà repris leur sang-froid.

— N'appelez pas M. le curé, ricana ce dernier : il est occupé ailleurs.

— Ah ! s'écriait en même le valet de Lembrat, c'est une bonne fortune que de vous rencontrer ici, monsieur de Cyrano.

Et, sournoisement, il prit un pistolet à sa ceinture, ajusta le gentilhomme et fit feu.

Une longue éraflure sanglante apparut sur la joue de Cyrano.

Il venait de voir la mort de près.

Tout en se jetant vers la fenêtre pour couper la retraite aux assaillants, il pressa la détente de son pistolet, presque machinalement et sans viser.

Un cri de rage étouffé dans un gémissement répondit à la détonation de l'arme.

Puis un corps tomba lourdement sur le parquet.

Avant que Cyrano pût reconnaître celui de ses ennemis qu'il venait de terrasser, la lampe fut jetée à terre et s'éteignit.

Le gentilhomme se mit en défense et attendit.

L'ombre était muette autour de lui, à peine entendait-on les faibles soupirs poussé par le blessé.

— Allons, rendez-vous, dit enfin le poëte.

Le bruit d'un pas glissant furtivement sur le plancher répondit seul à ces paroles.

L'homme qui marchait ainsi semblait se diriger vers la porte.

Cyrano frappa du pied.

A l'étage inférieur une voix lui répondit. Une minute après la porte s'ouvrit, et Castillan parut, une lampe à la main.

— Il faut longtemps pour te réveiller, lui cria son maître en colère.

Sulpice n'eut pas le loisir de répondre.

Ben-Joël, resté debout, s'élançait vers lui pour s'ouvrir un passage, le couteau à la main, et tâcher de s'enfuir par l'escalier.

Castillan lui porta sa lampe au visage, à défaut d'arme meilleure.

Ébloui par la lueur, brûlé par la flamme, Ben-Joël fit un pas en arrière et tomba littéralement dans les bras de Cyrano, qui l'étreignit avec force, en criant à Castillan :

— Aide-moi.

Le secrétaire se débarrassa de la lampe, se jeta à son tour sur le bohémien, lequel, en une minute, se trouva désarmé et lié de façon à ne pouvoir plus donner la moindre inquiétude à ses vainqueurs.

Ce fut seulement alors que Cyrano put s'occuper de

20.

Rinaldo. Le valet était couché, la face contre terre; autour de lui, le plancher était rouge de sang.

— Est-il mort? fit le gentilhomme. Ce serait dommage; nous l'aurions fait parler.

Le blessé fit entendre une sourde plainte.

Cyrano le souleva dans ses bras et défit ses vêtements.

Rinaldo avait été atteint au flanc gauche par la balle du gentilhomme.

— Il est perdu! murmura ce dernier, qui se connaissait en blessures. Tâchons pourtant de le faire revenir à lui.

Le mourant fut couché dans le lit; après quoi Cyrano s'inquiéta du curé.

— Où est Jacques? demanda-t-il. Tout le sabbat que nous avons fait ici ne l'a-t-il point réveillé?

Castillan courut jusqu'à la petite pièce où Jacques s'était retiré pour laisser sa chambre à la disposition de Cyrano.

On sait d'avance qu'il devait la trouver vide.

Cyrano comprit ou devina ce qui s'était passé.

Il prit son autre pistolet, l'arma, et, s'approchant de Ben-Joël, étendu sur le parquet, il lui dit froidement.

— Où est le curé? Si tu ne réponds pas, avant le temps qu'il faut pour dire un *Pater,* foi de gentilhomme, je te brûle la cervelle.

Ben-Joël n'était pas en position de résister; plus encore que ses paroles, le regard de Cyrano lui disait que cette menace n'était pas faite à la légère.

Il avoua tout.

La gouvernante et Marotte furent bientôt sur pied.

Castillan se chargea d'aller, avec elles, délivrer Jacques; pour Cyrano il voulut garder seul le prisonnier et le blessé, auquel il se mit en devoir de prodiguer des soins.

Nous profiterons de ce temps d'arrêt pour donner à nos lecteurs l'explication du retour inattendu de Savinien.

Enfermé dans la prison de Toulouse, il y serait probablement resté fort longtemps, grâce aux lenteurs de la procédure et à l'obscurité des faits, si le premier acte de la comédie qui l'y avait conduit n'avait eu lieu sous les yeux de M. de Colignac.

Ce dernier, en revenant de chasser à Cussan, ne manqua pas de s'informer auprès du bailli des suites de l'affaire.

Maître Cadignan, fier de sa capture, ne se fit pas prier pour tout raconter, y compris l'évasion de son prisonnier.

Pendant trois jours, Colignac fut tranquille.

Le matin du quatrième jour, le bailli vint le trouver, et, avec une satisfaction qu'il ne prit pas la peine de dissimuler :

— Vous voyez bien, monsieur, dit-il au gentilhomme, vous voyez bien que j'avais raison en vous mettant en garde contre votre hôte. C'est décidément un grand criminel, comme vous le prouveront les magistrats de Toulouse.

— Que voulez-vous dire ? Cyrano est à l'abri de vos sottises, je suppose.

— Erreur ! Cyrano s'est échappé de Colignac, mais il a été repris à Toulouse, où on le tient en prison, en attendant qu'on le brûle.

— Le diable vous brûle vous-même ! s'écria le gentilhomme.

Et, séance tenante, après avoir rudement congédié le bailli, il fit demander ses équipages et partit, en hâte, pour Toulouse.

Son crédit était grand. En deux jours, il détruisit l'œuvre de Rinaldo et obtint la liberté de Savinien.

Toutes ces mésaventures avaient fort irrité ce dernier, outre qu'elles lui avaient fait perdre un temps précieux.

Son ami garnit sa bourse, que les gens de justice avaient épuisée jusqu'à la dernière pistole, lui donna un cheval et le laissa partir pour Saint-Sernin.

Marotte le rencontra en route et eut bientôt fait de le reconnaître d'après le portrait que Castillan avait tracé de son maître.

D'ailleurs, elle l'interrogea sans façon, lui dit le but de son voyage et n'eut pas de peine à le convaincre qu'il fallait doubler les étapes pour arriver à propos chez le curé.

La bohémienne et le gentilhomme étaient arrivés le soir même à Saint-Sernin. C'était eux que, pendant leur souper, Ben-Joël et Rinaldo avaient vus passer à cheval sur la route, sans les connaître.

A cette heure, Ben-Joël étant pris et Rinaldo mourant, Savinien pouvait se croire maître de la situation.

Il n'oubliait pas toutefois qu'il aurait encore beaucoup à lutter pour assurer la délivrance de Manuel et la confusion de Roland.

Mais la lutte ne l'inquiétait guère. N'avait-il pas repris possession de l'écrit du comte de Lembrat, cette arme souveraine dont il avait menacé Roland?

.　.　.　.　.　.　.　.　.　.　.　.　.

Il était une heure après minuit, lorsque Castillan revint avec le curé.

Jacques était tout honteux de sa défaite; il s'était laissé jouer comme un enfant par deux misérables.

Cyrano le consola et lui apprit que la funèbre comédie dont il avait été dupe était devenue une réalité.

On avait fait, quelques heures auparavant, appeler Jacques au chevet d'un mourant qui se portait fort bien; il allait alors assister à ses derniers moments l'auteur de cette ruse sacrilége.

Ben-Joël fut interné dans un petit caveau sans fenêtres où on l'engagea à attendre patiemment le bon plaisir de Cyrano, et les trois hommes, c'est-à-dire Savinien, Jacques et Castillan, se groupèrent autour du lit de Rinaldo.

Depuis un instant, le valet avait repris connaissance, et ses yeux effarés allaient de l'un à l'autre des assistants. Sans doute, son esprit, troublé par les approches de la mort, ne lui permettait pas de se rendre un compte exact de sa situation.

Il croyait rêver peut-être et prenait pour des créations de son cerveau ces êtres parlant et agissant autour de lui.

Cyrano le tenait comme fasciné sous son regard, dont la persistance finit par ramener le moribond au véritable sentiment de son état.

Sa prunelle s'éclaira, un pli se creusa sur son front, et il poussa un long soupir.

Il souffrait et avec la souffrance lui revenait la raison.

— Monsieur de Cyrano, commença-t-il d'une voix si faible qu'elle arriva comme un vague murmure aux oreilles des témoins de cette scène.

Savinien s'approcha et, posant sa main sur celle du valet pour lui faire comprendre qu'il avait affaire à un homme et non à une ombre :

— Rinaldo, vous allez mourir, dit-il d'une voix solennelle. Réconciliez-vous avec Dieu; il vous laissera ensuite assez de temps, je l'espère, pour que vous puissiez réparer votre injustice envers les hommes.

Ce fut au tour de Jacques de s'adresser au blessé, dont l'état s'aggravait de minute en minute.

Castillan et Savinien se retirèrent un instant, et le prêtre put entendre la confession de Rinaldo.

A cette heure où le bandit sentait le monde lui manquer, où il entrevoyait l'éternité menaçante, son âme ployait sous le poids de ses remords tardifs.

Le gouffre était là, béant; avant d'y tomber, cet homme sentait le besoin de se débarrasser de ce fardeau redoutable, d'épurer son cœur, et d'entendre une voix compatissante murmurer à son oreille ces paroles d'espérance et de foi dont il avait ri si souvent.

Ses lèvres accoutumées au blasphème murmuraient instinctivement une prière, et il regardait le prêtre avec l'inquiétude du coupable qui attend d'un mot suprême l'indulgence ou la malédiction.

Quand le blessé eut répondu à toutes les questions de Jacques, quand les lèvres du prêtre eurent murmuré une dernière bénédiction, Castillan et Savinien furent appelés de nouveau dans la chambre.

— Cet homme meurt repentant et pardonné, leur dit le curé; qu'entendez-vous faire de lui, maintenant?

— Pouvez-vous écrire? demanda Savinien au mourant.

Rinaldo fit un signe négatif.

— Pouvez-vous signer? reprit le gentilhomme.

— Oui, répondit le valet.

— Vous allez, en ce cas, dicter votre testament.

Le blessé eut un sourire plein d'amertume.

— C'est sans doute ma confession que vous voulez dire?

— Précisément. Avant de paraître devant Dieu, vous laisserez entre nos mains l'aveu des entreprises criminelles dont le comte Roland de Lembrat a été l'instigateur et vous l'instrument; vous attesterez l'existence des preuves de l'innocence de Manuel, de ces preuves que le comte a fait disparaître, et vous vous en irez de ce monde la conscience rassurée, en songeant que vous nous léguez un nouveau moyen de réparer le mal auquel vous avez participé.

Rinaldo recueillit ses forces pour faire cet aveu qu'on lui demandait.

Il raconta tout ce qui s'était passé depuis l'entrée de Manuel dans la maison de son frère; il dévoila toutes les trames et mit à nu tous les secrets de son maître.

A mesure qu'il parlait, Castillan écrivait.

Quand tout fut fini, Cyrano relut lentement le résumé de ces confidences et présenta à Rinaldo l'écrit au bas duquel il apposa sa signature d'une main tremblante.

— Fais venir Ben-Joël, ordonna ensuite le gentilhomme à son secrétaire.

Castillan obéit et reparut au bout d'un instant, poussant devant lui le bohémien.

— Lis ceci, lui dit rudement Savinien, en lui mettant sous les yeux la déclaration de Rinaldo.

— Je lirai tout ce que vous voudrez, consentit le drôle avec cette docilité remarquable dont il faisait montre quand il se sentait sous la main de plus fort que lui.

Et il lut.

— Signe, maintenant, toi aussi, continua le gentilhomme.

— Je signerai tout ce qu'il vous plaira, reprit le bandit, fidèle à sa formule respectueuse.

— Tiens, dit alors Cyrano à Jacques, garde cet écrit; il pourra nous être utile un jour.

Le curé, qui ne discutait jamais les intentions de son ami, prit la déclaration, la plia et la mit sans rien dire dans la poche de sa soutanelle.

— Monseigneur, se hasarda à demander Ben-Joël en s'adressant à Cyrano, qu'allez-vous faire de moi?

— T'envoyer pendre, tout simplement.

Le misérable se prit à trembler, et ses genoux fléchirent comme s'il allait se laisser tomber aux pieds du gentilhomme.

— Lâche! tu as peur, fit ce dernier avec mépris. Allons, rassure-toi ; tu peux encore sauver ta peau.

— Comment? s'écria Ben-Joël, qui se rattachait avec ardeur à l'espérance.

— En me donnant le livre de ta tribu.

— Je vous le donnerai, s'empressa de dire le bohémien.

— Bien ; il est à Paris, n'est-ce pas?

— Oui, monseigneur.

— Nous repartirons donc demain en ta précieuse compagnie. Castillan, emmène cet homme.

Puis, allant vers Longuépée qui s'était remis à veiller près du lit de Rinaldo.

— Espères-tu? demanda-t-il.

— J'espère que Dieu lui a pardonné, répondit le prêtre d'une voix grave.

Savinien regarda Rinaldo. Sa tête s'était penchée sur sa poitrine. Le valet de Lembrat était mort.

On l'enterra le lendemain dans le petit cimetière de Saint-Sernin, non loin de cette belle ferme dont il avait rêvé de devenir propriétaire.

Ben-Joël, fort peu à l'aise dans son caveau, réfléchissait durant ce temps aux vicissitudes de sa destinée et caressait déjà de nouveaux projets.

Plus que jamais, il avait soif de vengeance. Sa cupidité elle-même cédait à la haine que lui avait inspirée **Cyrano**.

— Mon cher Jacques, dit Cyrano au curé en lui annonçant son prochain départ, je t'invite à la noce de Ludovic de Lembrat avec mademoiselle Gilberte de Faventines ; mieux encore, je veux que ce soit toi qui lui donnes la bénédiction nuptiale. Arrange-toi donc pour te trouver dans quinze jours à Paris. Je t'y veux donner à mon tour l'hospitalité.

Le curé fit quelque résistance ; puis il engagea sa parole, et Cyrano put s'en aller content.

Ben-Joël fut attaché sur le cheval de Rinaldo, qu'on accoupla à celui de Castillan, spécialement chargé de veiller sur le bohémien, et la petite caravane se dirigea vers Paris.

Il ne faut pas négliger de dire que Marotte était du voyage.

Elle avait demandé à Cyrano la permission de le suivre, et le poëte, charmé par la folle gaieté de la ballerine autant que par son dévouement, y avait facilement consenti.

En voyant paraître Marotte, au moment du départ, Ben-Joël lui avait jeté un de ces regards chargés de colère qui en disent plus qu'une longue apostrophe.

La ballerine se contenta de hausser les épaules et de lancer à Castillan un coup d'œil et un sourire d'intelligence qui achevèrent de faire oublier au galant secrétaire le sot personnage qu'on lui avait fait jouer à Romorantin.

Cyrano avait recouvré toute sa belle humeur. Il voulut repasser par Colignac. Cet itinéraire n'allongeait pas sa route, et il se faisait un plaisir de remercier plus amplement son ami du service rendu et de saluer encore une fois maître Cadignan, son ennemi intime.

21

XXXVI

Parmi nos voyageurs un seul était taciturne et songeur.

Nous avons nommé Ben-Joël.

Ce maître drôle caressait l'espoir peut-être chimérique de brûler la politesse à ses compagnons, et cela, le plus tôt possible.

Pour se venger de Cyrano, le plus sûr moyen était encore, il le pensait, de s'appuyer sur le comte Roland.

Il comptait trouver ce dernier favorablement disposé, malgré l'insuccès complet de l'expédition de Saint-Sernin.

Le comte avait besoin d'une âme damnée, et, Rinaldo mort, le bohémien pouvait, sans être trop présomptueux, aspirer à cet emploi.

Une distance bien grande encore séparait Cyrano de la prison de Manuel.

On pouvait, en employant bien le temps, neutraliser l'action du gentilhomme et lui rendre défaite pour défaite.

Ben-Joël se dit tout cela, en chevauchant aux côtés de Castillan; il ne lui restait plus, pour tenter cette nouvelle aventure, qu'à reconquérir sa liberté.

C'était à quoi il songeait obstinément, nous l'avons indiqué.

Ayant connaissance des intentions de Cyrano, au sujet de sa visite à Colignac, il se réserva pour cette occasion et s'attacha, pendant les premières heures du voyage, à inspirer à ses gardiens la plus entière confiance en sa soumission.

. Castillan, plus tranquille à son sujet, et d'ailleurs distrait par la présence de Marotte, crut pouvoir se relâcher un peu de sa surveillance, si bien qu'en arrivant dans le bourg de Colignac, le secrétaire et le bandit avaient l'air de deux bons compagnons marchant sans souci l'un à côté de l'autre.

La halte eut lieu au château, où Colignac reçut pompeusement Savinien et sa suite.

Il n'était bruit dans le bourg que de l'arrivée du « sorcier; » les fortes têtes s'étaient rassemblées à l'auberge de Landriot, et maître Cadignan, le bailli, redoutant la vengeance de Cyrano, avait verrouillé sa porte et garni sa cave de provisions pour le cas où il se verrait obligé de soutenir un siége.

Toutes ces alarmes étaient vaines. Cyrano avait bien autre chose en tête que sa rancune.

Les amis de Landriot en furent pour leurs discours comme Cadignan pour ses précautions. Savinien traversa Colignac et passa même devant la geôle sans paraître se souvenir des événements accomplis peu de jours auparavant.

Quand les maîtres se furent installés dans leurs appartements, Ben-Joël se trouva remis à la garde de quelques valets du château, à qui Colignac promit la hart s'ils s'avisaient de le laisser s'enfuir.

Castillan, dégagé de toute préoccupation, put profiter de l'opulente hospitalité du seigneur de Colignac.

Il eut sa place à table, auprès de Marotte, dont les deux seigneurs avaient subi le charme et qui était la gaieté et la grâce de cette réunion.

Cyrano, pas plus que Colignac, n'avait de préjugés à l'égard de cette race nomade à laquelle appartenait Marotte.

D'ailleurs, pourvu qu'une femme fût jolie, ils ne lui en demandaient pas plus pour lui donner droit de noblesse.

Le bohémien lui, était à l'office, dans une petite pièce d'où il ne pouvait sortir sans traverser les cuisines pleines de monde, et aussi bien cloîtré que dans une casemate.

Comme il n'entrait pas dans les vues de Cyrano de laisser son prisonnier mourir de faim, on servit à Ben-Joël un souper abondant, auquel prirent part les valets chargés de le garder à vue.

Quand vint le dessert, quand le vin eut un peu échauffé les têtes et réveillé la gaieté, Ben-Joël entreprit de conquérir les sympathies de ses gardiens.

Il avait comme on dit, plus d'une malice dans son sac. Il fit des tours de gobelets, conta de joyeuses histoires, montra des jeux de passe-passe à son auditoire, qui, depuis longtemps, n'avait été à pareille fête.

Dans ce vieux château, au fond du Languedoc, la vie était fort monotone, et les valets de Colignac étaient bien excusables de se laisser aller un peu au plaisir d'un divertissement imprévu.

Ils s'en donnèrent à cœur-joie, et le majordonne, oracle de la bande, déclara gravement que « monsieur Ben-Joël » ne pouvait être un mauvais sujet, ayant ainsi le secret de faire rire les gens jusqu'à leur désopiler la rate.

— Eh! oui, dit le bohémien, je ne sais pas pourquoi

M. de Bergerac se défie de moi. Je l'accompagne à Paris pour lui rendre un petit service, et, sous prétexte que nous n'avons pas toujours été bons amis, il se figure que je veux lui échapper.

— Vous n'en avez pas la moindre envie, j'en suis sûr! fit l'indulgent majordonne.

— Pas la moindre. D'ailleurs, je serais bien sot de vouloir m'enfuir. On m'a donné un bon cheval, on me fait faire bonne chère, et il ne m'en coûte pas un denier. Si je voulais me dérober à M. de Cyrano, ce serait à Paris que je le ferais. Jusque-là, pas si bête! J'y perdrais trop.

— Il a raison! conclut le majordonne, évidemment convaincu par cette logique.

— Soyez donc tranquille, ajouta Ben-Joël en promenant un regard souriant sur l'assemblée, ce n'est pas moi qui vous ferai pendre.

La veillée s'était prolongée assez tard.

— Allons, conseilla le majordonne, M. de Cyrano a l'intention de partir dès l'aube. Il n'est si belle fête qui ne finisse; il faut aller dormir.

— Va-t-on me laisser ici? demanda le bohème.

— On n'est pas si barbare. Vous coucherez près de moi, dans un petit cabinet attenant à ma chambre, et je pense que vous serez sage et ne chercherez point à prendre congé à la dérobée.

— Sur mon honneur, je le jure! prononça avec une dignité comique Ben-Joël, à qui un mensonge ne coûtait rien.

— Venez donc.

Le bohémien suivit son guide et entra avec lui dans un corps de logis donnant sur la cour du château et où le majordonne occupait trois petites pièces.

La première était une espèce de vestibule au fond duquel s'ouvrait une chambre communiquant elle-même avec le cabinet dont le confiant serviteur avait parlé.

Le majordome jeta un matelas dans ce cabinet, et dit à Ben-Joël :

— Vous ne serez pas trop mal pour une nuit. Bonsoir, mon garçon.

Sur ce, il se retira, et Ben-Joël entendit le bruit d'une clef tournant discrètement dans la serrure.

Il était enfermé. La confiance de son gardien n'avait pas été jusqu'à négliger cette précaution.

Au lieu de se coucher comme on l'y avait invité, Ben-Joël s'assit sur un escabeau et attendit.

Un ronflement sonore venant de l'autre pièce ne tarda pas à lui apprendre que le majordome était profondément endormi.

Alors il s'approcha de la porte et, s'aidant de la lampe qu'on lui avait laissée, il examina attentivement la serrure.

Cette serrure était vissée de son côté, ce qui lui causa une indicible satisfaction.

Comme on ne l'avait pas fouillé au début du voyage, Ben-Joël possédait encore un couteau et une lime, qu'il avait l'habitude de porter, à tout hasard, sur lui, l'occasion de s'en servir pouvant lui être offerte d'un moment à l'autre dans son existence aventureuse.

Il fit couler sur les vis de la serrure un peu de l'huile de la lampe, afin de faciliter la délicate opération qu'il allait entreprendre, puis, avec des précautions inouïes et une légèreté de main extraordinaire, il commença son travail.

Le couteau, dont la lame était courte et solide, lui servit de tournevis.

Les ronflements du dormeur allaient crescendo et

favorisaient singulièrement la tâche hasardeuse du bohême.

Les quatre vis retenant la serrure au panneau de la porte cédèrent bientôt.

Ben-Joël approcha sa lampe du trou de la clef. La clef avait été retirée.

Il respira. Ce simple détail, auquel il n'avait pas songé tout d'abord, l'avait inquiété un instant, en ce sens qu'il pouvait rendre inutile toute la dépense d'adresse à laquelle il venait de se livrer, en l'empêchant de détacher entièrement la serrure.

La pièce de fer, dégagée de ses vis et maniée par la main discrète de Ben-Joël, quitta doucement le bois sur lequel elle se trouvait appliquée; un mouvement de levier opéré de gauche à droite acheva l'œuvre.

Le bohême était libre, — libre du moins de quitter sa cellule.

Avant de pousser cette porte qui devait le conduire dans la chambre du majordome, il écouta attentivement.

Aucun bruit n'arriva à son oreille, sinon les grondements de son voisin, avec lesquels il était déjà familiarisé et qui semblaient lui dire:

— Va, mon garçon, ne te gêne pas. Ce n'est pas moi qui te dérangerai.

Ben-Joël fit tourner silencieusement le panneau sur ses gonds, traversa la chambre d'un pas furtif, et trouva devant lui la porte du vestibule.

Celle-là était simplement fermée au loquet. La clef était à l'extérieur.

Par mesure de prudence, le bohémien une fois dans le vestibule, enferma son hôte à double tour et s'élança dans la cour d'honneur.

Ce n'était pas tout que d'être sorti de la cellule, il fallait encore sortir du château.

Les murailles étaient hautes et donnaient sur des fossés pleins d'eau.

Derrière le bâtiment s'étendait un jardin défendu de la même façon.

Ce fut de ce côté que Ben-Joël se dirigea, espérant trouver facilement une issue.

La nuit était claire, et la lueur de la lune permettait d'apercevoir les objets presque aussi facilement qu'en plein jour.

En se glissant avec précaution dans l'ombre des massifs, Ben-Joël arriva jusqu'à l'extrémité du jardin.

Au loin, devant lui, blanchissait la campagne et resplendissait comme un miroir d'argent une petite rivière.

— Si je pouvais descendre! songea le bohême, en marchant lentement le long des murailles.

Parvenu à un certain point, il se pencha pour voir dans le fossé et remarqua à une courte distance une écluse perpendiculaire au mur d'enceinte et par conséquent coupant ce fossé dans toute sa largeur.

En atteignant la première pierre de cette écluse, le fugitif, agile comme un chat, pouvait franchir à pied sec le dangereux passage.

La grande question était d'arriver jusqu'à cette pierre. Pas de crevasses au mur, pas d'aspérités non plus, pas d'arbre étendant ses ramures sur l'abîme.

Ben-Joël mesura de l'œil la distance qui le séparait de l'écluse.

Elle était de vingt-cinq pieds au moins, et notre homme était trop jaloux de la conservation de ses os pour risquer un saut pareil.

Il revint vers le jardin; l'impatience et l'inquiétude commençaient à le gagner.

Perdre une partie si bien commencée, c'était cruel. Mais la nécessité rend ingénieux.

Ben-Joël chercha et trouva ce qu'il lui fallait.

Dans un coin du jardin, le long du parapet, son pied heurta un monceau de bois de pin, provenant sans doute d'une coupe récente, car l'écorce était fraîche encore.

Ce bois, destiné à l'approvisionnement du château avait encore toute sa longueur. Il était, comme on dit dans le pays, en « bigues » ou en perches.

Ben-Joël mesura une des plus longues de ces perches; elle avait près de quinze pieds, les trois-cinquièmes de la distance à franchir.

— Diavolo ! fit le bohême, en se voyant aussi loin de compte, je crois que j'aurai de la peine à me tirer d'ici.

Il souleva cependant la bigue qu'il avait choisie et la tira jusqu'au milieu de l'allée.

Puis, il en prit un autre de pareille longueur et entreprit de la souder à la première.

Il n'avait pour cela ni cordes, ni crampons.

Il trouva heureusement, dans cet endroit peu fréquenté du jardin, une sorte de liane assez résistante pour faire l'office qu'il en attendait.

En ayant coupé plusieurs jets qui couraient d'un arbre à l'autre et formaient un inextricable lacis au-dessus de sa tête, il entreprit de les enrouler et de les nouer autour des deux perches mises bout à bout et retenues par deux ou trois grosses branches de chêne formant une sorte de gorge indispensable à la solidité de l'appareil.

Ce travail dura plus de deux heures.

Quand Ben-Joël l'eut terminé, il reprit haleine un instant, souleva de nouveau les deux perches, les appuya d'un côté contre le parapet et pesa de toute sa force sur le point de soudure, afin d'en éprouver la solidité.

21.

Satisfait de son expérience, il roula son échelle improvisée jusqu'à l'endroit de la muraille au-dessous duquel
s'alignaient les pierres de l'écluse, la fit glisser lentement
sur son point d'appui et parvint à en poser l'extrémité
dans le fond vaseux du fossé, où elle s'enfonça de plus
de trois pieds.

L'autre extrémité dépassait à peine le sommet du
mur.

Ben-Joël descella une pierre du parapet et assujettit
dans la brèche la tête de la perche pour l'empêcher de
vaciller durant le trajet aérien qu'il allait tenter.

Ces précautions prises, il s'élança d'un bond sur le
parapet, saisit la perche à deux mains et se laissa glisser jusqu'au fossé, où il prit pied sur la première assise
de l'écluse.

Cette écluse était faite de madriers de chêne, offrant
une épaisseur de près de six pouces.

Le bohême, qui, pour s'échapper, se sentait alors capable de passer sur le tranchant d'une épée, s'engagea
hardiment sur cette route étroite, la franchit, les bras
étendus comme un acrobate sur sa corde, et atteignit la
berge sain et sauf.

Cette fois, il était bien décidément sauvé.

Il n'avait pas une obole en poche, cela l'inquiétait peu.
Ben-Joël comptait sur son audace et sur le hasard pour
se procurer tout ce qui lui manquait, en vue de son
prompt retour à Paris.

Cependant l'aube naissante avait réveillé les hôtes du
châtelain de Colignac.

Savinien, debout le premier, s'en fut cogner à la porte
de Castillan et lui cria :

— Hors du lit, paresseux ! va chercher le bohémien.
Nous partons.

Le secrétaire ne savait que très-confusément ce qu'é-

tait devenu son prisonnier et où il pourrait le reprendre.

Il interrogea les valets à qui la surveillance de Ben-
Joël avait été confiée la veille. Ils désignèrent à Castillan
le logis du majordome.

En y arrivant, le jeune homme entendit dans le vestibule de sourdes imprécations.

— Ah! le traître! le bandit! exclamait le serviteur de
Colignac; il m'a ensorcelé, à coup sûr.

— Ouvrez, cria Castillan.

— Ouvrez, c'est bon à dire; je suis enfermé. Délivrez-
moi.

Le clerc fit jouer la clef dans la serrure, et aussitôt
apparut dans la baie de la porte la figure décomposée
du majordome.

— Le prisonnier? demanda Sulpice.

— Parti, évanoui, monsieur. Ah! je suis un homme
perdu!

Nous renonçons à peindre la colère de Cyrano et de
Colignac lorsqu'ils apprirent l'évasion de Ben-Joël.

Tous les domestiques du château montèrent à cheval
et se lancèrent dans la campagne à la poursuite du fugitif.

Ce dernier avait prévu cette chasse à l'homme.

Au lieu de gagner au large, comme un novice n'eût
pas manqué de le faire, il s'éloigna d'une lieue tout au
plus et se tapit dans des joncs à peu de distance de la
route.

Une heure après, il vit passer une cavalcade, en tête
de laquelle chevauchaient Savinien, Colignac et Sulpice,
accompagnés de Marotte.

Les chevaux allaient grand train.

— Bon, se dit le bohême, les voilà dépistés. Ils peuvent courir comme cela jusqu'au bout du monde, si tel
est leur bon plaisir.

Quoique pressé par la faim et pénétré d'humidité, Ben-Joël attendit longtemps encore avant de se décider à quitter son refuge.

Enfin, vers le milieu du jour, la troupe de cavaliers reparut, se dirigeant vers le château de Colignac.

Le gentilhomme était seul avec ses gens.

— C'est cela, conclut le bohème, ils se sont lassés; ceux-ci rentrent au gîte, et les autres continuent leur chemin vers Paris. Je puis partir maintenant.

Il secoua ses vêtements mouillés et se mit à marcher d'un pas rapide sur les traces de Savinien et de sa suite.

Son intention n'était pas de faire la route à pied.

Il se promettait de se procurer, à la première halte, un cheval et de l'argent à tout prix.

Le soir venu, comme il sortait d'un hameau où on lui avait fait la charité d'un morceau de pain de seigle et d'un verre de vin, réconfort sans lequel il n'aurait pu poursuivre sa marche, il fit la rencontre d'un maquignon qui conduisait trois couples de chevaux superbes.

— Voilà mon affaire, dit Ben-Joël, qui avait caressé un instant l'idée d'un hardi coup de main, et qui préférait toutefois se faire offrir ce qu'il était disposé à prendre.

— Hé! l'ami! cria-t-il ensuite au maquignon.

— Que voulez-vous? fit ce dernier en s'arrêtant.

— Peut-on, sans être indiscret, vous demander où vous allez?

— Ce n'est pas un mystère, mon brave. Je vais à Paris tout d'une traite.

— A Paris! Je ne pouvais mieux tomber.

— Pourquoi?

— Voulez-vous de moi pour compagnon?

— Hé! fit le maquignon, si ça vous plaît; le chemin est à tout le monde.

— Le chemin est à tout le monde, oui ; mais les chevaux sont à vous. De belles bêtes, ma foi !

— Je crois bien. C'est pour les écuries du roi, tout bonnement, mon brave.

— En attendant que le roi ou les seigneurs de la cour les montent, est-ce que ça les déshonorerait de porter un pauvre diable de mon espèce ?

— Vous allez à Paris ?

— Ne vous l'ai-je pas dit ? De plus, je suis brisé de fatigue et je n'ai pas un blanc dans ma bourse. Je pourrais vous être utile en route, si vous vouliez...

— Ma foi, je ne demande pas mieux. Mon garçon est tombé malade en chemin, et si vous pouvez le remplacer, j'aurai quelques bonnes pistoles à votre service en arrivant à Paris.

Ben-Joël ne se le fit pas dire deux fois.

Il enfourcha un des chevaux et le maquignon vit tout de suite à la manière dont le bohémien gouvernait sa monture, qu'il n'avait pas mal placé sa confiance.

Ce fut ainsi que le frère de Zilla put arriver à Paris, presque en même temps que Cyrano, — lequel n'avait pas plus d'une demi-journée d'avance.

XXXVII

Nous avons dit qu'après avoir vu échouer sa tentative d'empoisonnement, le comte Roland de Lembrat s'était fait conduire auprès du grand prévôt.

Il trouva Jean de Lamothe très-affairé.

L'instruction du procès de Manuel était fort avancée, et le magistrat, poussant jusqu'au scrupule l'étude des moindres détails, avait voulu réviser lui-même, une à une, toutes les pièces du dossier.

En voyant entrer Roland, il se leva et vint à sa rencontre.

— Monsieur de Lamothe, lui dit le comte, pardonnez-moi de vous troubler au milieu de vos graves préoccupations, mais...

— Mais, interrompit le prévôt, devançant la pensée de son interlocuteur, vous êtes impatient de savoir ce qui se passe et vous venez me demander où en sont les choses.

— Précisément. Je m'intéresse beaucoup à ce procès, continua hypocritement Roland, non que j'y cherche une vengeance ou une simple satisfaction, mais parce qu'il me semble curieux de voir se révéler les véritables motifs de l'étrange supercherie dont j'ai été un instant la dupe.

— Si on voulait en croire l'accusé, il n'y aurait pas de supercherie.

— Il nie toujours? se récria Roland, avec un étonnement parfaitement joué.

— Avec **acharnement**. Je l'ai interrogé tout à l'heure encore.

— Eh bien ?

— Il soutient que le nom et le titre qu'il s'est donnés lui appartiennent et il ajoute que vous le savez mieux que personne !

— Moi !

— Oui, monsieur le comte. Il prétend même, — c'est inouï, mais il le prétend, — que devant les juges il fournira une preuve... matérielle de la vérité de ses paroles.

— Une preuve... matérielle? murmura Roland anxieux. De quoi veut-il parler?

— Je l'ignore. Il a refusé de s'expliquer.

— Que supposez-vous?

— Je ne puis rien supposer. Une chose seulement m'a frappé. Durant mes précédents interrogatoires, Manuel était triste, accablé même. Il répondait avec une évidente lassitude à mes questions. Aujourd'hui, il est véritablement transfiguré ; il parle d'une voix ferme, on dirait presque qu'il a le sentiment d'une victoire prochaine. Cela m'embarrasse beaucoup.

— N'avez-vous pas à votre disposition les moyens de connaître le fond de sa pensée? Cet homme est habile; il joue peut-être une audacieuse comédie.

— Il n'est pas de comédie qui tienne devant le redoutable appareil de la justice.

— Vous croyez qu'il parlera?

— Oui, dans quelques jours. J'ai, vous l'avez dit, les moyens de l'y décider. Le meilleur de ces moyens et le dernier, car je ne l'emploie qu'en présence d'une obstination semblable à la sienne, c'est...

— C'est?...

— La torture.

— C'est vrai, fit froidement le comte, je l'avais oublié.

Une immense satisfaction emplit l'âme de Roland. Il obtenait, sans l'avoir demandée, cette chose pour laquelle il était venu. Il savait que, dans la chambre de la question, les courages les mieux trempés avaient toujours leur heure de faiblesse, et il comptait sur la cruauté des tourmenteurs pour arracher à Manuel l'aveu de sa culpabilité et assurer définitivement sa perte.

— A propos, fit tout à coup le prévôt, n'avez-vous pas envoyé quelqu'un auprès de Manuel?

— J'ai envoyé un homme chargé de quelques provisions pour le prisonnier. Malgré moi ce Manuel m'intéresse, et j'ai tâché d'adoucir sa position, expliqua effrontément le comte.

— Vous êtes vraiment bien bon; avec une pareille espèce, il n'est pas besoin de tant de commisération.

— Est-ce lui qui vous a parlé de cela? interrogea Roland, non sans une certaine perplexité.

— Non! c'est le geôlier.

Le comte se sentit rassuré.

— J'avais eu soin, continua-t-il, de recommander à mon messeger de ne pas dire qui l'envoyait. Manuel, à ce qu'il paraît, s'en est douté, car il a refusé de le recevoir de nouveau.

— Oui, murmura le prévôt pensif; et certaines paroles m'ont fait croire que le nouvel espoir auquel semble s'abandonner le prisonnier pourrait bien se rattacher à cette visite.

De nouveau, le comte de Lembrat se sentit troublé. Puis, il réfléchit que sa position vis-à-vis du prisonnier, cette supériorité que lui donnait une accusation légitimée jusqu'alors par les faits, devaient le mettre à l'abri de tout soupçon et de toute crainte.

Il prit congé du grand prévôt sans insister davantage, et se rendit chez le marquis de Faventines.

Depuis l'arrestation de Manuel, Gilberte subissait la contrainte imposée par son père.

Rien n'étant venu l'éclairer au sujet de l'innocence de Manuel, elle n'osait croire à une solution favorable à son amour.

Pour la seconde fois elle était retombée de la hauteur de ses rêves.

Manuel était un bohémien; il était interdit à la jeune fille de songer à lui.

Mais pouvait-elle commander à son cœur, qui l'entraînait irrésistiblement vers le jeune homme, donner une autre direction à sa pensée, incessamment occupée de son souvenir?

Non! Gilberte aimait et n'avait plus la force de résister à cette tendresse, dont, malgré tout, elle ne pouvait croire Manuel indigne.

Durant les quelques jours où une bonne fortune passagère avait permis au jeune homme de vivre auprès de Gilberte, de lui parler comme à son égale, elle avait pu apprécier la délicatesse de ses sentiments et la valeur de son esprit.

En perdant sa place dans le monde, il n'avait pas perdu son prestige aux yeux de mademoiselle de Faventines.

Libre, il l'avait charmée; prisonnier, il l'éblouissait, ayant au front cette auréole d'un malheur immérité.

Elle avait, à défaut d'autres preuves, l'intuition de

l'innocence de Manuel. Elle voulait bien accepter l'obscurité de sa naissance, mais non la déloyauté de son caractère. Et volontiers, elle se figurait qu'il était plutôt victime que coupable.

Cette vérité, elle la sentait en elle, avec le regret de ne pouvoir l'affirmer par des faits.

On ne s'étonnera point, après cela, que Gilberte, tout en avouant son impuissance en vue du salut de Manuel, eût pris une énergique résolution au sujet de son mariage avec Roland.

Elle ne voulait pas épouser le comte.

Avec cette force d'inertie que possèdent au suprême degré certains tempéraments, elle laissait passer autour d'elle tous les projets et toutes les espérances relatives à cette union, indifférente à ce qu'elle savait bien ne pas devoir l'atteindre.

Décidée à échapper, même en prenant un parti extrême, à la recherche de Roland, elle le laissait venir à l'hôtel de Faventines, écoutait patiemment ses protestations d'attachement, et le quittait, sans blesser les convenances, pour aller s'enfermer dans sa chambre et s'abandonner à de doux et tristes souvenirs.

Tout en acceptant les charges d'une situation que l'inflexible volonté de son père lui avait faite, Gilberte, âme loyale avant tout, ne voulait pas que l'on crût à l'abdication complète de sa volonté.

Chaque fois que le marquis lui parlait de son union prochaine, elle répondait simplement :

— Je ne serai jamais la femme de monsieur Roland de Lembrat.

Le père s'était irrité souvent de cette réponse. Puis, peu à peu, il s'y était habitué, et la considérait comme le résultat d'une mutinerie dont il aurait facilement raison au dernier moment.

Roland se présenta à l'hôtel de Faventines dans des dispositions telles, que Gilberte entrevit sur-le-champ l'imminence d'une lutte.

En arrivant chez sa fiancée, Roland trouva seuls le père et la mère de Gilberte.

Enveloppé dans une série de complications qu'il avait provoquées lui-même, mais dont il n'était pas sûr encore de faire tourner à son profit tous les résultats, le comte voulait au moins s'assurer la possession de Gilberte.

Il aimait la jeune fille avec une passion que redoublaient les obstacles. Il la voulait malgré elle et malgré tout, et les ardeurs de son tempérament ne lui permettaient point de réfléchir à la position morale de Gilberte.

Dès qu'il se trouva en présence du marquis et de madame de Faventines, et après s'être inquiété de la santé de leur fille, alors absente, il aborda franchement la question.

— Monsieur le marquis, dit-il, tout en regrettant qu'il ne me soit pas permis de saluer mademoiselle Gilberte, je suis heureux de trouver l'occasion de vous entretenir de mes espérances et de mes désirs. Depuis longtemps j'ai votre parole. Quand me permettrez-vous d'en réclamer l'accomplissement?

— Mon cher comte, répliqua le vieillard, vous me savez tout à votre dévotion. Si je n'ai pas fixé encore l'époque de votre mariage, c'est que les derniers événements ont beaucoup troublé Gilberte comme nous-mêmes, et nous ont détourné de ce qui est, croyez-le bien, notre plus chère préoccupation.

— Je pense que le souvenir de la malheureuse histoire à laquelle vous faites allusion commence à s'effacer de votre esprit, monsieur de Faventines, et ne doit plus faire obstacle à mon bonheur.

— Jamais je n'ai considéré ce souvenir comme un obstacle. L'ébranlement, le trouble, que l'arrestation de votre frère, pardon! de ce Manuel, veux-je dire, a pu nous causer, sont aujourd'hui entièrement dissipés. Causons donc, si vous le voulez, de cette union que vous nous faites l'honneur de désirer si vivement.

— Mais dites-moi, interrompit presque le marquis, savez-vous ce que devient Cyrano?

— Je l'ignore.

— Vous êtes pourtant avec lui dans d'excellents termes.

— Pas précisément. Toutefois, je ne suis pas sans m'inquiéter de ses actes, fit Roland avec un sourire à double entente. J'ignore où il est, mais je sais qu'il a quitté Paris.

— Pour longtemps?

— Bergerac est aventureux et serait bien embarrassé de prévoir lui-même, peut-être, la fin ou le résultat de son voyage, continua Roland sur le même ton.

— Il s'intéressait beaucoup à votre... à ce Manuel, se reprit pour la seconde fois le marquis, décidément très-peu enclin à oublier qu'il avait connu le vicomte Ludovic de Lembrat.

— Oui, beaucoup.

— Pourquoi l'a-t-il abandonné ainsi?

— Cyrano a de l'amour-propre. Il ne veut pas avouer qu'il a servi de parrain à un imposteur, et peut-être a-t-il jugé prudent d'attendre dans la retraite que la justice l'ait débarrassé de son protégé.

— Il doit en être ainsi, et je ne vois pas de meilleure explication à donner de son départ.

— Oublions Bergerac, monsieur de Faventines, et, comme vous le disiez tout à l'heure, causons de mon mariage. Sur ce point, d'ailleurs, notre entretien sera court. Il ne nous reste plus qu'à fixer une date.

— Je consulterai Gilberte.

— Oh! les jeunes filles ne sont jamais pressées en pareil cas. Il faut prendre une décision pour elles. Dans quinze jours, si vous le voulez, monsieur le marquis, je serai votre gendre.

Le marquis regarda un instant sa femme, qui, absorbée dans un patient travail de tapisserie, paraissait étrangère à la discussion, puis ne rencontrant sur le visage de madame de Faventines aucun signe d'opposition, il répondit :

— Soit, mon cher comte, dans quinze jours.

En même temps, il tendit à Roland sa main, que celui-ci serra avec énergie.

Il allait sans doute ajouter quelques mots de gratitude, lorsque Gilberte parut.

Ses récentes émotions l'avaient bien changée. Son visage, pâli par les veilles, s'était allongé, et ses yeux brillaient d'un éclat extraordinaire et inquiétant.

On lisait dans ce regard, qu'elle cherchait vainement à éteindre sous l'ombre de ses longs cils, une exaltation à grand'peine contenue, une espèce de menace indéfinissable, dont pourtant ni son père, ni sa mère, habitués à la voir chaque jour, n'avaient eu conscience jusqu'alors.

Roland seul remarquait cette transformation de la physionomie de Gilberte.

Et elle lui semblait plus belle encore, et plus que jamais il appelait de tous ses vœux le moment où il deviendrait le maître de ce trésor.

Gilberte s'avança d'un pas automatique jusqu'au milieu du salon, et répondit au salut du comte, sans que son front perdît un seul instant sa rigidité de marbre.

— Vous avez été souffrante, mademoiselle ? se risqua à interroger Roland de Lembrat.

Sa fiancée le regarda froidement.

— Non, monsieur, murmura-t-elle. Pourquoi cette question ?

— J'avais cru; on m'avait dit... balbutia Roland déconcerté par ce regard où il y avait plus que de l'indifférence, de la haine peut-être.

— On s'inquiète facilement autour de moi, continua Gilberte du même ton net et glacial. Quoi qu'on ait pu vous dire, rassurez-vous, monsieur, je n'ai pas souffert, je ne souffre pas.

Elle passa et vint s'asseoir auprès de madame de Faventines.

Roland prolongea sa visite jusqu'à l'heure du couvre-feu, sans que Gilberte ajoutât un mot à ceux qu'elle venait de prononcer. La marquise, muette comme elle, l'examinait à la dérobée. Gilberte semblait calme; elle travaillait avec assiduité à une des pièces de la tapisserie de sa mère, et écoutait, sans avoir l'air de s'y intéresser, la conversation de Roland et du marquis.

Cette conversation, après s'être traînée dans les banalités ordinaires, tomba sur un sujet dont les deux interlocuteurs eussent été heureux de ne pas s'occuper, mais qui, presque fatalement, les attirait.

Ils parlèrent de Manuel.

Gilberte put apprendre ainsi que M. de Lamothe avait interrogé le jour même celui qu'elle aimait, et qu'il demeurait ferme dans ses prétentions.

Cette attitude du prisonnier, dont s'indignait fort le marquis, parut à Gilberte entièrement conforme à l'idée qu'elle s'était toujours faite du caractère de Manuel.

Elle se sentit fière de son amour, et son esprit l'emporta vers ce cachot où elle avait enseveli toutes ses espérances et toùs ses rêves de jeune fille.

Quand le comte se fut retiré, M. de Faventines s'approcha de Gilberte et lui dit :

— Mon enfant, nous avons beaucoup parlé de toi ce soir avec le comte de Lembrat. Il m'a prié de prendre en sa faveur une décision formelle, et j'ai dû me rendre à ses instances.

— Achevez, mon père, répliqua Gilberte, voyant que le marquis attendait une objection, ou tout au moins une demande.

— Il a été convenu, continua le marquis, que ton mariage aurait lieu dans quinze jours.

— C'est un projet bien arrêté ; c'est votre volonté absolue ?

— Ne te l'ai-je pas dit déjà ?

— Et moi, mon père, ne vous ai-je pas dit que je ne serais jamais la femme de M. de Lembrat ?

— C'est un caprice auquel je ne veux pas croire. Ce mariage est nécessaire, Gilberte. Il est honorable pour nous ; laisse-moi ajouter qu'il sera heureux pour toi, et ne me cause pas la douleur d'une résistance à laquelle je ne saurais m'arrêter.

— C'est votre dernier mot ?

— Le dernier, fit le marquis en fronçant le sourcil.

— Dieu vous garde, mon père, conclut la jeune fille, en s'inclinant devant le vieillard.

Puis, après avoir embrassé sa mère, elle se retira dans sa chambre, congédia Pâquette, qui l'attendait afin de la dévêtir, et ouvrit sa fenêtre pour respirer l'air de la nuit.

En face d'elle se profilaient les noires silhouettes des maisons du quai ; à quelques pas, presque sous la fenêtre où elle était accoudée, roulaient dans l'ombre, avec un murmure mélancolique, les eaux profondes de la Seine.

— Non, pas cela; c'est horrible! murmura la jeune fille en quittant la fenêtre.

Au milieu de la chambre, elle s'arrêta, soudainement pensive, et le nom de Zilla glissa presque machinalement sur ses lèvres.

Son regard fiévreux eut un nouvel éclair.

Gilberte avait sans doute trouvé ce qu'elle cherchait.

XXXVIII

Après les premières atteintes du mal qui l'avait terrassée, Zilla avait puisé dans l'énergie de sa nature plus que dans les ressources de la science, — science très-bornée du reste à cette époque, — le salut qu'on n'espérait déjà plus pour elle.

Elle ne pouvait encore sortir de sa chambre, à peine avait-elle la force de quitter son lit, mais la raison lui était revenue.

La tempête qui grondait dans son cerveau s'était graduellement apaisée, comme s'apaise l'océan, en apparence lassée de ses propres violences ; elle sentait renaître en elle cette puissance d'action si fatalement brisée au moment où elle croyait avoir à s'en servir dans l'intérêt de Manuel.

Le souvenir des faits lui fut rendu, et elle songea avec une profonde angoisse que bien des heures s'étaient écoulées depuis le moment où elle avait tenté de pénétrer auprès du captif pour l'arracher à la mort.

Elle demanda son frère. Ben-Joël n'était pas revenu. Alors, n'ayant aucun moyen de s'éclairer directement, elle craignit d'interroger. Volontairement, elle resta ignorante de la destinée du jeune homme.

22

— Manuel est mort !

Telle était la phrase qui tintait incessamment à ses oreilles et qu'elle redoutait d'entendre prononcer quelque matin par la vieille logeuse, la seule personne qui l'approchât.

Aussi avec quelle impatience n'attendait-elle pas l'heure si lente de la convalescence !

Elle eut une fois la pensée d'envoyer sa garde-malade au Châtelet et de la charger d'un message pour Johann Müller. Mais la mégère était d'une habileté plus que douteuse, et Zilla renonça à son projet.

Un événement qu'elle ne prévoyait pas lui permit de connaître bientôt le sort de Manuel,

Le lendemain du jour où nous avons vu Gilberte s'incliner, résignée en apparence, devant la volonté de son père, Zilla, seule et triste dans son logis, songeait à son frère et à son amant, à son frère pour lequel elle n'avait qu'une estime très-modérée, mais dont l'appui aurait pu lui être d'un grand secours dans cette circonstance, à son amant que, dans sa veille solitaire, elle se plaisait encore à croire vivant, et que dans un avenir prochain elle entrevoyait libre.

Zilla, comme toutes les femmes aimantes, était superstitieuse.

Elle avait été élevée d'ailleurs dans l'habitude de certaines pratiques auxquelles les bohémiens n'ajoutaient pas toujours foi, mais qui toujours leur avaient servi à exercer un ascendant sur les âmes impressionnables ou naïves.

Elle avait lu un grand nombre de livres de magie, et parfois le hasard avait donné raison aux horoscopes que la bohémienne prononçait, en vertu de la science acquise dans ces livres.

Ce soir-là son esprit était singulièrement disposé aux choses merveilleuses.

Et tout en rêvant à la destinée de Manuel et à la sienne, elle se disait :

— Qui lèvera les voiles de l'avenir? Si cette science de la divination qu'on m'a apprise n'est pas un tissu de mensonges, je pourrai lire dans ce mystère.

Elle se leva péniblement, prit dans un coin et plaça sur sa table une grande coupe de cristal, qu'elle remplit d'eau.

Puis elle éloigna sa lampe, posa devant la coupe un miroir d'argent, devant lequel elle alluma une mèche soufrée.

La lueur bleuâtre du soufre, réfléchie par le miroir, colora aussitôt l'eau contenue dans le cristal.

Zilla se mit à examiner avec attention ces jeux de lumière.

Tout à coup la mèche soufrée crépita faiblement et s'éteignit.

La devineresse tressaillit.

— Ah! murmura-t-elle, du sang, du sang et des ténèbres! La vie d'un être humain va s'éteindre comme la flamme renvoyée par ce miroir, après avoir brillé comme elle. Est-ce Manuel qui doit mourir ; est-ce moi?

Un coup léger fut frappé à la porte, qui s'ouvrit aussitôt, et Zilla aperçut dans la demi-obscurité de l'appartement une femme masquée.

Derrière elle se tenait un homme à l'attitude respectueuse, un valet de confiance sans doute.

Avant d'adresser la parole à Zilla, l'inconnue se tourna vers cet homme et lui dit :

— Garde la porte, mon bon Guillaume, et que personne n'entre tant que je serai là.

Guillaume disparut et les deux femmes se trouvèrent seules.

— On vous nomme Zilla, je crois, demanda la visiteuse à la bohémienne.

— Oui, madame. Que me voulez-vous?

— Je vais vous le dire. Jurez-moi d'abord de respecter le secret de ma visite.

— Ai-je besoin de faire ce serment? Je ne vous connais pas.

— N'importe! Ce qui va se passer ici doit demeurer entre nous.

— C'est bien. Je jure que je ne vous trahirai pas.

La femme masquée remarqua alors que Zilla était fort pâle et avait peine à se tenir debout.

— Vous êtes souffrante, dit-elle! Remettez-vous.

Zilla se laissa tomber sur son lit, où elle demeura assise, tandis que son interlocutrice restait debout à ses côtés.

— Zilla, commença alors cette dernière, vous faites profession de lire la destinée des hommes dans les lignes de leur main, et parfois vous chantez dans les carrefours avec vos compagnons?

— Ceux qui vous ont parlé de moi me connaissent bien, madame.

L'étrangère eut un mouvement d'hésitation, après quoi elle reprit :

— Mais ce n'est pas tout, n'est-ce pas? Vous possédez d'autres talents?

— Aucun. Pourquoi cette question?

— Vous ne voulez pas me comprendre. Faut-il m'expliquer mieux? Votre race n'a-t-elle pas le privilége de pratiques mystérieuses, de formules terribles, ignorées de la foule? N'avez-vous pas, vous-même, hérité de vos pères l'un de ces secrets de vie et de mort?

Zilla tâcha de lire dans le regard de l'inconnue, dont le masque ne lui permettait pas d'étudier la physionomie.

— Un philtre d'amour! dit-elle ensuite; c'est là ce que vous voulez, peut-être?

— Non! fit l'inconnue, en secouant la tête avec une sorte d'impatience nerveuse.

— Alors, c'est?...

Ce fut au tour de Zilla d'hésiter.

— Craignez-vous de deviner ou d'être entendue? murmura la femme masquée.

Elle se pencha vers la devineresse et lui parla tout bas.

— Du poison! se récria Zilla, c'est du poison que vous demandez?

— Taissez-vous, puisque ce mot vous épouvante.

— Non, pas le mot, la chose! Je ne veux pas prêter les mains à un crime.

— Vous ai-je dit qu'il soit question d'un crime, Zilla? interrogea la visiteuse d'un ton hautain.

— Ne puis-je le supposer, madame?

— Rassurez-vous, fit amèrement celle qu'on interrogeait ainsi, si quelqu'un doit mourir de ce poison, c'est moi seule.

— Vous voulez mourir, vous jeune, vous riche, vous adorée, sans doute!

— Que vous importe? Ce n'est pas votre pitié que je demande. Un jour viendra, — bientôt peut-être, — où je n'aurai contre ma destinée d'autre refuge que la mort. Cette mort, je prétends la trouver à mes ordres. L'eau noire de la Seine qui coule sous mes fenêtres me fait horreur; le froid de l'acier pénétrant jusqu'au cœur m'épouvante; je veux un poison qui m'endorme ou qui me foudroie!

22.

Zilla se leva, en disant :

— Il y a de l'égarement dans vos paroles, madame. Donnez-moi votre main.

L'inconnue obéit.

— Ah! fit Zilla, après avoir examiné cette main blanche et fine, qui s'était tendue sans hésitation vers la sienne, ces lignes... je les connais... Amour!... déception!... lutte! triomphe ou mort!

— Je me souviens, termina-t-elle, en se reculant avec un cri : vous êtes Gilberte de Faventines!

— Qui vous a dit? murmura l'inconnue d'une voix tremblante.

— Otez votre masque, continua Zilla. Il est inutile maintenant. Ces mots de votre destinée, je les ai déjà lus dans votre main, une autre fois... chez votre père. Je vous reconnais par eux.

L'instinct de Zilla ne l'avait pas trompée. C'était bien à Gilberte de Faventines qu'elle parlait.

La jeune fille se démasqua, et ses traits apparurent illuminés par une énergique résolution.

— Puisque vous me connaissez, dit-elle, livrez-moi donc ce que je vous demande, car vous savez peut-être aussi pourquoi je veux mourir.

Un feu sombre s'alluma dans la prunelle de la bohémienne, et d'une voix lente elle demanda :

— Vous l'aimez donc bien, vous aussi?

— Moi! De qui parlez-vous?

— De Manuel! De Manuel que j'aimais et que vous m'avez pris, et dont vous avez ainsi causé la perte.

— Malheureuse!

Les deux femmes s'interrogèrent un instant du regard.

Il y avait du défi dans leur attitude; l'indignation était prête à déborder des lèvres de Gilberte, éclairée par les paroles de la bohémienne, tandis que cette dernière sentait se rouvrir toutes les blessures de son cœur et se réveiller toute son ardente jalousie.

Moralement plus forte que Gilberte, Zilla éteignit bientôt l'éclair de ses yeux et, entrevoyant la situation sous un nouvel aspect :

— Manuel est donc vivant? interrogea-t-elle.

— Il vit, répondit Gilberte. Ne le savez-vous pas ?

Un indéfinissable rayonnement de bonheur se répandit sur les traits de Zilla.

Dans le premier moment, en se trouvant en présence de sa belle rivale, elle n'avait songé qu'à son amour méconnu, oubliant de se demander si, comme elle pouvait le craindre, sa passion n'était pas maintenant sans objet.

Sa présence d'esprit lui était revenue assez vite pour qu'avant tout elle voulût être renseignée au sujet de Manuel.

Rassurée par la réponse si nette de mademoiselle de Faventines, la devineresse céda de nouveau aux conseils de sa fougueuse nature.

— Vous l'aimez ! répéta-t-elle.

Gilberte leva la tête.

— Si je ne l'aimais pas, serais-je ici? avoua-t-elle franchement. A quoi bon vous dérober ce secret, puisque je me suis mise tout entière entre vos mains! Mon père veut que j'épouse le comte de Lembrat. Je hais cet homme, et je le méprise. Si l'on s'obstine à m'imposer ce mariage, j'en attendrai l'heure avec résignation, car avant de toucher la main du comte, avant d'entendre la bénédiction du prêtre, je serai morte.

— Vous persévérez donc vraiment dans votre résolution?

— Plus que jamais !

— Et vous comptez toujours sur moi pour vous servir ?

— Pourquoi pas ? formula Gilberte d'un ton singulier.

L'intention qui se cachait dans ces deux mots si simples n'échappa pas à Zilla.

Mademoiselle de Faventines ne comptant pas gagner Zilla à prix d'argent, semblait lui dire, par son geste, par son regard, par l'accent de sa voix :

— Vous me haïssez, car je vous ai enlevé l'amour de Manuel. Si Manuel est libre un jour, c'est vers moi et non vers vous qu'il viendra. Donnez-moi l'arme que je vous demande. Moi morte, personne ne pourra plus vous disputer celui pour qui je me sacrifie.

Ces mots, que les lèvres de Gilberte n'avaient cependant point prononcés, retentissaient clairement dans l'âme de Zilla.

Un mauvais esprit les lui répétait incessamment, et elle sentait sa conscience faiblir devant ces perfides insinuations.

Elle entrevoyait son amour triomphant de celui de Gilberte ; elle apercevait la route libre entre elle et Manuel.

Pour cela, il ne fallait qu'une goutte de poison, et ce poison elle pouvait le verser elle-même, sans autre crime que celui d'une complaisance dont son égoïsme lui fournissait la facile excuse.

Comme elle demeurait absorbée dans ses pensées, luttant contre la tentation dont elle se sentait comme envahie de toutes parts, Gilberte posa sa main sur la sienne.

Cette muette interrogation tira la bohémienne de sa distraction.

Son dernier scrupule venait de s'évanouir, le démon de la jalousie la possédait sans partage.

Froidement, elle se tourna vers Gilberte et répliqua :

— Vous avez raison, mademoiselle.

Puis, ouvrant un coffret placé à sa portée, elle en tira un collier de grains d'ambre, qu'elle lui offrit en disant :

— Prenez ce collier, il est à vous.

— Que signifie? — demanda Gilberte indécise.

— Ce sont des perles d'ambre, expliqua la bohémienne ; celle qui pend là, à côte de cette amulette d'argent, est pareille aux autres en apparence, et cependant...

— Donne, je devine, s'écria Gilberte subitement exaltée ; cette perle est empoisonnée !

— Elle se fondrait dans l'eau sans laisser de traces et donnerait la mort en peu d'instants sans souffrance et sans agonie.

— Merci, Zilla, tu m'as comprise. Si je dois mourir, ne te reproche rien. N'accuse que la destinée. Et si Manuel te rend sa tendresse, sois heureuse ; parle-lui de moi quelquefois. On n'est pas jalouse d'une morte.

Ces paroles prononcées d'une voix doucement vibrante, firent tomber le voile étendu sur les yeux de Zilla.

Elle comprit toute l'horreur de l'action qu'elle venait de commettre ; elle eut honte d'elle-même et, se jetant vers la jeune fille :

— Ah ! tenez, s'écria-t-elle, je suis folle ! Rendez-moi ce collier, rendez-le moi !

— Non, Zilla ! Te le rendre, ce ne serait pas abdiquer ma volonté, ce serait me condamner à une mort plus douloureuse et plus lente. Au revoir, Zilla ; j'espère en Dieu.

— Vous ne partirez pas.

Et la bohémienne, déjà épuisée par cette scène qui rallumait sa fièvre à peine éteinte, retrouva néanmoins assez de force pour s'opposer à la sortie de la jeune fille.

Elle se laissa tomber aux genoux de Gilberte et, les pressant de ses bras :

— Ah ! mademoiselle, vous êtes meilleure que moi et plus digne d'être aimée, murmura-t-elle. En perdant Manuel, vous avez songé à mourir ! Moi, je n'ai pensé qu'à la vengeance. Pardonnez-moi et vivez.

— Relevez-vous, Zilla, et donnez-moi votre main. La même souffrance nous a faites sœurs. Mais n'espérez pas me fléchir. C'est un trésor précieux pour mon repos que vous m'avez remis, et je le garde.

— Quand doit avoir lieu votre mariage ? fit brusquement Zilla.

— Dans quinze jours.

— M. de Cyrano est-il à Paris ?

— Je ne crois pas. Pourquoi toutes ces questions ?

— Parce que j'ai assez de fautes à expier, parce que je suis lasse du rôle indigne que j'ai joué jusqu'ici, parce que je veux vous sauver enfin et vous rendre Manuel !

— Vous !

— N'est-ce pas moi qui suis la cause de sa ruine ?

— Mais encore ?

— Vous avez entendu parler de ce livre où se trouve écrit le témoignage de l'existence de Manuel ?

— Eh bien ?

— Ce livre, dérobé au comte Roland aussi bien qu'à M. de Cyrano, je le possède ; j'en ai la garde.

— Votre frère ?...

— Mon frère n'est pas à craindre ; il est bien loin d'ici ; d'ailleurs que pourrait-il élever contre cette preuve, et contre mon aveu ? Cet aveu, une lâche espérance l'a

retenu au fond de ma conscience. A présent, je parlerai.

— On ne vous croira pas. M. de Lamothe est trop
prévenu contre Manuel.

— Je montrerai ce livre.

— On ne l'acceptera plus comme vrai. Nous autres
femmes, Zilla, nous n'avons pas l'esprit assez ferme pour
lutter contre les arguments d'un magistrat entêté dans
sa conviction, comme semble l'être le grand prévôt. Il
faudrait la main d'un homme pour conduire, à travers
tant d'obstacles, l'entreprise que vous méditez.

— Un homme? Un seul pourrait nous servir, et vous
dites qu'il n'est pas à Paris.

— M. de Bergerac?

— Lui-même.

— Peut-être est-il revenu?

Et courant à la porte, Gilberte appela le serviteur qui
l'attendait.

— Guillaume, ordonna-t-elle, va jusqu'au logis de
M. de Bergerac et sache s'il est de retour. Sois discret et
prompt, surtout. Va; tu me retrouveras ici.

La distance qui séparait la Maison du Cyclope de l'hôtellerie où demeurait Cyrano était peu considérable.

Tandis que Guillaume se rendait chez maître Gonin,
d'un pas aussi allègre que celui d'un jeune homme, les
deux jeunes femmes causaient de leurs projets.

Zilla n'assistait pas sans une secrète et poignante douleur au radieux réveil des espérances de Gilberte.

Elle avait toutefois courageusement pris son parti et
refoulait au fond de son âme toutes les pensées amères
que pouvait lui inspirer son sacrifice.

Gilberte devinait cette lutte et n'osait trop parler du
passé.

Elle eût voulu pourtant savoir comment s'était ébauché ce complot qui avait abouti à l'arrestation de Manuel et quelle part le comte Roland y avait prise.

Le retour de Guillaume mit fin à ses indécisions.

— M. de Bergerac n'est pas à Paris, dit le messager de mademoiselle de Faventines, et on ne prévoit pas l'époque de son retour.

— Allons, dit tristement Gilberte, Dieu n'est pas pour nous.

— J'irai demain chez M. de Cyrano, conclut Zilla. Peut-être serai-je plus heureuse dans ma démarche.

— En aurez-vous la force? Vous êtes souffrante encore.

— Je dompterai mon mal; depuis trop de jours déjà il me tient prisonnière en cette chambre.

— Aurai-je de vos nouvelles?

— Vous en aurez par M. de Cyrano, si je le vois. Pour vous, mademoiselle, ajouta-t-elle plus bas, consentez maintenant à ce que vous me refusiez tout à l'heure. Rendez-moi le collier.

— Non, Zilla. Notre espérance peut n'être qu'une chimère, et je veux rester armée.

— Je réussirai, vous dis-je. J'en ai le pressentiment.

— En ce cas, vous n'avez rien à craindre pour moi.

— Vous n'aurez jamais besoin de vous servir du présent redoutable que je vous ai fait, insista Zilla.

— Qui sait? murmura Gilberte pensive.

Et après avoir, d'un geste résolu, indiqué qu'elle ne céderait pas, la jeune fille adressa à la bohémienne un adieu rapide et sortit de la chambre, accompagnée de Guillaume.

Ce dernier, vieux serviteur de la famille de Faventines, habitué à respecter aveuglément les ordres de sa maîtresse, la reconduisit jusqu'à l'hôtel de l'île Saint-Louis.

Là, après avoir recommandé à son protecteur une discrétion dont elle était cependant bien sûre, Gilberte
regagna sa chambre sans éveiller l'attention de personne, et, pour la première fois depuis bien des nuits,
elle s'endormit d'un sommeil paisible.

XXXIX

Zilla n'avait pas dormi, elle. Comme après toutes les grandes secousses physiques ou morales, son esprit, profondément agité, l'avait condamnée à une veille pénible, à peine interrompue par quelques minutes de ce demi-assoupissement plus cruel encore que l'insomnie.

Quand l'aube parut, les heures lui semblèrent un peu moins lentes, et elle s'essaya à marcher dans la chambre.

Ses membres endoloris encore agissaient comme mus par une sorte de ressort nerveux.

Néanmoins, elle s'habilla, prit dans la cachette où Ben-Joël l'avait serré le livre révélateur, et descendit lentement les marches conduisant à l'étage inférieur.

Dans la salle basse elle trouva la logeuse, qui, à sa vue, poussa une exclamation d'étonnement.

— Vous sortez, Zilla ? demanda-t-elle.

— Oui, répondit brièvement la bohémienne.

— Mais, ma fille, vous êtes blanche comme une morte. Vous allez tomber au tournant de la rue.

— Non ! répliqua Zilla, fidèle à son laconisme.

Et elle passa, tandis que la vieille haussait les épaules d'un air de pitié, en murmurant :

— Après tout, ça la regarde.

Le grand air fit du bien à la convalescente. Elle se dirigea, à petits pas, vers la maison de Cyrano, et vit en arrivant l'hôtelier engagé dans une conversation très-vive avec la servante du gentilhomme.

La taverne avait son aspect habituel. A cette heure matinale, aucun buveur n'en avait encore sans doute passé le seuil, car les tables étaient nettes, et les pots d'étain au grand complet symétriquement alignés sur les dressoirs. Presque toujours il y a, dans toute maison où arrive un nouvel hôte, où revient un familier, certain air de dérangement qui se traduit dans les plus petites choses.

Le logis de Cyrano ne présentait, au premier examen, aucun de ces signes.

Pourtant, malgré cette bonne ordonnance de la salle commune, où pas un fétu ne paraissait avoir été dérangé depuis la veille, les voyageurs, c'est-à-dire Savinien, Castillan et Marotte, étaient arrivés.

Tous trois, fatigués d'une longue étape, dormaient encore profondément.

C'était la venue de Marotte qui faisait alors le sujet de l'entretien de l'hôtelier et de la servante de Cyrano. Cette dernière avait dû offrir sa chambre à la ballerine et n'était pas peu scandalisée de l'invasion de ce joli démon dans son logis.

Zilla interrogea l'hôte et ne dissimula pas sa satisfaction lorsqu'elle apprit le retour de Cyrano.

— Puis-je parler sans retard à M. de Bergerac ? demanda-t-elle à maître Gonin.

— Je vais vous le dire, répliqua ce dernier. Voici qu'il est neuf heures, et, même quand il a passé la moitié de la nuit debout, M. de Cyrano n'a pas l'habitude de s'éveiller plus tard.

Il invita Zilla à entrer et gravit rapidement l'escalier menant au premier étage.

La servante, à l'arrivée de la bohémienne, s'était éloignée dans la direction de la porte de Nesle.

Zilla était donc seule depuis un instant dans la salle commune, lorsque, du haut de l'escalier, la voix de maître Gonin lui cria :

— Montez !

Elle obéit aussitôt, et l'hôtelier, la faisant passer devant lui, lui montra la porte du gentilhomme, en ajoutant :

— Entrez ; on vous attend.

Zilla s'avança vers le gentilhomme assis au fond de l'appartement et déjà occupé à écrire.

— Ah ! ah ! fit Cyrano, c'est donc vous, ma belle ? C'est une agréable surprise que vous me faites de me venir voir, alors que je vous croyais à tout jamais brouillée avec moi.

Sans paraître remarquer l'accent ironique dont ces paroles étaient dites, Zilla répondit :

— Un motif grave m'amène chez vous, monsieur Cyrano. Voulez-vous m'entendre ?

— Je suis tout oreilles. Venez-vous me demander des nouvelles de votre excellent frère, par hasard ?

— Mon frère ?

— Si je ne l'ai pas ramené avec moi à Paris, ce n'est pas faute de bonne volonté. Il s'est dérobé à mes soins ; tenez pour certain toutefois qu'un jour ou l'autre je saurai le récompenser selon ses mérites.

— Il ne s'agit pas de mon frère, interjeta Zilla, que l'évidente belle humeur du poëte impatientait ; il s'agit de Manuel.

— Ah ! de Manuel ! Pauvre garçon, comme je vais l'embrasser avec plaisir !

La bohémienne s'expliqua alors. Elle dit son amour, sa jalousie, ses luttes, et finalement elle implora le par-pardon du gentilhomme.

Savinien avait l'oubli facile.

— Eh ! mais, dit-il à Zilla, je ne demande pas mieux que de vous croire. L'aveu que vous venez de me faire rachète bien des fautes, et si vous êtes sincère...

— En voulez-vous une preuve ? interrompit la gitana.

— Une preuve ! répéta Cyrano intrigué.

Zilla tira de dessous ses vêtements le livre dont elle s'était munie et le posa sans rien dire devant le gentil-homme.

C'était un gros cahier de parchemin ; grossièrement mais solidement relié, et dont les premières pages por-taient une date très-ancienne.

Il était entièrement écrit en langue romany.

Cyrano l'entr'ouvrit du bout du doigt et examina avec curiosité les caractères bizarres dont presque tous les feuillets étaient couverts.

— Quel est ce grimoire ? demanda-t-il.

— Vous le savez bien ; vous devriez le deviner du moins.

— Le livre de Ben-Joël ?

— Oui !

— Enfin ! s'écria Cyrano, le voici donc, ce fameux té-moignage, que ce maître fourbe nous a toujours si adroitement caché. Vrai, Zilla, votre belle action me raccommode tout à fait avec vous. Où est le passage qui se rapporte à Manuel et à la mort du jeune Simon ? Zilla feuilleta un instant le livre et traduisit à Cyrano les deux inscriptions qu'il désirait connaître.

— C'est parfait, dit-il ; si je n'avais maintenant entre

les mains des armes encore plus sûres, ce livre serait un trésor incontestable. Êtes-vous certaine du sens que vous donnez à ces lignes?

— Faites venir quelqu'un de ma race; montrez-lui ces pages. Si celui ou celle que vous consulterez connaît bien la langue de ses pères, la traduction ne variera pas.

— Je vous crois. Allez en paix, mon enfant; Manuel sera libre demain matin.

— Pourquoi pas aujourd'hui même?

— Parce que aujourd'hui je veux voir le comte de Lembrat et lui épargner, non pas pour lui, mais pour le nom qu'il a l'honneur de porter, le scandale d'un débat public. S'il persiste dans sa résistance, eh bien, tant pis pour lui. J'aurai fait ce que je dois à la mémoire de son père.

— Adieu, monsieur de Cyrano, j'ai foi en vous.

Le gentilhomme se leva et reconduisit la bohémienne jusqu'au seuil.

Puis il fit appeler Marotte.

La ballerine, encore tout ensommeillée, arriva dix minutes après.

Cyrano prit le livre de Ben-Joël et, posant le doigt sur le passage désigné par Zilla :

— Dis-moi le sens de ceci.

Marotte lut et traduisit sans hésitation les lignes qu'on lui montrait.

Sa version reproduisant presque littéralement celle de Zilla, Cyrano ferma le livre et ajouta, en souriant :

— C'est bien cela. Merci, ma fille.

Peu après, maître Gonin vit descendre le gentilhomme. Castillan était dans la grande salle de la taverne et déjeunait avec appétit.

— Je vais chez le comte, lui dit son maître. Ne sors

pas avant mon retour, et veille à ce que ta protégée ne manque de rien.

— Soyez tranquille, s'empressa de répondre le secrétaire, avec une ardeur qui amena sur les lèvres de Cyrano un malicieux sourire.

Quand le poëte arriva à l'hôtel de Lembrat, où, vu l'heure peu avancée de la journée, il espérait rencontrer Roland, il apprit, non sans étonnement, que ce dernier était déjà sorti.

— Où le trouverai-je? interrogea Cyrano.

— Probablement chez M. le marquis de Faventines, lui fut-il répondu.

Savinien prit sa course vers l'île Saint-Louis; il ne voulait pas perdre de temps.

Roland était en effet auprès du marquis. Gilberte et sa mère se trouvaient également dans le grand salon.

En entendant annoncer Cyrano, le comte pâlit horriblement, et Gilberte eut peine à retenir une exclamation de surprise et de joie.

Le visiteur s'avança, le sourire aux lèvres, et, après avoir salué les deux femmes et serré la main du marquis, se tourna, de plus en plus souriant, vers Roland de Lembrat.

— Eh bien, dit-il, vous ne m'attendiez pas, mon excellent ami?

— Je suis heureux de vous voir en bonne santé, balbutia Roland, sans avoir précisément conscience de ce qu'il répondait.

— Ma santé vous intéresse à ce point? Vous êtes vraiment trop bon. Mais vous êtes non moins curieux, sans doute, de connaître les détails de mon voyage, et, si vous le voulez bien, je vais vous les dire.

— Ici? risqua Roland inquiet.

— Non pas; ce serait ennuyeux pour ces dames.

— C'est que, hasarda de nouveau le comte, je ne saurais vous accorder en ce moment l'entretien que vous me proposez...

— Oui, intervint le marquis, qui pressentait un prochain conflit et voulait autant que possible le prévenir, M. de Lembrat a bien voulu nous consacrer sa journée. Vous serez des nôtres, mon cher Savinien.

— S'il a promis, j'aurais mauvaise grâce à vouloir le faire manquer à ses engagements. Je reste donc, marquis, puisque vous m'y conviez.

Il lança, en disant ces mots, un regard significatif à Roland.

Évidemment Cyrano voulait garder à vue son ennemi.

A partir de ce moment, pas une parole ne fut prononcée dans le sens que redoutait le comte.

Savinien fut ce qu'il était toujours en semblable circonstance, empressé, joyeux, spirituel.

Au dîner, qui réunit quelques amis de la famille, Cyrano se trouva placé auprès de Gilberte.

— A quand le mariage ? lui dit-il à voix basse, tandis que s'animait la conversation des convives.

— Dans quinze jours ! répliqua Gilberte avec les mêmes précautions.

— Vous avez consenti ?

— Non ! On me contraint.

— Ne vous inquiétez plus. Vous épouserez Manuel ; c'est moi qui vous le dis.

Un regard profond fut toute la réponse de Gilberte.

Le comte, absorbé dans ses rêveries, n'avait pas remarqué ce qui se passait.

— A quoi pense cet imbécile de Rinaldo ? se disait-il. Quels sont les projets de Cyrano ? Il me ménage, c'est évident ; mais sa réserve durera-t-elle assez pour me permettre de lui échapper ou de le vaincre encore une fois ?

La fin du repas mit de nouveau en présence Cyrano et Roland.

— Voyons, comte, railla le poëte, je ne veux pas vous arracher aux plaisir de cette réunion. Il faut pourtant que nous causions. A quelle heure vous convient-il que nous nous rencontrions?

Roland crut prudent de gagner du temps.

— Ce soir, chez moi, si vous voulez, répondit-il.

— Va pour ce soir, quoique je sois pressé.

— Je vous attendrai à huit heures, fit Roland d'un air singulier.

Quel projet sinistre s'ébauchait encore dans l'esprit du comte?

Cyrano le devina peut-être, car il répliqua :

— J'ai à cœur de vous épargner l'embarras de quelque nouvelle combinaison. Ce sera donc moi qui vous attendrai en mon humble logis.

— Comme il vous plaira, dit sèchement le comte.

Ces quelques paroles, qui sentaient déjà la bataille, avaient été prononcées en présence du marquis.

— Soyez exact, je vous le conseille, conclut Cyrano. Demain matin, je n'aurais plus rien à vous dire.

23.

XL

Huit heures sonnaient, lorsque Roland, avec une ponctualité témoignant de son impatience ou de ses craintes, frappa à la porte de Cyrano.

Le poëte, qui causait avec Sulpice, le congédia aussitôt et offrit un siége au visiteur.

— Soyons brefs, dit-il. Je n'ai plus à faire appel à votre loyauté ; je veux simplement vous éclairer sur votre situation et sauver de l'infamie le nom que vous portez. La chose est encore possible. Si vous le voulez, elle se fera.

— Ce début est très-solennel, essaya de railler Roland ; toutefois, il n'est pas assez clair pour se passer d'explication.

— C'est juste. Cette explication que vous désirez, la voici. Votre frère devrait être libre à cette heure...

— Manuel, voulez-vous dire ? rectifia Roland.

— Ne m'interrompez pas. J'ai dit votre frère, et je maintiens le mot. Votre frère donc devrait être libre. S'il est encore au Châtelet, c'est que j'ai tenu à vous donner cet instant de grâce qu'on accorde aux condamnés pour avouer leur faute et... la réparer au besoin.

— Que voulez-vous de moi, monsieur ? ou plutôt que pouvez-vous contre moi ?

— Je veux un mot pour le grand prévôt, un mot qui soit un aveu de votre erreur — remarquez que je ne dis pas votre crime — je tiens à vous ménager, — une déclaration nette et franche des droits de Manuel, enfin ; c'est-à-dire la liberté immédiate pour lui, la sécurité pour vous. Quant à ce que je puis, vous le saurez tout à l'heure. Répondez d'abord.

— J'ai déjà répondu en une autre occasion. Je ne reconnais pas Manuel pour mon frère ; je ne signerai pas l'aveu que vous demandez.

— Je prévoyais cette résistance. Eh bien, Roland, écoutez-moi : Manuel est votre frère, et vous le savez bien, car la preuve de son existence, vous l'avez lue dans le livre de Ben-Joël.

Le comte haussa les épaules en disant :

— Ce livre n'existe pas.

— Pardonnez-moi, car le voici.

En même temps, Savinien montra à son adversaire le document remis par Zilla.

Après quoi il le replaça froidement hors de la portée de Roland.

Ce dernier, blême de colère, essaya vainement d'articuler une nouvelle protestation.

Ses yeux se tournèrent avec une sorte d'hébêtement vers Cyrano.

Le poëte continua, sans paraître s'apercevoir du trouble du jeune homme.

— J'ai encore à vous offrir la confession de votre père. Si elle est entre mes mains, ce n'est pas la faute de vos gens, qui ont tout fait pour me priver du plaisir de vous l'apporter. Hélas ! cela ne leur a guère réussi, et votre fidèle Rinaldo a bien vilainement payé tous ses exploits.

— Vous croyez que Rinaldo est votre ennemi?

— Parlons au passé. Je crois qu'il l'était...

— Et maintenant?

— Mon Dieu? je ne lui en veux plus, fit négligemment le poëte ; il est mort !

— Mort ! s'écria Roland.

— Après vous avoir laissé, écrit sur ma figure, ce témoignage de son dévouement à votre cause.

Et Cyrano, touchant du doigt sa joue, fit voir au comte l'éraflure encore rosée qu'y avait tracée la balle de Rinaldo.

— Mort ! répéta Lembrat accablé.

— Autrefois, je vous ai raconté les faits relatifs à votre naissance ; voulez-vous que je vous en lise le récit ? Il est là tout entier de la main du vieux comte. Il faut en prendre votre parti ; vous êtes un Le Cornier et non pas un Lembrat. Demain la ville et la cour l'apprendront, si vous vous obstinez, ce soir, à me refuser la réparation que je vous demande.

— Parlez plus bas, murmura Roland d'une voix presque suppliante. Je suis à votre merci.

— Vous cédez enfin ! C'est bien heureux.

— Finissons ! Quel prix mettez-vous à votre silence ?

— J'ai disposé là, sur cette table, une feuille de vélin toute blanche et une plume toute neuve. Je dicte ; écrivez.

Le comte se laissa tomber sur le siége préparé devant la table, prit la plume et attendit :

— « Je reconnais, dicta Cyrano, je reconnais avoir eu entre les mains toutes les preuves de l'identité de mon frère, enfermé actuellement au Châtelet, sous le nom de Manuel, et je déclare mensongers, extorqués par violence ou par séduction, tous les témoignages produits contre lui. »

— Mais écrire cela, c'est proclamer ma honte ! se récria Roland.

— Achevez et signez. Cette déclaration ne sortira pas de la famille. Il faudra pourtant que je la montre au grand prévôt ; mais c'est votre ami ; de plus, honteux d'avoir été aussi grossièrement trompé, il aura intérêt à garder le secret sur tout ceci et à ouvrir discrètement la porte du Châtelet à son prisonnier.

— Prenez donc. Mais en échange, remettez-moi l'écrit de mon père et le livre de Ben-Joël.

— Non pas, monsieur de Lembrat, ce serait une sottise. Vous m'avez appris la défiance. Le jour où Manuel sera rétabli dans son titre et dans ses biens, vous pourriez le faire assassiner. J'ai besoin d'un frein qui vous modère.

— Contentez-vous de m'humilier, monsieur, ne m'outragez pas. Si vous gardez toutes ces garanties, si vous pouvez publier le secret de mon origine quand bon vous semblera, la déclaration que j'ai écrite et signée tout à l'heure devient inutile. Rendez-la moi.

— Ah ! je puis mourir. Cette déclaration est la sauvegarde de la tranquillité de votre frère. Je la lui donnerai. Dans la présente circonstance on ne saurait trop multiplier les précautions.

— Cependant !...

— Voyons, préférez-vous que je livre à Manuel le testament de votre père ? Votre orgueil est-il décidé à ce sacrifice ?

— C'en est assez. Vous avez réponse à tout. Je me soumets. Faites votre œuvre, monsieur. Délivrez Manuel.

— La soirée est avancée. Il est trop tard pour aller frapper à la porte du Châtelet. Mais demain, avant que le coq ait chanté, soyez-en sûr, votre frère sera libre.

Ah ! je vois d'ici la grimace du grand prévôt, quand je l'arracherai du lit pour lui apprendre la nouvelle du jour. Bonne nuit, comte ; je ne veux pas vous retenir au delà des limites honnêtes. Le couvre-feu est sonné.

Roland sortit de la chambre et se précipita dans la rue, fou de colère.

Une escorte de valets l'y attendait. Il se dirigea vers son hôtel, roulant dans sa tête mille projets aussitôt abandonnés que conçus.

Évidemment, la partie était perdue pour lui. Cependant, douze heures le séparaient encore du moment où Cyrano devait se rendre auprès de Jean de Lamothe. En douze heures on peut faire bien des choses, quand on a l'esprit inventif et l'audace prompte.

— Ah ! qui me délivrera de cet homme ? se disait Roland en arrivant chez lui.

Une ombre se dressa devant lui, sur le seuil de la porte.

Il reconnut Ben-Joël.

— Toi ! exclama-t-il avec joie, comme s'il eût trouvé une réponse à sa question intime.

— Je vous attends depuis trois heures, monseigneur.

— Suis-moi.

Les valets s'éloignèrent après avoir conduit le comte de Lembrat jusqu'à son appartement, où les deux hommes se trouvèrent seuls.

— Rinaldo est mort ; Cyrano est vivant.

Telles furent les premières paroles du comte. Elles contenaient un reproche que Ben-Joël n'eut pas de peine à comprendre.

— Ah ! monseigneur, nous avons bien lutté, je vous l'assure ; et puisque vous connaissez la fin de ce pauvre Rinaldo, vous devez savoir aussi quels miracles d'audace nous avons faits pour vous servir.

— Qu'ai-je besoin de savoir maintenant? Tout est perdu... à moins...

— A moins? interrogea le bohémien.

— Qu'on ne me débarrasse de ce damné Bergerac, acheva Roland.

— On vous en débarrassera, monseigneur.

— Oui, tu prendras tes précautions comme toujours, fit dédaigneusement le comte; comme toujours aussi tu arriveras trop tard.

— Il me semble qu'en agissant dès demain...

— Ce n'est pas demain qu'il faut agir, c'est cette nuit. Pour que la mort de Cyrano me serve à quelque chose, il est indispensable qu'il soit frappé avant d'arriver au Châtelet, où il doit se rendre dès le point du jour.

— Eh bien, on peut s'embusquer sur la route, et pourvu qu'on soit en nombre...

— Oui, c'est cela. Va, rassemble quelques-uns des tiens. Je les payerai largement. Prenez des couteaux; vous ne feriez rien avec vos épées: Cet homme est redoutable.

— Quand et où voulez-vous que nous soyons à vos ordres, monseigneur?

— Tes hommes attendront dans la rue. Toi, tu viendras ici à trois heures de la nuit. Je donnerai des ordres pour que ma porte te soit ouverte.

— Serez-vous des nôtres, monseigneur?

— Oui, je veux vous voir à l'œuvre.

— Ah! pardieu! s'écria Ben-Joël en se retirant, j'ai toutes mes défaites sur le cœur, et je vous promets que je vais tailler une rude besogne à la grande rapière du capitaine Satan.

XLI

Les explications de Roland avaient été fort brèves. Aussi Ben-Joël ne comprenait-il pas très-bien pourquoi tout était perdu, suivant l'expression du comte.

Ce dernier avait gardé un silence prudent au sujet du testament de son père, et il avait oublié ou négligé de dire au bohémien que le livre de sa tribu était entre les mains de Cyrano.

Malgré cette ignorance des causes qui faisaient désirer si vivement à l'aîné des Lembrat la mort immédiate de son principal adversaire, Ben-Joël avait accepté avec ardeur un projet qui devait lui permettre de satisfaire une vengeance depuis si longtemps espérée.

Il s'empressa donc, en quittant l'hôtel de la rue Saint-Paul, de se rendre à la Maison du Cyclope, où on ne l'avait pas encore revu depuis son arrivée à Paris.

Avant de monter chez Zilla, dont la fenêtre brillait dans la nuit et qui veillait sans doute en attendant des nouvelles de Cyrano, le bohème eut une assez longue conférence avec les quelques drôles réunis dans la salle basse.

Tous étaient gens de sac et de corde, prêts à risquer leur peau pour la moindre aubaine.

Aussi accueillirent-ils avec enthousiasme la proposition de Ben-Joël.

Il y avait un homme à surprendre ; on serait dix contre cet homme. Les risques étaient insignifiants et le bénéfice promis par Ben-Joël considérable.

L'affaire conclue, le bohémien invita ses compagnons à prendre un peu de repos, pour mieux se préparer à la bataille, s'engageant à les réveiller lui-même quand il serait temps.

Quand Zilla entendit frapper à sa porte, elle crut à l'arrivée de quelque messager de Savinien.

La vue de Ben-Joël ne lui causa qu'un médiocre plaisir.

Le bandit, sans remarquer le changement que la maladie et les angoisses de ces derniers jours avaient apporté dans la physionomie de sa sœur, entra dans la chambre et, se jetant sur un escabeau :

— Me voilà ! dit-il. Est-ce que tu ne commençais pas à désespérer de mon retour ?

— Bien des choses se sont passées, qui m'ont fait oublier ton absence, répliqua gravement Zilla.

— Quelles choses ?

— As-tu oublié Manuel ?

— Comment l'aurais-je oublié ? C'est à cause de lui que j'étais en route.

— Tu as vu le comte ?

— Nécessairement.

— Que t'a-t-il dit ? Il a voulu faire empoisonner Manuel ; le sais-tu ?

— Il ne s'en est pas vanté. Mais ce n'est pas de Manuel qu'il s'agit pour le présent. C'est de Cyrano.

— Que veux-tu faire ?

— Je te le dirai demain.

— Encore quelque machination ténébreuse, encore

quelque complot entre le comte et toi ! Ben-Joël, n'es-tu pas las de ta dégradation ?

Le bohème se mit à rire d'un air cynique.

— Est-ce que tu as des remords ? fit-il. Est-ce que tu n'aimes plus Manuel ?

— Tu sais bien que je l'aime !

— Dispense-toi donc de me sermonner, et laisse-moi agir. Tu ne sais pas encore de quoi est capable un frère qui aime bien sa petite sœur, et aussi ses petits intérêts.

— Je ne comprends rien, en effet.

— Écoute alors. J'ai trompé Cyrano et Manuel, c'est vrai ; mais j'ai trompé aussi le comte en lui faisant croire que tout serait fini, une fois son frère rendu à sa condition première. Quand mademoiselle de Faventines sera comtesse de Lembrat et que Manuel, revenu parmi nous, sera guéri de sa passion pour elle, je m'occuperai de son avenir et du nôtre.

— Malheureux, as-tu pensé qu'on rendrait ainsi la liberté à Manuel ?

— On la lui rendra, quand le comte n'aura plus rien à redouter de sa rivalité. Je sais là-dessus des choses que tu as toujours ignorées. Laisse-moi donc continuer.

— Soit, murmura Zilla qui, malgré elle, se sentait entraînée par les paroles de Ben-Joël.

— Manuel se souviendra certainement qu'il t'a aimée et que tu l'aimes. Alors... je vous marierai.

— Tu nous marieras ?

— Sans aucun doute. Après quoi, j'irai humblement trouver les magistrats, comme il convient à un pêcheur repentant. Je dirai que M. de Lembrat m'a séduit, m'a acheté un faux témoignage ; que Manuel est bien son frère. On me demandera une preuve ; je la fournirai. On voudra aussi me punir de ma première trahison. Qu'est-ce que cela me fait ? Il ne m'en coûtera qu'un peu de prison. Quand on veut la prospérité de sa famille, on n'y regarde pas de si près. Toi, mariée à Manuel, tu profiteras de mon beau dévouement. Tu seras vicomtesse de Lembrat. Je reviendrai au milieu de vous, après avoir fait le bonheur de tout le monde, et je mourrai de bien-être, le plus tard possible, dans un des châteaux de Manuel, qui pourrait bien oublier ou dédaigner le bohémien Ben-Joël, mais qui ne saurait décemment mettre à la porte son beau-frère. Tel est mon petit plan, mignonne ; j'espère qu'il aura ton agrément.

Zilla avait écouté, la tête baissée, les explications de Ben-Joël.

Quand il eut tout dit, elle le regarda en haussant les épaules.

— Tes projets sont insensés, prononça-t-elle ensuite. Ils seraient raisonnables d'ailleurs que tu n'aurais plus le possibilité de les accomplir.

— Pourquoi ? Ce livre dont je me suis réservé la possession, que j'ai refusé au comte non moins énergiquement qu'à Cyrano, ce livre contient un témoignage que personne ne peut suspecter.

La devineresse savait que d'un mot elle allait déchaîner un orage dans l'esprit de son frère.

Mais elle était prête à lui tenir tête.

Ses lèvres se serrèrent l'une contre l'autre par un mouvement nerveux ; elle voulait être calme ; elle y réussit.

— Ben-Joël, dit-elle, ce livre dont tu parles n'est plus ici.

— On te l'a pris ! rugit Ben-Joël.

— Non ! je l'ai donné !

— Toi !

— Je l'ai donné à M. de Cyrano.

— Misérable !

Et, furieux, le bandit s'élança vers Zilla, le poing levé.

Elle ne remua pas, mais son œil plein d'éclairs rencontra le regard de Ben-Joël et sembla le mettre au défi de réaliser sa menace.

La main du bohême retomba; il courba le front sous ce regard dans lequel il sentait une âme plus puissante que la sienne et dont l'éclat le fascinait.

— Pourqnoi as-tu fait cela? murmura-t-il, les dents serrées.

— Parce que je suis lasse de tant d'infamies, parce que j'ai fait le sacrifice de mon amour, parce que je veux sauver Manuel.

— Et c'est à mon plus mortel ennemi que tu as donné des armes !

— M. de Cyrano n'est pas ton ennemi. Si tu le hais, c'est parce que tu le sens meilleur et plus fort que toi.

— Ah ! c'est ainsi, s'écria le bohême. Eh bien, sache que ton beau capitaine sera un cadavre demain matin, et que Manuel pourrira au Châtelet sans que je m'en soucie. Ce livre que tu m'as volé, je le reprendrai cette nuit même.

— Cette nuit ! balbutia Zilla. Voilà donc ce nouveau crime que tu méditais tout à l'heure !

— Appelle cela crime; moi je l'appelle vengeance. Avant le jour tout sera fini.

— Non, répliqua Zilla, en se précipitant vers la porte, car avant le jour aussi j'aurai tout révélé.

Mais, plus rapide que la jeune femme, Ben-Joël s'était interposé et défendait l'entrée de l'escalier.

— Laisse-moi passer, conseilla Zilla, en s'armant du redoutable stylet qu'elle avait sans cesse à sa portée.

Ben-Joël, toujours prudent, ne jugea pas utile d'engager une lutte, d'ailleurs inutile, puisqu'il était maître de la position.

Il jeta au visage de Zilla, comme un dernier défi,

comme un dernier outrage, un ricanement de démon, attira à lui le panneau de la porte, se précipita au dehors et enferma la bohémienne à double tour.

Puis, non content de cette précaution, il retira la clé, qu'il mit dans sa poche, et traîna contre la porte, afin de la barricader solidement, deux ou trois meubles qui garnissaient la chambre voisine.

Pendant cette opération, qui dura près de dix minutes, Zilla ne cessa de se meurtrir les bras et de se déchirer les mains contre le chêne de la porte en essayant de l'ouvrir.

Sa voix tour à tour suppliante et irritée arrivait en même temps aux oreilles de Ben-Joël, qui semblait ne pas l'entendre.

Lorsqu'il eut terminé sa barricade, il descendit d'un pas léger à l'étage inférieur, réveilla ses hommes et s'enfonça avec eux dans la nuit.

Après une heure d'efforts infructueux, Zilla renonça à s'échapper de sa prison improvisée.

Ses forces étaient à bout. Elle tomba sur son lit et se mit à pleurer.

Durant cette même soirée si féconde en événements, Manuel reçut à l'improviste la visite du grand prévôt.

— Êtes-vous décidé à faire des aveux ? lui demanda le magistrat d'une voix sévère.

— Moins que jamais. Je parlerai devant les juges — non pour avouer un crime imaginaire, mais pour convaincre de calomnie le comte Roland de Lembrat.

— Prenez garde, Manuel ; vous vous risquez dans une voie dangereuse. Vous comparaîtrez demain devant la chambre des accusations. — Un aveu sincère, un véritable repentir peuvent vous concilier l'indulgence. La résistance, au contraire, vous serait fatale.

— Qu'ai-je à craindre ?

— La torture! prononça le grand prévôt d'un ton solennel et menaçant.

— Vous pouvez me torturer jusqu'à la mort, répondit Manuel sans s'émouvoir, vous ne m'arracherez pas un mot contraire à la vérité.

Le grand prévôt hocha la tête et sortit du cachot en murmurant :

— Ils ont tous la même assurance : à les entendre, les prisons ne seraient peuplées que d'innocents.

XLII

Dans l'auberge de maître Gonin, Marotte et Sulpice causaient. C'était pendant l'entrevue de Cyrano et de Roland ; pour la première fois depuis le retour, le secrétaire et la ballerine se trouvaient en tête-à-tête et pouvaient échanger leurs pensées sans redouter les railleries de Savinien ou la curiosité de la servante.

Sulpice s'était mis en face de la danseuse, à l'une des tables de la salle basse, et tandis que maître Gonin sommeillait dans un coin de la vaste pièce, tous deux prolongeaient à plaisir la veillée.

— Monsieur Castillan, dit enfin Marotte, il faudra que demain matin je remercie M. de Cyrano de ses bontés, et que je prenne congé de lui.

— Demain matin ? Vous n'y songez pas.

— J'y songe beaucoup, au contraire. Je ne puis demeurer ici. Ç'a été bon pour reprendre pied à Paris ; mais, à présent, il faut que je retourne vers les miens.

— Où sont-ils ? demanda Castillan, non sans inquiétude.

— A Paris, probablement. Quand j'ai quitté la troupe à Orléans, je savais bien que mes camarades reviendraient ici pour la foire Saint-Germain.

— Et cette existence vous séduit encore, Marotte ?

— En est-il une plus gaie ? Courir le monde sans autre guide que sa fantaisie, se sentir libre comme l'air, dormir sans souci du lendemain, — même quand le lendemain n'est pas assuré et que l'escarcelle est vide, — vivre continuellement d'espérance et ne compter que sur l'imprévu, voilà tout ce qui me tente.

— Mais, malheureuse petite ingrate, murmura Castillan en saisissant la main de Marotte, qu'il pressa avec force, — je t'aime, moi !

— Eh bien, moi aussi, je vous aime, fit la ballerine, le sourire aux lèvres ; j'espère que vous n'en doutez pas.

— Comment n'en pas douter, alors que tu parles de t'en aller ? Ah ! Marotte, tu me feras mourir de jalousie.

— Que voulez-vous donc que je fasse ?

— Que tu restes.

— Mais non ! fit la ballerine en frappant du pied avec une impatience mutine. Est ce que vous pouvez m'épouser, je vous le demande ?

Castillan resta un moment songeur.

Il ne s'était jamais posé pareille question.

Marotte reprit, sans attendre une réponse dont le secrétaire semblait chercher un peu longuement les termes :

— Je suis franche, et je sais ce que j'ai le droit d'attendre. Eh bien, on n'épouse pas une fille comme moi. Vous voudriez ce mariage, que je saurais le refuser. Ce n'est pas affaire à vous de vous embarrasser de moi. Oh ! je me connais bien, allez !

— Tu ne m'aimes pas ! gémit Castillan, qui cherchait une transition.

— Encore ! Voyons, écoutez ceci. Vous n'êtes pas un sot, et vous saurez comprendre.

Il était une fois un petit page qu'on nommait je ne sais plus comment, mais dont la tête était vive autant que le cœur était bon.

Un jour, en passant à travers les blés, il entendit chanter sur le bord du sentier une alouette huppée, qu'on appelle aussi, je crois, une calandre.

L'oiseau s'éleva au-dessus de sa tête, lançant vers le soleil ses notes les plus joyeuses, et le page eut envie de posséder la jolie alouette.

Il l'appela d'une voix si douce, si douce, qu'elle vint se poser tout près de lui.

L'enfant s'approcha avec précaution et s'agenouilla dans l'herbe du sentier.

A deux pas, l'alouette sautillait dans le blé, agaçante et leste, ne s'effrayant pas du voisinage de l'enfant, car les oiseaux ont un instinct qui ne les trompe guère, et celui-là avait deviné qu'on ne lui voulait pas de mal.

Le page avança tout doucement la main, et la calandre se laissa prendre.

Son petit cœur battait avec violence sous les doigts de l'enfant, mais ce n'était pas de peur.

Elle savait qu'un coup d'aile pouvait la rendre libre.

Lui l'emporta, tout fier de sa conquête, lui donna du grain frais et de l'eau pure, et passa plus d'une heure à lustrer ses plumes, douces comme de la soie, et à couvrir de baisers sa tête mignonne.

L'alouette, vite apprivoisée, voltigeait gaiement et régalait son ami de ses plus charmantes chansons.

Cela dura je ne sais combien de jours.

L'oiseau et l'enfant semblaient inséparables.

Et, comme deux créatures aussi étroitement unies ne tardent pas à se comprendre même sans pouvoir se parler, la calandre et le page savaient très-bien se dire quelle affection ils éprouvaient l'un pour l'autre.

24

Vint un matin pourtant où l'enfant pleura. Il avait deviné que sa compagne voulait le quitter.

Comme elle languissait et serait morte peut-être si on lui avait refusé la liberté, le page lui ouvrit sa fenêtre et la laissa s'envoler vers les champs pleins de soleil.

Il croyait la perdre pour toujours.

Elle, pourtant, n'était ni ingrate, ni oublieuse.

Par une fraîche matinée d'octobre, comme le page se promenait dans la campagne, il entendit tout près de lui un bruissement d'ailes et de petits cris joyeux.

C'était l'alouette qui, du haut des airs, l'avait aperçu et venait de se poser sur son épaule.

Toute la journée, elle accompagna son ami, lui rendant les caresses et les chansons d'autrefois.

Puis, à la tombée du jour, elle s'envola de nouveau.

Plus tard, c'était l'hiver; le page était seul dans sa chambre, regardant au dehors la neige qui tombait comme une pluie de fleurs d'amandier.

Tout à coup un oiseau s'élança du champ voisin vers sa fenêtre, et de son bec fit : Tic! tic! contre les vitres.

C'était elle encore.

Le page ouvrit bien vite et réchauffa la voyageuse sous ses baisers. Depuis ce jour, il oublia sa tristesse.

L'alouette le quittait, mais il savait bien qu'elle reviendrait.

Et il trouvait dans son espérance continuelle, dans ce bonheur fait de surprises, un charme que ne lui aurait pas donné peut-être une entière et continuelle possession.

Quand Marotte eut achevé ce petit conte, qu'elle débita de sa voix mélodieuse et caressante, elle regarda Castillan.

Il avait des larmes dans les yeux.

Marotte lui tendit la main, sur laquelle ces larmes brûlantes tombèrent.

— Petit page, sourit-elle ensuite, pourquoi pleurer? L'alouette reviendra.

— Reviendra-t-elle vraiment? interrogea le jeune homme.

— Je le jure.

Castillan comprit, à l'accent dont ces paroles étaient prononcées, que Marotte ne le trompait pas.

Un sourire apparut dans ses yeux encore brillants de larmes.

— Quand partiras-tu? demanda-t-il.

— Au point du jour.

— Je t'accompagnerai.

— Je le veux bien. Adieu, Castillan.

— Bonne nuit, Marotte, soupira le jeune homme.

Et tous deux se séparèrent, au moment où maître Gonin se réveillait pour mettre les barres de sa porte.

XLIII

Les gens conduits par Ben-Joël étaient arrivés chez le comte de Lembrat.

Il était un peu plus de deux heures après minuit.

Le bohémien laissa tout son monde dans la rue et frappa à la porte de l'hôtel.

C'était une étrange collection de bandits que Ben-Joël avait rassemblée en vue du coup de main projeté.

Il y avait là deux gentilshommes de noms illustres, ruinés par le jeu et par la débauche et tombés au dernier degré de l'échelle sociale, un scélérat évadé des chiourmes royales, trois bohémiens de la tribu de Ben-Joël, deux drôles habitués, dès l'enfance, à vivre à l'aventure sur le pavé de Paris, et un vieux routier à qui le métier de voleur avait finalement semblé préférable au métier des armes.

En tout, neuf coquins ne craignant ni Dieu, ni diable, et tels qu'il les fallait pour servir aveuglément la cause de Roland de Lembrat.

Ils étaient armés d'épées et de couteaux; deux ou trois avaient des pistolets.

Tous attendaient patiemment le bon plaisir de celui qui les avait enrôlés.

Une seule chose jetait quelque inquiétude dans leur esprit.

On leur avait promis beaucoup, et ils n'avaient encore rien reçu.

Et, en pareil cas, la prudence leur commandant de ne pas agir sans avoir touché au moins une partie du salaire attendu, chacun d'eux se promettait d'exposer ses petites prétentions au retour de Ben-Joël.

Le bohème reparut, vers trois heures, accompagné d'un homme enveloppé d'un manteau noir.

Cet homme, c'était Roland, dont les spadassins ne s'occupèrent pas, le voyant en compagnie de leur chef.

Ben-Joël, fort au courant des habitudes et du caractère de ses gens, ne leur laissa pas le temps de formuler leurs exigences.

Il fit sonner aux oreilles de la bande une bourse pleine d'or, et, se plaçant au milieu des aventuriers :

— Mes enfants, dit-il, avant de poursuivre l'entreprise pour laquelle je vous ai pris à mon service, il est bon que vous sachiez à qui vous allez avoir affaire. Celui que nous avons à combattre est un rude adversaire; pour tout dire, c'est le capitaine Satan. Vous le connaissez. Si quelqu'un de vous faiblit, il est libre encore de se retirer.

Des murmures se firent entendre dans le groupe.

Toutefois nul ne bougea.

Les bandits s'étaient comptés, et probablement ils se croyaient suffisamment forts pour accepter la tâche offerte.

— C'est bien, reprit Ben-Joël, personne n'a peur. Avancez donc l'un après l'autre; je vais vous compter la somme promise.

Et, fouillant dans la bourse, le bohème y prit les neuf parts qui revenaient à ses compagnons.

24.

Pour la sienne, il l'avait faite d'avance, et, comme de juste, c'était la part du lion.

Roland de Lembrat, debout dans l'ombre, assistait sans rien dire à cette scène.

Sur un mot de Ben-Joël toute la troupe se mit en marche.

On cheminait lentement, la nuit étant encore profonde et celui qu'on attendait ne devant paraître qu'aux premières lueurs de l'aube.

Non loin de la porte de Nesle, Ben-Joël ordonna à ses compagnons de s'arrêter.

C'était par cette porte que Cyrano, habitant dans le quartier Saint-Germain, devait nécessairement passer.

— Attendons ici, conseilla Ben-Joël à Roland; le passage est étroit; puis nous sommes au bord de la Seine. Nous pourrons nous débarrasser du cadavre en le jetant à l'eau.

— Tu as raison. Place tes hommes pour que le Bergerac soit immédiatement cerné.

L'endroit choisi pour l'embuscade était l'angle d'une rue.

Au coin de la maison devant laquelle se tenaient Roland et les siens, une lampe brûlait au fond d'une niche, éclairant vaguement une figure de Notre-Dame.

En face de la maison, sur le bord de la Seine, un tas de décombres semblait disposé tout exprès pour servir d'abri aux assassins

Ben-Joël aposta trois de ses hommes de chaque côté du chemin.

Trois autres furent envoyés en éclaireurs dans la direction de la porte de Nesle.

Tous ces préparatifs furent faits sans bruit.

Une fois la consigne donnée, Ben-Joël rejoignit le comte.

— Vous êtes bien sûr que c'est par la porte de Nesle qu'il viendra? demanda-t-il.

— Sans doute. Il habite à peu de distance, et, à moins de passer la Seine au-dessus du Louvre, ce qu'il n'a aucune raison de faire, il n'a pas d'autre chemin que celui-ci. Est-tu sûr que tes recommandations ont été bien comprises?

— Soyez tranquille, monseigneur. Le capitaine Satan ne nous échappera pas. C'est moi qui lui porterai le premier coup.

— Il importe que ce soit vite fait. Si je ne trouve pas sur Cyrano ce que je viens chercher, nous irons prendre d'assaut son logis.

— Oh! oh! se récria Ben-Joël, cela serait peut-être imprudent.

— Il le faut, fit impérieusement Roland. Si la porte est bien gardée, pardieu! nous mettrons le feu à la maison.

Le bohémien ne répondit pas.

Il se pencha vivement vers la terre et écouta.

Roland n'entendait rien; Ben-Joël, dont l'oreille était plus fine, discernait parfaitement le bruit très-lointain encore des sabots d'un cheval sur le pavé.

Les étoiles commençaient à s'effacer, et vers l'orient le ciel blanchissait au-dessus des toits de la cité silencieuse.

C'était l'aube.

Un des hommes que Ben-Joël avait envoyés à la découverte, accourut presque aussitôt.

— Qu'est-ce? demanda Roland.

— Un homme à cheval vient de ce côté.

— Seul?

— Tout seul.

— Tu ne l'as pas reconnu?

— Le jour est trop faible encore.

— C'est lui, sans doute, dit Ben-Joël. Je vais en avant. Tenez-vous prêts.

Le bohème s'élança vers la porte de Nesle et se tapit pour voir passer le cavalier.

— C'est lui, en effet, murmura-t-il.

— En avant! commanda-t-il à voix basse aux hommes qui l'avaient rejoint.

Puis, d'un bond il se jeta à la tête du cheval de Cyrano et le saisit par les naseaux.

La bête fit un écart violent, en même temps que Savinien cherchait un pistolet dans ses fontes, en s'écriant :

— Passage, coquin, ou je te brûle!

— Sus au capitaine Satan! A moi! cria l'agresseur. Tous les bandits se précipitèrent vers le gentilhomme.

Roland seul resta dans l'ombre, attendant le résultat de la lutte.

— Une embuscade! ricana Cyrano. Ah! pardieu! le comte n'a pas perdu de temps. Au large, canaille!

Il fit feu sans autre avertissement.

Un homme roula sur le sol, la tête fracassée.

— A toi! cria Ben-Joël, en portant au cavalier un furieux coup de pointe.

Savinien esquiva le coup et, pressé de toutes parts, se jeta hors de selle afin de mieux se défendre.

Il avait mis l'épée à la main, et cette épée, qu'il maniait avec une habileté et une vigueur proverbiales avait aussitôt fait le vide autour de lui.

Deux ou trois balles sifflèrent à ses oreilles.

— C'est le diable en personne! murmura Ben-Joël, qui s'attendait à le voir tomber.

Et se jetant sur le gentilhomme qui, ayant affaire à tant d'ennemis, ne pouvait prévoir tous les coups, le bohème lui planta son épée dans l'épaule droite.

— Touché! s'écria-t-il.

— L'autre main est bonne ! riposta Cyrano.

Avec la rapidité de l'éclair il fit passer son épée dans sa main gauche, fouetta de la lame le visage de Ben-Joël, et d'un second coup lui traversa la poitrine.

Le bohême étendit les bras et tomba comme foudroyé.

— Le chef est mort, lança une voix dans la foule. Sauve qui peut !

En voyant les assassins se débander, Roland fit un pas en avant, un pistolet dans chaque main, et ajusta Cyrano.

Les deux coups éclatèrent presque en même temps.

Savinien, attribuant cette nouvelle attaque aux bandits en fuite, les poursuivit l'épée aux reins jusqu'auprès de la porte de Nesle.

Mais les assassins semblaient avoir des ailes.

Au bout d'une minute, Cyrano se vit seul.

— Évanouis ! murmura-t-il. On les aura mal payés !

Il revint sur ses pas et siffla son cheval qui, habitué à cet appel, dressa la tête et poussa un hennissement.

— Il m'échappe ! se dit Roland, caché à quelques pas de Cyrano.

Ce dernier, n'ayant plus personne à combattre, s'occupa d'étancher le sang qui coulait en abondance de sa blessure et dont la perte l'affaiblissait graduellement.

Roland l'observait, cherchant, en cette minute suprême, quel moyen désespéré pouvait encore être mis en œuvre contre son ennemi.

Le comte n'avait pas pris son épée, comptant n'en avoir pas besoin ; ses pistolets étaient déchargés ; il demeurait donc sans armes en cette circonstance où il aurait eu besoin d'être si fort.

Tandis que Cyrano passait sous ses vêtements son mouchoir, afin de tamponner tant bien que mal sa blessure, Roland décrivit prudemment un cercle et vint se blottir derrière les décombres jetés au bord de la Seine.

Là, il eut une inspiration.

Il saisit un lourd pavé, arme bien incommode, bien insuffisante peut-être, mais il n'avait pas à choisir, et épia tous les mouvements du blessé.

Le hasard pouvait le servir, lui fournir l'occasion d'atteindre et de frapper Cyrano à l'improviste, et Roland n'était pas homme à négliger cette chance.

Quand Savinien se sentit un peu remis, il se disposa à remonter à cheval.

Les rênes, qu'il avait jetées au moment du combat, traînaient à terre.

Il se pencha pour les reprendre et les débrouiller.

D'un bond, Roland fut sur lui, les mains hautes, et lui fit tomber lourdement sur le crâne le pavé dont il s'était armé.

Cyrano, ainsi frappé par derrière, s'abattit comme une masse, en poussant un gémissement.

— Mort ! il est mort ! murmura Roland.

Et se précipitant sur le corps du gentilhomme, dont la tête était déjà baignée dans des flots de sang, il le fouilla d'une main fiévreuse.

Sur la poitrine de Cyrano, il trouva bientôt ce qu'il cherchait : le livre de Ben-Joël, le testament du comte de Lembrat et la déclaration que lui-même avait signée la veille au soir, c'est-à-dire toutes ces preuves dont il redoutait tant l'existence.

Puis il souleva dans ses bras ce corps inerte, le traîna jusqu'à la berge de la Seine et le poussa dans le fleuve.

Après quoi, il s'enfuit vers la rue Saint-Paul, serrant contre sa poitrine le trésor qu'il venait de conquérir au prix d'un meurtre.

Il ne resta plus sur le lieu du combat que le cadavre de Ben-Joël et celui de son compagnon.

Le cheval de Cyrano, au dernier gémissement poussé par son maître, s'était enfui, comme affolé, vers l'hôtellerie de maître Gonin.

Le jour allait paraître. Une ronde de soldats du guet arriva du côté du pont Neuf, bientôt suivie de quelques bourgeois, qui se pressèrent autour des cadavres.

Presque au même instant Castillan et Marotte franchirent la porte de Nesle.

Marotte, pendue au bras du jeune homme, lui parlait à voix basse, le sourire aux lèvres.

Ils arrivèrent ainsi auprès du groupe formé par les soldats et les curieux.

Castillan reconnut aussitôt les traits livides de Ben-Joël.

— Que s'est-il passé? demanda-t-il.

— On ne sait rien, sinon que voilà deux hommes morts, lui répondit un bourgeois.

Castillan, tandis qu'on emportait les cadavres, examina le terrain.

— Ben-Joël tué! dit-il à Marotte, qu'est-ce que cela veut dire? Vois : le sol est piétiné comme si plusieurs hommes y avaient passé. Mon maître devait sortir ce matin. Pourvu qu'il ne lui soit pas arrivé malheur? Retournons chez Gonin.

Il achevait à peine ces mots, lorsque le tavernier accourut tout effaré et lui dit :

— Monsieur Castillan, je viens d'entrer à l'écurie, que j'avais laissée ouverte, et j'y ai trouvé le cheval de M. de Bergerac tout en sueur et couvert de sang. Bien sûr il est revenu tout seul, car je suis allé frapper à la porte de votre maître, et personne ne m'a répondu.

— Ah! s'écria douloureusement le jeune homme, M. de Cyrano est mort!

XLIV

Pendant que Castillan, Marotte et maître Gonin s'é-
puisaient en conjectures touchant le sort de Savinien,
ou tout au moins se demandaient en quel lieu et par
quel moyen ils retrouveraient son cadavre, le comte Roland, en sûreté dans son hôtel, jouissait sans remords
de son triomphe.

Il lut deux fois de suite la confession de son père et
put se convaincre qu'elle était pour lui aussi terrible et
aussi accablante que le lui avait affirmé Cyrano.

Puis il jeta dans sa cheminée tous ces documents redoutables dont son audace l'avait fait maître, y mit le
feu, et ne s'éloigna qu'après en avoir vu se consumer
le dernier fragment.

— Maintenant, se dit-il, rien n'est plus à craindre.
Personne ne viendra me disputer ma fortune; personne
ne saura me ravir la main de Gilberte.

Quelques heures plus tard, Roland de Lembrat entrait
à l'hôtel de Faventines, aussi calme que si rien ne s'é-
tait passé, la nuit précédente.

— Avez-vous bien dormi? lui demanda le marquis.
— Parfaitement.

— Votre entrevue avec Cyrano s'est terminée à votre satisfaction ?

— Oui, cher marquis.

— Je craignais quelque explication violente. Notre ami Savinien semblait mal disposé hier soir.

— Ce n'était rien. Nous nous sommes entendus en peu de mots. Cyrano croyait avoir trouvé en Périgord d'où il arrive, quelques indices en faveur de son protégé ; il m'a suffi d'une minute pour le convaincre de son erreur.

— Viendra-t-il aujourd'hui ?

— Je ne sais.

— Le verrez-vous ?

— Très-probablement. Maintenant qu'il ne reste plus aucun nuage entre nous, je ne vois pas pourquoi je m'éloignerais de lui.

— En effet. Cyrano a mauvaise tête et bon cœur. On ne saurait lui en vouloir longtemps. Nous l'aurons à notre noce, mon cher Roland.

— J'y compte bien.

Le marquis de Faventines était loin de supposer que le comte jouait en ce moment une impudente comédie. C'était d'ailleurs, eût-il eu des doutes, un esprit trop simple pour admettre comme possible tant de sang-froid chez un criminel.

Il entraîna Roland vers le jardin, où Gilberte était descendue, accompagnée de la marquise et de Pâquette.

Presque à la même heure, Manuel était conduit, sous bonne garde, dans la chambre des accusations, ou pour mieux dire dans la chambre de la question.

Le lieu était sinistre. C'était une pièce basse, voûtée, et dont les murs offraient aux regards une collection complète d'instruments de torture.

Sur le sol étaient disposés d'autres appareils également redoutables, couverts par endroits de taches brunâtres produites par le jaillissement du sang.

On trouvait là les épées à deux tranchants, autrefois employées pour la décollation, les fouets plombés, les verges de fer, les tenailles meurtrières, les réchauds et les marques, les brocs pour la question de l'eau, les brodequins de bois avec leurs coins, et les poulies pour l'estrapade.

La vue seule de cet horrible musée était faite pour glacer d'effroi l'âme des malheureux amenés dans cette salle, dont l'atmosphère était comme imprégnée de l'odeur fade du sang répandu.

Au fond se dressait une sorte de tribunal, dominé par un grand crucifix.

Au-dessous du crucifix siégeait un juge; plus bas un greffier, prêt à écrire les aveux de l'accusé.

En avant du tribunal se tenaient le bourreau et ses aides, au nombre de trois, ce jour-là.

Quand Manuel entra, il ne put se défendre d'un tressaillement.

Il jeta les yeux sur le magistrat chargé de l'interroger.

Ses traits lui étaient inconnus.

Ses gardes le poussèrent vers le tribunal et le firent asseoir sur une étroite sellette.

Alors, d'une voix lente et grave, le juge lui posa les questions d'usage, auxquelles il répondit d'un ton ferme.

Mais quand l'interrogatoire s'engagea sur le terrain des faits, Manuel ne montra plus la même docilité.

— Monsieur, dit-il au juge, j'ai déjà affirmé mon innocence devant le grand prévôt. J'ai dit que le comte Roland de Lembrat serait convaincu de calomnie, et je suis prêt aujourd'hui à prouver l'exactitude de ce dire.

— Vous n'êtes pas ici pour accuser, mais pour vous défendre.

— Ma défense est tout entière dans cette accusation.
Le comte de Lembrat a voulu me faire empoisonner
dans ma prison.

— Cet homme est fou! murmura le juge à l'oreille de
son greffier.

— En agissant de la sorte, continua Manuel, n'a-t-il
pas clairement proclamé combien il redoutait mes prétentions? Un homme confiant en sa bonne cause attend
la décision des juges; il ne trouve pas la main du bourreau trop lente et ne songe pas à recourir à l'assassinat.

— M. de Lembrat a voulu vous empoisonner, dites-
vous? Quelque inadmissible que soit cette allégation, je
veux bien pour un instant l'accepter comme probable.
De quel témoignage êtes-vous en mesure de l'appuyer?

— Le comte m'a fait remettre dans mon cachot deux
flacons de vin. L'homme chargé de me les apporter m'a
dit les tenir d'une personne désireuse de rester inconnue
tout en rendant service à un pauvre prisonnier comme
moi. Cette charité hypocrite m'a trompé un instant. Si
je n'avais été prévenu à temps, vous n'auriez pas aujourd'hui la peine de m'interroger; je serais mort.

— On vous a prévenu? demanda le juge d'un air d'in-
crédulité. Qui peut l'avoir fait, puisque vous étiez étroitement gardé?

— Je n'ai pas à vous révéler comment j'ai eu connaissance du projet conçu et du nom de son auteur.
J'atteste le fait; cela doit suffire, surtout si j'en fournis
la preuve.

— Soit! Expliquez-moi alors ce que sont devenus ces
deux flacons prétendus empoisonnés?

— L'un a été brisé sur le sol de mon cachot.

— L'autre?

— L'autre a été enfoui par moi à côté de la pierre où
j'étais enchaîné. Envoyez quelqu'un dans ma prison, et

faites rapporter ce flacon ; vous serez bientôt convaincu.

— Si vous dites tout cela pour gagner du temps, lança sévèrement le juge, je vous préviens que vos ruses n'auront d'autre résultat qu'un redoublement de sévérité de la part du tribunal.

— Envoyez quelqu'un dans ma prison, insista Manuel.

Le magistrat fit un signe à l'un des gardiens, qui disparut aussitôt.

L'interrogatoire fut suspendu jusqu'à son retour.

Il revint au bout de quelques minutes, rapportant avec précaution le flacon couvert de poussière.

— Oh ! oh ! fit le juge, c'était donc vrai ?

Et il prit le flacon, qu'il posa devant lui, après l'avoir examiné d'un air de défiance.

— Monsieur, s'empressa de dire Manuel, faites verser dans un verre quelques gouttes du contenu de ce flacon. Le poison mêlé au vin est si violent, que cette petite quantité suffirait pour foudroyer l'homme le plus robuste.

On fit ce qué voulait l'accusé.

— Maintenant, continua-t-il, faites l'expérience.

Le juge et son greffier se regardèrent avec un embarras qui amena un sourire sur les lèvres de Manuel, malgré la gravité de la situation.

— Vous vous moquez de nous, prononça enfin le juge. Si quelques gouttes de ce breuvage suffisent en effet pour donner la mort, comment voulez-vous que je m'en rende compte ? Vous n'espérez pas, je suppose, me voir tenter sur l'un de ceux qui vous entourent une expérience de ce genre ?

— Dieu m'en garde. C'est sur des animaux et non pas sur des hommes qu'il faut faire cette épreuve.

— Il y a des chats chez le geôlier, risqua timidement le greffier, très-vivement intéressé par les paroles de Manuel et sans réfléchir à la tournure quasi grotesque que sa proposition allait donner à cette scène.

— Un chat! grommela le juge. La majesté de la Justice... Enfin... j'y consens.

Le gardien complaisant, qui déjà, un instant auparavant, avait rapporté le flacon désigné par Manuel, se chargea de fournir l'animal.

Le chat, destiné à cette expérience *in anima vili*, était un joli matou à la robe soyeuse et blanche. Il fit son apparition, pelotonné dans les bras de son porteur et les yeux béatement clos.

Évidemment la pauvre bête avait confiance.

— Voyons! dit le juge.

— Trempez simplement les barbes d'une plume dans le breuvage, expliqua Manuel.

Ce disant, l'accusé s'était levé.

Le juge lui passa la plume plongée un instant dans le verre, et Manuel la présenta au chat ainsi préparée.

Le joli matou allongea sa langue rose et la promena sur les barbes. Le vin dont elles étaient dorées venait d'un cru espagnol, et sa douceur flattait évidemment le goût de l'animal, car il revint jusqu'à trois fois au régal qui lui était offert.

Manuel retira la plume parfaitement sèche. Pas une gouttelette du liquide n'avait été perdue.

— C'est étrange! murmura-t-il, voyant que le chat avait repris sa pose somnolente, sans donner même le moindre signe d'inquiétude.

Le juge et le greffier se regardèrent de nouveau.

— Rien! fit le juge.

— Absolument rien! répéta le greffier.

L'expérimentateur prit le verre, y versa deux doigts de vin, trempa de nouveau la plume dans le breuvage et la passa ensuite rapidement sur ses lèvres.

Il s'attendait à éprouver cette cruelle sensation de brûlure qui, une première fois, lui avait permis de reconnaître la présence du poison.

La liqueur lui sembla douce comme du miel. Manuel pâlit.

Puis, cédant à une résolution désespérée, il porta le verre à ses lèvres et le vida d'un trait.

— Le misérable ! Il s'empoisonne ! s'écria le magistrat.

Pourtant, Manuel était debout.

Avec un sourire plein d'amertume, il posa le verre sur la table et dit :

— Non, monsieur, ne craignez rien. Le ciel est contre moi. Ce verre ne contenait que du vin.

— Vous nous avez donc trompés ? tonna le magistrat indigné. Vous vous êtes donc fait un jouet de notre complaisance ?

— Le ciel est contre moi, répéta Manuel avec une tristesse résignée. Cette preuve que je croyais tenir, elle m'échappe. Un seul des deux flacons était empoisonné, et c'est celui que j'ai brisé dans un mouvement de colère.

— Je ne suis pas dupe de ce conte. La ridicule comédie que vous venez de jouer, et dont je cherche vainement le but, ne fera qu'aggraver votre position.

Évidemment le juge était excessivement irrité.

Il fit un signe à son greffier, qui se disposa à écrire, et, revenant à Manuel :

— Les faits qui vous sont reprochés sont précis, dit-il ; vous avez voulu les contester, produire un argument contre votre accusateur. Tout cela ne peut vous con-

duire à rien, vous le voyez. Avouez : je vous y invite,
pour la dernière fois.

— Non ! dit Manuel avec énergie.

Le juge donna un ordre.

Le bourreau et ses aides s'approchèrent du jeune
homme. Instinctivement il voulut résister.

Après une courte lutte, les rudes mains des tourmenteurs le réduisirent à l'impuissance.

Il fut étendu sur le sol de la chambre, et les aides lui
lièrent les pieds et les mains de cordes solides.

Ces cordes furent ensuite rattachées à d'autres qui
pendaient aux murs de la salle, et Manuel se sentit enlevé dans le vide, en même temps qu'un horrible mouvement de traction lui allongeait les membres et faisait
craquer ses os.

Sous le corps ramené ainsi dans une position presque
horizontale, on fit glisser un chevalet de bois qui souleva le torse et augmenta la force de la tension.

Ces préparatifs étaient ceux de la question de l'eau.

— Première potée de l'ordinaire, prononça la voix du
juge.

Le bourreau appuya sur les dents serrées de Manuel
une spatule de fer, les ouvrit violemment et lui plongea
jusque dans la gorge le conduit d'un entonnoir.

De courts soubresauts trahissaient seuls les intentions
de résistance du patient.

Lentement, les aides firent couler dans l'entonnoir le
contenu d'un broc plein d'eau.

Manuel ne fit pas un signe.

Deux fois, trois fois, on renouvela le supplice sans
qu'il parût perdre courage.

Les yeux fermés, il semblait attendre la mort.

La question de l'eau comprenait deux épreuves, l'ordinaire et l'extraordinaire.

Il fallait une force plus qu'humaine pour résister à la seconde de ces épreuves. L'eau absorbée en quantité considérable ne tardait pas à provoquer un commencement d'asphyxie.

L'aveu s'échappait alors des lèvres du patient — qu'il fût innocent ou coupable.

Manuel, tempérament de fer, volonté inflexible, résista aux premières douleurs de son supplice.

Ses tempes battaient violemment, le sang, brusquement chassé vers son cerveau, empourprait son visage, une douleur intense le tenait à la poitrine, mais il demeurait toujours les yeux fermés, et, quand les tourmenteurs lui dégageaient pour un instant les lèvres, quand le juge lui disait : Avouez !

— Non ! répondait-il toujours d'une voix encore ferme, malgré la torture subie.

La question extraordinaire commença.

Manuel ouvrit les yeux.

Devant ce regard effrayant et fixe, le juge crut à une supplication de la victime.

Il formula de nouveau sa question

— Non ! répondit une dernière fois le patient, dont la voix s'étranglait.

— Deuxième potée de l'extraordinaire, ordonna le juge.

Les bourreaux obéirent.

Ce fut la fin.

Manuel ferma les yeux de nouveau, et ses traits s'affaissèrent.

— Il est évanoui ! dit un des aides.

— Déliez-le, répliqua le juge. Jamais je n'ai vu pareil endurcissement.

— S'il en revient, murmurait en même temps un des

gardiens, c'est vraiment qu'il a l'âme chevillée dans le corps.

Manuel, toujours évanoui, fut emporté, non pas dans son cachot, mais dans une pièce voisine de la chambre des tortures, où on le remit aux soins du médecin des prisonniers.

XLV

Zilla, captive dans sa propre chambre, avait, on s'en souvient, renoncé à reconquérir sa liberté.

Ce ne fut que le matin que la vieille logeuse, appelée par de nouveaux cris, vint la délivrer.

La bohémienne se précipita aussitôt à l'étage inférieur, dans l'intention de se rendre au logis de Cyrano.

Un homme l'arrêta au moment où elle se préparait à franchir le seuil.

Il était de ceux qui avaient pris part à l'expédition de la nuit.

— Zilla, lui dit cet homme, où allez-vous?

— Que vous importe? fit brusquement la bohémienne.

Et elle voulut passer outre.

— C'est que, insista le bandit, si vous allez à la recherche de votre frère, je puis vous épargner une démarche inutile.

— Que voulez-vous dire?

— Ben-Joël... est mort, répliqua simplement l'homme, qui ignorait l'art des ménagements.

— Mort!

Elle resta un instant immobile, pensive plutôt qu'attristée.

Les derniers événements avaient brisé le faible lien d'affection qui l'unissait à Ben-Joël.

— Comment cela s'est-il passé? demanda-t-elle après une pause.

— C'est bravement que votre frère est mort dans un combat acharné, expliqua l'aventurier.

— Vous voulez dire dans un guet-apens qu'il avait lui-même préparé et dont il a été la première victime, peut-être. Qui l'a tué?

— L'autre.

— L'autre?

— Oui, celui qu'on attendait. Je ne sais pas son nom.

— Et celui-là?

— Il est mort aussi. J'étais resté en arrière, et, caché à l'angle d'une maison, j'ai pu assister à la fin de l'action. Celui qui a frappé Ben-Joël a été abattu d'un coup de pierre par un personnage que nous étions allés prendre rue Saint-Paul, et à qui votre frère semblait obéir.

— Le comte! murmura Zilla. Ah! le voici donc au but! Il a tué son adversaire, et le destin l'a débarrassé de son complice!

De nouveau, elle inclina la tête et parut s'isoler de ce qui l'entourait.

Le bandit et ses compagnons, intéressés par cette conversation, la regardaient curieusement.

— Manuel! se dit bientôt Zilla, c'est à Manuel qu'il faut songer maintenant.

Elle écarta, d'un geste souverain, le groupe qui l'environnait et sortit de la Maison du Cyclope.

D'abord indécise sur la direction qu'elle prendrait,

elle se résolut enfin à aller de nouveau frapper à la porte du grand prévôt.

Messire Jean de Lamothe, qui lisait précisément le procès-verbal de la séance durant laquelle Manuel avait été mis à la question, et s'étonnait, comme le juge, de l'endurcissement ou de l'énergie de l'accusé, messire Jean de Lamothe, disons-nous, consentit à recevoir immédiatement Zilla.

— Monsieur le prévôt, commença-t-elle, je viens faire appel à votre justice.

— Que demandez-vous encore ?

— Je demande à être entendue ; je viens proclamer l'innocence de Manuel.

— Vous m'avez déjà laissé pressentir vos aveux. Malgré la défiance que doivent m'inspirer votre caractère et le rôle que vous avez joué dans tout ceci, le procès entre dans une phase tellement obscure, que je ne dois rien négliger pour arriver à la découverte de l'exacte vérité. Parlez donc, je vous écoute.

— Monsieur le prévôt, reprit la bohémienne, Manuel est le frère du comte Roland.

Messire de Lamothe leva sur celle qui lui parlait un regard surpris et presque irrité.

Elle, sans se préoccuper de l'effet produit par ses premiers mots, poursuivit sa confession.

Elle révéla les manœuvres du comte et fit voir au prévôt de quels ténébreux moyens on s'était servi pour égarer sa religion.

Mais Jean de Lamothe était rebelle à cette conviction qu'on voulait faire entrer dans son esprit.

Les aveux qu'il attendait n'étaient point ceux qui tombaient des lèvres de Zilla.

Il hocha la tête en murmurant :

— Mensonge !

Elle voulut frapper un dernier coup.

— Me croirez-vous, dit-elle, si je vous apprends que le comte de Lembrat a fait assassiner cette nuit M. de Cyrano ; plus encore, qu'il l'a assassiné lui-même ?

Jean de Lamothe se leva en s'écriant :

— Malheureuse ! songez-vous à ce que vous dites ?

En même temps, il sonna.

Un huissier parut.

— Rendez-vous chez M. de Cyrano, et priez-le de venir me parler sur l'heure, ordonna-t-il.

L'huissier sortit, et, sans plus s'occuper de Zilla, le grand prévôt se remit à compulser ses dossiers.

Une demi-heure s'écoula ainsi, au bout de laquelle le messager du prévôt reparut et dit :

— M. de Cyrano est sorti cette nuit et n'est point revenu en son logis.

Zilla prit de nouveau la parole et rapporta à messire Jean de Lamothe la mort de Ben-Joël.

— Que Ben-Joël soit mort, objecta-t-il, cela ne prouve pas que le comte soit coupable. — Je verrai M. de Lembrat.

— Monsieur, risqua Zilla, voulez-vous me permettre de rendre visite à Manuel ? Plus que jamais il a besoin de consolation et d'espérance.

— Aujourd'hui, je puis vous accorder cette faveur. Prenez ceci.

Et Jean de Lamothe tendit à Zilla joyeuse un ordre, grâce auquel elle put pénétrer au Châtelet.

Manuel venait à peine de reprendre ses sens, lorsque la bohémienne fut introduite auprès de lui.

En la reconnaissant, il ne trouva pas de reproches à lui adresser. Elle passa une heure à son chevet, s'humilia, pleura, lui parla longuement de Gilberte, à laquelle elle sacrifiait son amour, et le quitta en disant :

— Espère ! Vis ! Je te sauverai !

Pendant ce temps, messire Jean de Lamothe quittait son cabinet, se rendait à la rue Saint-Paul et se faisait annoncer chez le comte de Lembrat, lequel venait d'arriver de l'hôtel de Faventines.

Sans préambule, il lui traduisit les paroles de Zilla.

Sans préambule aussi, il lui dit :

— C'est vous qu'on accuse.

Roland eut un sourire de mépris.

— Je m'attends à tout de ces gens-là, fit-il. Je dois vous faire cependant observer, mon cher prévôt, qu'il existait entre ce Ben-Joël et Cyrano une vieille rancune. Il s'est vengé, peut-être, et la sœur n'est pas fâchée de me faire porter la responsabilité de ce crime. D'ailleurs, cette nouvelle est-elle exacte? Cyrano a-t-il été vraiment assassiné?

— On ne l'a pas revu à son hôtellerie.

— Ce n'est pas une raison. Avec le caractère aventureux que vous lui connaissez, Cyrano a pu partir sans prévenir personne. Nous le reverrons dans deux ou trois jours sain et dispos, n'en doutez pas. S'il était mort, comme on le prétend, on aurait au moins retrouvé son cadavre.

— En effet ! fit le prévôt convaincu plus encore par le ton calme et par l'air désintéressé de Roland, que par ses derniers arguments.

— Et Manuel? demanda vivement le comte, jaloux de détourner la conversation.

— Il a été mis à la question ce matin.

— Et il a avoué ?

— Rien !

— Il a du caractère, remarqua tranquillement Lembrat, désormais rassuré sur les suites de l'affaire.

Malgré l'assurance de Roland et la robuste confiance

qu'il avait en lui, le prévôt s'en fut tout pensif. Son esprit se débattait au milieu des diverses préoccupations qui l'enserraient, comme une mouche prise dans une toile d'araignée.

Pour Zilla, en sortant du Châtelet, elle essuya ses yeux humides de larmes et se rendit au logis de Cyrano.

Elle voulait reprendre le livre, dont la possession lui était désormais indispensable.

Sur le seuil de l'auberge, elle trouva Marotte qu'elle était bien loin de s'attendre à rencontrer là, et qu'elle eut peine à reconnaitre, ne l'ayant pas vue depuis longtemps.

Après les premières explications, et en apprenant à quel titre la ballerine se trouvait chez Gonin, Zilla dit l'objet de sa visite.

Marotte la regarda d'un air étrange, puis, sans rien répondre, elle la prit par la main et l'entraîna dans l'intérieur de la maison.

XLVI

Plusieurs jours s'écoulèrent, durant lesquels le comte Roland acheva de recouvrer son assurance.

On était sans nouvelles de Cyrano. Roland avait, pour jouer son rôle jusqu'au bout, envoyé chez maître Gonin, et maître Gonin avait répondu qu'il ne savait rien.

Si le messager du comte eût été plus avisé, il aurait remarqué peut-être le ton singulier de cette réponse; mais il n'y prit point garde, et son maître put se convaincre que le cadavre de son ennemi était à tout jamais enseveli dans les flots de la Seine.

C'était un triomphe complet.

Les circonstances avaient bien servi le comte. Il restait seul, débarrassé de son ennemi en même temps que de ses complices.

Rinaldo et Ben-Joël morts, personne ne pouvait s'élever contre lui, hormis Zilla, dont il ne redoutait plus le témoignage depuis qu'il avait brûlé la dernière preuve de l'innocence de Manuel.

Dès lors, il ne s'occupa que de son mariage, dont il voulait hâter la célébration, malgré la résistance qu'il pressentait chez Gilberte.

Tous les jours il se rendait à l'hôtel de Faventines, et causait longuement avec le marquis.

Ce dernier, après chacune de ces entrevues, avait un entretien avec sa fille, et, plus le terme fixé était proche, plus Gilberte affirmait la résolution dont elle avait loyalement fait l'aveu à son père.

Le marquis, intéressé à cette union, faisait la sourde oreille et continuait à encourager le comte.

A la fin pourtant, il s'inquiéta.

Gilberte ayant gagné sa mère à sa cause, madame de Faventines avait éveillé dans l'esprit de son mari certaines réflexions contre lesquelles le comte eut à lutter, comme on va le voir.

Un matin, Roland se présenta chez le marquis.

Il s'était muni, arme irrésistible, d'un projet de contrat dont les clauses devaient donner satisfaction aux désirs les plus ambitieux de son futur beau-père.

Sur la demande de Roland, M. de Faventines prit connaissance de cette pièce.

— Vous êtes vraiment d'une générosité royale, dit-il, lorsqu'il en eut terminé la lecture.

— Eh bien! se hâta de dire le comte, si tout vous semble convenablement réglé, il ne reste plus qu'à donner à cet acte la forme légale. Dans trois jours, je puis être l'époux de mademoiselle Gilberte.

— Dans trois jours! réfléchit le marquis. N'est-ce pas un peu brusquer les choses? Je ne crois pas que ma fille soit suffisamment préparée à ce mariage.

— Mon Dieu, répliqua légèrement le comte, toutes les jeunes filles sont ainsi jalouses de leur liberté; elles aiment à se faire désirer; une douce résistance ajoute un charme nouveau à leur possession; elles le savent bien et ne sont pas fâchées que l'on disc : Oui, à leur place.

— C'est possible; mais l'état de Gilberte me donne à réfléchir. Elle est un peu rêveuse, un peu exaltée; plusieurs fois elle a fait craindre à sa mère les effets d'une décision fatale.

Roland sourit en disant :

— Ceci est peu flatteur pour mon amour-propre. Cependant, ne craignez rien. Donnez-moi mademoiselle Gilberte; je l'entourerai de tant de soins, de tant de respect et de tant d'amour, qu'elle abandonnera bien vite ses funestes projets et ne songera plus à mourir, — si toutefois elle y songe.

— Gilberte est énergique et résolue.

— Ah! cher marquis, vous êtes père, et vous tremblez devant une mutinerie enfantine ! Une jeune fille qui menace de se tuer parce qu'on prétend la marier convenablement, c'est trop puéril, en vérité, pour qu'on s'y arrête. — Répondez-moi donc sans scrupules; je réponds de l'avenir.

Le marquis tendit la main à Roland.

— J'ai foi en vous, prononça-t-il. Qu'il soit fait comme vous le désirez.

Gilberte, informée presque aussitôt de la décision prise par son père, ne trouva pas un mot à répondre.

Elle était lasse de cette lutte engagée depuis tant de jours et ne voulait plus se donner la peine de résister.

Elle se retira dans la chambre et laissa Páquette s'occuper des préparatifs du mariage.

Pour tout dire, Gilberte ne vivait plus de la vie commune.

Son esprit, étrangement surexcité par l'imminence de l'événement, la transportait dans une sphère supérieure.

Elle avait oublié les paroles consolantes de Cyrano et

l'absence inexpliquée du gentilhomme ne la préoccupait pas.

Toute son âme était pleine des souvenirs de Manuel : c'était lui qu'elle entrevoyait dans la brume de ses rêves; c'était pour lui qu'elle se préparait avec résignation, presque avec joie, au sacrifice de sa vie.

Le jour fixé pour le mariage arriva ainsi.

XLVII

Dès le matin, Roland sortit de chez lui, déjà paré pour la cérémonie, et se rendit au Louvre, où il avait l'habitude de se présenter tous les jours pour le petit lever du jeune roi.

Il avait, parmi les gentilshommes de la cour, beaucoup d'amis qu'il avait conviés à son mariage.

Lorsqu'il eut rempli, suivant la coutume, ses devoirs de courtisan, tous voulurent lui faire cortége jusqu'à l'hôtel de Faventines.

La bande joyeuse s'en allait, devisant et riant au nez des bourgeois attroupés pour voir passer le comte et ses compagnons tout resplendissants de soie, de velours et de broderies, lorsque l'attention de Roland fut attirée par une litière dont les porteurs semblaient se diriger vers le Louvre.

Derrière cette litière marchaient Zilla, Castillan et Marotte, accompagnés d'un troisième personnage de haute taille, vêtu d'une soutanelle noire, et que Roland ne connaissait pas.

Ce personnage était Jacques Longuépée. Roland eut un tressaillement d'inquiétude. Le calme lui revint bientôt.

— Il est mort, bien mort ! se dit-il.

Et, avec la ferme volonté d'oublier la rencontre qu'il venait de faire, il arriva à l'hôtel de Faventines.

Le grand salon était encombré de fleurs et entièrement tendu à neuf de tapisseries précieuses.

Le marquis recevait les invités, dont les groupes, déjà nombreux, avaient peine à tenir dans la vaste pièce.

Peu après l'arrivée de Roland, vers lequel se porta aussitôt toute l'assistance, la voix retentissante des valets annonça messire Jean de Lamothe, grand prévôt de Paris.

— Eh ! mon cher ami, lui dit le marquis, comme vous êtes en retard !

— Le devoir avant les plaisirs, marquis. J'ai eu quelques affaires à régler ce matin.

— Quoi ! pas un jour de trêve ?

— Une entre autres, continua le prévôt, qui commence à me préoccuper grandement.

— De quoi s'agit-il ?

— De la disparition de votre ami Cyrano.

— En effet, je l'ai fait prier à la noce de ma fille, et il m'a été répondu qu'on ne savait point ce qu'il était devenu. Lui serait-il arrivé malheur ?

— Je ne sais rien encore. Est-il mort ? Est-il engagé dans quelque folle équipée ? Grave question. En tout cas, c'est ou c'était un bien grand fou, et si je m'occupe de lui, d'après un rapport dont le comte a connaissance, c'est qu'il a fait dans le monde assez de bruit pour qu'il soit curieux de rechercher pour quelle cause il n'en fait plus. Sérieusement, je commence à croire qu'il a été assassiné, comme on me l'a dit.

— Pauvre Savinien ! soupira le marquis sincèrement ému.

— Ce serait grand dommage, se contenta de dire Roland.

— Laissons ce triste sujet, trancha le prévôt. A quelle heure vous marie-t-on, mon bel amoureux ?

— A midi !

— En ce cas, nous aurons bientôt le plaisir de saluer mademoiselle Gilberte.

— Elle est avec sa mère, intervint le marquis. Dans peu d'instants vous la verrez.

Dans le lointain, les cloches de Notre-Dame commencèrent à tinter, annonçant l'heure de la messe.

A ce signal, les invités se rapprochèrent du marquis, et, peu après, un murmure se fit dans la foule.

Gilberte venait de paraître à la porte du salon, dans sa blanche toilette de mariée. Pâquette et la marquise la suivaient.

XLVIII

Elle était plus blanche que le voile qui couvrait son front.

Cependant, elle souriait, sourire de commande, dernière concession faite à la volonté de son père.

Sur sa toilette virginale, Gilberte portait, caprice étrange que personne ne remarqua pourtant, le collier de grains d'ambre que Zilla lui avait donné, et de temps en temps ses doigts pressaient la perle empoisonnée, à laquelle elle allait bientôt demander le salut et la mort.

Elle avait voulu retarder jusqu'au dernier moment l'exécution de son projet; sa conscience lui commandait de vivre tant que le hasard ou plutôt la Providence pouvait encore utilement intervenir dans sa destinée.

Le marquis s'avança vers elle et lui ouvrant les bras ;
— Ma fille ! mon enfant ! murmura-t-il.

Et ce père, qui, pourtant, achevait un odieux marché en livrant à Roland la main de Gilberte, trouva une larme d'attendrissement à verser au moment de cette séparation que la volonté de son enfant se préparait à rendre éternelle.

Gilberte regarda le marquis avec une tristesse émue,

— Pauvre père, songea-t-elle, il ne sait ce qu'il fait. Que Dieu lui pardonne !

— Ah ! mademoiselle, prononça au même instant tout près d'elle la voix de Roland, je ne saurais vous exprimer convenablement toute ma joie, tout mon bonheur...

— Je vous tiens quitte de ces protestations, monsieur le comte, répliqua Gilberte d'un ton glacial.

Roland s'inclina.

Décidément il aimait bien, ou il était bien aveugle.

Les cloches avaient cessé de sonner.

— On va partir, dit Pâquette bas à Gilberte.

— Oui, murmura la jeune fille tremblante : c'est fini.

Un laquais parut dans le salon presque aussitôt, et s'inclinant devant le marquis, lui annonça que les carrosses étaient prêts.

— Venez, messieurs, dit le père.

En même temps, il voulut prendre la main de Gilberte.

Une nouvelle pâleur couvrit les traits de la jeune fille.

Elle chancela, et, se laissant tomber dans un fauteuil :

— Ah ! je ne puis ! murmura-t-elle.

La marquise et Pâquette s'empressèrent à la secourir.

— Pauvre enfant ! dit le marquis à Roland; nous nous sommes trop hâtés.

— Laissez passer cette première et inévitable émotion, sourit le comte. En pareille circonstance, toute jeune fille s'évanouit un peu. — Tenez, la voici qui reprend ses sens.

Pâquette, sur un mot de Gilberte, était sortie du salon, et revenait portant un verre d'eau sur un plateau d'argent.

— Remettez-vous, dit Roland à sa fiancée ; remettez-vous. J'attendrai vos ordres.

— Vous n'attendrez pas longtemps, monsieur.

Elle prit le verre, y trempa ses lèvres, et, l'ayant gardé à la main, elle laissa tomber dans l'eau la perle empoisonnée qu'elle venait d'arracher de son collier.

Comme l'avait annoncé Zilla, cette perle se fondit presque soudainement, sans troubler la limpidité du cristal.

Les lèvres de Gilberte s'agitèrent doucement. Sans doute elle priait.

Puis, elle éleva tentement le verre.

Comme elle allait boire, après avoir jeté un dernier regard de regret ou d'espérance autour d'elle, la porte du salon s'ouvrit brusquement, et un valet lança ces mots au milieu du silence général :

— Monsieur le vicomte Ludovic de Lembrat ! Monsieur Savinien Cyrano de Bergerac !

XLIX

— Ah ! s'écria Gilberte transfigurée, Dieu a fait un miracle ; je suis sauvée !

Et posant le verre sur une console, elle s'élança à la rencontre de Cyrano et de Manuel.

Savinien s'était montré à la porte du salon et s'avançait, appuyé sur Manuel et sur Castillan. Derrière, venaient Zilla, Marotte et Jacques Longuépée.

Le gentilhomme était fort pâle, des linges ensanglantés enveloppaient son front, et, malgré l'aide qu'on lui prêtait, il marchait avec beaucoup de peine.

Roland, écrasé par cette apparition inattendue, n'avait pas fait un geste, n'avait pas poussé un cri.

Le premier mot fut dit par le grand prévôt :

— Que signifie cela ? s'écria-t-il avec une stupéfaction presque naïve. Vous n'êtes donc pas mort, monsieur de Cyrano ?

— Il faut le croire, répliqua le gentilhomme. En tout cas, si je vis, ce n'est pas la faute de M. le comte de Lembrat, car c'est lui qui m'a fait assassiner.

— Monsieur, cette calomnie !... intervint Roland, qui venait de retrouver toute son audace en présence du danger.

Cyrano l'arrêta d'un regard impérieux.

— Laissez-moi m'expliquer, monsieur, reprit-il, vous vous défendrez ensuite... si vous pouvez.

— En vertu de quel droit venez-vous troubler mon bonheur ?

— En vertu du droit de justice. Ah ! vous m'avez cru mort, monsieur, et vous vous êtes senti libre ! Vous avez pensé que la Seine ne rejetterait pas mon cadavre ! Vous avez fait questionner mes gens, et on vous a répondu qu'on ignorait ce que j'étais devenu : « C'est bien, vous êtes-vous dit dans votre aveuglement ou dans votre sottise, mon homme n'est plus à craindre. » Mais pendant que vous vous applaudissiez de votre facile victoire, mes amis veillaient, et leurs yeux, plus clairvoyants que ceux des soldats du guet, retrouvaient mon corps dans les eaux basses où vous l'aviez poussé avec trop de hâte. Grâce à ce brave garçon, grâce à cette courageuse enfant, et Cyrano s'interrompit pour serrer les mains de Castillan et de Marotte, j'ai été tiré de cette fange où j'achevais de mourir. Si je me suis caché jusqu'à présent, si j'ai laissé s'accréditer le bruit de ma disparition, c'est que je voulais vous atteindre et vous frapper à l'heure même de votre triomphe. C'est ainsi que naguères vous avez voulu perdre Manuel.

Cyrano s'assit épuisé. Il avait voulu tout dire, et cet effort avait ravivé ses souffrances.

— Cette scène est scandaleuse, exclama Roland. Monsieur le marquis, vous êtes chez vous, faites-la cesser.

— Doucement, comte, intervint alors Jean de Lamothe, qui avait écouté avec la plus grande attention le récit de Savinien, l'ami doit faire ici place au juge. J'ai besoin d'approfondir tout ceci.

— Tenez, prévôt, fit Cyrano, voilà une bonne parole ! Elle me réconcilie avec vous.

Il tendit la main à son ancien contradicteur, puis, montrant Roland :

— Cet homme a surpris votre bonne foi. Pour lui voler sa fortune et son nom, il a fait emprisonner son frère. Le bohémien Manuel n'existe plus, monsieur le prévôt, c'est le vicomte Ludovic que je vous présente. C'est au nom de la reine régente elle-même que je vous somme de le reconnaître.

— Et moi, cria Roland exaspéré, c'est au nom de mon droit que je vous supplie de faire arrêter ces deux imposteurs : l'un qui se dit mon frère, l'autre qui le soutient comme tel.

Le marquis, jusque-là désintéressé dans ce débat, se risqua à dire :

— Pourtant, comte, s'ils ont des preuves?...

— Ils n'en ont pas.

— Je n'ai plus celles que vous m'avez volées, interrompit Cyrano ; je n'ai ni la confession terrible de votre père, ni le livre de Ben-Joël, ni l'aveu signé de votre main ; mais il me reste la déposition de votre valet Rinaldo, écrite en présence de mon ami Jacques Longuépée ici présent, et heureusement gardée par lui; il me reste le témoignage de Zilla.

Je sors du Louvre ; la reine Anne m'a écouté ; ma conviction, elle la partage.

Par elle, j'ai obtenu la liberté de Manuel, par elle aussi vous serez puni. Lisez cet ordre, monsieur le prévôt.

— Tout est contre moi, balbutia Roland. Je suis perdu !

Messire Jean de Lamothe avait pris et lu l'ordre revêtu de la signature royale.

Il s'approcha de Roland, qui gisait affaissé dans le fauteuil où Gilberte s'était assise défaillante un instant auparavant, et lui touchant l'épaule du doigt :

— Je regrette ce qui se passe, monsieur le comte, mais, aux termes de cet ordre, je suis contraint de vous faire arrêter. Marquis, faites fermer les portes de l'hôtel, et envoyez quérir les exempts et le guet.

— M'arrêter, moi! reprit Roland.

— Comme prévenu de meurtre et de faux témoignage, acheva le prévôt. Rendez votre épée, monsieur de Lembrat.

— Ah! fit Roland, avec un cri d'impuissante colère.

Et du poing, il se meurtrit le front, comme s'il voulait tourner contre lui-même cette fureur qui l'animait.

Le sang afflua à son cerveau, et tout son corps fut agité de mouvements frénétiques.

Ses yeux se troublèrent, une sueur froide le prit aux tempes, sa gorge se serra.

Il étouffait.

Alors, machinalement, pour échapper à cette violente crise physique, avec la spontanéité de l'homme trouvant sous sa main le secours qui doit l'arracher à la mort, il saisit le verre d'eau laissé par Gilberte et le vida d'un seul trait.

Cela fut si rapide, que la jeune fille, glacée d'horreur, n'eut pas même le temps de faire un geste pour prévenir l'action du comte.

— Ah! s'écria-t-elle, il s'empoisonne!

— Que dites-vous? interrogea Manuel, qui était auprès d'elle.

— Oui, dit-elle bas et vite, ce poison, je l'avais préparé... pour moi. Il ne savait pas... Oh! voyez le comte!

Roland s'était dressé comme mû par un ressort puissant.

Le verre avait roulé sur le tapis. Les yeux démesurément ouverts et fixes, le comte demeura un instant debout, fit entendre une sorte de râle et retomba.

Zilla s'élança, et, passant rapidement devant Gilberte :

— La perle? demanda-t-elle.

— Oui! répliqua la jeune fille consternée.

— Mon frère! mon frère! appelait Manuel, qui, avec tous les autres témoins de cette scène, s'était précipité vers Roland.

— Le comte de Lembrat ne vous entend plus, prononça gravement Zilla.

L

Roland était mort, en effet, mort de ce poison que Gilberte avait versé pour elle et que le hasard venait pour ainsi dire de pousser dans la main du comte.

Cyrano regarda longuement ce cadavre, dont la face crispée respirait encore la colère et la menace.

— Il n'y aura pas de souillure sur le blason des Lembrat, murmura-t-il ensuite.

. . . .

Quand Gilberte, remise de cette terrible émotion, se retrouva en présence de Zilla et de Manuel, elle eut comme une vague crainte.

Cette crainte, la bohémienne la devina, et, prenant la main de la jeune fille :

— Adieu, dit-elle simplement.

— Zilla ! s'écria Manuel, n'as-tu rien de plus à nous dire ? Veux-tu nous quitter ainsi ?

Elle lui jeta un long regard, dans lequel sembla s'épancher toute son âme, et comme un gage de bonheur, comme un regret aussi, sans doute, tomba de ses lèvres ce mot suprême :

— Aimez !

Ce fut Jacques Longuépée qui maria Gilberte et Manuel.

Cyrano avait tenu toutes ses promesses.

FIN.

F. Aureau. — Imprimerie de Lagny.

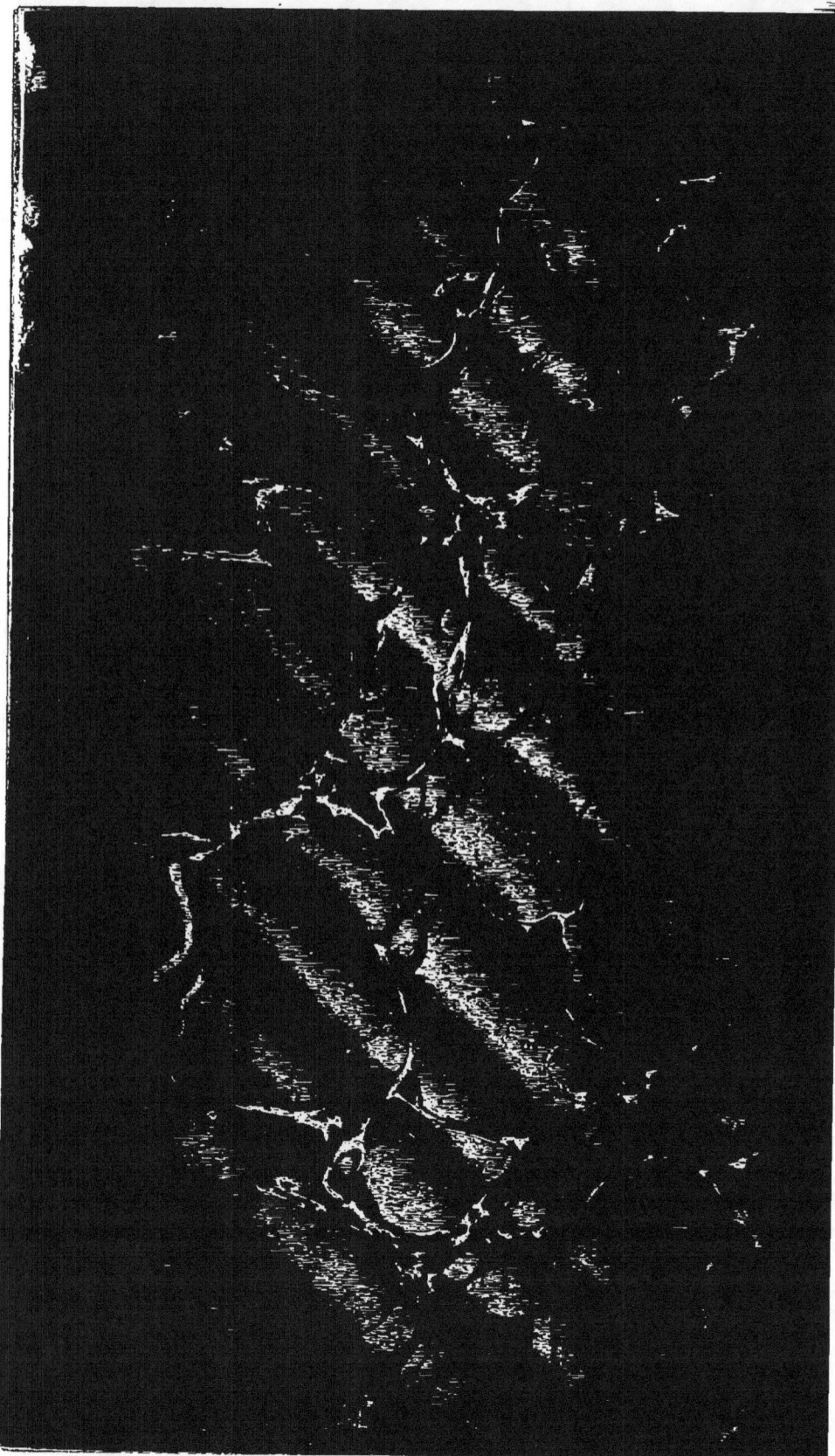

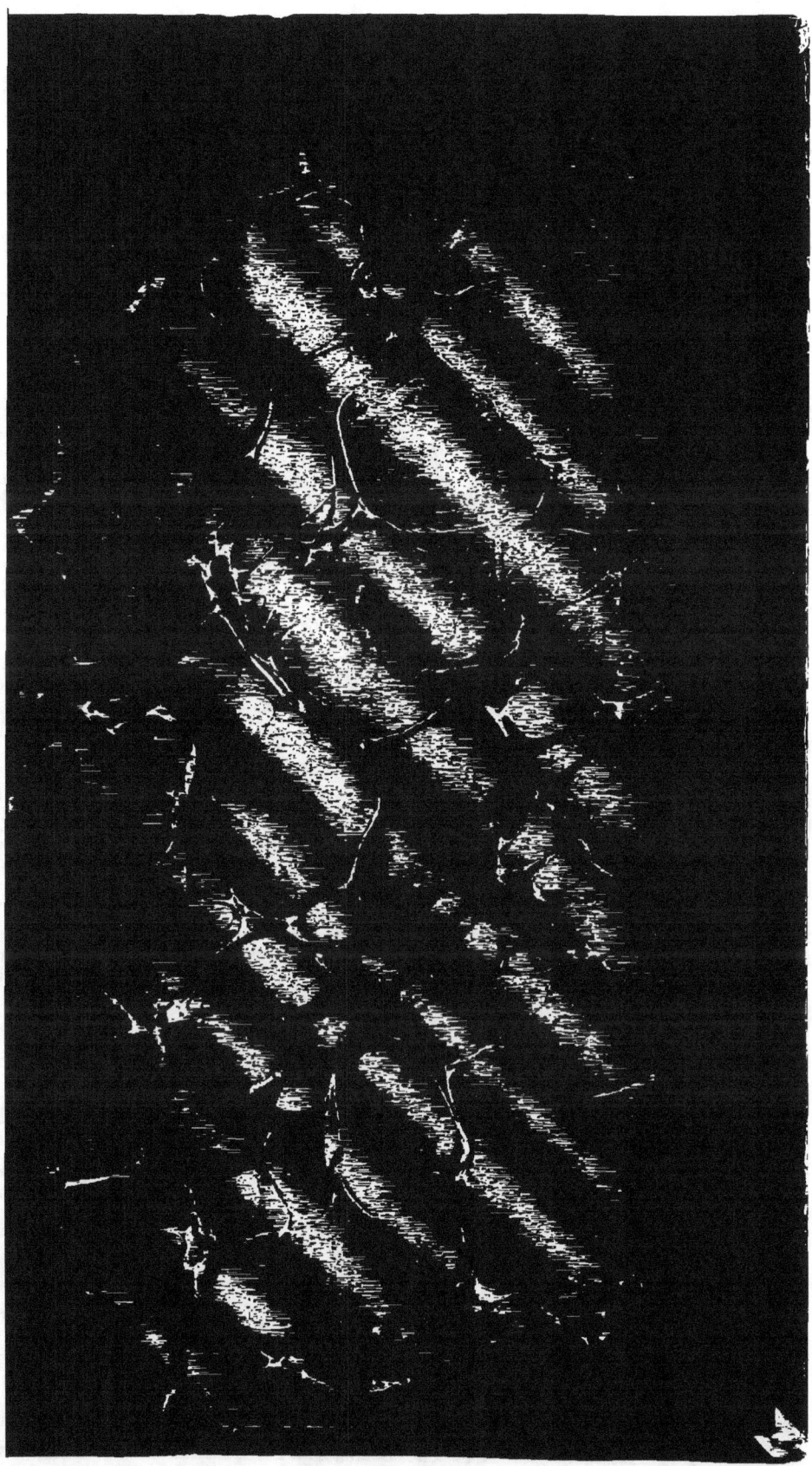